高門嫡女

伍 完

目次

壹之章◆重返京城憶冷暖

肖天燁遠遠站著聽他們說話，賀雨生殷勤地跟在歐陽暖身後走下臺階，「我最近幫戲院寫了齣本子，覺得有些臺詞不行，聽聞小姐高才，想請歐陽小姐幫助我改本子！」

「你說笑了，我哪兒有這種本事？」歐陽暖壓下眼底的厭惡，口中說得輕描淡寫。

肖天燁在臺階上冷冷地盯著賀雨生，心道：好傢伙，他還沒完了！看來是居心叵測，別有打算！但歐陽暖怎麼受得了他那副油腔滑調呢？他才聽了這幾句，就覺得渾身起雞皮疙瘩！

他一路從京都找過來，可不是來看歐陽暖和別人卿卿我我的，他為她這樣擔心，她卻藏在賀家，若非他在茶樓上偶然發現了她走出馬車，現在還要到處去找她。他拚命尋找她的時候，她卻和這個油頭粉面的男人在一起，也許還真的曾幫他修改戲本、斟酌唱詞，而這個男人對她也一定是百般殷勤……這樣一想，就像有一把火灼燒著他的心。他告誡自己：這是瞎想，毫無根據，趕快停止。但他發現，自己的思緒並不受理智控制。歐陽暖那麼深地嵌入他心裡，即使他的心被烤焦煮爛，也已經不能把她從那兒抹去。他越是不願想，就越是要想，越是不願往壞處想，就越是想得危險可怕，直到想出一身一頭的冷汗。

肖天燁費盡心思打聽到賀家的住址，又花了不少銀子打通關節，好不容易找到歐陽暖所住的碧溪樓，當他打聽到歐陽暖與一位夫人一起住，立刻就猜到此人定是林元馨無疑。

這樣一來，他反而不能現身了。

半夜時分，歐陽暖的房間熄了燈，丫鬟們都退了出來各自去歇息，他才悄悄走了過去，剛剛走到門口，那道門就一下子打開了，「這一次沒有走窗戶？」歐陽暖的笑容很冷淡，眼底深處藏著隱隱的厭恨。

看見她的笑容，肖天燁的心早軟了，他立刻道：「我沒殺妳的表兄。」

歐陽暖的心猛地跳了一下，有些不敢置信地盯著他。

「他在寧國庵，妳將來自然會知道。」

「謝謝你。」被烏雲半遮的昏昏月光射來，歐陽暖的眸子在這一瞬間亮得耀目，「我知道你這樣做，已經是對我們最大的幫助。」

肖天燁原本已經快要露出微笑，腦中馬上閃過賀雨生站在歐陽暖旁邊獻殷勤的情景。一想到這裡，他那顆驕傲的心上被刺傷的地方，又隱隱作痛起來。他竟脫口而出：「此一時，彼一時，我要是知道妳在外面過得這樣快活，根本不會為妳做這種事！」

那臉上的神情分明是說：妳怎麼敢躲起來讓我找不到妳！

歐陽暖微微一笑，「有什麼事，世子可以進來說。」她微微側身，將他讓了進去。歐陽暖刻意迴避了太子這個稱呼，儘管她知道肖天燁如今已經是太子的身分了。等肖天燁進來後，她嘆了口氣，道：「世子究竟為什麼這樣怒氣沖沖的？因為我誤會你殺了表哥嗎？」

肖天燁的臉瞬間變得通紅，歐陽暖的話捅到了他心中的隱私，他的氣息有些亂地說：「妳……真的相信我？」

歐陽暖頓了頓，終究還是點點頭，「你既然說了放過他，就不會再殺他，我感激你。」

「那，妳能不能聽我一句話？」

「什麼話？」

「我要妳不再和賀雨生來往。」肖天燁一字一頓地說。昏黃燈光下，他面色如淺玉，眉間眼底如深潭，浮浮黃光。那瞳子卻比烈烈的火還要熱，只一眼就燃盡了一切。

歐陽暖大張著眼，茫然地看著他，好半晌嘴角慢慢挑起來的笑意消失了，「我什麼時候與他來往過？」

「我親眼看見你們過從甚密。」肖天燁直截了當地說。

歐陽暖眉心微皺，「我沒有。」她輕細的聲音彷彿一顆雪落下，剛自嘴唇裡吐出，便快速消失在空氣之中，聽不分明。

「我的感覺不會騙我，因為我愛妳，別人對妳的愛慕，哪怕一絲一毫都休想瞞過我！」

歐陽暖怔怔地輕聲道：「我和他之間，連朋友都說不上。」

「妳以為妳跟他這麼說了，他就不會想入非非？才不是！唯一的辦法是妳不再和他來往，不再給他任何希望和可乘之機，他才不得不死心！」

歐陽暖的口氣慢慢冷淡下來：「我住在賀府……」

肖天燁道：「那就搬出去，我不喜歡妳和這樣的人在同一片屋簷下……或者妳乾脆就隨我回京都去！」

歐陽暖默默地端詳著肖天燁，她的眉梢眼底漸漸透出了一股嚴肅和憂鬱，「那我表姊呢？」

「我已經說過，妳不該再和鎮國侯府的人牽扯在一起！這是賀家設下的圈套，故意扣住林元馨誘妳往裡面鑽！倘若他們是醉翁之意不在酒呢？」妒忌和不滿的火苗已在肖天燁體內竄起，因而口氣也變得銳利起來。

「不管你怎麼說，表姊現在懷著身孕，需要親人在身邊，我是不會離開她的。」歐陽暖發現，肖天燁從來沒有什麼改變，儘管他為了她放過林之染，也並不意味著他變成了一個通情達理、明白事理的人，他永遠都是用他的意識去控制別人，哪怕是他真心喜歡的女人！

「妳心裡永遠只有妳的親人，我為妳做了這麼多，妳全都視而不見！」肖天燁只覺得火氣往上竄，頭腦發熱，手心出汗。他強嚥下唾沫，冷峻地說：「我已說過了，馬上離開賀家！」

燭花搖曳，火光透過燈盞，輕飄飄地散開，一層淺色黃暈盈在歐陽暖的面頰上，恍惚間，她的嘴角掛起幾許略帶嘲諷的笑意，肖天燁欲細看時，已旋即斂去了，唯有剎那。她的心慢慢地冷了下去，原本在她知道肖天燁放過林之染的那一刻，她竟然萌生一種念頭，他和她的親人也許……是可以共存的，可是現在她再一次證實了，這不過是個奢望。的確，他已經幫了她一次，她不能再要求他幫助政敵的妻子。鎮國侯府的人永遠也沒法和肖天燁同一立場，不是你死我活，就是仇視敵對。

她許久都不說話，慢慢瞇起了眼睛，難以抑制的冷已經繃緊了全身，半晌才微微一哂，宛然笑容晏晏，「世子千里奔波，就是來警告我的嗎？」

她的笑容像一根銳刺，再一次深深扎傷了肖天燁，他索性更加尖銳凌厲地道：「妳該知道我會做什麼，如果妳希望他們平平安安的，就不要惹怒我！」

歐陽暖的眼睛驟然睜大，一動也不動地瞪視著肖天燁，像面對著一個從不認識的陌生人。她把拳頭捏得緊緊的，壓在心口，極力想控制住自己那抖得像風中殘葉般的身子。半晌，她才從齒縫裡擠出微啞的嗓音：「你、你是在用他們的性命威脅我……肖天燁，難道、難道是我看錯了你？」

憤怒和妒忌使肖天燁心亂如麻，他眼裡剎時蒙了一層淚水。他絕沒想到歐陽暖會說出這樣的話。他發出一聲冷笑，又猛然收住，不無淒厲地對歐陽暖說：「好，好，妳看錯了我，這是因為我得罪了妳的表姊，妳就這樣傷心，還是說妳根本就對皇長孫別有心思……」

肖天燁惱恨自己，更恨歐陽暖，堵塞在心胸中的塊磊，不吐出來就會把他憋死。他一步跨到歐陽暖面前，兇狠地抓住她的手臂，搖晃著吼道：「妳這樣幫著他們，是想要做他的太子妃嗎？如若不然，為什麼不肯嫁給我？故作姿態？欲擒故縱？」

歐陽暖感到自己的手骨幾乎被肖天燁捏碎，尤其使她痛心的是肖天燁那兇狠得不像是他的目光。歐陽暖的心一冷，眼眶卻乾澀得發疼。她拚命用力甩開了他的手，像是受到不能容忍的褻瀆，決絕地說：「我不必回答你！」

肖天燁全身冷汗直冒，心口的疼痛越發劇烈，他的聲音帶了無限的陰冷：「那麼說，妳以前對我所說的一切全是裝腔作勢，妳在欺騙我？妳是個貪慕虛榮、寡廉鮮恥的女人！只要男人對妳有用，妳都會毫不留情地加以利用！」

假話！欺騙！騙子！這些字眼就像是鋒利的尖刀捅入了歐陽暖的肌體，猛扎在她正在流血的心上。肖天燁，肖天燁，你罵得好狠！驀然間，歐陽暖感到那麼累，那麼無力，兩條腿再也支撐不住自己的身子，她搖搖晃晃地靠住牆壁，冷笑道：「好，你罵得好！利用？是的，我全都是利用你……」他說得對，她一直不過是利用，可是在這一刻，當他毫無顧忌地說出這句話，她的心卻是無比的受傷，或許，她在不知不覺中，已經對這個男人有了期待，有了真心……

「啪！」急怒攻心的肖天燁，神志迷亂地舉起右手，對著歐陽暖揮了下去。

歐陽暖本已站立不穩，哪裡禁得起這一記耳光？她一下子癱倒在地上。

心口的劇痛使肖天燁瞬間從迷亂的雲端直摔到現實的平地，他清醒過來，猛地跪在歐陽暖身邊。只見歐陽暖雙目緊閉，臉色煞白，好像全身的血液隨著他那一巴掌全流走了。

他突然意識到自己做了什麼，立刻伸出手去想要攙扶她。

歐陽暖推開他的手，朝他看了一眼，那眼光猶如一潭死水，像塊灰漆塗的冰。從那裡透出的絕望和悲涼，驚得肖天燁不禁畏縮地倒退了一步，而她卻已站起來，一把拉開了門。

她微揚起臉，好像在夢中長吁一口氣般微微張開了唇：「出去！」

尖巧到如雕刻的下頜，只有咫尺之遙，恍然間，肖天燁幾乎忘記了怎樣呼吸。

他渾渾噩噩地出了賀府，肖天燁不知道自己是怎樣回到客棧的，一頭撞進屋子裡，躺在床上。他做了什麼？他惹她發怒了！她剛才的模樣，沒有半絲發怒的樣子，可是他知道，她已經怒到了極點。這都是因為賀雨生！他突然從床上坐了起來，眸子裡閃過一絲冰冷的寒光。就在這時候，一隻鴿子突然撲刺刺飛到了窗前，他快速走過去，抓住鴿子，解下上面的竹筒，打開裡面的信箋看了看，目光微微瞇了起來：前方戰事吃緊，父皇命他火速回京！

第二天，賀雨生出門後就沒有再回來，到了用完膳的時候，賀雨生被人抬了回來，他死在女戲子的房裡，悄無聲息的。二夫人手裡的筷子掉在地上，不敢置信地站起來，嚎哭著撲過去。

「來人啊！快來人！救救我兒子！他還活著，一定還活著啊！」二夫人抱著賀雨生冰冷的屍體，嚎啕大哭。

所有人都愣住了，不敢置信地看著早上還活蹦亂跳的人，晚上就變成了一具屍體。正位上的賀老太太聽到那聲淒厲的哀嚎，猛地暈了過去。

歐陽暖慢慢站了起來，渾身變得冰涼。她意識到這事兒究竟是誰做的……賀雨生縱然是個紈褲子弟，卻還沒有到十惡不赦的地步，平日裡是對她很不尊重，至少沒有真的傷害到她。而賀家其他人再不好，賀老夫人和賀家如還是全心全意維護她們，肖天燁竟然真的動了手……就在她愣神之間，林元馨也已經站起來，剛要看看究竟發生了什麼事情，身後的丫鬟、嬤嬤們卻顧不得許多，推開她的身子向賀雨生湧過去，林元馨腳下一滑，整個身子就撲跌在地。

「表小姐！」紅玉嚇得魂飛魄散，奔了過去，撲跪於地，急忙抱住林元馨，在驚慌失措的此刻，她竟忘了稱呼林元馨為夫人。

歐陽暖的臉色一下子變了，立刻俯下身子，拉住林元馨的手，「表姊，妳怎樣了？妳跟我說話……妳別嚇我！」

林元馨痛得臉色慘白，豆大的汗珠從額上滾落。她勉力忍著痛，還試圖安慰歐陽暖：「我……我……我沒事……妳……妳別慌……我想，孩子……孩子……要生了……」

「要……要……要生了？」歐陽暖急得聲音都變了，現在整個大廳裡亂成一團，忙著賀雨生，忙著賀老太太，根本沒有人顧得上她們，就在這時候，一個男子大步流星地走過來，一把抱起林元馨，滿面焦慮，「快送進房裡去！」他一面喊著，一面就快速向外走去。

歐陽暖認出這個男子就是賀家的大公子賀雨然，她想也不想，快步地跟了上去，急急地吩咐紅玉：「快去請產婆來！」

林元馨被安放在床上，賀雨然回頭對著歐陽暖道：「產婆呢？」

「來了來了！」紅玉幾乎是拖著產婆一路飛奔過來，產婆氣喘吁吁地邁進門，彷彿立刻就要斷氣了一樣，「不急不急，生孩子而已，還有好一會兒呢！」看到賀雨然在房裡，產婆臉色一變，「怎麼有男人在，這多不吉利！」

賀雨然也知道自己並不方便留在這裡，便對歐陽暖微微點頭，快步走了出去。他隱隱知道肖重華和這兩個女子有某種奇異的關聯，發生這種事，他必須告訴對方，可是肖重華已經足足消失半個月了，他走的時候說今天回來，現在不知道在哪裡？

產婆又看向歐陽暖，歐陽暖皺眉，道：「我就在這裡！」她的聲音斬釘截鐵，產婆一愣，不再堅持，立刻對紅玉喊道：「把爐子生起來，燒一壺開水放在那裡！把凡是妳能找到的毛巾都拿來，一定都要找來，動作要快，去吧！」

看到林元馨的臉色越來越白，歐陽暖從來沒有這樣慌張過，她緊緊拉著林元馨的手，心中無比的痛苦。都是我害妳的，我為什麼要激怒他？都是我的錯……如果不是她激怒了肖天燁，他也不會殺賀雨生，若不是因為這樣，表姊也不會被人撞倒！歐陽暖已經將這一連串的問題都歸結到了自己的身上，心中的愧疚幾乎將她湮滅，平日裡冷靜聰明的頭腦也變得混沌。

離林元馨的產期還有半個月，她現在卻因為突然摔倒而早產，當然是痛苦萬分的。時間緩慢地流過去，每一分每一秒都在凌遲著她，林元馨從來沒有經歷過這樣的痛。痛楚已經弄不清是從什麼地方開始，也不知道在什麼地方才能終止。痛的感覺，把所有其他的感覺都淹沒了。全身四肢百骸，幾乎無處不痛，連頭髮和指甲都在痛。她知道，歐陽暖在為她擔心，所以她盡力咬著牙，不發出可怕的叫聲……可是，汗與淚齊下，呼吸都幾乎要停止了……她心裡有個模模糊糊的意識，她要死了，她要死了……她也寧願死去，立刻死去，以結束這種撕裂般的，無休無止的痛！

眼前有很多張面孔在晃動，這些面孔像是浸在水霧裡，模模糊糊的，飄飄盪盪的，隱隱約約的。她依稀看到肖衍，看到沈氏，看到老太君……這些人在她眼前像走馬燈似的不停地轉，可是她知道，這一切不過是太過渴望產生的幻覺罷了，眼前只有產婆，只有歐陽暖，只有紅玉……驀然間，那撕裂般的痛楚又翻天覆地般的襲來，她被這強烈的痛楚又拉回到這個世界，聽到歐陽暖在喊她的名字，紅玉在用冷水潑她的臉，產婆在掐她的人中，並且試圖往她嘴裡塞著人參片……而她肚子裡的孩子，正掙扎著要來到這個世界。

產婆滿頭是汗，對歐陽暖道：「不好，孩子是頭上腳下，轉不過來！」

歐陽暖的臉色變得更加可怕，她幾乎緊張得說不出話來，產婆到底是經驗豐富，穩了一下神，又慢慢把孩子的腿給送進去了，然後慢慢在裡邊復位，並且尋找著另一條腿，等再拽出來的時候，產婆的臉更白了，居然是一條腿和一條胳膊先出來！橫生倒養就是說嬰兒在母親肚子裡的姿勢是橫著的，頭部無法轉下，弄不好就會一屍兩命。

歐陽暖並沒有見過女人生孩子，更不知道生產的過程這樣可怕，她死死地盯著產婆，目光幾乎像是兩塊寒冰，「現在怎麼辦？」

「這……我沒有辦法了，大人小孩只能保住一個！」產婆急切地道。

歐陽暖聞言，全身都在抖，如同篩糠。

紅玉的眸子中露出驚恐萬分的神色，雙唇顫動，卻說不出一句話來。

表姊有多麼看重這個孩子，歐陽暖比誰都要清楚，可是現在該怎麼辦？她該怎麼辦？不管做出什麼樣的抉擇，都一定會有人痛苦！她只恨自己的理智一下子都煙消雲散，目光盯著林元馨的面孔說不出話來，就在她即將說出要保住大人的時候，林元馨突然抓住她的手，「我……要孩子……一定要留下孩子！」

歐陽暖的淚水模糊了眼眶，她的面容帶上了一絲從未有過的悲戚，但隨之而來的，是一種可怕的意志力，她近乎冷酷無情地道：「不，要大人，一定要保住表姊的性命！」

「去找剪子和刀！」產婆大聲道。

紅玉快步走出去，跟正好趕過來的丫鬟們撞在一起，連忙斥責道：「聽見產婆的話沒有，還不快去！」

丫鬟找來剪子和刀，產婆看見歐陽暖站在裡面，臉色都已經變得慘白，林元馨疼得厲害時總是要握住歐陽暖的手，但是她抓得那麼緊，幾乎要把骨頭都捏碎了。這時候歐陽暖的手已經青腫起來，快要不能動彈了，產婆趕緊用力掰開林元馨的手，迅速道：「這種場面沒出閣的姑娘家怎麼能看？快出去！」

歐陽暖沒有再堅持，她不知道自己能否面對失去的結局，如果孩子保不住，大人同樣保不住呢？她該怎麼辦？產婆要用剪刀攪碎那個孩子，然後再把他弄出來，歐陽暖再也無法忍受這樣強烈的震撼與痛楚，快步走了出去，她要去找人，不管是誰，救救表姊！

一出門，卻撞上了賀雨然，他立刻道：「我剛才沒找到重華，但是我已經給他留了口訊，現在告訴我，蕭夫人怎麼樣了？」

歐陽暖臉色從未如此蒼白過，她盯著眼前這男人，好半晌才道：「產婆說只能留下一個……」

賀雨然握緊了拳頭，「讓我進去看看！」

歐陽暖渾身一震，不敢置信地看著他，他又堅定重複了一遍：「我是個大夫，讓我進去！」

歐陽暖咬緊嘴唇，這時候什麼也比不過表姊的性命重要，哪怕要身敗名裂，也總比命沒了好，她當機立斷衝進屋子，大聲道：「所有的丫鬟都下去，這裡有我和紅玉在就好！」

丫鬟們互相看了一眼，露出為難的神色，歐陽暖的面色從來沒有這麼嚴厲過，「下去！」

丫鬟們不敢再堅持，一個接一個退了出去。歐陽暖看她們全走了，才對門外道：「進來吧。」

產婆正忙著用熱水燙剪子、刀子，打算消了毒就要動手，看到賀雨然走進來，驚得目瞪口呆，「男人怎麼能進來？這是什麼地方，老天啊！」

歐陽暖的眼睛在燃燒，臉色卻蒼白如紙，「住口！他是大夫！」

「可是……」產婆還要說話，歐陽暖冷漠地道：「這種時刻還講究什麼避諱，若是我表姊的命沒了，誰敢承擔這個責任？」

產婆愣住了，額頭上大滴大滴的冷汗往下落，賀雨然已經快步上前去了。床上的林元馨奄奄一息，她的臉色和紙一樣的白，汗水濕透了頭髮和枕頭，嘴唇被牙齒咬破，整個人失去了意識，氣若游絲。

嬰兒的小腳是又軟又嫩，要是勁兒使大了，稍不留神就可能使孩子落下殘疾，可這孩子現在是進也進不去，出也出不來，眼瞅著就得憋死，怎麼辦呢？賀雨然狠下心來，他回頭問道：「有沒有簪子？」

歐陽暖一愣，隨即就把頭上的髮簪拔下來遞給他，那簪子又細又尖，賀雨然拿起簪子，衝著嬰兒的小手心就扎了過去，扎完了小手就扎腳心，一連扎了幾下，由於條件反射，孩子一疼，居然縮動起了手腳，他又趁勢一送，就把孩子的胳膊和腿又給送進去，接下來就再重新復位，去找孩子的雙腿。

歐陽暖在林元馨嘴中又塞進一片人參。

「表姊，妳必須清醒著才能用力！支持下去，不要放棄！咱們闖過這麼多難關，不要在這個時候發放棄啊！」林元馨聽到歐陽暖說的話，感覺到有冰涼的淚水不斷滴落到她的臉上，她努力睜大著眼睛，不讓自己失去意識。努力按照她的吩咐，一遍又一遍地去做。

產婆看得目瞪口呆，賀雨然冷聲道：「還不過來幫忙！」產婆這才衝過去幫著賀雨然，一通折騰，終於把孩子順利帶了出來。雖然沒有臍帶繞頸，但是由於羊水已破，又長時間憋在娘肚子裡，孩子出來的時候已經憋得渾身青紫，眼瞅著就不行了。

「是個兒子！」產婆提著嬰兒的雙腳，狠狠地連拍了幾下屁股，但孩子還是沒有哭聲出來。

「快，把孩子放平！」賀雨然連忙道。產婆驚訝，賀雨然已經把孩子平放到旁邊，先是掰開小孩的嘴，低頭嘴對嘴的把孩子嘴裡和鼻子裡的髒東西給吸了出來，接著又往孩子嘴裡吹了幾口氣，這才重新抱著孩子打了幾下屁股，「哇」的一聲，孩子終於哭了……

這樣的舉動，連歐陽暖都看呆了，這孩子渾身血淋淋的，不要說賀雨然只是個大夫，他就算是孩子的親生父母，也絕做不到如此。如果今天肖衍在這裡，他唯一會做的選擇就是保住孩子，放棄林元馨。

孩子渾身仍舊是青紫的，賀雨然沉聲道：「冷水，快取冷水來！」

現在哪裡來的冷水？歐陽暖一頓，立刻對紅玉吩咐道：「去打井水，快點！」

井水打來後，賀雨然先從盆裡取出一捧冷水按在孩子身上上下搓揉，等到渾身都搓遍以後，就從腰間取出一個瓷瓶，將瓷瓶裡面的丹藥揉碎，然後繼續在孩子身上揉搓，反覆幾遍之後，孩子身上的淤青居然漸漸變淺，孩子的呼吸也順暢平穩了，所有人懸著的心終於放了下來。

產婆做了後續的清理工作，由於疲憊和失血過多，林元馨已經出現了昏迷的症狀，賀雨生幫她把過脈搏，鬆了口氣，道：「沒事了！」

林元馨昏迷了一天一夜，她實在是太累了，賀雨然和產婆都已經離去了，歐陽暖坐在燈下，看著乳娘抱著孩子輕聲哄著，她慢慢站起來，走了出去。

今天一天，她從未經歷過，再活一次，她以為什麼都能夠掌握，可是偏偏她掌握不了老天爺的旨意。今天，林元馨若是就這樣死去，她絕不會原諒肖天燁，也絕不會原諒自己！就差一步，只差一步而已，林元馨和孩子都在死亡的線上打了個轉兒，好在她活了過來！歐陽暖嘆了口氣，冷風吹過她的臉面，終於讓她慢慢鎮定下來，重新恢復了往日的冷靜。

就在這時候，一個面目陌生的小丫鬟突然跑過來，「歐陽小姐，您在這兒啊，奴婢到處找您呢！老夫人傷心過度，現在還臥床不起，聽說蕭夫人生產了，想要請您過去問問情況呢！」

歐陽暖從涼亭裡站起身來，「好，我過去看看。」

小丫鬟躬了躬身，「是，奴婢在前頭帶路，您腳下仔細些。」

從這裡到賀家老夫人的正屋，要通過那座太湖石堆成的假山，路稍微有些崎嶇，歐陽暖想起假山後就是那座神祕的小樓，心中不知為什麼有一種不祥的預感，她走到一半，突然頓住腳步，「妳是賀老夫人身邊的丫鬟？為什麼從沒見過妳？」

「二少爺沒了，老夫人著身邊的四個丫鬟都過去二夫人那裡幫忙照料，奴婢是臨時替上來的，原先在前院伺候的。」小丫鬟伶牙俐齒，說得十分在理，可是歐陽暖卻覺得有哪裡不對勁，因為路越走越不對，眼看就要從小樓門前經過，一股大力突然撞向歐陽暖的腰部，她突然撞在了一個柔軟的身體上，不由得嚇了一跳。

前面站著的是披著厚重面紗的賀家婷。

歐陽暖冷冷地向後看了一眼，那小丫鬟果然已經畏縮地退出去了，她回過頭看著賀家婷，瞬間就明白了過來。

出乎意料的，賀家婷低下頭去，歐陽暖分明聽到她無限悲傷地長嘆一聲，「妳這張臉實在是太美了，連女人看了都心動，難怪那麼多人都喜歡妳！」

歐陽暖知道，自從賀雨然回來後，揭穿了毛氏預備移花接木的把戲，這一對母女就此沉寂下去，就連毛氏也很少在她面前出現。

賀家婷繼續往下說：「我原本也有一張漂亮的臉，引得平城多少豪門公子趨之若鶩，可是，幾年前，一次意外的火災毀了我，我的臉燒傷了。從此後我就祕密地住在這幢小樓裡，寧可人們認為我一直生病不能見風。」

她的語氣哀戚，聽得出來並不是在說謊。歐陽暖心底湧起一股同情之心，最重要的是，賀雨然剛剛救了林元馨的性命，而賀家婷是他的親妹妹，縱然她曾經不懷好意，歐陽暖也只能當做什麼都沒發生過。她靜靜地道：「我能理解妳的痛苦，而且我要謝謝妳的大哥，如果不是他，今天我的表姊一定會很危險。」

沒等歐陽暖說完，賀家婷冷漠地打斷了：「他本來就是一個醫術高明的大夫。」她仔細地盯著歐陽暖的臉，目光帶上一絲隱隱的漠然，「可惜他治不好我的臉，只能留下我的命而已。」

歐陽暖的微笑，在賀家婷看來會是一種諷刺，歐陽暖明白這一點，更不想刺激她，所以她道：「賀小姐，有些事情不是人力能夠扭轉的。」

賀家婷完全像是在自言自語：「本來妳要是乖乖聽話，暫且做我的替身該有多好，這樣我就能順利嫁給方恆。等生米煮成熟飯，他就算想要拋棄我也不可能了。可是大哥壞了我的計劃，他竟然告訴方恆說妳並不是賀家婷。」

歐陽暖微微皺眉，「這種事情，如何隱瞞都隱瞞不了多久的。」更何況，肖重華一早已經知道了真相。

「我不管，我第一眼看到那個男人就愛上他了，我絕不允許別人破壞我的計劃！」賀家婷的目光帶了一絲常人難以察覺的瘋狂，「好在我有了新的主意……」

歐陽暖從未被人用這樣可怕的眼光盯著，她強迫自己鎮定下來，聲音冷沉：「妳想幹什麼？」

「大哥說過，將來如果有美麗的女子過世，他會想辦法買來那女子的臉皮，剝下來給我，到時候我就能有美麗的面容了。」賀家婷的目光越來越可怖，越來越瘋狂，她不由自主靠近了歐陽暖，「可是他一直叫我等，一直叫我等！兩年前等到的那一個，竟然失敗了！大哥說血液不相容，讓我繼續等，可我等不了了！妳不就是現成的人選嗎？世上還有多少比妳更美麗的女人呢？方恆一定會喜歡妳的臉，他一定會的！」

這樣的瘋子，妳不能和她說任何的道理，因為她根本不會聽妳理論，更不會相信！歐陽暖不由自主倒退了一步，「換臉這種事根本是聞所未聞，妳竟然也會相信？」

「相信！哪怕只有萬分之一的機會，我也要相信，否則我就會不人不鬼地活一輩子！這件事情娘不肯幫我，祖母也不理我，只有靠我自己！」賀家婷猛地撲上來，死死抓住歐陽暖的肩膀，像是要將她的骨頭捏碎。

強烈的恐懼和危機意識讓歐陽暖的身上發出一股巨大的力量，這股力量讓她瞬間把比她更高大的賀家婷猛地撲倒在地。不等對方反應過來，她的膝蓋就頂住了她的脖子。賀家婷拚命地掙扎著，一雙眼睛睜得老大，死死看著歐陽暖。

賀家婷身材很高大，很快歐陽暖就覺得自己壓制不住她了。這小樓裡不只賀家婷一個人，歐陽暖不知道還有什麼樣的事情等待著她，她突然覺得前所未有的焦躁和恐懼，她不想就這樣結束。理智告訴她，她現在要做的是快刀斬亂麻，迅速制伏這個賀家婷，但賀家婷並不是柔弱的少女，不過一瞬間的猶豫，她整個人已經將歐陽暖壓在地上，手已經攀住了歐陽暖的胳膊，卡住她的脖子。

好涼的手啊，簡直像是一塊冰，透過衣領都能感到一陣寒氣！

賀家婷的雙手突然用勁，尖利的指甲隔著薄薄的衣服往下掐去，從左右兩面緊緊地卡住了歐陽暖的脖子。她的動作是那麼突然而利索，歐陽暖來不及掙扎，已被她卡得透不過氣來。

然而，賀家婷說話的聲音卻已變成一副哭腔，她簡直是在苦苦哀求：「求求妳，幫幫我，好嗎？我求妳了，求妳了……」

她哀求得越來越可憐，但在歐陽暖脖子上的手也越來越用勁，整個身子幾乎壓在她的身上。

歐陽暖視線開始模糊昏暗，只覺得周圍一片虛浮。就在她快要脫力的時候，突然一道極為猛力的拉扯，將賀家婷從她身上甩出去，接著一個人將她抱起來，陌生的檀香氣息撲面而來。歐陽暖一怔，仰起頭，以驚悸未平的眼接納了他俊美的臉。

肖重華的一綹鬢髮從冠中掉出，他說話的節奏很快，像是失去了往日的鎮靜：「沒事吧？」

歐陽暖搖了搖頭，一時說不出話來，重重地咳嗽個不停。此時此刻，肖重華的雙手無法控制似地顫抖著，面色發青，竟是一派驚懼之色，「賀家婷，妳要幹什麼！」

賀家婷盯著肖重華說：「方恆……要是她也燒成我這副模樣，你也就不會丟下我去愛她了。」說到最後，她的臉上流露出極大的遺憾。

肖重華從未有這樣的感覺，當他看見賀家婷要殺死歐陽暖的時候，一種躁怒之氣不由自主衝入五臟肺腑，此刻聽了賀家婷的話，他覺得太陽穴上的青筋像要爆裂似地直跳。深深地吸了幾口氣，他才冷冷地說：「如果妳今天就是要我來聽妳講這些，那麼，我要告辭了。臨走前，我要告訴妳，即使她的臉被火燒傷了，我也仍然不會討厭她，因為，大火毀滅不了她的靈魂、她的性子，而這些才是最可愛的。」

肖重華扶著歐陽暖，大步朝門口走去。

賀家婷從地上跳起，趕過來，攔住了他，「不！別走，方恆，求你……」

她突然跪倒在地上，兩手緊緊拉住肖重華的衣襬，哭著哀求道：「求你，別這樣丟下我就走！無論如何，再給我一個機會，你不是有求於賀家嗎？只要你答應娶我，我什麼都可以幫你……」

這個女子竟然會為了一個男人變得這麼瘋狂？歐陽暖看著賀家婷，不知道為什麼，她對她竟然無法產生恨意，也許在前生，她也曾經為了蘇玉樓而瘋狂，做出了很多愚昧可怕的事情。

肖重華緊皺著雙眉，捏緊了拳頭，閉上了眼睛，沉重地說：「妳起來。」

賀家婷仍跪在地上，抓住他衣襬的雙手也不肯鬆開，「那，你答應我不走……」

「妳還有什麼話，就請快說吧。」

賀家婷這才站起身來，她盯著肖重華，緩緩地道：「我知道你在和我父親商量什麼，也知道他還在猶豫，若是你答應娶我，平城賀家糧倉裡頭的一百萬石的糧食，我保證，我爹一定會雙手奉上！」

一百萬石糧食？歐陽暖在聽到這一句的時候，心中電光急閃，皇長孫在打仗，糧食是迫在眉睫的，可是肖衍畢竟攻占了那麼多城池，他的部隊更是占城為據點，幾乎遏制了所有秦王軍隊得到當地供給的可能，按照道理說，需要遠途運糧過去的人是秦王才對，難道說……她看了肖重華一眼，目光中滿是驚疑，他們究竟想要做什麼？不知為何，歐陽暖覺得近日發生的事情彷彿變成一團亂麻，令她無法理出頭緒，也許表面看來，太子和皇長孫退避得太容易，反倒叫她心中生了無限的懷疑……

「很抱歉！」肖重華慢慢地道：「這件事情，只是一場心甘情願的交易，若是令尊執意不肯，我不勉強！」

賀家婷一字一句惡狠狠地說：「你以為，我會眼睜睜看著這個女人把你奪走？」

「我警告妳，不要再傷害她！」肖重華想了一想，口氣嚴厲地說：「再要搗鬼，我立即命人在平城貼滿妳的畫像！除了丟盡臉面外，妳別想再得到任何東西！」

肖重華再也不想多留片刻，他毅然扶著歐陽暖離開。

「方恆，你回來，你快回來！」背後傳來賀家婷的話語，聲音是那麼陰森、冷酷、恐怖，簡直令人毛骨悚然。

從小樓裡走出來，肖重華才鬆開歐陽暖，口氣竟是說不出的嚴厲：「妳怎麼會跑到這裡來？妳知不知道她是個瘋子！若是我晚來一步——」

歐陽暖眼圈早已紅了，只是她不習慣在任何人面前流露心中的痛苦，不得不強自露出笑臉，用那帶著鼻音的聲音輕輕說了一句：「對不起，給你添麻煩了。」

那一刻，對肖重華來說，這樣的畫面無疑是殘忍的猛獸，一口一口無情地撕咬著他的心肺。他力持著鎮定，可心疼的感覺卻難以抑制，如潮水一般奔湧而來，將他整個人淹沒。他知道她是個倔強硬氣的女子，不願被人看輕，不想對人示弱，他便只好裝作什麼也沒有看見。

「暖兒……」他沒發覺自己已經換了稱呼，「妳要來見她，怎麼不先知會我一聲？」看著她明明泫然欲泣，卻還強擠出笑臉的模樣，他心底被狠狠揪痛的地方仍然近乎燒灼地痛楚著，可卻又不得不做出微笑的表情，抒解她的緊張。他一步一步走近，見她低下了頭，躊躇的模樣，他臉上的笑終於再也無法維持，只是上前，壓低了聲音安慰她：「不要緊的，她不會再傷害妳。」

其實，他更想說的是——

我不會再讓她傷害妳！

可惜，歐陽暖並不知道他心裡想的是什麼，只是垂著頭，強抑著惶悚悸痛的雙眸，腦海中一片茫茫的惶然，心裡突然有股惶惑驀然翻了起來，低低地開口：「那一切都是假的，是你們設計的，是不是？」

肖重華的心跳因著她突如其來的問話而漏跳一拍，眼睛不由自主瞇了起來，那一向內斂的眸中，突地就滲出一縷毫不掩飾的受傷，可是，對著歐陽暖所說的話，卻是一絲一毫的痛楚也嗅不出來，有的只是無盡的溫柔與包容，「不要多想。」

只是一句話，歐陽暖便已經什麼都明白了。

林元馨那樣相信肖衍，所謂的相信，不過是她一個人編織的感情光環，那所謂的妥善安排，也不過是利用、謊言和傷害交織而成的網，留下了痛不欲生的疤痕。她在垂死邊緣掙扎回來，換來的不過是丈夫的欺騙與隱瞞，若是林元馨知道了這一切，她要如何面對？

「我們只是棋子，我、表姊、鎮國侯府、賀家，所有人都是肖衍的棋子，所有的一切，他早已計劃好了，包括秦王的反叛。」揪心的苦痛如血似的無形噴灑在空氣中，她閉著眼，低低地開口，像是極力壓抑著她所有的不安，最終，她揪住肖重華雪白的衣袖，卻是像個孩子似的淺淺啜泣起來，字字皆是真情流露的哀求，一字一字，那麼清晰：「告訴我，他根本是早有預謀的，是不是？」

肖重華的眼中流露出深切的痛苦，不忍看她的表情。

歐陽暖看著他，終於肯定了心中的猜測，她的聲音激動：「他瘋了嗎？就算他不在乎表姊的性命，太子妃是他的親生母親，皇后是他的祖母，他設局給秦王，最後卻讓他的親人，那些真心愛著他的女人承擔痛苦？」

在歐陽暖看不到的角度，肖重華咬住牙齒，將最深沉的痛苦深藏其中，帶著冷冽的寒意，透徹骨血的冷。他也只是這棋盤上的棋子，當他從京都九死一生地回到倉州，當太子將一切都告知他的時候，他連殺了肖衍的心都有——原來，他們都只是肖衍的棋子！他沒有想到，在不知不覺中，那個英明睿智的皇長孫早已變成了一個不擇手段的政客！

肖重華的第一個感覺就是要將肖衍碎屍萬段，皇后是向來疼愛他們的祖母，太子妃又是個多麼溫柔善良的女人，在肖衍的計劃中，並沒有為她們考慮一絲一毫，他只是一步步布好局，等秦王慢慢地走進來，其他人的性命，根本不在他的考慮之中。

他去質問那個男人，只得到一句冷冷的回答：沒有什麼是不可以犧牲的！

是，為了將秦王連根拔起，為了得到那個至高無上的皇位，肖衍可以動心忍性，眼看著親人被屠戮，他根本是用她們的鮮血在蒙蔽秦王！

肖重華知道與其等秦王羽翼豐滿後再動手，先下手為強是對的，但他絕不苟同這種以至親之人的性命為代價的犧牲，所以他想轉身就走，可是他不能，肖衍咬準了他不能。燕王、大公主，還有無數與太子派利益攸關的人，成千的人性命都在京都，在秦王的一念之間，縱然不願，縱然痛恨，他也要將這場爭鬥繼續下去，哪怕受到千夫所指，他也不在乎！可是現在看到歐陽暖質問的目光，他幾乎喘不過氣來，緩慢地，他一字一句地道：「我們沒有退路了，暖兒，只能繼續往前走！」

肖重華那雙深斂如海的黑眸，目光炯炯地注視歐陽暖，向來深邃的眸底，取而代之的是某種難以隱藏的痛苦，「這不是為了肖衍，是為了還在京都的那些人！」

他不知道自己如今該怎麼面對歐陽暖，對於這樣高傲的一個男人而言，此時此刻，他最擔心的是，她看他的眼神會不會滿是鄙夷？她會不會在下一瞬罵他殘忍可怕？她會不會給他一連串的諷刺和嘲弄，讓他出醜，難堪至極？他完全無法預料，可是他知道，他在乎，在乎她所說的每一句話。

也許在一次一次的交鋒中，不知不覺，她在他的心中已經變得比他想像得更重要……

「我明白了。」歐陽暖看著他，好半晌，才低低地嘆息一聲，眉尖微微地蹙了起來，似乎是有什麼情緒在胸臆裡一忍再忍，心中泛起一股近似疼痛的緊繃，「他辜負了表姊，辜負了那麼多的人，只為了成就他的野心，真的好殘忍……秦王殺了那麼多人，固然可怕，可他明明有救人的實力，卻故意視而不見，他比秦王要可怕百倍、千倍……」

許久許久之後，肖重華上前將她攬在懷裡，低頭印下輕柔的吻，像是在心疼她曾經遭受的傷痛，最後，他將自己的臉埋在她的青絲裡，溫柔地低語：「暖兒，今天我才明白，我最想要的，是妳的平安，還有……希望妳能夠做我的妻子。」

「你——」歐陽暖有點驚惶地抬起頭，才剛說出一個字來，便被肖重華用食指按住嘴唇。

他明知道，她和肖天燁之間有某種扯不斷的關係，甚至於上一次在城門口，若不是肖天燁，她們沒有這麼順利能夠出城。

「妳若對他有虧欠，我會幫妳全部還給他。」他並不說明，只是輕描淡寫，點到為止，不給她絲毫的尷尬與難堪。

歐陽暖垂下眼睛，不知道該如何回答他，只因為她想不到他會說出這樣的話，他在她的心裡，向來是一個冷靜到近乎無情的人，突然開口求婚，令她幾乎不知所措。

「他曾經向陛下請過婚，這件事全京都的人都知道。」歐陽暖一個字一個字地說，想要他打消這個念頭。

「我說過，我做事向來只隨自己的心，從不看他人的眼色。」換句話說，也就是含蓄地表明，他並不在乎那世俗的看法，更不在意別人對她的追求。

歐陽暖看著他的臉，有點不確定的感覺，卻見到他突然揚起淡淡的笑，將她冰涼的手握在手心裡，坦然與她對視，目光澄澈如水，襯得他那張原本就很好看的臉，更加令人移不開視線。從來都不知道，原來一向矜傲的他，微微一笑，竟然也能有這麼溫柔的一面。

「現在不是最好的時機，但我覺得，一定要現在告訴妳。」肖重華字字句句都很沉穩：「和我在一起，我一定會盡最大的努力，讓妳忘記所有不開心的事。」

賀老夫人穿著米色外衫、黃色馬面裙，斜臥在貴妃榻上，就在剛才，她才知道自己的孫子暴斃的真相，他竟然是和一個武生爭奪那個女戲子，被那武生暗算身亡的，這樣一來，賀老夫人原本的傷心立刻就被沖淡，反而氣得頭痛病犯了，剪了兩個渾圓的膏藥貼在兩鬢。滿地的婆子、丫鬟都垂手而立，幾乎連大氣也不敢喘一口。

毛氏進來後，揮手讓所有人都退下，然後對著賀老夫人道：「母親，請您屏退眾人。」

賀老夫人一皺眉，便揮手讓所有人退下了。這時候，蒙著面紗的賀家婷匆匆走進來，她剛才的氣還沒有順，氣急敗壞地把事情說了一遍，末了跪在地上在賀老太太面前道：「祖母，我要嫁給方恆，我一定要嫁給他，您替我想法子！」

誰知，賀老太太越聽越怒，揚手就給了賀家婷一記耳光。

「丟人現眼的東西！」賀老太太素來自持身分，雖為人嚴厲，但從來不曾親自動過手，如今必是氣極了，連聲音都變了調。

賀家婷硬生生接了這記耳光，毛氏趕緊道：「母親，這丫頭自甘下賤，對不起您的教導，千刀萬剮死不足惜，可方恆不過是來求人的，竟然也敢這樣羞辱您的孫女，您好歹要為她做主啊！」

賀老太太聽了毛氏的話，腦內轟然一聲，更加氣得面孔青白，罵道：「住口！妳為了妳這個女兒，連臉面都不要了！一個女孩子，貞潔廉恥都不顧，簡直是不知所謂！」

賀家婷急得連呼吸都紊亂了，忙抱住賀老太太的腿哀求道：「祖母，千錯萬錯都是我的錯，求您成全了我，以後我會感激您一輩子！」

見她還這樣執迷不悟，賀老太太恨極了，手指抓住了案几的邊緣，用力得指節都發了白，「給我閉嘴！」

「妳……」她忍不住氣湧上來，隨手一掃。案几上一個琉璃盞掃到地下，啪的一聲摔作粉碎，

「母親！」毛氏完全驚呆了，卻聽到賀老太太厲聲道：「他是什麼人，憑妳也配！做白日夢！還有歐陽暖，妳不知道她是什麼身分也敢去招惹，妳自己不要命，我們賀家可不會陪妳瘋！來人，快來人！把小姐帶下去，沒我的吩咐，再不許放出來！」

京都

「父皇，太廟重新整修的地圖我都已經設計好了，您看看！」肖天德小心翼翼地展開一幅圖，滿臉帶笑，道：「您剛剛登基，再過半個月就要去太廟祭天，太廟也該重新修葺一番！父皇放心，只要將整修的工作交給我，我一定辦得妥妥當當！」

就在這時候，林文淵走了進來，邊走邊著急地說：「皇上，出大事了！剛接到急報，南方河水暴漲，通糧渠被沖毀，漕運阻斷了！」

曾經的秦王，也就是如今的皇帝肖欽豪臉色一變，這可是件大事，糧食產地在大歷東部，一方面供給北方，一方面供給軍隊。漕運一阻斷，不論是通往京都還是倉州前線，都只剩陸路連接，運力有限，前方軍隊的糧草供應就要受到限制了。

他猛地從皇帝寶座上站起來，對肖天德冷聲道：「這時候修什麼太廟？到處都在伸手要錢，幾十萬軍隊等著吃飯！你別想這些了，馬上派人搶修漕運，務必確保糧餉供應無礙！」

肖天德心中暗自皺眉，一拱手應道：「遵旨。」

肖天德為了請功，特意想方設法攬下了搶修漕運的差事，但是施工的進度卻不能讓人滿意，眼看著京都糧價一天比一天高，百姓的怨言一天比一天大，肖欽豪的怒火已經到了極點，肖天德幾乎下了死命令去催促，可是不知道為什麼，疏通漕運的這項工作一連換了七個官員，完工的日子依舊遙遙無期。而肖天德最擔心的不光前方軍隊的供應，就連京都的存糧都不太夠了。

就在這時候，原先秦王手下最得力的謀士何周向他推薦了工部侍郎錢海，此人在十年前曾經負責疏通過漕運，肖天德無奈之下只得啟用錢海，誰知竟真的如同何周所言，錢海十分能幹，加派了三百河工，並督促工人日夜趕工，還向肖天德保證七天內修通漕運。這樣一來，他心裡的大石頭總算落了地，可還沒等肖天德高興兩天，他就得到了肖天燁已經趕回京都，並被皇帝派去前線坐鎮的消息，他原本的興奮一下子煙消雲散，看著何周滿臉焦慮，唉聲嘆氣地自言自語著：「這下可完了！怎麼辦呀，怎麼辦呀？」

何周心中冷笑一聲，面上卻關切道：「殿下怎麼了？」

「父皇根本不信任我，否則那五十萬大軍為何不交給我統領？誰不知道肖衍手中的軍隊不過是臨時募集，真正有用的是屬於明郡王的那二十萬軍隊，根本沒有別的兵馬！你想想看，這一場根本是必勝的！到時候肖天燁在父皇面前就成了有功之臣，我還有地方能站嗎？」何周原本是秦王府的謀士，對王府的舊事十分熟悉，所以肖天德絲毫不隱瞞，一五一十說了出來。

肖天德不知道，何周是肖衍千辛萬苦培養出來，想方設法送進秦王府的奸細，更不會想到，何周會和肖衍聯手將他送上死路。這個時候，何周十分為難地道：「殿下，這個畢竟是你們兄弟之間的事情，陛下又向來偏愛世子……我也沒有辦法啊！」

「偏愛？」豈止是偏愛？肖天德看著自己的兩根斷指，幾乎對肖天燁恨到了極點，「打仗不讓我去就算了，本想藉由修太廟的機會讓父皇對我另眼看待，誰知也不成！難道你要讓我眼睜睜看著肖天燁打了勝仗回來繼承皇位，到時候我還能活嗎？」

何周的嘴角彎起一絲難以察覺的弧度，慢慢說道：「殿下別急，臣倒有個主意，既可以讓您除掉他，又能讓陛下高興。」

肖天德急忙問他有何良策。

何周笑道：「據我所知，明州的南倉裡面還有三十萬石的糧食，預備在最緊急的時候用來應急，眼下各地的米價奇高，如果把這官倉的糧食拿出來先賣了，等漕運修通後，再花較低的價格收回來，就可以賺上很大一筆差價，這些錢足夠修太廟了，而且還可以讓眼下那些買不到糧食的人有飯吃，京都城裡百姓對朝廷的怨言自然就會少多了。」

肖天德皺眉道：「不可，父皇絕不會同意這麼做的，再者，明州的官倉，我也沒有隨意買賣的權力！」

「殿下，陛下當然不會同意，您最好是做成以後，把太廟修好了，再向皇上奏明，那時木已成舟，皇上自然不好再說什麼。至於官倉，我自然有法子讓那糧官點頭。」

「可是萬一漕運沒有修好……」肖天德躊躇起來。

何周冷笑一聲，「有錢海在，殿下想要這漕運什麼時候修好，它就能什麼時候修好！」

肖天德難以理解地瞪著他，突然想到了關鍵處，只要漕運能拖個十天半個月，京都和三大營這裡畢竟還有北倉，再支撐一段時日肯定不成問題，但是前方軍隊的供給就麻煩了，到時候肖天燁一定會陷入困局，最好是吃個打敗仗！到了最關鍵的時候，他就讓錢海疏通漕運，再自請押送糧草去前線，想個法子接替肖天燁坐鎮五十萬大軍，那一切就大不相同了……肖天德想到這裡，便立刻吩咐把錢海找來，跟他再三確認過能修好漕運的時間，這才放下心來。

漕運不通，存糧漸漸用完了，各地米鋪一得到這從天而降的糧食立刻喜出望外，糧食出得很快，肖天德看到成箱成箱的錢進來，這一步嘗到甜頭後，就不會再回頭，他已經忘乎所以了。等到了第七天，明州的南倉中就只剩下一千石糧食了。沒過幾天，前線來了公文，讓南倉立即往前線發運十萬石軍糧，肖天德看在眼中，故意指使人壓下了公文。在他眼裡，肖衍是遠火，肖天燁是近憂，總要先除掉肖天燁，才能有心力去對付肖衍。

皇宮，肖欽豪正在批閱奏章，一名將領急匆匆進來道：「皇上，不好了，三大營裡出了亂子，士卒們譁變了！我在軍中的一個舊部冒死逃出大營，剛把信送到了兵部！」

肖欽豪吃了一驚，問：「譁變？到底怎麼回事？」

將領回答道：「說是沒有糧食吃，士兵們已經圍住了中軍大帳，中軍營的潘將軍已經被人趁亂殺了，左右軍營的形勢也十分危急！現在皇宮侍衛加起來不過千把人，而三大營有五萬人，請皇上速速調兵平亂。」

肖欽豪一臉怒氣，「平什麼亂？滿口胡言！怎麼會沒糧食？傳令下去，打開北倉放糧！」

這時候，林文淵快步走進來，面色惶急，「陛下，北倉的糧食微臣已經趕去看過，全都霉變了，不能吃啊！」

好好的糧食放在北倉怎麼會霉變？肖欽豪立刻意識到了其中的不對勁，他的聲音不知不覺中透露出一絲冰涼：「那就開南倉！」

「是！」那將領急忙應聲去了。

林文淵看著肖欽豪，聲音帶了一絲壓抑：「陛下，我總覺得這一切都有些不對勁兒……」

肖欽豪老謀深算，又怎麼會沒有察覺到這一切的不對，只是他被太容易得到的勝利沖昏了頭腦，尤其在皇后死了以後，更是讓他確認肖衍沒有翻身之力，可是他現在才覺得，一切絕不是他想像的那樣。

肖欽豪迅速行動起來，召來三大營軍中幾個平日裡最信任的將軍，安排他們穩住人馬，費了很大的功夫才勉強將局面控制住，就在這時候，卻傳來了南倉的糧食已經全部空了的消息，肖欽豪不敢相信，自己的庶長子竟然愚蠢到賣掉南倉的糧食，這是斷了後路啊！

他立刻下令將肖天德拘押起來，很快，如雪花般的奏章送到肖欽豪的面前，漕運理所當然的至今還沒有修好，而前線在缺少軍糧的情況下苦苦支撐了十天，如今已經到了最緊要的關頭，若是五天內再沒有糧食，肖天燁也沒辦法再撐下去。在最關鍵的時刻，肖欽豪想到了大歷最大的產糧地——平城，那裡距離倉州比較近，走陸路的話，十天應該可以來得及。肖欽豪立刻派出信使，告訴肖天燁再撐十天，務必等到平城的糧食運到。

這一場變故中，原先的太子派們都在蠢蠢欲動，而燕王府和大公主府卻是一派平靜，肖欽豪立刻派人嚴密監視這兩個人，同時讓林元淵即刻前往平城收糧。

平城

賀大老爺賀順君年紀四十來歲，臉上沒長一根鬍子，身子骨十分清瘦，一雙眼睛透著商人的精明，他的義子賀嘉盛站在他身旁，面色嚴肅。

肖重華慢慢地道：「五十萬兩銀子換您一百萬石的糧食，價格很公道，不知賀老爺還有什麼不滿意的嗎？」

賀順君道：「這……不是銀子的問題，只是一百萬石的糧食，我早已經說過，我們賀家的糧倉裡只有三十萬石，不是不想賣，實在是……」

賀嘉盛慢慢道：「實在是有心無力。」

說辭這些天來都是一模一樣，肖重華微微一笑，道：「三天後必然有人來買糧，到時候不要說五十萬兩，只怕貴府要無償徵用了。」

「你說什麼？」賀順君不敢置信地道。

大廳裡突然揚起一道朗朗的聲音：「爹，他說的對，前方戰事吃緊，漕運不通，若是官府現在向您征糧，您是給還是不給？明明有糧食卻不給的話，一定會掉腦袋的！」賀雨然快步走了進來。

賀老爺一驚，心道：這個兒子怎麼幫著外人說話？隨即站起身來，「胡說八道什麼，我是真的沒有一百萬石糧食！」

賀雨然搖了搖頭，正要勸說，肖重華卻微微一笑，「這樣的話，我就不勉強了。」說著，轉身就往外走，一副徹底放棄了的模樣。

賀順君被他弄得愣住了，原本他就是個商人，在商言商，他一個月來死死咬著沒有糧食的藉口不放，不過是為了抬高價格，現在看到肖重華這麼容易就放棄，立刻起了疑心，他立刻使了個眼色，他的義子賀嘉盛立刻道：「請慢一步！」

肖重華連頭也不回，快步向外走去。

賀順君連聲道：「好好，我賣給你，一百萬石就一百萬石！」

肖重華這才止住步子，回頭看著賀順君笑了笑，道：「好，那麼，一言為定。」

賀順君原來以為，一百萬石的糧食是皇長孫肖衍運去前線補給的，其實他根本不在意糧食究竟為誰所用，只要給錢就好了，所以他還特地提出要派人將糧食悄悄送出去，可是肖重華卻拒絕了，令人難以相信的是，他在賀家位於城外的糧倉點了一把火，轉眼一百萬石的糧食就在熊熊烈火中付諸一炬。

火光衝天，照亮了整個平城。外人不知道內情，只以為賀家的糧倉失了火，卻不知道，這一切都是有人在暗中操控。

林元馨一直在昏睡，她身體虛弱，瞧見一個人坐在床頭，只是模糊的影子，吃力地喃喃低問：「是誰？」

歐陽暖頓時驚喜，連忙道：「是我！表姊，妳餓不餓，要不要先吃點東西？」

林元馨微微搖頭，掙扎著想要坐起來，紅玉忙上前來幫忙，歐陽暖取過大迎枕，讓她斜倚在那枕上，又替她掖好被子。林元馨失血太多，唇上發白，只是哆嗦著問：「妳一直在這裡？」

紅玉淚眼盈盈道：「小姐不肯離開，徹夜守著，說這裡的人不知深淺，怕失了照應！」

林元馨點點頭，目中的感動幾乎氾濫，卻不敢流淚，歐陽暖將一件玉如意取了過來，「表姊，妳瞧，這是皇長孫派人從倉州送來的。他說了，要妳好生養著，不要胡思亂想，很快會來接妳。」

林元馨笑著搖了搖頭，道：「妳不必騙我，這東西是明郡王親自送來的，並不是肖衍。」

歐陽暖眼睛一紅，喉嚨梗塞，一時說不出話。

就在這時候，紅玉驚呼一聲，指著窗外道：「小姐，那是什麼？」

歐陽暖和林元馨同時向外望去，平城的東南角有濃濃的黑煙騰起，半邊天空幾乎被燒紅了。

林元馨愕然，看向歐陽暖，漆黑的眼睛裡泛起悲傷，「這一下，不知道多少百姓要受苦了。」

歐陽暖一驚，隨即知道，原來林元馨心裡什麼都明白。經歷了這麼多的事情，表姊已經不是以前那個單純不知世事的千金小姐了。皇長孫的釜底抽薪，用的的確很是時候，將會給予秦王最沉重的打擊，只是這一擊，對百姓們也是一樣的，秦王是亂臣賊子，而普通百姓，又有什麼過錯呢？

林元馨不再追問別的，只是讓乳娘將孩子抱到跟前來，她抱了好一會兒，一副愛憐的神色，慢慢的眼神閃爍中卻滑過淒迷哀傷，說了一句話：「這個孩子真是可憐啊！」

生在皇家，享受榮華富貴，卻也是天底下最可憐的一群人！歐陽暖在心裡嘆了口氣，臉上卻笑道：「表姊，妳現在還在月子裡，老人家說這時候最是要小心的，妳有什麼心事，都可以以後再說。」

「以後再說？」林元馨的眼睛裡露出一絲冷銳的光芒，幾乎不像是她原先柔美的模樣，「這些日子以來，我以為自己是為了最敬重的夫君在忍耐，可是現在，我親眼看到了那一場火，這一切足以將我的努力全都推翻，暖兒，我的忍耐已經到了極限……」

太子妃和皇后都是肖衍的至親，可他為了皇帝的寶座，寧願眼睜睜看著她們死去，這樣的心狠手辣，這樣的心機深沉，作為旁觀者的歐陽暖尚且覺得不寒而慄，更何況是他的枕邊人，為他生兒育女的林元馨呢？

歐陽暖看了屋子裡的丫鬟們一眼，淡淡地道：「除了紅玉，其他人都退下去吧。」

林元馨輕輕摸了摸襁褓裡兀自睡得香甜的孩子的小臉，輕聲道：「暖兒，妳說我是不是嫁給了一個可怕的男人？」

「表姊，」歐陽暖靜靜地道：「皇長孫之前所做種種，尚不足以撼動秦王利益的根本，皇位事關重大，他並無一定的把握能夠將秦王餘黨連根拔起，與其將來留下後患，不如一次剪除。如果過上幾年，秦王準備得更充分，戰火一起，只怕百姓受的苦更多。」

「暖兒，這根本不是妳的真心話。」林元馨微笑，有些落寞，「連妳都不肯對我說實話了。」

歐陽暖望著她，不敢說其實自己心裡也是膽怯的，論起揣度人心，她並不陌生，但說到玩弄政治，她完全比不過肖衍，如果在這種時候讓林元馨對皇長孫產生了恨意，對她將來又有什麼好處呢？她已經是對方的妻子了，這一點這一生都不能改變。

「表姊，妳能依賴的不過是皇長孫！只能相信他，相信他選擇的時機和決策！」

肖重華再度返回倉州，在倉州等地，皇長孫早已囤積了大量儲備，所以在短短兩個月內，倉州二十萬士兵很快擴展到四十萬，太子親自率領二十萬直奔京都，並派人到處散播流言說秦王謀逆，弒殺先帝，謀害親兄，引起天怒人怨，軍隊一路勢如破竹。因為缺少糧食，三大營的軍士接連發動譁變，秦王再三彈壓卻抵擋不住，最終，中營和左營的將軍率先舉兵投奔太子，只有京都內的禁軍和右營的一萬餘人在負隅頑抗。

五日後，紅玉突然滿是喜色地衝進來，「小姐，好消息！」

歐陽暖一怔，手上正在做的針線立刻停了下來，「怎麼了？」

紅玉笑盈盈道：「賀老夫人派人出去打探消息，說逆王沒了！小姐，咱們很快就能回京啦！」

「你是說秦王死了？」逆王？這怎麼可能？歐陽暖猛地從椅子上站起來，看了一眼也同樣萬分驚訝的林元馨，緩了緩心神，沉聲問道：「怎麼回事，妳慢慢說清楚。」

紅玉將大致的消息說了一遍，原來三大營的將軍陸續投向皇長孫，燕王和大公主暗中聯絡太子舊部，京都局勢也開始不穩，秦王幾乎成了甕中之鱉，他當機立斷，暫時棄了京都，打算率領剩餘的人往北方去，誰知中途卻被林文淵趁機殺了，並且林文淵還將他的人頭和餘下的將領一起送去給太子。

於是，不過短短的五個月，秦王轟轟烈烈的謀逆便已經落下帷幕，太子重新掌握了京都的政局，隨後頒發赦令，對於秦王謀逆期間曾經暫時歸附的豪門貴族一概既往不咎，為了安撫人心，甚至從輕發落，讓林文淵繼續保留兵部尚書的位子。聽到這裡，歐陽暖不由得冷笑，秦王是什麼樣的人物，林文淵若非真的得到對方的信任，怎麼能鑽這麼大的空子？忍時能忍，狠時能狠，這樣的人，才真叫是個梟雄。不過，他如此反覆無常，縱然一時留得性命，將來也不會有什麼好處，因為上位者永遠都不會相信一個兩面三刀、背棄舊主的臣子，他的官途也算到頭了。

很快，賀老夫人派了人送來滋補養身體的藥，由她身邊的心腹劉嬤嬤親自送來。

紅玉迎上去，微微一笑，道：「夫人這會兒正吃藥，我就去回。」

劉嬤嬤忙道：「老夫人說了不許老奴打擾，把藥送到就得回去了。今天有勞姑娘了，姑娘忙著，我就先回去了。」

以前老夫人身邊的人都是很矜持的，今天居然這樣客氣這樣尊重，連紅玉也不由微微驚訝。

紅玉便原原本本將劉嬤嬤的話向林元馨說了，林元馨身子弱，說話吃力，只斷斷續續道：「難為她老人家惦記。」

紅玉笑道：「這會兒惦記表小姐的多了去了，誰讓皇長孫惦記著您呢！」

紅玉說得沒有錯，肖衍的確派人送來一些很貴重的藥材給她補身子用，然而林元馨聽了這句話，怔怔的唯有兩行淚，無聲無息地滑落下來。紅玉一驚，不懂她哪裡說得不對，忙道：「表小姐別哭，這會兒斷然不能哭，不然再過幾十年，會落下迎風流淚毛病的。」

林元馨中氣虛弱，喃喃如自語：「他哪裡是為了我……」紅玉有些不知所措，這時候歐陽暖從外面進來，看見這一幕趕忙快步走上來，一面替林元馨拭淚，一面溫言相勸：「表姊還這樣年輕，心要放寬些，這日後長遠著呢。」又趕緊對紅玉使了個眼色，讓她別再說些引她傷感的話，趕緊又說些旁的話來試著開解她。

過了片刻，賀大老爺竟然又派人來了，這一回來人只將東西放到門口便恭敬地退了出去。送來的是一封信，林元馨手上無力，歐陽暖忙替她接了，打開給她瞧。那箋上洋洋灑灑寫了不少話，墨色凝重，襯著那龍飛鳳舞的字體，林元馨怔怔地瞧著，似乎有些不敢置信。

歐陽暖一愣，忙看了一眼那封信，上面卻說，再過三日，肖衍就會派人來接林元馨回京。歐陽暖鬆了一口氣，可是看看林元馨，卻又有一絲猶豫，皇長孫心急火燎地要接表姊回京，無非是為了看剛剛出生的兒子，可是表姊剛剛經歷過難產，身子骨又弱，現在出發回京，路上要是出什麼事該怎麼辦呢？想到這裡，歐陽暖輕柔地道：「表姊，我現在就提筆寫信，請皇長孫再寬恕幾日，等妳的身子好些咱們再上路，好不好？」

林元馨搖了搖頭，沉默了片刻，道：「不，這個時機回去，才是最好的。」

歐陽暖當然也知道這一點，她不再勸阻，只是吩咐紅玉去向賀家大公子領了些調養的藥物。

第三日一早，接她們的馬車便到了，讓人驚訝的是，這次來的人，竟然是肖衍的親信李長。

林元馨起了大早，不過淡淡鬆散了頭髮隨意披著，早起用前兩日就預備好的海棠花水梳理了頭髮，青絲間不經意就染了隱約的海棠花氣味。歐陽暖認真幫她梳理著頭髮，一下又一下。林元馨的髮絲柔軟如絲緞，叫人心生憐意。忽然，林元馨拉住了她的手，聲音微微發顫：「暖兒，我有些害怕……」

歐陽暖的手拂過她鬆鬆挽起的髮髻，輕聲道：「怕什麼？」

「我怕留在他的身邊，以後的路只怕更險更難走。我前思後想，總是害怕。」

林元馨的手涔涔發涼，冒著一點冷汗。歐陽暖沉住自己的心神，反手握住她的手，定定地道：「除了這條路，我們沒有別的路可以走，所以只能一直走下去。更何況，咱們都在一起，怕什麼呢？」害怕嗎？她未嘗不害怕，只是如果害怕有用的話，天下的事只消逃避就能解決。人生若能這樣簡單，也就不是人生了。很多人、很多事，根本是逃避不了的。

如今已是三月，歐陽暖穿上平素穿的淺紫色衣裙，只選了紗質的料子，外層有些飄逸，用幾乎看不出顏色的銀線繡了疏疏的蓮花，在陽光下時反射一點輕靈的光澤。她代替林元馨親自辭別了賀家老夫人和其他人，這才上了馬車。從上次發生意外後，那個蒙著面紗的賀家婷就再也沒有出現過，可是歐陽暖心中卻覺得此事並不會就這樣輕易地了結……

這一次與上次不同，林元馨不再是被秦王追捕的逃犯，而是皇長孫肖衍的側妃，一旦將來肖衍登基，為他生下長子的林元馨，就算不能登上皇后的寶座，也一定是有尊位的妃子，更何況鎮國侯在動亂中從始至終立場堅定地站在太子一邊，如今深得太子信任，是真正的有功之臣。所以李長一路小心翼翼地伺候，並且特意挑選較為安全平穩的路走，生怕驚擾了馬車裡的人。

第一次她們都是從小路、偏路走，這一次將會從官道回京，沿途路過嚴州、昌州、賀州等地。馬車走了一天，終於到了嚴州，李長找到的住處是本城最好的客棧，裡面不但有亭臺樓閣，還有一個小湖，遍植樹木花草，營造出一派江南風景。當然，這樣的地方住宿費相當昂貴，不是一般人承受得起的，入住這裡的人全都非富即貴。李長從懷裡拿出一張千兩銀票，讓他們押到櫃上，隨即便被熱情有禮的客棧夥計帶到後面的上房。

林元馨先去休息，乳娘給孩子餵完奶，孩子便睡著了。歐陽暖示意乳娘將孩子輕手輕腳地放進搖籃裡，小小的孩子睡夢中癟了癟嘴，粉嫩的舌尖露出一丁點，可憐又可愛，看得歐陽暖心中一片柔軟。多麼小的孩子，多麼稚嫩的生命，胖胖的，軟軟的，讓人見之欣喜，恨不得護在懷裡一刻也不願意分離。前生她嫁入蘇家三年都無子，一直沒有嘗過做母親的滋味，也並沒覺得有多難過，可是如今看著林元馨，她心裡卻有一種說不出的羨慕和歡喜。

紅玉在一旁含笑望著歐陽暖被孩子吸引了所有的目光，她的指尖一下下流連在孩子的臉頰上、耳垂後，甚至不停地撫摸著孩子的胎髮，那裡面的溫柔都要溢出來。

「真安靜，以後一定會是個性子溫和的孩子。」她輕聲說。

就在這時候，外面的院子裡忽然響起陣陣喧鬧，當中夾雜著女子和孩子的哭聲，以及叱喝、謾罵、斥責、勸阻，亂成一團。

歐陽暖一怔，將孩子交給紅玉，吩咐她好好照顧，隨後快步拉開門出去。

本來空無一人的小院此時擠滿了人，有不少人提著燈籠，把這裡照得亮如白晝。

李長正要上去處理，看到歐陽暖出來，立刻退到一邊，歐陽暖很快看清楚人群中間的情形。

只見被圍在當中的是三個人，其中一個女子穿著綾羅，戴著名貴的首飾，像是大富人家出身，只是低著頭痛哭，看不清長得什麼模樣，她的懷裡還抱著一個一歲左右的小男孩。站在她身邊的男子，依然像記憶中風度翩翩，面容俊美，只是這張臉，如今帶了說不出的憤怒和羞辱，眼睛裡帶了強烈的恨意，赫然是蘇玉樓。

在看清他長相的瞬間，歐陽暖再次看了那個年輕的女子一眼，這才發現原來真的是歐陽可。

人群裡，蘇玉樓俊目圓睜，怒道：「你說什麼？」

那名與他對峙的老者同樣是滿臉憤怒，「怎麼，我來接回我的孫子有什麼不對？」

蘇玉樓狠狠瞪了他一眼，冷冷地道：「這裡沒有你的孫子！你究竟是什麼人？跟了我們一路，到底要幹什麼？」

那老人道：「哼，我是堂堂的國丈，先帝還要尊稱我一聲，你算是個什麼東西！你不認識我不要緊，重要的是我認識你！」他向前踏上一步，聲音洪亮響徹了靜謐的夜空，他說：「你妻子懷裡抱著的孩子是我唯一的孫子，這個孩子姓曹，可不是你們蘇家的兒子！」

平地驚雷，方才眾人還懷疑自己幻聽，這一次曹剛字正腔圓的宣告幾乎是用錘子敲進了人的耳膜，歐陽可承受不住地搖晃了兩下。

就在這時候，站在不遠處的蘇夫人推開人群走到兒子蘇玉樓的身邊，一隻手顫抖地指著曹剛，「你胡說八道什麼？我們蘇家的孫子什麼時候變成了你曹家的人？可兒生的兒子可是我們蘇家的長孫，不是你仗勢欺人就可以誣陷的！若是沒有證據，我會親自告到衙門！」

歐陽可立刻驚醒過來，她尖聲叫道：「來人啊，快給我把這個瘋子打出去！」

蘇家眾多的丫鬟、嬤嬤們都面面相覷，半晌，才有嬤嬤跑出去叫跟車的護院。

誰知這時候，蘇芸娘卻冷笑一聲，「剛進門就懷了身孕，我還以為是大哥的，誰知現在孩子的家裡人出現了，若是沒出現，這孩子是不是要張冠李戴，讓我家替外人養兒子？」

蘇夫人和蘇芸娘都以為蘇玉樓早已和歐陽可暗通款曲，而蘇玉樓也一直不願意讓這樁醜事被外人知道，便始終瞞著所有人，這時候一下子被揭露出來，頓時臉上紅了一片，他惡狠狠地瞪了歐陽可一眼，那眼神像是要把她吃掉。

歐陽暖在人群裡看得清清楚楚，這一幕，彷彿自己站在萬人面前被當眾羞辱，蘇玉樓明明知道自己是冤枉的，卻不肯開口替她說一句話。他就是這樣一個男人，虛偽、自私，又故作道貌岸然。

蘇玉樓不願意在眾人面前丟臉，便冷聲喝斥蘇芸娘：「別胡說八道！閉上妳的嘴巴！」

可是歐陽可進門後，與蘇芸娘關係一直很不好，想也知道，這兩個人都是被慣壞了的，一個是刁蠻的嫂子，一個是驕縱的小姑，年紀又差不多，誰也不肯吃半點虧，天長日久豈不是變成了仇家。

蘇芸娘剛才的話，讓蘇夫人立即就醒悟了過來，趕緊對蘇玉樓道：「到底是怎麼回事？」

曹剛面色得意，「蘇夫人，妳家這個兒媳婦早就是我兒子的相好了，她懷裡這個孩子也是我們曹家的種！」

歐陽可氣急敗壞，漂亮的臉孔幾乎完全扭曲，道：「血口噴人！你憑什麼說孩子是你家的？」

蘇芸娘也不顧蘇家的臉面，反而巴不得把事情鬧大，將歐陽可趕出去她才稱心，趕緊道：「這事兒可要好好調查，哥哥的血脈可不能輕易被人竄了！」

歐陽可尖叫：「不是！我沒有！」

曹剛冷笑，拍了拍手，人群中走出來一個小尼姑，歐陽可一看，頓時面色發白。

曹剛道：「靈妙小師傅，妳有什麼話趕緊回了，好讓眾人聽聽。」

靈妙行過禮，道：「去年，歐陽小姐來水月庵禮佛，可是她心緒不佳，說要去園中散步。我家住持想著姑娘是城裡頭出來的貴人，便命貧尼陪著她在後院參觀。原先她身邊也是前呼後擁的，不一會兒就打發了其他丫鬟走，只肯留下一個貼身丫鬟伺候，還問貧尼庵中可有什麼男客來訪，貧尼也沒往別處想，只說沒有男客，就領著她去後院休息了。誰知後來貧尼領了歐陽家老夫人的吩咐來找她，見歐陽小姐竟然衣衫不整地紅著臉從屋子裡跑出來，又看到屋子裡居然還有個男子，真是嚇了一跳。水月庵是清靜之地，從來不接待男客的，真不知道這男子是從何而來。貧尼當時看著深覺不妥，想要勸幾句，反被歐陽小姐和她身邊的丫鬟奚落，只得忍了。後來歐陽小姐嫁到蘇家，從此是否和那名男子還往來，貧尼也不得而知了。」

靈妙說完，蘇夫人臉上已隱有怒色，蘇芸娘軟語低低勸了兩句，抬起頭故意拉長了語調：「如小師傅所說，我嫂子在後院與人幽會。」她停一停，環顧四周，彷彿要讓每個人都聽見，「那麼小師傅可認得那個男子？」

靈妙念了一句佛，老實道：「那是曹家的公子，他曾陪著曹夫人來水月庵上過香，貧尼自是認得的。」

蘇芸娘驚呼一聲，故作驚訝地逼近一步，「師傅不會認錯人吧？」

靈妙搖頭道：「水月庵少有男子來往，曹公子又不是頭一回來，貧尼斷不會認錯。」

蘇芸娘冷笑，「歐陽侍郎家裡當真是好家風，居然還能教出這麼個傷風敗俗的千金小姐！這樣想來，一樣的米養一樣的人，恐怕那個名滿京都的歐陽小姐也不是什麼好貨色吧！」

一榮俱榮的道理或許是沒有錯，若是一個高門之中有女兒作出淫邪之舉，全部的女孩兒都要被人詬病，可是歐陽暖如今是大公主的女兒，正式入了玉牒，與他歐陽家就沒有分毫關係了，蘇芸娘這句話，分明是出自於嫉妒與遷怒。

歐陽暖聽得靈妙說了一大篇話，又聽到蘇芸娘的言論，嘴角不由含了一絲若有若無的清冷笑意，她慢慢走出來，道：「蘇小姐這樣好本事怎不寫戲文去？愛編排誰都無妨，妹妹是否有罪還未可知，即便有罪也是有人蓄意誣陷，怎麼妳倒認定了她一定與人私通，竟相信這個不知從哪裡來的尼姑的話！」

眾人聽到她的聲音，又見到人群中走出來一個清麗的妙齡女郎，不由得大吃一驚。誰也沒有想到歐陽暖會在這裡出現，蘇夫人剛要說話，蘇芸娘搶白道：「妳是她的姊姊，她若真有罪，妳便是第一個為虎作倀的！怎麼也要論妳一個縱容妹妹與人私會的罪名！」

李長拍拍手，呼啦一下子出來多名侍衛，蘇芸娘被駭得倒退半步。

歐陽暖口角含了一絲冷然之氣：「姑娘何必出口傷人？是非對錯還未可知，縱然可兒當真做出不好之事，也是你們蘇家的媳婦，怎麼不見她在歐陽家的時候被人逼上門來？若真論起來，也是你們蘇家教媳無方，把歐陽家好好一個閨女教成了這個樣子！」

蘇芸娘氣呼呼地道：「妳怎麼不說是歐陽可敗壞了我家門風？你們歐陽家仗著自己門第高，硬是把大肚子的女兒塞給我家，可真是有夠低賤！」

「大膽！」李長怒容滿面地喝斥了一聲，侍衛們整齊一致地拔出劍來，蘇夫人連忙把蘇芸娘護在身後。

歐陽暖道：「蘇小姐這話真的是錯了，要真說起貴賤來，妳不過是個商人之女，我卻是先皇親口所賜的永安郡主，誰是貴人，誰是賤人，難道妳還分不出來嗎？蘇小姐，我勸妳自矜身分，不要口出妄言為好！」

「到底有沒有，問一問妳妹妹身邊的丫鬟就是了！」蘇芸娘被嚇得臉色發白，卻還是伶牙俐齒地道。

歐陽暖看了面色發白，目露憤恨的歐陽可，又道：「我妹妹沒有帶貼身丫鬟到蘇家，她們也與她不親近，妳問誰也問不出實情來，而且，就算丫鬟說了，妳能保證她說的是真話？妳能保證丫鬟沒有被有心人收買？」接著又笑道：「若果真在水月庵見面，難保庵主沒有私放男子進庵的罪名，到時候追究起來，小師傅，妳也難逃其咎！」

靈妙一聽，頓時面上有點紅，語塞道：「貧尼……貧尼也許是一時眼花罷了……」

歐陽暖嘆了口氣，對曹剛道：「曹大人，但凡是深宅內院的女子，不會輕易與陌生男子見面，更別說私相授受了。事情沒弄清楚之前，你貿然領一個孫子回去，若不是你家的骨肉，豈不是冤枉？」

歐陽可恨透了歐陽暖，雖不知道歐陽暖此刻為什麼要幫助她，但是聽見這話，頓時暗自喜悅，哭訴道：「曹大人，我與您無冤無仇，您為何要誣衊我？」

歐陽暖慢慢道：「曹大人若果真有證據，為何不讓曹公子出來對質？」

曹剛愣住了，他的臉上突然露出一絲古怪的神情，頗有些不知道如何啟齒。

一群看似無關卻心思紛雜的外人，一同將這客棧的小院給扭曲成了風雨欲來，即將分離崩塌的是非之地。歐陽暖站在旁邊，一雙清冷的眼靜靜地注視著這群痛苦掙扎的人。一如他們當年，用那樣可怕冷漠的眼神望著她一步步走向死亡，現在，她不要他們的性命，她要他們活著承受這種羞辱！她微微笑著，輕聲道：「蘇夫人，這種事情，知道的人越少越好，妳任由這麼多人圍觀，是要弄得人盡皆知嗎？」

蘇夫人一個冷顫清醒過來，她雖然討厭歐陽家的所有人，卻不得不承認這句話是對的，抬眼看見剛才報信那丫鬟帶著護院進來，連聲喝斥道：「把無關人等都驅逐出去！」

看熱鬧的原本還有客棧裡的客人，很快，院子裡只剩下蘇家人、曹剛，以及歐陽暖和李長帶來的侍衛們。護院人高馬大不錯，卻不敢去招惹配著刀劍的侍衛，兩方成隱隱對峙的態勢。

蘇玉樓從始至終都冷著臉站著，看著歐陽暖的目光隱約帶了一絲憤恨。

歐陽暖輕聲道：「蘇公子，你別忘了，可兒最愛的人是你。只要她愛著你，心甘情願跟著你，就算別人誤會又有什麼關係。想想她對你的傾心以待，想想她為你付出過的一切……」

這是要提醒他們蘇家，沒有歐陽家，蘇玉樓如今只怕已經死在監獄了！蘇夫人冷聲打斷：「永安郡主，這是我們蘇家的事情，不勞您費心了！」

歐陽暖淡淡一笑，「蘇夫人說的對，蘇家的事情，我自然是不好管的，只是這事情發生在我眼前，若是沒有確實的證據，也不好讓你們隨便冤枉可兒就是了。」

她字字句句，彷彿是在為歐陽可說話，實際上卻是在推波助瀾。

曹剛經她一提醒，趕緊道：「有！我還有證據！」說著，吩咐旁邊的家人捧出來一個包裹，從裡頭抽出一件亮眼的物事，在眾人面前抖了抖，「這可是妳家兒媳婦的東西！」

蘇玉樓一看，竟然是一件繡著杏花的粉色肚兜，頓時臉色鐵青，揚手打了歐陽可一個巴掌，她沒有防備，一下子跌倒在地上，口中大呼著冤枉，曹剛用力抖了抖手上的肚兜，「什麼冤枉！這上頭可還有妳自己的芳名！」

蘇芸娘見狀，冷笑一聲，「證據確鑿，那孩子自然就不是大哥的骨肉了！」

蘇夫人猛地扭頭，死死地盯向歐陽可懷中的孩童，接著又看向蘇玉樓，「你早就知道？」

此話一出，眾人的神色齊齊凝住，不由自主地看向蘇玉樓。

蘇玉樓心中簡直羞憤到了極點，恨不得當場就宰了歐陽可洩憤，可是面對著蘇夫人的目光，他無奈道：「娘，這到底是醜事……」

未婚先孕的確是醜事，但當時蘇夫人是真的以為歐陽可懷著的是蘇家的骨肉，難怪……難怪她後來看到好幾次兒子欲言又止的表情，她還以為他是嫌棄歐陽可是個跛子，現在才知道，原來是歐陽可將這個屎盆子扣在了自家的頭上！

她想也不想，啪的一聲給了蘇玉樓一個耳光，「沒用的東西！這種東西也能隱瞞的嗎？」說完，目露凶光地瞪著歐陽可懷裡一直被她視為長孫的男孩子，那目光幾乎恨毒了，她指著他道：「蘇玉樓，你要還是我的兒子，就有點血性！」

蘇玉樓早已將這件事情視為恥辱埋藏在心裡，每次看到這個孩子都覺得像是看見了一根刺，深深扎在他心裡頭的刺。他聞言，長久壓抑的痛恨一下子全都逼上來，扭曲了表情，憤怒地從歐陽可手裡搶過孩子，孩子在空中一揚，已經被他高高地舉起。

就在這個瞬間，歐陽可驚叫一聲，縮在旁邊不敢動彈，更沒有上去保護自己的親生兒子。

蘇玉樓冷笑，倏地舉高了那痛哭中不斷抖動的孩子。

每個人都張大了嘴巴，曹剛驚慌失措地大叫：「蘇玉樓，你要幹什麼？」

蘇玉樓轉過頭，極其冷漠地道：「幹什麼？自然是除掉這個孽種。」

「你瘋了！」曹剛撲了過去，拚盡全力地要去爭奪曹家的骨肉，現在曹家只有這一條根了，誰要殺了這個孩子，簡直是要了他的命。可是他年紀大，蘇玉樓動作又快，根本搶不到孩子，就在這個瞬間，歐陽暖厲聲道：「李長，去救下那孩子！」

李長一個手勢，一名護衛立刻飛身上去，一掌劈開蘇玉樓的身體，奪回了孩子。

「哇！」嬰兒的啼哭震撼雲霄。

曹剛怒聲道：「他是我的孫子，你們蘇家沒權力處置他！」

護衛親手將孩子交給歐陽暖，孩子哭得聲嘶力竭，一張小臉紅撲撲的圓潤潤的，小嘴微微張著呼氣，多麼小的孩子，多麼脆弱的性命，剛才差點就被蘇玉樓活活摔死。他的冷酷，歐陽暖早已有所領教，所以才會有所準備。這時候，她抱著這個孩子，才鬆了一口氣，若是蘇玉樓摔死這個孩子，曹家與蘇家也就結下了死仇。蘇家不過是一個商戶，必然會被尚有枝葉的曹家逼得無路可走，可是……歐陽暖不想損害一個孩子的性命，她想了想，走過去將孩子遞給曹剛，曹剛驚魂未定，如獲至寶地捧著孩子，生怕不小心再出什麼差錯。

「這孩子是我們曹家的，誰都不准傷害他！」曹剛氣喘吁吁地道，然後盯著面色鐵青的蘇家人，「怎麼處置歐陽可都是你們的事，我這就把孩子領走了！」

歐陽可聞言一愣，頓時驚慌失措地撲在歐陽暖的腳底下，「姊姊，救救我！」

歐陽可趴在她的腳下，眼淚汪汪，目光淒然，真的是十足的可憐模樣。她在看到蘇玉樓要摔死孩子的時候，眼中只有恐懼，只顧著保護她自己地向後退縮，沒有絲毫要衝上去搶下孩子的念頭，甚至沒有開口阻止或者求饒。如果剛才她肯維護她的兒子，流露出絲毫的母愛，歐陽暖還會覺得她還有一點人性，偏偏她沒有。這樣的歐陽可，還真是一點都沒有改變。自私、涼薄，只顧自己，不論是對待她的親生母親林氏，還是對待她的弟弟歐陽浩，乃至於對待她自己的親生兒子，都是一樣的，沒有絲毫顧念。

歐陽暖嘆口氣，一點一點把她推開，「可兒，妳嫁入蘇家，就是蘇家的人。還記得妳出嫁之前，爹爹怎麼說的嗎？他說妳一旦嫁給蘇玉樓，從此就不再是他的女兒。妳做出這種傷風敗俗的事情，又是鐵證如山，我就是想要為妳做什麼，也無能為力了。」

蘇芸娘在一旁聽見，俏麗的臉上都是得意，「這可是妳說的！若是我們蘇家將這個賤人處死，你們歐陽家也不會來干預嗎？」

處死！他們蘇家明面上看是江南巨賈，一副自矜身分的樣子，出了事情卻只會想到這等野蠻惡劣的處置方法！歐陽暖在心底冷笑一聲，雖然她對歐陽可沒有絲毫的同情，卻也對蘇家人的惡劣行為很是不齒，她冷冷地道：「蘇公子，你可要想清楚，如今你不過是因為可兒一時騙了你感到惱羞成怒，可你也不能殺了她，會影響蘇家的名聲。若是被有心人追究起來，對蘇家也很不好吧？」

蘇夫人聞言一愣，雖然很不情願，但她還是得承認，歐陽暖說的沒錯。如果將歐陽可這樣處置了，只怕要鬧出什麼事情來，最重要的是，可別讓蘇家的名譽掃地了。她將周圍的人掃了一眼，最後點點頭，對蘇玉樓輕聲道：「咱們根本不需要髒了自己的手，有的是法子整治她！」

蘇玉樓認真想了想，又盯著歐陽可看了一會兒，冷笑一聲，道：「來人，把她帶下去！」

歐陽可難以置信地看著她，在她心裡，蘇玉樓一直是個溫文爾雅的翩翩公子，她費盡心機嫁給他，他卻是這樣來回報她的？她瘋了一樣地撲過去，死死抓住蘇玉樓的衣襬，「玉樓，就算我對不起你，可我也幫過你啊！如果沒有我，你現在……」她的話剛說了一半兒，就被蘇玉樓惱羞成怒地一巴掌打斷了，他最恨的就是別人提起他平白無故的牢獄之災，尤其是歐陽可嫁入蘇家後，整天都提起這件事，生怕他忘記了她歐陽可對他的恩德一樣，當真可惡至極！

歐陽可被這一巴掌打懵了，醒悟過來後，美麗的面容整個扭曲，她指著蘇玉樓，道：「你這個忘恩負義的小人！小人！將來一定會有報應的！」

蘇玉樓在眾人面前丟臉，早已怒到極點，聽到這話，立刻上去猛地踢了她一腳，隨即冷笑道：「什麼報應？我等著看！來人，還不快把她押下去！」

兩個丫鬟來拉歐陽可，歐陽可毫不猶豫地把一個丫鬟重重推開，然後倏地一聲尖叫，向蘇玉樓撲過去，不停地廝打他，尖利的指甲在他臉上劃過數道血痕，「蘇玉樓，你怎麼對得起我？如果沒有我，你什麼都不是，不過是一個低賤的商人之子！」

蘇玉樓氣急敗壞，「低賤？我低賤還是妳下賤？」他將歐陽可推倒在地，咬牙切齒地摸著自己的臉，「明明是妳挖空了心思想要嫁給我，妳以為我願意娶妳嗎？居然還敢做出這種敗壞門風的事情，簡直丟盡了我的臉面！」

他們如同兩隻發了狂的野獸，相互攀咬著，相互責罵著，無情地撕裂他們最醜陋的一面，展露在人們的面前。那麼的虛偽，那麼的無情，那麼地讓人震撼。

歐陽暖皺皺眉，李長冷喝一聲：「夠了沒！你們當這裡是什麼地方，要打要鬧都滾出去！若是驚擾了院子裡的貴客，你們吃不了兜著走！」

蘇夫人看了面無表情的歐陽暖一眼，又看了看從始至終緊閉著門扉的客房，一時有些躊躇，拉了拉蘇玉樓的袖子，道：「要處置回去再說，別在外人面前丟臉！」

蘇玉樓冷哼一聲，甩袖子大步離去了。歐陽可鬧得披頭散髮，渾身無力，被兩個丫鬟架起來也跟著走了。蘇夫人冷笑著望著歐陽暖，拉著還不服氣的蘇芸娘也要離去，蘇芸娘猶自道：「娘，咱們現在可不用怕她……」

歐陽暖聽著這句話，彷彿沒有在意，心底卻暗暗驚奇。

不知何時，天空已經下起了綿綿細雨。客房的門打開了，紅玉撐著油紙傘，林元馨慢慢走到歐陽暖身旁，望著遠去的蘇家人，她慢慢地道：「難得的機會，為什麼不徹底除掉她？」

歐陽暖淡漠地道：「表姊，這不像是妳會說的話。」

林元馨微微笑了，「我總不能一直這麼軟弱下去。不過，妳不殺她也好，我知道，妳剛才放過那個孩子是因為妳心軟，可是蘇家人可不會那麼好心腸，對歐陽可他們就不會那麼客氣了，這樣一來，她比死了更慘。」

歐陽暖不置一詞，歐陽可會是什麼結果，她一點也不關心，死也好，活也罷，都看她自己的造化了。

貳之章◆幼兒遭疾掩孤寒

第二天一早，飄灑的細雨侵打在窗櫺上，把書桌前的書都打濕了

「蘇家派人把二小姐關押起來了，看守得很嚴密，連今兒早飯都沒給送。」紅玉低聲回報。

歐陽暖坐在棋盤邊，手裡拿著一枚白子，問：「關在哪裡了？」

紅玉道：「就關在客房後頭的馬廄裡，下了一夜的雨，那裡又濕又冷，哪是女人能待的地方！蘇家人還真是夠狠心的，二小姐叫了一晚上也沒人理睬她！」

林元馨冷笑道：「如今蘇家人巴不得歐陽可死在這裡，也省得傳出去丟人現眼了，又怎麼會理她？這也是她自作自受，若非她非要嫁入蘇家，也不會落得這種下場！」

歐陽暖沉默，冥思了半晌，這才落了一顆白子放在了棋盤上。

林元馨喝了一口茶，見她半天都不語，才輕聲道：「暖兒，外人而已，妳何必關心？難不成妳忘了那對母女當初是怎麼對待妳的嗎？聽說當年連爵兒落水的事情，都是她們一手安排的，這樣的人，死不足惜！」

歐陽暖唇邊的笑意逐漸淡了，片刻過後，她才抬起頭，緩緩地道：「若要人不知，除非己莫為，她們原本就沒有想過今日，所以才敢肆無忌憚地禍害別人，現在這就是她的報應了，只是我不是在想她的事情，而是在想蘇家。」

「蘇家？」林元馨微微一頓，黑子一直沒有落下去，「蘇家怎麼了？」

歐陽暖慢慢道：「漕運一停，京都裡各色貨品的市價一路飛漲，從江南來的東西，其利較之平日多出十倍。各地商賈都爭著北上，而那些官差轉運之吏也打著公幹的名義挾帶私貨。我想，蘇家也是衝著這樣的暴利去的。」

「妳是說，他們也要去京都？」林元馨的氣息微微一停，目光帶了一絲疑惑，她看向紅玉，道：「昨日可曾打探到其他的消息？」

紅玉肅穆道：「蘇家的確是帶了十輛馬車的東西，對外說是舉家遷往京都，可是昨兒個夜裡因為下雨，蘇家有一輛馬車陷在了泥裡頭拉不上來，馬兒又不小心受驚，整個車子都翻了，露出那油紙下面的東西，奴婢親眼瞧見，那些並不是細軟古董，而是實實在在的貨物。」

林元馨聞言，深深皺起了眉頭，過了片刻後才道：「不，這不對呀，我聽說因為官道上意圖牟利北上的商人太多，造成擁堵，太子特地在官道上設置了關卡，對商人課徵重稅，重到他們無力支付，另外還嚴辦了幾個挾帶私貨的官吏，如今大批的商人已經返回故地或者將商品低價拋售了呀，蘇家怎麼會在這個時候上京？」

「去除暴利，非得靠嚴苛的律令不可，殿下設關卡徵收重稅，自然可以杜絕一般商旅，可是……」歐陽暖說到這裡，突然停住，看向林元馨，道：「昨日蘇芸娘的態度，表姊不覺得很奇怪嗎？」

蘇芸娘不過是一個商賈之女，平日裡很是小心謹慎，為什麼昨日突然一反常態，竟然口出狂言，口口聲聲要處置歐陽可，若非她突然腦子不正常，就是必然有什麼喜事讓她忘乎所以了。

「表姊，太子所有的用度都是從公中的帳目走，縱然有產業，也都是眾目睽睽，想必都在秦王的監視之下，突如其來需要大量的軍餉與物資，必然有大批的調度，為什麼秦王竟然沒有絲毫察覺呢？況且按照目前看來，事情並不是如此簡單的……」肖衍能在短短幾個月籌措了大批的軍隊，可見他早有準備，然而既然是軍隊，就不能不用軍餉，一用餉就得牽動戶部、兵部及地方官吏，任他在其他事上多麼小心，只要留著這道通風的窗戶，就什麼也藏不住了。那麼秦王為何一點風聲都沒有收到呢？

藏兵先要藏餉的道理誰都明白，可又有誰能做得到？歐陽暖越想越是疑惑，她隱約覺得這一切都和蘇家有關，可又說不出究竟是什麼關聯。太子、皇長孫和江南第一富豪蘇家，這其中究竟是怎麼樣的關係呢？

這時候，李長進來稟報說馬車都已經準備好了，可以立刻啟程。歐陽暖丟下手中的棋子，發現林元馨似乎陷入自己的思緒之中，便輕喚了兩聲，對方才突然驚醒過來，站起來道：「那咱們便走吧。」

她們剛剛上了馬車，就看到蘇家的管家出來吆喝馬車，並且清點貨物。歐陽暖看著那一箱一箱的貨物，心中越發驚奇，林元馨問李長道：「蘇家人帶的這是什麼？」

李長陪笑道：「回主子的話，聽蘇家人說，他們要搬到京都居住，車上裝的全是細軟古董。」

跟紅玉說的話完全相反，這李長分明是在替蘇家人遮掩！

林元馨和歐陽暖對視一眼，在彼此眼中都看到了一絲冷意。

車簾放了下來，李長命人向京都的方向行去。

馬車裡，歐陽暖的腦海中不斷浮現那大批貨物的場景，突然有靈光乍現，失聲道：「表姊，我明白了！」

林元馨抬眼看向她，有些微愣，「明白什麼？」

「昨兒個我想了一夜，就是想不通蘇家人在京都吃了那麼大的虧，為什麼還眼巴巴地向京都去。常言道，無利不起早，能夠讓商人連臉面都不要的，只有利益。可是太子早已下令，所有高價販賣貨物的商人一律要徵收重稅，在這種情況下阻隔了所有人，為什麼蘇家還非要趕去京都不可？這說明他們一定有法子通過關卡，甚至於他們手上有免稅的權杖！」

「免稅令！」這怎麼可能，林元馨吃驚不已，美麗的臉上染上一絲不可置信，「我朝只有扶持過太祖皇帝的義商高氏得了這樣的恩典，蘇家何德何能……」她話剛說了一半，突然住了口，眼睛裡閃過一絲震驚。

皇長孫要籌集軍餉，必然得先找商人借錢，用商人的錢發餉買糧，等打完仗再由朝廷還錢還利給商人。如此一來，就連戶部、兵部的帳簿上都見不著蛛絲馬跡了，這也難怪，秦王竟然沒有發現皇長孫在神不知鬼不覺的情況下籌集了軍餉，而蘇家，顯然是索取了免稅令作為報酬。

「戶部、兵部沒有出錢，公中也沒有帳目，就意味著皇長孫根本就沒有募集軍餉，整個朝廷都被瞞住了，更何況秦王？」歐陽暖喃喃地道。

「不，他不會這樣不謹慎，萬一蘇家將事情說出去呢？」林元馨面上微微變色，肖衍的個性絕不會做這種沒把握的事情。

歐陽暖輕輕搖了搖頭，「蘇家是商人，商人最講究的是信用，既然皇長孫出得起價碼，這筆生意就一定會做得成。更何況，蘇家只是用錢來買一塊免稅的權杖，至於皇長孫要用錢去做什麼，蘇家並不關心，也不會去問。」

林元馨幾乎不敢相信，「這筆開銷可不是一筆小數目，蘇家怎麼可能拿得出這麼多錢來？」

歐陽暖冷笑一聲，「蘇家沒有，江南有，蘇家不夠，集合全江南的鉅賈一定就夠了。皇長孫只要用這麼一塊牌子，不用自己動手，自然可以讓蘇家為他鞠躬盡瘁，死而後已。」

馬車裡一片的沉默，不要說歐陽暖，就連紅玉都感到身上一陣陣的發冷。如果這種猜測是真的，那肖衍又是何時開始籌備的呢……

車聲轔轔，向著京都的方向快速駛去。一路的平靜漸漸被拋在身後，越往前，越覺得天地一片喧囂，踏在青磚上的馬蹄聲，已經逐漸聽不見了。

京都，闊別已久，卻依然氣勢奪人。

馬車要先送林元馨回府，簾幃微動，光線透進車內的一瞬間，大街上流光溢彩的斑斕色彩從眼前匆匆掠過。不及細看，亦不及回神，那簾幃卻又輕輕地落回原處。恍惚了片刻，歐陽暖發現自己仍然坐在黑暗中，前路茫茫，卻看不見。

林元馨幽幽地嘆了一聲：「一切又回到了原點！」

歐陽暖驀然心驚，表姊溫婉貞靜，人亦生得美，那麼多年，只當她柔弱無骨，卻不知她竟如此不願。她握住她的手，心中暗道：回到原點，就怕一切都已經回不去原點了！心中橫亙著一些人和事，那是無論如何都不能忘記的了。

馬車在太子府的後門停下，看著李長快步奔進去通報，歐陽暖笑道：「表姊，我就不同妳一起進去了。」她看了一眼襁褓裡睡得香甜的孩子，愛憐地道：「等孩子有了名字，記得告訴我。」

林元馨點點頭，目光溫柔，「好。」

就在這時候，李長滿頭是汗地跑出來，一臉急切道：「歐陽小姐，大公主正在裡頭作客，殿下請您一起進去呢！」

歐陽暖和林元馨對視一眼，林元馨開口道：「暖兒，我可以替妳去向大公主告罪……」

歐陽暖輕輕搖了搖頭，「不，我本來就準備去公主府拜謁。」說著，由紅玉扶著下了馬車。

林元馨穿著一襲對襟式樣的淡粉衫子，罩一件玉色煙蘿的輕紗，繫一條盈盈婀娜的青碧羅裙，這樣的顏色令她的眼角眉梢彷彿平添了一段嫵媚，然而她臉上的神情卻是淡淡的，並不見多少喜色。歐陽暖陪在她身旁，從碧水之畔緩緩而過。京都的氣候還有些寒冷，三月花園中一枝花也未發，只有雕欄玉砌，亦有言笑晏晏，隔了花叢不斷傳來。

不過是短短數日，太子府已經恢復了往日光鮮亮麗的光景，只是如今太子已經居住於皇宮，而這座太子府的主人，也變成了肖衍。歐陽暖心中想著，唇邊便有了一線淺淺的弧度，然而那笑也是淡漠的。

數月不見，周芷君一身明媚的寶藍色長裙，笑意盈盈地迎上來，額上束一圈瓔珞，一對寸把長的紫水晶缺月髮釵，從烏光水滑的髮腳直垂下來，螓首輕揚之際，晃悠悠，襯得一張白面越發雍容矜貴，如同一枝空谷幽蘭叫人心折。看見林元馨，她的臉上竟不現絲毫波瀾，拉著她問長問短，語氣親熱。

而一旁的肖衍已經快步走過來，滿臉是笑地抱起孩子，那神情說不出的愛憐，興奮道：「果真是個兒子！」這是他的長子，又在他最得意的時候出現，自然會受到非同一般的看待，歐陽暖垂下眼睛，卻看到大公主向她招手，她微微一笑，立刻快步走到公主身旁去了。

大公主拉著歐陽暖的手，左看右看，這才點了點頭，「沒有損傷就好。」她的語氣平常，眼睛裡卻是飽含淚光，出事之時，她一直想要將歐陽暖護在身邊，可是在她的身邊才是最危險的。現在看到歐陽暖平安無事，她才稍稍放下心來。

大公主纖白的手上，幾枚翡翠與紅寶石的金戒光芒晶瑩閃爍，然而再華麗的珠寶，都比不上她眼底的晶光動人。歐陽暖剛要說話，卻聽見肖衍笑道：「馨兒，妳為我添了麟兒，我真是要獎賞妳，妳想要什麼？」

肖衍話音未落，周芷君已經滿面含笑，道：「恭喜殿下，這孩子一出生，就帶來天下太平的好意兆，這是殿下的福氣，也是天下的福氣，連我們也得沾榮光，的確是大喜事！」

這幾句話說得喜氣又大度，令歐陽暖和大公主同時為之側目。

肖衍本在興頭上，周芷君這般巧言恭賀，頓時大喜，連連笑道：「芷君說得好，今日太子府上下各賞兩個月的月例、綢緞一匹，墨荷齋上下各賞半年月例，綢緞十匹，也算賞她們盡心服侍主子的功勞。對了，再把那株稀世的紅珊瑚送去墨荷齋。」

所有人忙跪下謝恩，個個笑顏逐開，太子府中上下一片歡慶。

肖衍回頭望著歐陽暖，笑道：「永安，這一路上，多謝妳照顧她們母子。」

歐陽暖望著他誠摯的目光，這樣殷殷看著她，心下忽然一冷：這樣殷切的喜悅，這樣溫和的表情，有誰會想到他是這一切陰謀的幕後推手呢？不知道太子妃知道自己的親生兒子是送她上黃泉路的人，她會是什麼樣的想法？只可惜，死者已矣，這件事除了個別的人，誰也不會知道。

世人眼裡的皇長孫是被迫反抗，是正義之師，是天下的表率，萬民的希望。在所有人的眼裡，太子妃和皇后都是死在秦王手中，這一切的罪魁禍首，就是已經失去性命的秦王……敢於拿一切做賭注的人，要的不僅是心性堅忍，最要緊的是不惜一切的狠心。

肖衍要的是那個至高無上的寶座，在這個過程中，連一力保持平衡的先帝都成了他的障礙！歐陽暖這樣的心思和傷感，卻一絲一毫也不能露出來，於是她微笑，慢慢地道：「我和表姊只是互相照應罷了，殿下不必掛懷。」

肖衍穿著朱紅色的翻領窄袖錦袍，襯著他雍容的氣度，金縷合歡帽下，覆著他清冷的眉眼，飽滿豐潤的額、稜角分明的顎……說不上好看，亦不能說不好看，撲面而來的只是一種果敢的鋒銳之氣，那偏偏是無關相貌的。

肖衍盯著她，聲音徐緩在耳邊，像春水一樣纏綿而溫熱：「永安，妳為我保下馨兒和兒子，立下這麼大的功勞，我真不知該怎麼謝妳才好。」他似想起一事，眼中興奮地耀起灼灼星火樣的光芒，「我會稟報太子，讓他賜給妳封賞！」

歐陽暖感覺他那一束陌生的目光，有著灼灼的溫度，幾乎令她心驚。她壓住心頭的驚異，面上平淡無波地款款施禮，用輕柔的聲音道出一句：「多謝殿下的好意，只是歐陽暖愧不敢受。」

「是。」大公主含笑打破這樣奇怪的氣氛，「暖兒是我的女兒，也就是妳的妹妹，馨兒既是她的表姊，又是她的嫂子，她盡一點綿薄之力，又算得了什麼呢？」

「姑母說得是。」肖衍的聲音有微笑的意味，目光中卻是一陣說不出的冷意，「只是總要謝的，早晚而已。」

歐陽暖低了頭，長長的睫毛掩住了眼底的驚詫，她總覺得肖衍的態度不同尋常。

「姑母，您的女兒可是出落得越發標致了。」周芷君微笑著走上來，「來，到我這邊來。」周芷君一副親熱的樣子，執了歐陽暖的手，拉她在身邊繡墩上坐下，笑道：「今年也十五了吧，正是女兒家最好的年紀呢，可千萬別耽誤了才是。」說著，看了肖衍一眼，眼底劃過一絲淡淡的冷意，臉上的笑容卻更溫和。

林元馨看著歐陽暖，臉上的表情有些擔憂，正要說什麼，卻聽見肖衍道：「馨兒，妳這一路風塵僕僕也累了，快帶著孩子去休息吧，我待會兒就去墨荷齋看妳。」

林元馨又看了歐陽暖一眼，見她向自己微微點頭，便吩咐乳娘抱著孩子一同離去。

周芷君唇畔帶著一絲疏離的笑容，又問了歐陽暖不少問題，歐陽暖一一回答，長睫輕撅，感覺到肖衍的目光炙熱而專注，她心裡一沉，只能目不斜視，故作不知。

「唉……」大公主慢慢嘆息了一聲，聲音卻是遠遠的。歐陽暖舉目看她，大公主肅穆的面容下也藏著明豔的美，神情卻是怔忡的。她輕聲說：「我累了，暖兒，妳扶我回去吧……」

四周頓時靜了。

歐陽暖立刻站起來，不著痕跡地拂去周芷君的手，淡淡笑道：「是。」

歐陽暖是坐著大公主的車架回去的，馬車上，大公主看著歐陽暖，認真地道：「暖兒，妳的確到了應當出嫁的年紀了。」倚著靠墊的大公主，神情安詳，溫言笑語閒話家常之際，卻突如其來地說到了這句話。歐陽暖若無其事地搖頭，便看到她的目光漸漸褪去了藹然與慈祥。

「女孩子總是有這一天的。」大公主垂手靠著几案，眉頭似蹙非蹙，緩緩地說：「前些日子，我最憂慮的，便是我有個萬一，誰來給妳找一個好的歸宿呢？好在一切都過去了，只要妳點頭……我便作主，將妳許個好人家。」

什麼許個好人家？歐陽暖怔了怔，來不及回過味來，先忙於隱藏驚詫而迷惘的神情，但到底瞞不過大公主。她挪了挪身子，趨前問：「暖兒，妳懂我的意思嗎？」

歐陽暖不安，剛要說什麼，大公主卻擺手示意她不必多言，「如今人盡皆知，歐陽侍郎家的長女端莊高貴，溫柔多才，是不可多得的美人，再加上妳又是我的女兒，不消我多做多說，妳的美名已經遠近傳播了，若是不儘快訂下婚事，只怕將來會生出變數。」大公主直望著她，微笑依然，目光中卻有更深的內容，「何況，太子眼看就要登基，而皇長孫如今子嗣稀薄，為皇業計，定然會廣納妃子……」

歐陽暖心中一驚，不安地低下了頭。肖衍！肖衍！她何嘗不知道那人看自己的眼神不對，但她從來沒有這樣恐懼過，因為肖衍過於平靜，平靜到她幾乎以為對方只是一時興起，可是現在看來，絕非如此。恐怕這件事連肖重華都知道，那麼上次他所說的話，多半是出於一種保護了……

歐陽暖低了頭去，不堪承受大公主這話中的分量。她隱約能猜到，大公主至今都是不知道肖衍的所作所為的，甚至於連燕王，只怕也並不清楚……

靜了片刻，還是大公主先開了口，帶著不容置疑的沉穩：「暖兒，妳告訴我，妳願意嫁入太子府嗎？」

歐陽暖穩住急亂的心跳，舉目望去。大公主的眼旁有淡淡的細紋，硬朗而威嚴：「皇家是個什麼樣的地方，宮裡又是什麼樣的地方，妳可要想清楚了！我當年是沒有選擇，可是妳有！」她的聲音微微變了調，不是幽怨，而是一種漠然的恨意。

歐陽暖早已聽得怔了，其實，大公主自小長在宮中，又是陛下寵愛的大公主，數十年來必有一番不足為外人道的辛酸。只是，如今的她，握生殺大權，掌家國斧鉞，誰又敢想像她青春年少時的情愛呢？

歐陽暖在她的目光中慢慢變得堅定，「母親，我不願意嫁給肖衍，請母親成全！」

大公主點點頭，聲音是柔軟的，彷彿含著笑意：「那我就放心了。」說句不好聽的話，嫁給肖衍，意味著無窮無盡的爭鬥，就算歐陽暖青春少艾，又美貌無匹，可是肖衍總有一天會是天子，宮裡最不缺少的就是年輕美貌的女子，歐陽暖能清醒地看到這一點，大公主覺得很欣慰，畢竟少有女子能夠抵擋住成為六宮之主的誘惑，只怕如今京都不少的名門閨秀已經開始摩拳擦掌了。

大公主繼續說：「皇上的寵妃多的是，然而皇后卻只有一個。暖兒，妳不去奢望那個位子，才是真正的明智。過兩日，我便會去與妳外祖母商議。」

歐陽暖微覺悚然，前所未有的壓力驟然奔襲，大公主的話，似乎頗有深意。

從馬車上下來，眼前已經是歐陽家的門口，原先坐在後面馬車的紅玉過來攙扶，歐陽暖才驚覺，額上、背上已逼出了薄薄的汗。

「小姐，您怎麼了？」

歐陽暖想了想，沉靜的面容，波瀾不起，眸子黑幽幽的。沒什麼好怕的，不過是兵來將擋，水來土掩而已。肖衍再尊貴，也要自重身分，不會做出跌分的事，更不會在沒有把握的情況下來求娶，她暫時還可以推一推。

最擔憂的是，將來太子登上皇位，若是賜婚呢？這樣，大公主也沒辦法公然抗旨了吧，到時候，自己又該怎麼拒絕……

歐陽暖這樣想著，心頭那一絲陰雲慢慢浮起，臉上卻露出燦爛的笑容，迎上等在門口的李氏和歐陽治，「祖母、爹爹，暖兒回來了。」

李氏看見歐陽暖，笑容滿面。在最危急的時候，歐陽暖毫不猶豫地將皇長孫的側妃帶出城去，李氏心裡還埋怨這個孫女兒不懂事，生怕一個不好自家被太子府牽連了，可是轉瞬之間，京都的局勢就已經天翻地覆，那林元馨還為皇長孫肖衍生下了長子，在李氏看來，歐陽暖這次是真真正正押對了寶。

李氏的手親熱地搭在歐陽暖的手臂上，「孩子，妳可算平安回來了！」

「是，讓祖母擔心了。」歐陽暖輕聲細語道。

「母親，暖兒才剛剛回來，有什麼事進去再說吧。」歐陽治穿了件寶藍色團花束腰褋衣，目光明朗，氣質絕佳，臉色卻不知為何，有些淡淡的。

院子裡，李姨娘緩緩地走到臺階處，屈膝向歐陽暖行了個禮，喊了聲：「大小姐。」歐陽暖衝她笑了笑，特意看了她兩眼，李姨娘微微一笑，並不在意歐陽暖看到她隆起的腹部。回到客廳，大家分主次坐下，歐陽暖這才有機會打量屋裡的陳設。一水兒的黑漆家具，茶几上嬌黃鮮豔的迎春花，牆角青翠可人的富貴樹，牆上八仙過海的大屏風，整個客廳重新裝扮，煥然一新。看來自己不在的這段時間，家裡發生了很多事情才對，歐陽暖的心裡閃過一絲淡漠的笑。

幾個小丫鬟輕手輕腳地上茶，歐陽治客氣地問她：「路上可平安？」

歐陽暖檢衽行禮，恭敬地應了一聲「是」，接著笑道：「有皇長孫派來的人護送，一路上倒也沒出什麼岔子。」

歐陽治聽了輕輕「嗯」了一聲，望著她的表情閃過一絲不悅，「要出遠門，怎麼也不事先說一聲？這麼沒規矩！」

就這一句話，歐陽暖聽著目光一冷，臉上卻笑著道：「事發突然，女兒也是沒有主意，只能派人回來通知一聲，就連隨身的衣服都沒有帶，這次的不少東西還是平城賀家的老太太為我們準備的。」

平城賀家？歐陽治聽到這裡，眼睛裡閃過一絲疑惑。

李氏卻沒注意到這個，突然問道：「怎麼爵兒沒有跟著回來？」

屋子的空氣一滯。

歐陽暖笑容恭謙，「他一直鬧著去倉州，表姊就寫了一封信推薦了他去！」

李氏微微蹙眉，「那兒不是還打仗嗎？妳怎麼能讓他去啊？」

「倉州情形一直時好時壞的，但去了那兒，爵兒也會有人照應，總不會叫他吃虧。」歐陽暖表情平靜而自然，「他也是個大人了，因為咱們擔心，總這樣拖著他的前程也不是個辦法。他既然有心要建功立業，自己出去闖蕩，這是好事情，咱們總該支持他的。」

李氏仍有點不悅，歐陽治卻點點頭，不再提歐陽爵，而是問歐陽暖：「妳去過太子府了嗎？」

歐陽暖恭敬地道：「回父親，我是親自送表姊回去後，才敢回家裡來的。」

歐陽治看著她，笑道：「妳表姊和妳從小感情要好，如今又是患難與共，能得她的青眼很不容易，可要懂得珍惜。」

這是要藉由自己攀附太子府了，歐陽暖心中冷笑，口中卻恭聲應「是」。

歐陽治臉上閃過一絲笑意，又問歐陽暖：「大公主那裡呢？可拜謁過了？」

他並不關心自己的兒女，他關心的只是前程，這一點，從他問的話裡頭就能夠看出來。歐陽暖慢慢道：「在太子府見著了，父親放心，公主還請我向祖母和父親問候一聲。」

「那就好！」歐陽治大大鬆了一口氣。

「好了好了，先用膳吧！」李氏打斷了歐陽治的話，看他的樣子，還想要說什麼，卻礙於李氏不便再多言了。

眾人紛紛入座，張嬤嬤指揮著丫鬟們上菜，李姨娘則站在老太太身邊幫著布菜。

看李姨娘還站著，歐陽治大手一揮，道：「這裡也沒有外人，坐下來吃飯吧！」

李姨娘面露忐忑地看向李氏，李氏笑道：「說的是，這裡又沒有外人，妳就坐下來吃飯吧！」

李姨娘笑著坐到了歐陽治的身邊，歐陽暖看了她一眼，不由得微微側目。想當初，她可是推辭不肯坐的，就算坐也是坐在下首，可是如今，她竟然只是表面上客氣了一會兒便坐下了，而且還是坐在歐陽治的身旁，再加上剛才從進了門，就沒有見到嬌杏，這位王姨娘可是一向很得歐陽治寵愛的，為什麼卻沒有出現呢？實在是頗費思量……

李氏笑了笑，吩咐負責上菜的丫鬟：「上菜吧。」

胭脂鵝、翡翠白玉、銀芽雞絲、香糯紫菜苔、美人肝、蜜汁火方……擺了滿滿一桌子。就在大家以為菜已經上齊的時候，丫鬟端了一碗酸辣湯放到了李姨娘面前，「李姨娘，這是老太太特意吩咐給您做的。」

李姨娘微怔，隨即看了歐陽暖一眼，卻見到她滿面含笑，表情並無什麼異樣。

李氏已道：「這兩日丫鬟說妳食慾不佳，我命廚房特地煮一碗醒胃消滯的酸辣湯，很開胃，妳嘗嘗。」

李姨娘喜不自勝，頰邊泛起一絲紅暈，面上無限歡喜和感激，「老太太，這怎麼使得？」

李氏笑著問她：「有什麼使不得？怎樣？還合口味吧！」

李姨娘嘗了一口，笑道：「正如老太太所言，這湯酸酸辣辣的，很開胃，多謝老太太了！」

李氏笑了笑，拿了筷子夾了一筷子銀芽雞絲，其他人才開始動筷子。

大家都舉止優雅，細嚼慢嚥，桌上除了輕微的碰瓷聲，再沒有其他聲音。

吃了飯，丫鬟們上了茶，李氏突然對歐陽暖道：「我和妳父親商量過了，這個月十五是李姨娘的生辰，咱們給她辦個熱鬧的生日，妳也要為她置辦個禮物才是。」

歐陽暖心裡一震，但很快收斂了情緒，笑著應了一聲「是」。

見她沒有一絲不情願的樣子，李氏面上帶笑，道：「還有一件事忘了跟妳說，月娥那個紅蕊院太涼，春天都沒有太陽，對孩子很不好，我便做主，將妳的聽暖閣後頭空著的明麗軒給她住了，妳沒有意見吧？」

歐陽暖帶著笑容道：「孫女怎麼會有意見，祖母覺得好就成。」

「嗯，這樣就好，今天不早了，妳下去歇著吧！」李氏滿意地點點頭。

歐陽暖剛到聽暖閣，菖蒲便一臉歡喜地迎了出來，「奴婢給大小姐請安。」

歐陽暖看見她爽利的樣子，就不由自主笑起來，「家裡還好嗎？」

菖蒲看了周圍一眼，吞吞吐吐道：「其他都沒什麼，只是方嬤嬤病了。」

歐陽暖一愣，隨即道：「帶我去看看！」

「我們走的時候，嬤嬤還好好的，怎麼就病了？」紅玉急切地問道。

「嬤嬤原先只是身子不適，可是後來卻不知怎的，越來越嚴重起來，先頭只是咳嗽，後來就開始臥床不起。嬤嬤一病倒，奴婢就去請了李姨娘，讓她給嬤嬤請個大夫來，可是她卻說，府裡頭的大夫都是給主子看病的，斷沒有給奴婢請的道理，讓奴婢自己出去給嬤嬤抓幾服藥就是了……奴婢氣不過，理論了幾句，誰知……」

歐陽暖一邊聽著，腳下生風，已經走到方嬤嬤住的房間門口，就在這時候，有一個穿著丁香色十樣錦妝花褙子的婦人掀開簾子走了出來。

那婦人不過三十五、六的樣子，烏黑的頭髮整整齊齊梳了個圓髻，露出光潔的額頭，透著幾分精明幹練。

菖蒲忙停下未說完的話。

婦人看見歐陽暖俏臉寒霜的模樣就是一愣，隨即跪在了地上磕了一個頭，「大小姐……奴婢管氏，給大小姐請安了。」

歐陽暖面上神色很淡，眼中卻有一絲惱怒，「原來是管嬤嬤！」

「正是奴婢！」管嬤嬤站起身來，口中道：「李姨娘聽說方嬤嬤病了，就回稟了老太太，老太太吩咐奴婢在這裡暫時代替方嬤嬤照顧。」

歐陽暖笑起來，只是那笑容中帶著一層冷冽的寒氣，「哦，祖母可沒說過這回事。」

管嬤嬤心裡有些忐忑，低頭道：「奴婢……只是按照老太太的吩咐做事。」

歐陽暖冷冷地笑道：「既然如此，明天一早我就會去回了老太太，讓妳從哪兒來回哪兒去！」

管嬤嬤一愣，剛要說什麼，歐陽暖已經急步撩簾而入。大丫鬟文秀正站在外室抹眼淚，一看到歐陽暖，滿臉驚喜，道：「大小姐，您可回來了，方嬤嬤病得很厲害……」

歐陽暖見她兩眼泛紅，心中不由一驚，一面問她：「現在怎樣了？」一面疾步進了屋。文秀跟在她身後，「人已經醒了，卻說不出話來了……」說著，低泣起來。

歐陽暖已進了內室，一眼就看見了臉色臘黃地躺在床上的方嬤嬤，她原本少有白髮，如今卻已經滿頭皆是，整個人蒼老衰弱，似乎連話都說不出來了。

歐陽暖快步走了過去，「嬤嬤，妳怎樣了？要不要緊？」

方嬤嬤望著她，眼中先是高興，然後有了淚光，哆哆嗦嗦地要說話，卻一陣猛烈地咳嗽。

跟過來的管嬤嬤忙道：「方嬤嬤，妳別心急，靜心養著，妳有什麼話，等好了再說也一樣。」

「紅玉，拿我的帖子，去請大夫來。」歐陽暖冷聲道，旁邊的管嬤嬤要說什麼，歐陽暖冷冷看了她一眼，管嬤嬤只覺得那陣寒氣令人心驚，頓時語塞不說話了，她悄悄退了出去，只想著要趕緊去稟報李姨娘，誰知菖蒲正守著門口，一見到她要走，連忙攔著，「管嬤嬤，妳這是要去哪裡？」

管嬤嬤訕訕笑道：「奴婢只是……想起有些事……」

「菖蒲，讓她去吧。」歐陽暖回過身來，「記得告訴李姨娘，我這裡還有一塊上好的料子是從平城帶回來的，明天帶給她。」

「是。」管嬤嬤剛一應下，立刻意識到自己說錯話了，她明明說過自己是奉老太太的命令來的，又怎麼能給李姨娘捎帶東西，她連忙補救，「奴婢是回老太太那兒，大小姐若是不急，奴婢碰著了李姨娘再傳話……」

歐陽暖冷冷一笑，揮了揮手，道：「妳去吧。」

管嬤嬤每次看到大小姐那漂亮靜謐的臉，不知道為什麼，都有些如坐針氈的忐忑不安，這時候聽到她說可以走了，忙不迭地行禮退出去。

大夫很快過來開了藥，說方嬤嬤的病已經轉成了肺炎，若是再拖兩天，神仙也難救活了。

歐陽暖聽到這裡，微微合上了眼睛，菖蒲在旁邊道：「大小姐，您是不知道，自從您走了以後，京都裡頭到處都在說您膽大妄為，居然敢帶著謀逆太子的家眷逃跑，那天開始老太太臉色就不好看了，李姨娘原本就掌管家務，後來又懷了身孕，這府裡頭更沒人敢與她爭奪。她原先想要的可不是咱們後面的院子，而是聽暖閣，老太太竟然也答應了，可是方嬤嬤死活不肯將所有東西搬出去，與她據理力爭說這是小姐的院子，斷然沒有給姨娘住的道理，李姨娘就委委屈屈地去老太太跟前告了一狀，惹得老太太動怒，說方嬤嬤倚老賣老，罰她在大冷的夜裡去跪祠堂……」菖蒲一邊說，一邊掉眼淚，紅玉氣得滿臉通紅。

「她真是好大的膽子，也不想想當初是誰提攜了她？」紅玉憤憤然。

歐陽暖冷笑一聲，有句老話是，這世上沒有永遠的敵人，也沒有永遠的朋友，她看著菖蒲，慢慢地道：「然後呢？」

菖蒲繼續道：「後來方嬤嬤就病了，李姨娘派了這個管嬤嬤來，說是替方嬤嬤管理聽暖閣。這個管嬤嬤刻薄又壞心，三不五時打丫鬟鬧院子，弄得雞飛狗跳，還扣著咱們的月錢，丫鬟若是有誰敢多說一句，她就稟了姨娘，將丫鬟關到柴房去。」

「這府裡，就沒有人肯管一管？」紅玉氣得眼睛通紅，咬牙道。

「到處都說，大小姐已經……在半路上被亂軍殺了……李姨娘還對方嬤嬤說，大小姐是再也回不來了……」菖蒲忐忑地看了歐陽暖一眼，照實說道：「再說李姨娘掌家久了，王姨娘也很不服氣，可是兩個月前，李姨娘說王姨娘帶了麝香進她院子，惹得老太太大怒，叫人把王姨娘領出府去了，從此後誰還敢招惹李姨娘呢？」

歐陽暖站起來，走到方嬤嬤身旁，見她滿臉是淚水地看著自己，聲音不由自主變得柔和起來：「妳先歇著吧！」歐陽暖幫她掖了掖被角，「我已經回來了，一切都有我在。」

方嬤嬤閉了眼睛，屋子裡變得靜悄悄。

歐陽暖向文秀做了個照顧方嬤嬤的手勢，然後走了出去。

紅玉看向歐陽暖道：「小姐，您一定要好好教訓她，實在是欺人太甚了！」

歐陽暖淡淡地道：「世人都是逢高踩低的，這又有什麼稀奇?也不獨她李月娥是這樣，只是她的臉變得太快，手段也太毒辣了些，連一個老人都不放過。」

紅玉的氣平了一些，卻嘟囔了一句：「她懷孕又怎麼了，這府裡又不是她一個人的天下……」

「妳今天沒有看出來嗎？這府裡早已是她的天下了。」歐陽暖的聲音還是軟軟的：「紅玉，她肚子裡的孩子就是她最大的籌碼，這個籌碼，如今可是嬌貴得很。」

紅玉眼圈一紅，「旁的倒是沒有什麼，只是看到方嬤嬤這樣被人欺負，奴婢心裡、心裡實在是嚥不下這口氣。」

歐陽暖輕輕搖頭，「沒有什麼嚥得下去嚥不下去的，如今她是會高興，只是能高興多久，便不知道了。」

李姨娘這樣做，不過是在府裡立威罷了，只是她做得太過分，傷到了歐陽暖關心的人，這樣一來，她就不能任由她這樣的得意了。

第二天一早，歐陽暖便去了壽安堂，將管氏的事情回稟了李氏。

李氏先是驚訝，後來笑道：「這件事情月娥也是好意，暖兒不要多心了。」人都派到聽暖閣了，還叫她不要多心，有這樣的好事嗎？歐陽暖笑笑，望向李姨娘。

李姨娘心中原本還有些忐忑，聽到這話立刻有了底氣，笑道：「老太太說的是，我只是想著方嬤嬤病了，大小姐又不在，怕聽暖閣沒人照料。」

李氏擺擺手，道：「我都明白，暖兒，這件事就別提了，爵兒可有消息沒有？」

歐陽暖笑著點點頭，「孫女正要給祖母看，今天早晨收到了一封信，信上只說他一切平安，在倉州一切都好，其他的就沒有提及了。許是怕咱們知道他在哪兒，派人去找他回來。」

「唉，倉州那兒還在打仗，誰會跑去捉他回來？這孩子也真是，太不讓人省心了。」李氏嘆了口氣，發自內心地擔憂道。

歐陽暖略略出神，李姨娘面上憂慮道：「本來叛軍都要敗了，聽說那秦王世子不知道從哪裡弄來了軍資，如今前線鬧得凶呢！」

歐陽暖微微垂首，望住牆上自己的倒影，看不清容顏，只覺得側影如見，清瘦了許多，她忽而一笑，聲音彷彿是從古舊的記憶中穿來：「這場仗，不知道要拖上多久了。」

李姨娘瞧她神情有異，以為她還在憂慮歐陽爵的安全，便笑道：「好在老太太是個有福的人，而且還是極有福的人啊，大少爺自然也能沾上福氣，平安歸來的。」

李氏笑道：「我哪裡有福了？」

李姨娘駕輕就熟地笑道：「老爺官居侍郎，眼看著還要升遷，而且以老爺的才能，日後官居一品不敢說，但是官居二品、三品還不是一句話？到時候，老太太一定會一起冊封的，這還不是天大的福氣嗎？」

官居一品？歐陽暖心底冷笑一聲，李姨娘還真是拍馬屁不打草稿，歐陽治可也是上了勸進書的，太子不過是看在鎮國侯府的面子上沒有追究，歐陽家這些人卻還不懂得自我反省，依舊活得迷迷糊糊，拚了命地想要往上爬。

李氏被李姨娘說得眉眼又笑開了，「嗯，被妳一說，好像我還真有那麼一點兒福氣！」

李姨娘笑道：「當然是有福了，何止是一點兒福氣，將來我也要跟著您沾沾福氣呢！」

歐陽暖看著她們兩人，臉上自始至終保持著冷淡的笑容。

府裡進人出人，向來是有定例的，尤其李姨娘管事以後，誰都別想在她眼皮子底下安排人手，可偏偏她如今懷了身孕，精力大不如前，歐陽暖看準機會，悄悄在府裡的書庫裡安排了兩個看守書庫的丫鬟。書庫不同於書房，歐陽治十天裡頭也會去個三四天，卻又不是天天在，旁人看來並不顯眼，卻實在是個很重要的地方，歐陽暖送去的這兩個丫鬟，一個會吟詩一個會作畫，溫柔體貼，相貌美麗，都十分的出挑。

一切都安排好了以後，紅玉疑惑地道：「大小姐，這兩個丫鬟畢竟出身低，就算是她們伺候了老爺，老太太只要不鬆口，也不一定能成姨娘的啊，對李姨娘更是沒什麼作用了。」

歐陽暖笑吟吟地道：「這就未必了。」

紅玉看向歐陽暖，「小姐有法子？可是老爺會看得上那兩個丫鬟嗎？她們的容貌比起李姨娘還差了點，更是比不上當初的周姨娘和王姨娘，老爺只怕是不會將她們放在眼裡！」

歐陽暖淡淡一笑，「以前爹爹身邊的姨娘，大多是不通文墨的，就連李姨娘，雖然是個秀才家的女兒，卻也並不十分通曉這些，爹爹自然會有些曲高和寡的寂寥。這兩個丫鬟，是我請母親特地為我高價買來的，妳以為只是認識幾個字的尋常丫鬟嗎？李姨娘懷了孕，爹爹身邊就沒有了噓寒問暖、知冷知熱的人，這兩個丫鬟頗有才情，自然該知道怎麼做。」

紅玉依然聽得似懂非懂，不過她聽明白了一件事兒：大小姐很有把握歐陽治會喜歡這兩個丫鬟。剛剛放下一個擔心，又想起了另外一個憂心，「大小姐，這兩個丫鬟畢竟不是府裡頭的，她們的品行如何我們也不知道，要防她們得了老爺的歡心後，會像李姨娘一樣反咬您一口。」

歐陽暖淡淡一笑，道：「母親既然將她們送過來，自然就有拿捏她們的法子。這一點，妳不必擔心。」

「那……要不要奴婢交代她們幾句？」紅玉小心地道。

歐陽暖笑笑，「有些事情不必咱們交代，全靠她們自己的本事，若是沒有本事，就只能老老實實認命地被李月娥壓一輩子，若是她們有能耐，事情就大有可為了。」

歐陽暖從來沒有想過壓制李姨娘，畢竟這歐陽府上的一切她都不在乎，可是李姨娘千不該萬不該，不該拿方嬤嬤來立威，這一點讓歐陽暖極為惱怒，李姨娘也必須為此付出代價。她既然不想過好日子，大家不妨試試看！

明麗軒

李姨娘走進屋子，心情極好，「佩兒，把燕窩捧上來。」

佩兒奉上了一盅燕窩，「姨娘請用。」

李姨娘看向那湯盅，立時便皺起了眉頭，「庫房裡不是有上好的血燕嗎？」

佩兒一愣，隨即低著頭，「姨娘，奴婢今兒去領的時候，庫房的管事嬤嬤說那血燕是皇長孫側妃送給大小姐的，大小姐不在的時候她還敢放出來一點，現在是真的不敢動……」

李姨娘瞪了佩兒一眼，「沒用的東西！既然她送進公中，那就是誰都可以用，還不去領來！」

佩兒點點頭，快步去了，過了好一會兒才回來，卻依舊是兩手空空，「姨娘，大小姐把血燕全都送去了壽安堂……」

「什麼？」李姨娘把臉一沉，「我還真是小看了這個丫頭，哼，她心眼兒多著呢！當初夫人就是被她扳倒了，當真是個笑面虎！」

佩兒想了想，道：「如今老太太這樣疼姨娘，您不如去壽安堂說說……」

「說什麼說！」李姨娘重重點了一下佩兒的額頭，「真是個蠢丫鬟！妳認為我懷了兒子就是修成正果了？不是！左不過是一個姨娘罷了！想要過上好日子，這府裡上上下下要費多少心思？而很多事情不是費心思就可以做到的，還要打點一番才可以。老太太的確是寵著我，那也是看在我肚子裡孩子的分兒上，這份寵愛得用在刀刃上，哪兒能為了這點小事就去鬧騰？豈不是顯得我很沒道理，知道嗎？」

佩兒有些忐忑，「可是大小姐回來，咱們做事就不方便了，公中的那些帳目……」

李姨娘想了想，不由自主嘆了口氣，「我也知道，好在前些日子咱們已經攢下了不少體己，沒有老太太的吩咐，歐陽暖也不敢去查！現在最要緊的是生個兒子，到時候我想吃多少燕窩就能吃多少燕窩了，就是將她聽暖閣搬空了，她也得笑盈盈的！」

就在這時候，李姨娘突然想起了要緊的事，「老爺呢？」

佩兒臉色微微一紅，道：「老爺用完膳後就去書庫了，說是要找兩本書，待會兒再過來。」

「都這麼晚了看什麼書？唉，罷了，讓人在小廚房裡整治些小菜吧，剛才老爺晚飯吃得很少，別餓著才是。」

歐陽治這些日子還是每天都到李姨娘這裡來，不過現在李姨娘已經不能伺候著留宿了，她為了籠著歐陽治的心，特意將佩兒送去給歐陽治侍寢，這樣一來，也算暫時安撫了他，免得他在自己懷孕期間再去惹什麼事。在這一點上，李姨娘比林氏大度，也比她看得更長遠。

佩兒給李姨娘梳了頭，更了衣，可是她們主僕折騰了半晌後，又等了足足兩個時辰，歐陽治卻依然沒有來。

佩兒有點奇怪地掃了一眼沙漏，看向了李姨娘，李姨娘皺眉道：「收拾一下睡吧。」

佩兒有點不死心，「姨娘，要不要奴婢出去找一找？」

找？去哪裡找？這話說得居然透出一股親熱勁兒！李姨娘狠狠瞪了佩兒一眼，佩兒一驚，趕緊低下頭去。

可是這時候，李姨娘的眉頭卻皺了起來，老爺究竟去了什麼地方？

佩兒便去收拾床鋪，李姨娘坐在那裡卻一直在思索事情，她的心裡有一絲絲的不安，可是卻又找不到哪裡不對勁兒。

一連七天，歐陽治沒有來過李姨娘的院子，他每天都宿在書房，唯一不同的是，書房裡多了兩個如花似玉的丫鬟。歐陽暖說的對，這兩個丫鬟是早已經過調教，又經過別人的指點，相當瞭解歐陽治的喜好。她們雖然還沒有名分，卻並不心急，本本分分地按著丫鬟行事，對歐陽治照顧得極周全外，沒有一絲舉止逾規。她們的存在，很快讓李氏注意到了，出於要開枝散葉的考慮，主動替歐陽治提了她們兩人做通房。

李姨娘一聽到這個消息，立刻驚得目瞪口呆，她真是想不到，書庫裡頭竟然不知不覺多了兩個溫柔多情的丫鬟，更不知道歐陽治去書庫是別有隱情。她思來想去，這兩個丫鬟只怕還是和歐陽暖有關係，只是……人是放在書庫的，又是歐陽治自己看中帶回書房的，怎麼也怪不到歐陽暖的身上。她想來想去，只能去老太太那裡訴訴苦：「我也不是容不得人，只是老爺年歲日長，現在再納妾實在是糟蹋身子骨啊！尤其那兩個丫鬟又年輕，實在不適合留在老爺身邊，倒是我身邊的佩兒……」

就在這時候，歐陽暖掀開簾子進來，滿臉帶笑道：「姨娘在為什麼事情憂慮呀，老遠就聽到妳在嘆氣呢！」

李姨娘心中怨恨，臉上卻不敢表露出來，只得訕笑道：「我是怕那兩個通房太年輕，伺候不好老爺罷了……」

歐陽暖微微一笑，「按照道理說，這些話本不該我來說，只是娘臥床不起，祖母又年事已高，很多事情都不管了，我不得不說兩句。其實呀，爹爹身邊多兩個人也好，姨娘最起碼不用太過操勞，爹爹的一切事情可以交由她們去做，姨娘也好安心養胎了。」

「可是，她們畢竟剛剛進府，很多規矩都不知道……」

「姨娘真是說笑了，咱們府裡頭的丫鬟，不要說是家生的，就算是外頭買進來的，也都是嬤嬤們好好管教過的，沒有誰不知道身分規矩的。如果真的不識規矩，不還有老太太和姨娘在嗎？錯不到哪裡去的。」

李姨娘一聽，頓時覺得一口氣堵在喉嚨裡不上不下，什麼叫憋屈，這就是了。

歐陽暖看著她面色發黃，心中卻也沒有感到很痛快，她對李姨娘本人沒有好惡，本來也是井水不犯河水，可是偏偏李姨娘非要拿她的人開刀，這就怪不得她無情了。至於那兩個丫鬟，也是處心積慮想要往上爬的人，歐陽暖給了她們這樣的機會，她們就毫不猶豫地抓住了。

想到這裡，歐陽暖輕輕一嘆，人生在世，總是有些無奈，上一世是如此，這一世還是如此。心軟、心善是不能讓她活下去的。

就在這時候，張嬤嬤捧著一張帖子急匆匆地走進來，「老太太，剛才皇長孫側妃派人送來帖子，說是……有十萬火急的事請大小姐過府一趟！」

歐陽暖匆匆趕到太子府，林元馨坐在墨荷齋裡發呆，而身邊的丫鬟們也都跟著抹眼淚。

歐陽暖看這個情形就知道不對，連忙問道：「表姊，出了什麼事？」

林元馨看著歐陽暖，一時之間竟說不出話來，旁邊的丫鬟小竹的聲音帶著哭意：「表小姐，昨兒個乳娘就來稟告，說是小殿下夜裡發病，渾身滾燙，已經昏睡過去。掌燈時候，大夫確診小殿下是出天花，本來要留在府裡養病，可是正妃稟報了皇長孫，說府裡的主子們大多是沒有出過天花的，留下來恐怕多有不妥，皇長孫立命把小殿下遷出府去……」在說話的時候，小竹不知是因為恐懼還是出於憤怒，身體顫抖不已。

自從大歷朝開國以來，幾次天花流行，奪去了許多皇室貴族的生命。平民之間雖然也有流行，但在出身高貴的皇室貴族之中卻特別兇險，十有八九難以活命。每年天花流行季節，皇帝都要遠駐南苑，甚至跑到京都外頭去避痘。所以，小殿下染了天花，皇長孫不得不把他遷出去，這並沒有什麼奇怪的，可是對林元馨這個母親來說，確實是一個可怕的打擊。

歐陽暖看著林元馨，只覺得她平日顯得溫柔美麗的黑眼睛，完全失去了生氣，變得呆滯絕望；由於一夜未眠，她的臉色蠟黃，眼圈烏青，像是蒼老了十歲……

歐陽暖急切道：「遷到哪兒去了？」

林元馨冷冷一笑，「愛遷哪兒遷哪兒，關我什麼事！」

歐陽暖吃驚地望著她，林元馨的笑容比哭還難看，「這孩子是他肖家的血脈，他們不心疼，我心疼什麼？」說完，哈哈地笑了，笑得人不寒而慄，她說：「周芷君就是巴不得我們母子兩個一起死，她這樣才滿意……」

「表姊，現在不是說這些氣話的時候，小殿下需要妳，這種時候，妳不能丟下他一個人，他們究竟把他遷到了哪兒？」歐陽暖一字一句，堅持地說。

「盛兒在京郊別院。」林元馨一愣，隨即眼睛裡湧出大滴大滴的淚珠，聲音帶著一種深刻的恨意。對於一個母親來講，沒有什麼比傷害她的孩子更令她難以釋懷，林元馨在周芷君的身上吃了不少虧，她都可以忍耐，可她唯一不能忍耐的就是周芷君對她的兒子下手！林元馨痛苦地閉上眼睛，靜默片刻，再睜眼時，臉上又掛滿了冰霜，她突然咬牙切齒地說：「看著吧，我絕不會放過她！」說完，站起來，對小竹道：「吩咐下去，準備馬車，我要去看我的兒子！」

可是，馬車在門口卻被皇長孫攔下了。

「妳不能去！」肖衍的臉色鐵青，看起來不近人情，可是眼睛裡隱隱燃燒著一種火焰。

「那是我的兒子！」林元馨堅持地近乎固執。

「馨兒，不要任性！盛兒也是我的親生兒子，我會不關心他的生死嗎？但我更關心妳的健康！妳沒有得過天花，不可以去！」肖衍勸說道。

「你是讓我把孩子丟給那些人照顧？不聞不問？」林元馨滿臉的驚懼與焦灼，她盯著肖衍，幾乎想要從他臉上看出什麼來，肖衍的聲音慢慢冷下去：「按照規矩，若是去了，妳就只能留在那裡，不能再回府，妳可要想清楚了！」

場面一時陷入僵持，林元馨死死盯著自己的丈夫，像是在看一個陌生人。

就在這個時候，歐陽暖突然道：「表姊，我五歲的時候曾經得過天花，而天花得過一次的人就不會再得，所以，我去就好。我會一直留在那裡，等到小殿下康復再回來。」

肖衍聞言一愣，忍不住深深地看著歐陽暖，認真地問：「妳以前真的得過天花？這不是開玩笑的事情，是真的會要命的！妳真的不會被傳染嗎？」

「殿下，我不會拿自己的性命開玩笑的。」歐陽暖一臉的嚴肅，「我自己得過的病，我還會不瞭解嗎？連症狀都和盛兒一模一樣！」

紅玉站在一旁，恐懼得面無人色，她從小陪著歐陽暖，從未見過她得過什麼天花，這種事情，小姐怎麼也能隨便拿來開玩笑呢？萬一她也感染了天花該怎麼辦？可是歐陽暖淡淡看了她一眼，她就不敢再說話了，小姐的心意一旦決定，誰都不可能阻止。

紅玉不明白歐陽暖這樣決絕的原因，歐陽暖總覺得這件事透著一種古怪，孩子一直健健康康的，怎麼會剛一回來就感染天花？這簡直是匪夷所思的事情！如果這事情是有人蓄意安排的，那這時候真正威脅孩子性命的絕非是天花這種病！林元馨是皇長孫的側妃，若是違背了他的心意，在這個時候跑去看望孩子，就算能救下孩子，也會和肖衍鬧僵，她卻不同，這個孩子是她親眼看著出生，親手抱過的，她絕不能就這樣眼睜睜看著他死於非命……

肖衍望著歐陽暖，在這一瞬間感到迷惑，他幾乎無法分辨，在歐陽暖漆黑的眼睛裡燃燒的是怎樣一種情緒，在他的瞭解中，歐陽暖絕不是那種多管閒事的人，自己的兒子與她並沒有多大的關聯，她為何要這樣盡心盡力？

在皇長孫的意識裡，他不能理解這樣毫無道理的付出，也不能理解人的感情。有時候，理智和利益是會被人的感情打敗的，他哪裡知道，在林元馨纏綿病榻的時候，因為不放心陌生的乳娘，歐陽暖幾乎是衣不解帶地照顧這個孩子，肖榮盛在她的眼睛裡，並不僅僅是皇長孫的兒子這樣簡單的身分，這是一個和她有著密切聯繫的孩子。儘管他與她並非血脈相連，可他的安危，卻奇蹟般的牽動著她的心，令她作出這樣的決定。而這種事情，在肖衍是難以想像的，所以他毫不懷疑歐陽暖是得過天花的，若是沒有，誰肯冒這樣大的風險呢？

林元馨卻不相信，她是歐陽暖的表姊，若是她得過天花，自己怎麼可能不知道呢？所以她毫不猶豫地就要拒絕，歐陽暖卻突然拉住了她的手，指甲用力，幾乎陷入她的手心。林元馨呼吸微窒，看著歐陽暖，只覺得她一對原本清亮的眸子似看不到底的深淵，霧氣氤氳，林元馨的心裡，突然之間就什麼都明白了。

如今的肖衍，早已不是她期盼的良人，在他面前，她絕不能任性妄為，否則牽連的不僅僅是自身，還有鎮國侯府，真正得意的人，只怕是背後策劃這件事的周芷君。

對歐陽暖的信任，使她不再懷疑，也不再猶豫，林元馨咬住嘴唇，目光逐漸瑩然，卻強忍著淚水，「暖兒，拜託妳了。」

歐陽暖點點頭，對肖衍道：「殿下，府上總有出過天花的下人吧，請您找出兩個得力的，跟著我一起去。」

肖衍沉聲吩咐道：「沒聽見永安郡主的話嗎？還不快去辦！」

歐陽暖命紅玉回府去，自己乘著馬車，大約兩個時辰就到了京郊別院。看護的守衛攔在門口，喝道：「這裡禁止任何人進入！」

歐陽暖使個眼色，跟來的太子府劉管事一巴掌拍上去，喝道：「還不滾開！這是永安郡主！」護衛面色一變，捂著臉頰縮在後頭，劉管事因為過去生過天花，臉上留下了一些麻點，平日裡就是一副嚴肅的樣子，現在冷著臉更加嚇人，「太醫呢？」

很快，一個中年的太醫迎了出來。

劉管事忙道：「永安郡主代替皇長孫和側妃來看望小殿下。」

太醫忙恭恭敬敬向歐陽暖行了一禮，道：「郡主安好。」

歐陽暖只點了點頭，徑直跟著王太醫進去。王太醫陪著小心道：「小殿下年紀太小，我們已經靜心照料了，只是……情形不樂觀……」說著引了她到一間小房子外，指著裡頭道：「小殿下就在裡頭。」

屋子的門窗上都上了鐵欄，裡頭黑漆漆的如牢籠一般，歐陽暖冷聲道：「不過是個生病的孩子，你們這是幹什麼？」

太醫陪笑道：「到底是傳染的，本該送到西山去，這已經是法外開恩了。我也只是怕不懂事的下人闖進去，驚擾了小殿下休養。」

歐陽暖只不作聲，睨了劉管事一眼，劉管事叱道：「胡說！小殿下身子不好，更需要通風換氣的房間，還不快把門給郡主打開！」

太醫慌忙道：「郡主要看就在外頭看吧，這病可是傳染很厲害的，前兩日才剛有個照料的丫鬟也病倒了，人都不行了呢！」

就在這時候，歐陽暖聽見肖榮盛虛弱的哭聲，那哭聲彷彿一隻無形的手，一下子揪緊了她的心，她厲聲道：「打開！」

太醫還在猶豫，劉管事冷聲道：「郡主可是奉皇長孫的命令來探望小殿下的！」

太醫一驚，連忙把門打開。

歐陽暖剛剛踏進去，就聞到一股潮濕的氣味，屋子裡就一張搖籃床和一張桌子，桌子上放著些藥汁。肖榮盛在搖籃裡，燒得渾身火燙，全身起滿了一塊塊紅斑，在搖籃裡拚命哭著，哭得喉嚨都已經啞了，身邊吐得都是汙穢，可憐得讓人不忍目睹，身旁卻一個丫鬟都沒有。

歐陽暖不禁心頭大怒，只問：「你們是怎麼照料的！」

太醫面露難色，只道：「我只是來治病的，這些照顧孩子的事情，實在是顧不過來！」

歐陽暖冷笑道：「所以你就這麼敷衍著了，是不是？」這樣對待一個生病的孩子，分明是想要他的命！這是皇長孫的長子，若是沒有某些人的暗中指使，誰敢這樣對待他？

歐陽暖強忍住怒氣，道：「去打盆熱水來。」

劉管事臉色都變了，一時也不說話，忙端了水進來。歐陽暖捋起袖子，要親自動手。

劉管事「哎喲」了一聲，忙道：「郡主是貴人，怎麼能做這樣的活？讓奴才來吧！」

歐陽暖絲毫不理，逕自動手，劉管事頭上不自覺出了冷汗。

歐陽暖替孩子清理了被褥上的髒物，始終面色冷淡，並沒有發怒的跡象，可是劉管事卻隱隱覺得，事情沒有這樣簡單。所有人都以為小殿下在這裡一定會得到很好的照料，可實際上一切卻證明，幕後的人是想要肖榮盛死在這裡。只是一個嬰兒而已，竟然也用這樣殘忍的方式，劉管事嘆了口氣，卻不敢多說什麼。

「你現在就回太醫院去，就告訴太醫令，說太子府用不起你！」歐陽暖冷冷地道。

用不起？這樣一句話的殺傷力有多大，只怕太子知道了，自己是要掉腦袋的！王太醫第一次開始後悔，不該一時鬼迷心竅，竟然以為這裡是傳染區，別人都會避諱不會知道裡面發生的事情。其實他也沒有做什麼，只是疏忽照料罷了，將來就算查起來，也完全可以說小殿下是因為年紀太小而治不好，畢竟因為天花死去的孩子實在是太多了，誰也不會懷疑的。但是他沒有想到，永安郡主會突然降臨到這裡，把他的如意算盤全都打碎了。被郡主親眼看到這裡頭的情形，他想要逃脫罪罰那是再也不能夠了，一想到這裡，他撲通一聲跪倒在地，「求郡主恕罪！求郡主恕罪啊！求您讓我留下，我一定會將功折罪！將功折罪！」

歐陽暖知道，這位王太醫是太醫院中唯一有過治癒天花經驗的太醫，要不然也不會被寄予眾望地派到這裡來，只可惜有人在背後給了他某種提示，令他想要從中做手腳，歐陽暖冷笑地看著他，「王太醫，你的性命暫且留著，我也不會趕你走，若是小殿下一切平安，我就當這件事從沒發生過，但若是他有半點閃失，你自己想想會有什麼後果！」

王太醫猛地一抬頭，看到了歐陽暖清麗面容上竟有一雙森冷的眼睛，頓時嚇得面無人色，叩頭不斷，「是！是！」

王太醫是個很高明的大夫，只可惜他開出來的藥並不適合一個嬰兒，一轉眼間肖榮盛就全吐了出來，吃下去的米湯也是如此。幾天下來，一個原本白白胖胖的小孩子已是瘦得皮包骨。最糟糕的是，因為年紀太小，受不住這樣兇猛的病情，他開始咳嗽氣喘，常常一下子就喘不過氣來，眼看就要呼吸停止，好幾次都嚇得歐陽暖魂飛魄散。

三天後，孩子又開始腹瀉，被單換了一條又一條。自從歐陽暖來到別院，重新安排了人手。別院裡的丫鬟、嬤嬤們看到情形不對，也都緊張起來。歐陽暖吩咐她們在空地上架起大鐵鍋，用來煮要消毒的被單和毛巾，然後命人在屋子的各個角落灑石灰水。而歐陽暖本人，則是衣不解帶地守在搖籃邊，可是等到第五天，孩子的情況更壞了，他完全陷入了昏迷。到了這個地步，太醫已經不能不實話實說了：「我已經盡力了！無奈小殿下年紀太小，病勢又如此兇猛，到了這一步，再開什麼藥，怕也無能為力了……」

「王太醫，你可知道瀆職是什麼罪名？太子馬上就要登基，這位小殿下就是皇帝唯一的孫子，他的性命若是葬送在你的手上，你要想想後果！」歐陽暖一字一句，慢慢地說道，她絕不相信這個孩子這樣短命，當初他差點胎死腹中，可後來不也活下來了嗎？如今這道坎兒只要邁過去，他一定會平安長大！

「盛兒，你是個福大命大的孩子，我相信，老天爺沒辦法將你奪走的，是不是？」

王太醫怔怔地看著歐陽暖，在她堅定的語氣下，整個人又振作了起來，「好，我重新開藥！」

十天過去了，每一天都十分危險，但是，到了第十一天，肖榮盛的紅疹終於退下去了。

王太醫翻開了孩子的襁褓，仔細地檢查，再把了脈，「斑疹退了，燒也退了！」滿臉喜色，「真是精誠所至，金石為開呀！郡主說的對，小殿下真是福大命大！」

歐陽暖聞言，長長鬆了一口氣，只覺得整個人異常疲憊，心裡卻是無限歡喜的。一旁的劉管事問道：「太子府、大公主府還有鎮國侯府每天都派人來問這裡的情形，您是不是先回去？」

歐陽暖搖了搖頭，「我和盛兒待了這麼久，要先沐浴更衣，還要隔離幾天，若是沒有問題，才能去見他們。」

王太醫也很是贊同，「是啊，這病很容易傳染，郡主雖然出過天花，啊？」他話說到一半，突然明白過來，「郡主，莫非您從來沒有得過天花？」

歐陽暖並未言語，只是淡淡地看了王太醫一眼，「小殿下還要多久才能回京？」

「只要不發燒，頂多不過五日就好，只是回去前要將一切用具消毒……」王太醫回答。

歐陽暖點點頭，盛兒能夠平安回京，只怕有些人是要失望得很了。

五日後，歐陽暖將肖榮盛抱回太子府的時候，林元馨早已站在府門口等候，看到肖榮盛平安回來，她激動得眼圈都紅了，不顧儀態地跑上來，哽咽地抱著孩子親了又親，淚水打濕了他豆腐一般嫩嫩的小臉，她將他牢牢攏在胸前，彷彿世間至寶一般。

再三確認肖榮盛平安無事後，她將孩子交給旁邊的乳娘，然後上前摟住歐陽暖，淚水滿面，幾乎失態。歐陽暖連忙道：「表姊，這不是一切都好好的嗎？有什麼事，咱們回去再說。」

林元馨點點頭，攜著她一起回到墨荷齋，剛一坐下，便急聲問道：「暖兒，聽說妳進了別院，大哥他們都急壞了，大公主幾次三番要進去探望，卻都被皇長孫攔了下來。還有……老太君那裡，我們誰都不敢告訴她。」

歐陽暖點點頭，「我早已向他們報過平安，不必憂慮。」

林元馨對她看了半天，才放下心來，「妳若是出了事，我拿什麼去賠給大公主一個女兒？暖兒，妳太衝動了。」

歐陽暖淡淡一笑，「那種情形下，皇長孫竭力阻止，表姊妳當然不能去，我若是也不去，只怕盛兒就沒辦法活著回來了。」

林元馨面色一變，「她在別院也動了手腳？」

「妳說的也……這是什麼意思？」歐陽暖敏銳地察覺到了關鍵之處，面色變得梨花一樣白。須臾的沉默，林元馨眼中閃現一種可怕的陰霾，「小竹，把那件小衣拿過來。」

小竹聞言迅速去了，很快取來一只木盤，她特地用布捂住口鼻，而盤子上則放著一件素色的小衣，上面繡著一頭憨態可掬的小虎，圖案精緻，針腳輕巧細密，看起來是用最好的素錦所製，光滑如璧，十分綿軟。

歐陽暖的雙目微微凝起，「這是什麼？」

林元馨冷笑一聲，遠遠指著那小衣道：「我懷疑有人對盛兒動了手腳，便仔細查探了一番，最後發現這件小衣上有幾點極淺的乳白斑點，若不細瞧，並不十分瞧得出來。」

歐陽暖仔細瞧了幾眼，一看之下，臉色大變。驚疑不定地看著林元馨，林元馨的聲音緩緩沉痛，帶著十二萬分的恨意：「這分明是痘漿破裂後沾染的痕跡！她將這種東西送到這裡來，是要成心害死我的兒子！」

此言一出，歐陽暖只覺背脊一片冰涼，她雖然早已懷疑周芷君故意指使太醫怠慢盛兒的病情，卻沒想到，連沾染上天花病毒都是此女所為。盛兒回京不過幾日，她竟然生出這麼惡毒的心思……念及此，歐陽暖不覺寒毛倒豎，人心啊，為何這樣可怕？

「她已經是正妃了，遲早也會有自己的孩子，何必如此咄咄逼人，要我兒的性命！」

歐陽暖聞言一愣，太子府的女人太多，嫉妒林元馨得子之人不少，未必只有一個周芷君而已，若是現在兩人鬧起來，一則打草驚蛇，二則會引人坐觀火勢，歐陽暖於是道：「表姊生下這個孩子本就不容易，如今眼紅的人更多。與其怨憤，表姊還是打起全副精神，好好護養盛兒才是。」

「難不成就這樣放過她？」林元馨咬牙切齒地道。

歐陽暖生生打斷她：「我知道妳心急，但也別錯了主意。這件事情，我已經逼問過王太醫，周芷君從未出面過，自然擔不上她的干係。這件小衣妳至今還在手中，其他什麼實在證據都沒找到。即便妳告訴殿下，也只會落一個汙衊正妃的罪責。」說著拉過她的手，推心置腹道：「表姊需要步步為營，心急是成不了事的。更何況，如今盛兒平安無事，那人只怕心底氣得要死，可是在別院，她卻三番四次派人來問候盛兒，顯出她的雍容大度，關愛有加，可見她心機城府之深。她越是如此，表姊越是要慢慢籌謀。」

林元馨沉默聽完，點頭道：「君子報仇，十年不晚。」她按住自己心底強烈的積鬱與沉怒，一字一字清楚地道：「我一定要他們付出代價！」

她說的是他們，而非是她……這說明，在表姊的心底，連肖衍都恨上了。歐陽暖垂下眼睛，在心底嘆了一口氣，在最危急的時候，丈夫不在自己的身邊，當心愛的孩子受到了迫害，丈夫所做的第一件事就是阻攔，表姊心中強烈的恨意，歐陽暖可以感受得到。

這時，她還以為林元馨對肖衍只是怨恨，卻沒想到，這怨恨日積月累，竟然變得十分可怕……

從墨荷齋出來，歐陽暖順著鵝卵石的小路往外走，小竹剛把她送到花園，便被一個嬤嬤叫走了。歐陽暖並不在意，太子府她已經很熟悉，不需要別人帶路，只是林元馨不放心，因為紅玉早在半月前就被歐陽暖遣回了歐陽家，這也是怕紅玉染上天花的緣故。

走過一條甬道，經過一片假石林時，忽然旁邊假石洞裡伸出一隻手迅速地將她拉了進去。

歐陽暖一個踉蹌，摔倒在一個結實的懷抱裡，雙眼一時不能適應洞裡的黑暗，看不清面前是什麼人。

「是誰……」可剛發出一點聲音，嘴就被人嚴嚴實實地捂住，緊接著，一個非常熟悉的低沉聲音在她耳邊輕輕響起。

「別出聲，是我！」

歐陽暖瞪大了眼睛，此時雙眼已經逐漸適應洞中的黑暗，藉著洞口處傳來的光線，她已經看清面前的人正是肖衍。

他一手摟著她的腰，一手捂住她的嘴，嘴角含笑，清冷的眼睛閃爍著幽光。見她平靜下來，他慢慢拿開了手，然後順勢將她壓在假石壁上。

他低下頭，稍稍靠近她，輕聲說：「妳沒事嗎？」

歐陽暖用力將雙手撐在他的胸口處，努力加大兩人的距離，可奈何肖衍身體高大，如泰山一般，推之不動，而這種掙扎反而換來他更有力的壓制。

歐陽暖冷冷地望著他，「殿下，您這是什麼意思？」

肖衍微微一笑，「暖兒，妳好像一直對我很冷淡？」他說話時，溫熱的氣息一陣陣地噴在她的耳邊，讓她不由自主起了一陣顫慄。

「殿下，這裡並不是說話的地方，而且，於理不合！」說著，歐陽暖用盡全力推開他一條手臂，拔腿就往外跑，可剛跑開一步，又被他拖了回來，重新壓制在石壁上，這一次，他整個身子都貼緊她，讓她再也無法動彈。

「暖兒，妳可別忘了，外面人來人往的，被人看到的話，名譽盡毀的可是妳。」

歐陽暖咬住嘴唇，眼底是深深的憤怒，「殿下，您是皇長孫，想要做什麼，沒人敢阻止您！我只是一個力量微薄的女子，可人生不過一死，您力量哪怕通天，也不能控制一個死人，是不是？」

肖衍冷笑一聲，「我以為妳不是那種動不動用死來威脅別人的蠢女人！」

歐陽暖感到一種強烈的憤怒與屈辱，哪怕是肖天燁，也從未用這種強制的手段來勉強她！而肖衍，這樣一個高高在上的男人，卻半點也不顧及身分和地位，竟然對一個女人做出這種事！在他的眼裡，她並不是一個人，而只是一隻待宰殺的羔羊，只是一個因為得不到而覺得分外有趣的玩具！

「歐陽暖，這世上絕對沒有我得不到的東西！」肖衍的雙手慢慢地抱緊她，嘴唇在她的髮鬢之間輕輕流連。

歐陽暖知道，這種時刻絕對不能呼救，因為沒人會相信她是被強迫的，世上有哪個女人會拒絕高高在上，很快就要登上太子之位的皇長孫呢！她咬緊下唇，拚命地忍受著，可是強烈的屈辱感和憤怒卻讓她的身子一陣陣地顫抖。

他的呼吸越來越急促，懷抱越來越緊，緊到讓她無法動彈，緊到幾乎讓她窒息，她使勁地搖頭躲避，可是就是無法躲開他灼熱的唇。

「我可是剛剛抱過盛兒的！」她突然道，聲音冷澀。

「妳——」他抬起頭，看著她冷笑著，「妳以為我會怕？」這樣說著，他卻似乎想起了什麼，終究是慢慢鬆了手，「妳畢竟救了我的兒子一命，看在這點的分上，我不強迫妳！」

歐陽暖雙手緊握住拳，極力克制住自己，然後她深吸一口氣，什麼都沒說，轉身離開了石洞，就在她即將離開假山的那一霎那，身後又響起肖衍那冷沉的聲音。

「歐陽暖，從妳拒絕我的那一天起，妳就該知道，我絕對不會善罷甘休！從沒有人敢如此對我，妳必須為此付出代價！」

歐陽暖快步走了出去，頭也不回。

此時的倉州，戰爭到了膠著的狀態。

明郡王率領的三十萬軍隊中，只有二十萬是他的直屬部隊，也只有這二十萬，才是真正的精兵，單單是靠著這二十萬軍隊，他與肖天燁的五十萬大軍抗衡了兩個月。

對於肖天燁，世人有著種種複雜的評價，當時的所有人都以為他不過是一個只會享樂的公子哥，絕不像他父親一樣是一代梟雄，很快就會被收拾掉，可是後來大家才發現，除了肖重華以外，他是大歷朝中最令人難以揣摩的人。他以冷酷殘忍出名，行事周密，思慮嚴謹，卻常常有那種孤注一擲的瘋狂舉動，他是個優秀的軍事統帥，罕見地具有長遠眼光，為人高傲，但卻常常言而無信，翻臉無情，這樣的人，叫人根本捉摸不透他的心思。

肖天德逃到倉州，在秦王原先手下一些人的幫助下，接管了其中的兩萬軍隊，隨後他就帶著兩萬人從戰場上逃走了，也因為他的愚蠢舉動，肖天燁的軍隊卻被肖重華的鐵鉗困住了。肖重華的騎兵進展神速，飛插戰場的兩翼，就如兩面鋼鐵城牆，鎖死了肖天燁向南而去的通道。

哀鴻遍野，在衝鋒的路程上，躺滿了受傷和死亡的士兵。這裡戰鬥的殘酷遠勝於往日的任何一次戰鬥，在無論是圍攻者還是被圍攻者，全都是拚盡全力。越是接近核心的位置，長箭便越是密集，倒下的士兵便越是稠密。

歐陽爵發現肖天燁的時候，他面色蒼白地從馬上摔下來，毫無抵抗之力，而身旁的副將和護衛們早已不知所蹤。歐陽爵一直記恨著這個曾經要殺自己的男人，便毫不猶豫將他捆了起來，送到肖重華的面前。

肖重華的長劍架在了肖天燁的脖子上，而肖天燁被發現的原因，是他的心疾再一次發作了，他不得不停下來休息，甚至於剛剛服下藥，呼吸都是亂的。

肖天燁冷笑地望著他，「看來肖天德那個蠢貨不只是逃跑了，還被捉住了！」所以連統帥在何處都會暴露給對方，這個大哥，真是蠢到家了。但這也說明，自己的身邊有細作。

肖重華不知為何，輕輕嘆了口氣，他和肖天燁還是堂兄弟，若是他們生在普通的人家，也不至於刀劍相向。在家國世事變幻的風雲大潮中，皇室子弟的命運是多麼的可悲，即使貴如親王世子，他們的命運也不比隨浪漂浮的一根稻草重多少。

這種時候，說什麼都毫無意義。

最終，肖重華只是對著肖天燁慢慢地點頭，他抽出了長劍，「抱歉！」

話未落，長劍在空中刮過了一道閃電般的弧線劈向肖天燁。

「噌」的一聲脆響，肖重華已將劍回鞘。綁著肖天燁的繩子寸寸斷裂，紛紛落地。

他淡淡地道：「你走吧。」

肖天燁冷冷望著肖重華，剛才他揮劍的過程中，肖天燁的眼睛根本沒眨，春水般的眸子裡沒有絲毫畏懼。他一個字一個字地道：「私放叛逆，明郡王可真是膽大妄為！放過我，這場仗還要打半年，肖重華，你可要想清楚！」

肖重華並不回答，反而慢慢道：「歐陽爵，這個人曾經救過你姊姊，明白嗎？」

歐陽爵看著眼前的肖天燁，眼睛裡閃現過一絲複雜，他突然明白，肖重華為什麼要放過這個人，他慢慢地，一字一頓地說：「殿下，我什麼都沒看到。」

肖重華將長劍丟給肖天燁，「若是你落在別人手上，我不會再放了你。你從俘虜裡面挑一些人出來充當護衛，我再給你分一些馬。」

肖天燁揚眉冷笑，「不需要。」他站起身，額頭上滿是冷汗，右手緊緊捂住左胸，神情痛苦得彷彿馬上就要倒下去，可他還是牢牢撐住了自己的身體，慢慢向後走了幾步，突然回頭道：「告訴她，欠我的，要她自己來還！」

肖天燁的軍隊暫駐距離倉州四十公里的鶴州。

肖天燁剛剛回營，外面便已經傳來報告，寧州守軍最近部隊頻繁調動，大批騎兵部隊連夜拔營不知所蹤，其動向十分可疑。晉王在亂軍中被殺，只有晉王世子肖凌風順利帶著一萬部隊到了倉州，現在他是肖天燁最強有力的盟友。他提醒肖天燁要考慮到這些不尋常的異動，不要放鬆了對西邊的警戒，要防止他們與明郡王的軍隊形成合圍之勢。

「天燁，你還好吧？」肖凌風看到肖天燁臉色蒼白，有些擔心。

肖天燁回過神來，「剛才你說到哪裡了？」

肖凌風把話又重複了一遍，他發現，肖天燁似乎身體狀況很不好。

肖天燁在思考著，情形確實十分危急，軍隊正處於最衰弱的時期，肖重華也清楚地看到了這一點，所以他步步進逼，從北面、西面、東面對他們構成了一個龐大的包圍圈。肖重華無疑是一個極為可怕的敵手，這一次的進攻，明顯是經過周密策劃和準備，最糟糕的是，如今己方……

肖凌風沉重地說：「情況比咱們想像的還要嚴重……我們的糧食儲備差不多已經枯竭了。現在，我們把絕大部分的糧食都給了前鋒部隊，因為他們要抵擋肖重華的主要攻勢，至於其他，我們只保留了那些最主要的部隊，別的部隊只能暫時把它拆散，讓士兵散落到各個村鎮去，化整為零比較容易找到食物。這個主意很蠢，但是我們只能用這麼個辦法了。不然的話，早在十天前我們就撐不下去了。」

其他的將領們七嘴八舌地贊同：「確實是這樣的，我的部隊人心不穩啊！」

「沒辦法，餓著肚子怎麼打仗？要是吃不飽飯，現在連武器都拿不起來了！」

有一名老將領沉著臉道：「我的隊伍還是保持完好的，但有半個月得不到糧食補給，騎兵都已經開始宰殺戰馬充飢了，軍官無法阻止他們！」

肖凌風點點頭，「五十萬人已經折損了三萬，還有肖天德帶走的兩萬人……如今我們缺的不光是食物，有些士兵因為飢餓，不顧命令，洗劫了沿途的城市……」

大家議論紛紛，將領們吵吵嚷嚷的，互相抱怨，帳內越來越喧雜。

「住口！」在肖天燁低沉的聲音裡面，蘊涵著一股讓人信服的力量，他音量並不高，但喧譁立即停止了，帳內變得鴉雀無聲，所有人的目光都集中到了他的身上。他抬起頭，以嚴峻的目光環視所有人，「目前的困難我全都明白，可你們這樣鬧，完全無濟於事。」

坐等消極防守是沒有出路的，只會看著軍隊被逐步蠶食，越來越小。

肖凌風認為，肖重華是最主要的敵人，然而他手中除了二十萬的精兵強將，仍舊有那最弱的十萬人，這些並不是正規軍隊，而是戰爭開始後臨時募集起來的，肖重華就算有天大的本事，也沒辦法在短期內將他們訓練成強有力的部隊，而這些人的大部分都分散於東北面，意圖隱藏，他建議現在馬上集結兵力，對那些兵力比較弱的部隊進行一次打擊。但這個提議被肖天燁否決了，消滅那些小股部隊對改變整個戰略形勢毫無幫助，即使他們被擊敗，肖重華的人照樣會前進，那樣自己就要面臨連續作戰的困境，這很危險。

「集中所有部隊，進攻對方的中心。」

他是要進攻敵軍最強大的核心區域，肖凌風一聽，頓時就急了，「這怎麼可以！」

「敵人最強的地方也正是最弱的地方，只要咱們集中四十五萬人的力量一舉打一個勝仗，在他的主攻軍中給予他們沉重一擊，敵方主力將喪失大半戰鬥力，無法再進，而其他的呼應部隊沒有了主力的配合，他們絕不敢單獨向我們發起進攻，這樣圍攻之勢自然就被化解了。」

「若是一著不慎，很有可能陷入他們的包圍。」肖凌風遲疑。

「所以我們需要人去引開他們的注意力，讓他們以為咱們的主力在別處。」肖天燁慢慢地說，目光裡閃現出一絲冷凝，「既然我們缺糧，那就向他們要去！主動進攻，擊敗他們的軍隊，奪取他們的城池，拿下他們的輜重和補給！」

肖凌風一愣，隨即察覺有些不對勁兒，按照肖天燁的性格，他不會提出這樣的主張，這個去引開注意力的……分明是去送死。

肖天燁像是看透了他的心思，對著他微微笑了笑，不置可否。沒錯，他的目的就是除掉軍隊裡有異心的人，不僅僅是出賣了他的，還包括那些肖天德早已在軍隊裡布下的暗線。

看著肖天燁微笑的臉，肖凌風第一次有了種畏懼的感覺，這個工於心計和權謀的肖天燁，真的還是自己熟悉的朋友嗎？他變了很多。外表上，他依舊那麼肆意妄為，但骨子裡他更堅毅了，陰沉的眼睛中多了些與以前不一樣的東西，利如刀鋒，在他輕描淡寫的話語裡面，殺機暗藏。

而肖重華這一邊，也面臨同樣的問題。他一手訓練出來的二十萬人是很精銳的部隊，但是因為肖衍急於擴軍，造成過於龐大的民軍雲集和大批沒有經過訓練的百姓加入，給他的指揮帶來極大的不便。肖衍努力籌建的正規兵馬最終淪落為行動不便的烏合之眾，這一點肖重華早已預計到，對他而言，這些人毫無用處，甚至在戰鬥中不斷拖後腿，而這並不是最令人不安的，在三日前，一個監軍到了這裡，這位監軍的身分並不同於一般人，他是肖重華的皇叔，魯王。

魯王在秦王謀逆期間一直稱病不出，與倒戈的其他王爺相比，他更懂得明哲保身，這是身為皇室親王的一種政治敏感，也是因為他的實力並不能與其他王爺相比，才能在秦王的眼皮子底下活下來。將他在這個時候送到這裡來，未必沒有監視肖重華的意思，這一點，肖重華比誰都要明白，因為他從這一舉動中，看到了肖衍的影子。

肖衍，從來不曾信任過任何人，哪怕是自己的盟友。

參之章◆朝野同聲迫和親

肖重華看了地圖一眼，對所有人道：「肖天燁固然缺少糧食，但若是從長期戰爭的角度來考慮的話，我們也必須供養一支過於龐大的軍隊。大歷剛剛經過一場動亂，過於沉重的負擔對整個國家都是一場災難，尤其是那些普通百姓。現在的倉州，正處在青黃不接的時期，即便有來自京都的補給，要供應三十萬軍隊，實在無法長期堅持。我認為，保留十五萬到二十萬比較精銳的常備軍就足以進攻了。」

歐陽爵聽著，眼睛閃閃發光，他不過是一名小小的遊擊，並沒有參與這樣上層會議的權力，他能站在這裡，並不是因為他在戰鬥中身先士卒受了無數傷，而是因為他是皇長孫愛妃的表弟，又是永安郡主的親弟弟。縱然他來投軍的時候一直隱藏自己的身分，可是在京都的將領越來越多後，他已經沒辦法再藏下去了。然而他始終堅持在第一線作戰，也因此，他對肖重華所說的弊病深有體會，軍隊的武器差、戰鬥力差，每次征戰下來損傷都非常嚴重，於是不得不從地方上抽取更多沒有經驗的老百姓加入，於是軍隊的素質又進一步下降，這幾乎陷入了一個惡性循環。

只是，他深深知道這一點，卻不能說，因為他沒有一個合適的身分開口。

肖重華眉下深黑的雙眸裡如幽潭一般，「最好的辦法是，裁軍一半，重新進行軍隊的組編，組建一支人數較少但更精銳的軍隊。」

「這怎麼行！」魯王頓時皺眉，「這些人都是剛招來的，現在你要他們解散？不譁變才怪！」

肖重華並未因為他突如其來的打斷而發怒，反而慢慢地解釋：「魯王叔，凡是我們不用的人，都可以讓他們回到附近城鎮去。現在我聽說肖天燁軍隊中有不少的士兵潛入城市劫掠物資，我們可以讓這些人自行組建民兵的部隊，與城中守軍一起配合，在必要的時候也能派上用場。」

歐陽爵聽得連連點頭，其他將領們也紛紛贊同這個主張。因為他們都感到在作戰的時候，那些臨時徵集的軍隊給他們帶來了很大的麻煩。

「不行！」魯王斬釘截鐵地道：「這樣等於是削弱自己的力量，現在正是緊要關頭，對方有五十萬部隊，我們才三十萬人，這已經是以少敵多了，這時候再減少人，豈不是眼看著要失敗？」說到這裡，猛地站起來道：「重華，保持原計劃進攻就好，不要亂來！」

「這不是亂來，而是集中力量對付接下來可能有的突襲！」大量的冗員，會拖累整個部隊的力量！肖重華堅持地道，他總覺得，肖天燁接下來會有大幅度的動作，一旦他向南去，與南詔王勾結起來，這件事就不會輕易了結！

「我說不行就是不行，你若是反對，大可以去稟報太子，由他做決斷！」魯王斬釘截鐵，近乎粗暴地冷聲道。

軍帳裡頓時寂靜無聲，所有的人都望著魯王，耳朵卻仔細聽著肖重華那邊的聲息。有人惴惴不安，有人暗暗惋惜，自然也有人無動於衷。但這一切都只能放在心裡，若形於詞色便是失禮。

此時的朝中局勢微妙複雜，太子不日就要登基，皇長孫雖然年輕，但似乎培植自己的勢力也已非一日兩日，朝中老臣們筋脈錯落繁複，各派勢力根深蒂固。秦王雖已不在人世，但留下的麻煩卻可謂不少。燕王似乎並不想攪入這團亂麻，朝堂之上不動聲色的時候占了大半，而肖重華呢？他又在扮演什麼樣的角色？

肖重華看著眼前一雙雙神色各異的眼睛，他只是覺得疲憊。他本就有很強的心理承受力和自我調適能力，聽到魯王這樣近乎粗暴無禮的話，他也不曾動怒，更不曾有半分激動的神情，他只是淡淡地道：「如王叔所願。」

歐陽爵感到很失望，他突然意識到，戰爭裡並不是謀略和力量決定一切，還有人心。這已經不是魯王第一次阻撓肖重華的計劃了，甚至於這個年紀資歷都超過肖重華一大把的王爺在故意拖他們的後腿。也許他不是故意的，但歐陽爵知道，太子派來這麼一個人，是大大的失策。打了敗仗，是肖重華的錯；打了勝仗，是魯王指導有方，就是這麼個可笑的局面。

到了晚上，他一個人站在帳外泥地上，埋頭比劃著現今的布局，卻不時嘆氣。每一個進攻地點，他都畫出了十餘個行動計劃。

不知不覺間，天色漸漸亮了，他自己卻一點也沒覺得，還在凝神沉思。

正在將幾枚代表進攻騎兵的石子挪向一邊時，他身旁有人伸出一根樹枝來，在另一邊劃了一個弧形，慢慢道：「如果是我，我會從右邊攻擊，強渡河流。」

歐陽爵一直沉浸在自己的思緒中，想也不想，便搖頭，指向左邊，「岸邊上，我會派人扼守在這裡。」

那人便思索了片刻，從那個弧形中分出了另一支，繞向一邊，「那我便在山腳下佯攻，派騎兵從那邊迂迴到山後。」

歐陽爵又指了指他放在側後方的幾枚石子，「我一開始有安排，這裡有埋伏，與河流邊上的人成犄角之勢，互相保護，互相支援。」

那人笑了笑，再劃出一個圓弧去往另一邊，笑道：「我再派出五百人，由這裡包抄。」

歐陽爵一窒，立刻道：「這裡是絕壁，上不去的！」他突然意識到了什麼，猛地抬頭，竟看到一身戰袍的肖重華站在他身邊。

他不由自主丟了樹枝，猛地站起來問道：「郡王，您為什麼要向魯王讓步？」

肖重華頓了頓，才笑道：「我倒是無所謂，只是為了這件事爭執，只會給有心人鑽空子。」

歐陽爵一聽，面露疑慮，「您說的有心人是誰？」

肖重華笑而不答，看了看地上的陣法，道：「比起上陣殺敵，你更適合行軍布陣，從今天起，跟著副將去學習吧。」

天亮時分，肖天燁便開始進攻，然而他並未像他在計劃裡說的那樣集中全部兵力猛襲肖重華的主力部隊，而是一方面派五千人突襲右側，另一方面派出五千人猛襲明郡王的核心部隊，只是這兩邊都只是煙霧彈而已。肖重華並不上當，但魯王卻錯誤地相信了來自肖天燁軍中叛將傳來的消息，命令軍隊全力進攻，等他反應過來，肖天燁早已將主力緊急後撤，突襲了大歷與南詔邊境上的大歷守軍，殺了守城的王何江，俘虜數萬守軍。

當日，從南詔而來的第一批糧食運到了邊境，大歷人這才發現，南詔王竟然早已派人將糧食從大路和密林中的小道上將糧食迅速地送到了肖天燁的軍隊手中。在隨後的日子裡，從南詔而來的糧食、武器、藥品、補給……源源不斷地進了肖天燁的軍隊。肖天燁軍中的不少將領這時候才明白，他們都被擺了一道，肖天燁根本是早已懷疑他們之中有叛將，故意這樣安排，到了襲擊的當天早上才突然宣布改變計劃，殺了所有人一個措手不及。原來，他早已和一向與大歷朝格格不入的南詔不知達成了什麼協定，明修棧道，暗渡陳倉。

一夕之間，局勢扭轉，肖天燁占據了大歷和南詔邊境的十六座城池，儼然成為一個坐鎮邊疆的藩王。現在肖衍需要擔心的，不是如何消滅肖天燁，而是要看住他，防止他哪天想不開，打開國門放了南詔人進來……

這一切的錯誤都是魯王造成的，他的身分和資歷都壓過肖重華一頭，可是卻從來沒上過戰場，用宮廷裡的那一套用間，卻不想反過來被對方利用，然而等他明白過來的時候，第一件事不是補救，而是緊急上了一道奏章，將明郡王告了一狀，將放跑肖天燁的罪名全都推到了肖重華的身上。太子大怒，派人去邊境劈頭蓋臉地罵了肖重華一頓。

當年五月，太子肖欽武登基，定年號建隆。大臣們上摺子，請他從側妃中再選出一個女子來做皇后，他只是不肯。事實上，自從太子妃死後，太子，不，應該說是如今的皇帝，他彷彿對一切都沒有興趣了。隨著他對政務的厭倦一日勝過一日，他的身體也一日壞過一日，他似乎在厭倦朝政的同時也厭倦了生命本身，他不再遊獵，亦不再宴樂，身體一日日衰敗下去。髮妻的死彷彿帶走他生命裡的全部活力，他不僅僅頭髮白了，甚至連心都已經死了。

所有人都覺得，這是因為先太子妃是他的結髮妻子，又因為他而死，他過於悲痛所致。歐陽暖聽說了這個消息，卻只覺得悲傷，不知是為無辜死去的太子妃，還是為了如今這位明知道一切，卻只能保持沉默的皇帝陛下。

隱隱之間，她猜到，肖欽武對於太子妃的死，是知道什麼的，可是他什麼也不能說，什麼也不能做，只能追封她為孝安皇后。

皇后，太子妃要的不是那個皇后的稱號，她要的是一心待她的丈夫、讓她驕傲的兒子，可是他們卻漠視她賠上了性命。

也許，肖衍並不是她認為的那樣無情，孝安皇后的陵寢，一切都是按照皇后的禮制來布置，風光大葬，無上榮耀，可是這些在歐陽暖眼中，不過是肖衍心中的愧疚在作祟罷了。明明能救，卻視若無睹，根本的原因只有一個。

在天下面前，一個女人算得了什麼？

十日後，肖衍為了心情抑鬱的皇帝，也為了安撫各大權貴臣子的心，特意安排了一次飲宴。眾大臣都到了。當皇帝出現在御花園時，眾人忙跪迎道：「臣等叩見吾皇萬歲萬萬歲！」

肖欽武神色淡淡的，看不出喜怒，「平身吧。」

他坐於殿上，諸大臣陪坐下側，女眷們另開一席，歐陽暖因為是永安郡主的身分，陪著大公主坐在上位，承受著各種目光的打量。

肖衍含笑道：「父皇今日高興，請諸位到御花園賞賞牡丹，中午請大家吃一餐便宴。」

御座上，肖欽武始終垂著眼睛，一副漠不關心的模樣。

臣子們互相奉承應酬，太子妃周芷君和側妃林元馨也都被女人們圍住了，大臣們的妻子爭著靠近這兩位貴人，圍在她們身邊，一會兒誇周芷君的衣服好看，一會兒誇林元馨的髮髻梳得好，一會兒又誇兩個孩子乖巧，但這其中也有不少人對林元馨的態度隱隱要更熱切些，周芷君看在眼裡，心中不由得充滿了憤恨。

歐陽暖穿著一件一襲淺桃色刺繡月華裙，繡星星點點的花，雖是尋常服色，不張揚，卻也並不平庸。鬢間戴著累絲含珠金鳳釵，動作間，累絲垂下的明珠微微晃動，瑩光閃爍，映得她一張面孔明麗無比，雪白的一雙手，交握在裙上，眉眼間的笑意也是恬靜的。

她靜靜地陪大公主坐著，聽身旁的夫人小姐們閒話。坐在她附近的是周王妃、周王世子肖清弦的世子妃唐婉怡、允郡王妃朱凝碧，以及楚王妃和楚王家的郡主肖嫣然。剛開始的時候，她們顧忌大公主在場，不敢說什麼敏感的話題，只說些趣聞逗樂。歐陽暖發現，縱然是刁縱的朱凝碧，在大公主的面前也都是眼觀鼻鼻觀心，生怕自己被注意到，可見大公主的脾氣在她們中算是人盡皆知的。

大公主也不耐煩聽她們說話，便起身說要去更衣，歐陽暖站起來，大公主輕輕搖了搖頭，道：「我去去就回來。」

大公主一走，氣氛鬆弛下來，說了一會兒閒話後，眾人又開始控制不住體內的八卦因子。

不知是誰開始提起明郡王。

「妳們聽說沒？明郡王的孝期滿了，馬上要選正妃呢！」

選妃？歐陽暖淡淡地搖了搖頭，上一次肖重華說的話，她並沒有放在心上，她總覺得肖重華對她並非是那種強烈的男女之愛，他突然提出要娶她，不過是為了幫助她。

然而，在座的人因為此話炸開了。

「真有此事？他會選個什麼樣的正妃呢？」

「當然是真的，不過呀，蓉郡主是沒機會了，她都嫁人了嘛！」朱凝碧努努嘴，向著遠處坐著的蓉郡主的方向，眼中帶了一絲鄙夷，「她年紀還比明郡王大，當初還死皮賴臉地要嫁給他，真是……」

話說了一半，被她的婆婆周王妃打斷了：「不要隨便說人家的是非！」

朱凝碧雖然驕縱，可是對這位王妃還是敬重的，她撒嬌道：「母妃，我不是在說她的閒話，這是事實嘛！」

「如今這京都裡頭，能配得上明郡王的可沒有幾個人！」朱凝碧轉過頭看著歐陽暖，捂著嘴笑，「永安郡主，妳說是不是？」

歐陽暖淡淡笑了笑，不置可否。

「嫁給他有什麼好？一副冷冰冰的模樣，女孩兒家還是應該找個儒雅溫柔的丈夫，舉案齊眉，相敬如賓，可不是相敬如冰啊！」唐婉怡搖頭道，滿臉不以為然。她的丈夫肖清弦的確是溫柔儒雅，風度翩翩，與她相敬如賓，互相敬愛，相處得很是融洽，她覺得別人也應當如此。

肖清弦是溫文儒雅，只可惜也正因為如此，紅顏知己很多，唐婉怡嫁進來三年，側妃已經納了兩個了。朱凝碧掩唇一笑，眼珠子轉了轉，道：「嫂嫂，妳不會是因為妹妹被他拒絕了，所以才故意這麼說吧？這種事情還是不要亂說的好。其實我倒覺得明郡王是個理想的夫婿人選，身居高位，前程似錦，況且，妳去哪裡都找不到他那樣俊的男人了！」

旁邊的一名女子輕哼一聲，「既然這麼好，怎麼一直拖到現在都不成親？可見一定有什麼問題！我聽說他連青樓都沒有去過，身邊還一個侍妾都沒有，必定有什麼隱疾！」

歐陽暖微微抬眸，卻見到這名女子有些眼熟。可是其他人聽見她說話，卻都露出很鄙夷的表情，她猛地想起，這女人竟是錢香玉！

只是，錢香玉不是死活鬧著要嫁給明郡王嗎？怎麼突然對他口出惡言呢？歐陽暖微微皺眉，卻看到對方一副滿懷幽怨的模樣，不由得笑了，原來如此，看來肖重華又毫不留情地傷害了一顆少女芳心。

「才不是，重華哥之所以沒娶妻，是因為他眼光太高的緣故，沒有女人能入他的眼，這一次不知是誰能這麼幸運！」楚王郡主肖嫣然大大的眼睛，蘋果般可愛的小臉，神情天真可愛。她想了想，又說道：「可是啊，我覺得天燁哥哥其實也很俊的呢，不過，我聽父王說，南詔皇帝想要把公主嫁給他，被他拒絕了呢……」

她說得如此輕鬆，而且實際，只是這話一說出口，眾人皆變色。

歐陽暖心中驀然一震，凝眸顧她，不敢置信。

楚王妃趕緊捂住她的嘴巴，「不要胡說！」她緊張地看向太子那邊的方向，卻見並沒有人注意到這裡，便又抬起頭盯著歐陽暖。

歐陽暖心口一窒，有片刻的恍惚，隨後她看到了周王妃的表情，突然想到，她用這種眼神看著自己，是因為眾人皆知，肖天燁是向皇帝請求過賜婚的。在她們的眼中，自己和肖天燁之間，或許有某種說不清道不明的關係。事實上，若非自己是大公主的義女，又和林元馨那樣要好，如今不要說尊貴地坐在這裡，連性命能不能保住都很難說。

「說起來，郡主才是真正有眼光的呢！」朱凝碧的一聲笑，打斷了這陣沉寂。

歐陽暖是何等聰明的人，只是一個瞬間，她便明白了對方的意思。當秦王控制京都的時候，巴結奉承的人不知道多少，如今那些想要把女兒塞給肖天燁的人家都後悔死了，因為這樣的舉動，讓他們變成了逆黨，縱然現如今的皇帝不再追究，他們心底也總是惴惴不安的。而歐陽暖原本只要肯點頭，便會成為肖天燁的正妃，可她卻在緊要的關頭帶著林元馨離開了京都，護住了皇長孫的血脈，在當時的眾人看來，她的行為是極端愚蠢的，可現在，眾人卻都改口說她洪福齊天了。

因為允郡王曾經對歐陽暖很愛慕的事情，朱凝碧一直耿耿於懷，現在藉機挑刺也並不奇怪，大家看在眼裡，也都是會心一笑，並不放在心上。歐陽暖強自忍下心頭的厭煩，淡淡地看了她一眼，微微笑道：「我去看看母親，各位失陪。」

說完，她起身離席，帶了兩名宮人向大公主離開的方向而去。當宮中發生變故的時候，歐陽暖沒有親眼目睹，可如今卻是一派春暖花開的景象。花園裡的花開得很燦爛，一叢叢地簇擁著，有火紅的，有粉紅的，有紫色的，還有一片片雪白的，一朵接著一朵在暖風中搖曳。

花園裡，眾多內侍宮人皆被屏退，只剩下大公主和皇帝兩人。

大公主安慰地抓住皇帝的手，語氣溫和，充滿惋惜道：「陛下，她已經死了。」

大公主的聲音在發著抖，吐字亦非常輕，歐陽暖站在花叢外，幾乎聽不見，可是皇帝整個人卻像呆了似的。歐陽暖看著陛下斑白的雙鬢，不由得有些發怔，什麼時候，曾經溫文儒雅的太子，已經是這樣頹唐的模樣？

皇帝眼底似乎有淚光，「是我的錯，都是我的錯，當年我害死了婉清，現在又害死了她……」

在歐陽暖的印象裡，肖欽武一直是溫和的，唯有此刻幾近猙獰，連臉上的肌肉都扭曲了，她幾乎能夠看到他手背賁張的青筋，他的聲音因為兇狠而幾乎嘶啞道：「為什麼？為什麼只剩下我一個人？」他在說話的時候，連自稱都忘記了。

看到這一幕，歐陽暖連大氣都不敢出。

皇帝的眼神悲愴而無望，他的聲音亦是：「皇姊，我是真正的孤家寡人了……」

大公主安慰地抱住他的頭，彷彿像是在抱住一個孤獨無助的孩子。

那是歐陽暖第一次看見一個男人流淚，很大顆的眼淚，無聲地湧出來，滾落在他胸前的袍襟之上。歐陽暖吃驚地望著，幾乎說不出話來。

原來，一個皇帝竟然會這樣的悲傷……

時間過得飛快，轉眼又是一個月。

大歷四十五年，南詔皇帝尤劍南派四十萬軍隊與肖天燁的五十萬人匯合，肖天燁一夜之間奪走大歷十五座城池後突然駐守不出，兩方陷入僵持的狀態。一時之間朝野上下議論紛紛，不明白這個叛逆的秦王世子究竟在搞什麼名堂。

歐陽侍郎府

在書房裡待了良久，可是歐陽暖手中的筆遲遲落不下去，紅玉在一旁擔心地望著她，「小姐，您又在擔心大少爺嗎？」

歐陽爵，足足有兩個月沒有任何的書信回來。

「小姐，您不必擔心的，前方正在打仗，許是大少爺的信在路上遺失了也是常事。」菖蒲難得伶俐地勸說道。

「我知道。」歐陽暖輕輕寫下了靜心二字的最後一筆，可是她心裡卻始終覺得不安。前線正在打仗，音訊不通也是有的，她不應該太緊張，可是……歐陽爵是用特殊的軍用管道在和她傳遞消息，有可能連這樣的方法都被阻斷了嗎？心中的陰影越來越大，歐陽暖卻不能慌亂，因為她很明白，有時間焦急，還不如想法子託人瞭解一下情形。擱下筆，剛要吩咐準備馬車去大公主府，卻看到歐陽治一臉焦急地踏進門來，「暖兒，肖天燁上了請和書，自願歸還十五座城池，大軍退回南詔境內，但是——」

屋子裡的丫鬟、嬤嬤們從未看過老爺這樣疾言厲色的模樣，頓時呆住了。

歐陽暖皺眉看著自己的父親，歐陽治雖然平日裡好色糊塗，可是這樣的神情卻還是初次看見。

「肖天燁要妳去做他的王妃！」歐陽治一口氣說完，聽得所有人目瞪口呆。

「怎麼會？他一個亂臣賊子，憑什麼娶小姐？」方嬤嬤脫口道。

歐陽治顧不得喝斥方嬤嬤多嘴，卻回答道：「他現在已經是南詔的鎮北王了！」

鎮北王？肖天燁手上握著五十萬的大軍，而大歷正位於南詔的北方，南詔皇帝不但收留了大歷的叛臣，還封他為王侯，這樣的用意，著實是鐵了心要和大歷對著幹了！歐陽暖不由自主握緊了手心。

「不行，暖兒怎麼能嫁給那麼一個亂賊！」就在這時候，院子外頭突然傳來李氏的聲音，張嬤嬤扶著她，滿面怒容地走進來。

「母親，您以為我願意啊，誰會願意把暖兒嫁給肖天燁，那分明是……」歐陽治看到李氏，以雙手捂住臉跌坐在椅子上，憤怒且無奈。他倒不是心疼自己的女兒，而是可惜這樣好的一顆明珠。太子前兩日宴會上還向他明示，就在這兩天會向陛下請求冊封他的女兒為妃子，將來太子登基，憑藉著歐陽暖的才貌和地位盛名，極有可能母儀天下，到時候他歐陽治可就真的是有享之不盡的榮華富貴了。若是嫁給了肖天燁，就算是王妃好了，可對於自己來說，卻是半點好處都沒有的，將來若是兩國交戰，自己可就成了夾心餅，兩邊都不討好。歐陽治怎麼可能不痛心疾首呢，這樣好的一個女兒啊，若是嫁給太子，那才是……

李氏見到自己兒子一副神色倦怠不忿，氣得臉色緋紅的樣子，越加惱怒，「你快說清楚，光嘆氣有什麼用！」

相比較他們兩人氣憤惱怒的模樣，歐陽暖反而是這個屋子裡最鎮靜的人，她在最初的震驚之後，開口道：「爹爹，皇上怎麼說？太子怎麼說？大臣們怎麼說？」

歐陽治沉默了半晌搖頭嘆息了一聲，「暖兒，爹爹也不想騙妳，大臣們都認為用一個女子去換國家和百姓的平安是天大的好事。太子雖然竭力反對，可是除了他的親信之外，如今一半的大臣都跑到皇宮外頭的大殿門口跪著，要求陛下立刻下旨，送妳去和親。若非太子一力彈壓，恐怕這道旨意早已下來了。我家真是倒楣，怎麼就被這麼個煞星看中了呢！」

歐陽暖無言，她還以為肖天燁早已想通不會再勉強自己，誰知他卻指名道姓要求自己去和親，這形同於毫不留情的逼迫了，怎麼會突然有這樣的事情發生呢？

李氏心中跟兒子一樣的想法，孫女將來能坐上皇后的位置才是她天天燒香拜佛求老天爺保佑的，這冷不丁要被嫁給肖天燁這個亂臣賊子，簡直是氣得咬碎了一口銀牙。她想來想去，道：「還有個大公主呢！暖兒可是她的義女，怎麼能見死不救，眼睜睜看著她跳進火坑？」

歐陽治長嘆一聲，「還用您說！公主早就進宮去了，只是她再厲害，還能敵得過眾口鑠金嗎？大家都吵吵嚷嚷著要讓她犧牲一個女兒去換取國家的和平。肖天燁派使者來說，只要陛下應允，他立刻撤出十五座城池的守軍，並且放回被關押的所有俘虜，停止戰爭。您想想看，現在朝中呼聲這麼大，陛下能視而不見嗎？不要說他看中的是暖兒，哪怕看中了陛下的妃子，也非要送出去不可！」

歐陽暖冷笑，肖天燁可是叛臣，他們卻迫不及待將自己送到對方懷裡去，絲毫的臉面都不要，卻不想想，一旦人到手後，肖天燁若是再度翻臉無情怎麼辦？用一個女子的一生幸福去換取短暫的和平，只怕他們還覺得十分划算吧！

歐陽治還是不甘心，站起來道：「算了，我再走一趟太子府，看看殿下能不能解救這危局！」

歐陽暖冷眼看他，卻也知道他並非為自己擔心，而是覺得將自己嫁給太子更有利益，不由在心裡冷笑了一聲，這些人一個一個都將她當成了什麼呢？不過是能夠用來交換的工具。不管是太子、肖天燁，甚至於自己的親生父親和奶奶，根本都沒有將她當成一個活生生的人看！她淡淡地看著面色焦灼的歐陽治和李氏，別開了眼睛，道：「如此，就有勞爹爹了。」

歐陽治立刻就出門了，一直到晚上才回來。這一回，卻是喜氣洋洋地進來。

歐陽暖看著他，他微微收斂了面上的喜色，長嘆一聲，道：「暖兒，妳也不要怪我們，但凡有辦法誰能嚥下這樣的窩囊氣？陛下已經被逼得沒了辦法，太子不同意，便有御史跑到太子府門前撞了柱子，說是太子貪戀美色不顧天下百姓的安慰，我剛到太子府，凳子還沒坐熱，陛下就宣了我進宮，動之以情，曉之以理。我們如果再不點頭，讓肖天燁直接再攻下幾座城池，還不知道要死多少的百姓，拆散多少的家庭，我雖然捨不得妳嫁過去，可也不能害了他們啊……唉……」歐陽治表面上憤恨無奈地說道。

然而，歐陽暖卻從他的神色之中，看到了些微抑制不住的喜悅。

「……其實那個肖天燁長得倒是挺俊的，外人說是亂臣賊子，實際上也是正經王孫，再加上現在南詔皇帝又給了他封地和封號，手底下還有五十萬軍隊，聽說無數名門閨秀眼巴巴想高攀呢，妳嫁過去倒也不辱沒我們家……」歐陽治看了看眉頭緊皺，很是氣憤的方嬤嬤和一臉鄙夷得側轉了頭的紅玉，彷彿沒察覺，輕笑著說道。

他心裡早已琢磨過，其實肖天燁倒也算是個不錯的人選，南詔皇帝要把雲羅公主嫁給他，他卻都沒肯鬆口，那雲羅公主也是天下聞名的美人，說不定比自己的女兒還要美麗三分，可是肖天燁寧肯冒著觸怒南詔皇帝的風險，也要娶歐陽暖，這算是在天下人面前承認歐陽府上的女兒賽過雲羅公主了！對自己來說，皇帝一定會覺得歐陽家損失了一個女兒，很是不好意思，將來的補償一定不少，而對於歐陽暖，也是眼睜睜的榮華富貴，又有什麼好想的呢？

李氏卻還是固執己見，「什麼？你這個爹說的什麼話？難道真要讓暖兒嫁給他嗎？不行！」她斬釘截鐵地道：「這不是明目張膽地強搶嗎？明天暖兒妳就去找太子，讓他幫著妳再求情，天下還有沒有道理了？」

求情？祖母這是讓她去找太子獻身，只要她進了太子府，大臣們又怎麼好逼著太子將人交出來呢？現在看來，這其實是一個釜底抽薪的好法子，只是對於歐陽暖來說，她情願一輩子不嫁人，也不願意和肖衍在一起，不光是因為林元馨，更因為肖衍是一個心狠手辣不顧代價的男人，今天他喜歡她，她就是寶貝，明天他厭煩了，她就會和其他女人一樣被棄之不顧，到時候他若是將她送出去換取和平，那也不是不可能的。若是能夠選擇，歐陽暖情願選擇其他人，可是按照目前的局勢，京都能夠庇護她的人只剩下一個肖重華，然而他還在千里之外的戰場上，現在只怕也被肖天燁弄得焦頭爛額。肖天燁這個人，做人任性，打仗也不按照常理出牌。肖重華的權力又被魯王徹底架空，現在根本騰不出手來管京都的事情……

一切簡直就像是設計好的！

歐陽暖的臉色慢慢地變得冰冷，肖天燁，你這是一步步逼著我走入你的陷阱！

一時之間，歐陽治和李氏都看向歐陽暖，屋子裡寂靜無聲，空氣膠凝得似乎化不開，因為這屋子裡的主子們臉色都不好看，聽暖閣彌漫著一種莫名的陰涼。

歐陽暖想了想，慢慢地道：「爹爹、祖母，我先去拜見一下母親吧。」下午的時候她就想要出門，可是大公主卻進宮去了，現在想必已經回來，她必須見到大公主，才能瞭解實際的情形，看看還有何種法子可以想。

李氏點了點頭，歐陽治愣了愣也沒有說話，倒是一旁一直沒有說話的李姨娘囁嚅道：「……恐怕大小姐出不去，剛才外頭來了很多的士兵，裡三層外三層地圍滿了人……」

歐陽暖一怔，隨後頓住了腳步，良久後慢慢回頭，看著歐陽治，嘆了口氣，「爹爹，您要升官了吧？」說完轉身走出了前廳，向後面的小樓走去，歐陽治連忙示意一旁的紅玉跟過去，「快去，好好服侍小姐，對了，千萬別讓小姐想不開，刀子、剪子也都收起來。」

紅玉和菖蒲對視一眼，答應一聲，轉身匆匆跟了上去。

李氏盯著歐陽治，為了剛才歐陽暖那句話心中十分的疑惑，「你升官了？」

歐陽治被她的眼神看得心中有點忐忑，背上發寒，臉上卻笑道：「是，兒子如今是中書省正一品的左丞了！」

李姨娘驚喜地「哎呀」了一聲，待看到老太太的臉色，立刻閉上了嘴巴。

從四品到正一品，真真是連跳三級，別人最起碼要二十年，可是歐陽治不過是一眨眼的功夫就做到了。李氏很明白，這是皇帝對於歐陽家的補償！她的心思百轉千迴，衡量了一下整件事情的利弊，終究是無奈地嘆了口氣，既然任命都下來了，這門婚事只怕是再也推脫不掉了，而歐陽暖，幾乎可以說是被自己的親爹給賣掉了！

李氏心中斟酌了半天，看著歐陽治半天說不出話來，良久才道：「罷了，與其指望將來的富貴，還不如眼前的官職來得實在！既然是和親了，那麼嫁妝什麼的都會有皇家準備，跟咱們也就沒關係了！張嬤嬤，扶我回去吧！」

歐陽治和李姨娘對視一眼，都在彼此眼中看到鬆了一口氣的神情。對於李姨娘而言，歐陽暖遠嫁這件事情實在是好得不能再好了，如果歐陽暖將來嫁給太子或者任何一位親王，地位都會超脫一般人，萬一將來對歐陽家的事情還是指手畫腳的，那麼就算自己肚子裡的是個兒子，歐陽家的財產還是輪不到自己！不如現在這樣，雖然是嫁給肖天燁這個鎮北王，可那是千里之外了，歐陽暖再也不可能威脅到自己！李姨娘越想越開心，臉上不由自主露出喜色。

半夜裡，大公主從宮中疲憊地離開，馬不停蹄地趕到了歐陽府，府外的士兵只是負責看守歐陽暖，卻也不敢攔著她。她一路來不及休息，急匆匆進了聽暖閣。一進門，便看見歐陽暖坐在桌子前，靜靜的不知道在想些什麼，神情有些發怔。

大公主還是急匆匆的脾氣，叫了一聲：「暖兒！」

歐陽暖看見她，先是一愣，隨後被大公主攬進了懷裡，突然被這樣一個溫暖的懷抱抱住，歐陽暖沒有說話，眼睛先紅了，「母親……」

「這幫殺千刀的，自己沒有本事，居然拿妳這麼一個小姑娘去交換！別害怕，跟我走，我立刻帶妳離開這裡！我倒要看看，誰敢攔著我！」大公主疾言厲色地說道，一雙蛾眉高高飛揚，滿臉都是憤怒。

然而歐陽暖卻搖了搖頭，大公主對自己這樣好，自己又怎麼能無緣無故連累她呢？更何況自己若是一走了之，歐陽爵又該怎麼辦？還有鎮國侯府的老太君……他們都是她的親人，哪怕陛下看在林元馨的面子上不處罰他們，可自己又能跑到哪裡去？普天之下，莫非王土，她始終是逃不脫的，更何況，肖天燁分明是擺好了一個巨大的籠子，算準了她會鑽進去，又怎麼會讓她逃出生天……這可不是與人勾心鬥角，是兩國之間的紛爭！

「母親，一切已成定局了，是不是？」歐陽暖臉上不見慌張，坐在椅子上，唇角含著笑問。

「我再三請求，可是陛下都不同意，甚至還用先皇來壓我，說與其用數不盡的鮮血去換，只能犧牲妳了！」大公主幽幽嘆了一聲，伸出嫩白如水蔥似的五指，「暖兒，不要害怕，母親會保護妳！」

歐陽暖的眼睛閃爍著水銀般動人的光澤，映著對方眸子中自己的倒影。

「母親，謝謝您，就連我的爹爹和祖母，跟我有著血緣，卻都不肯為我多說一句話。」

「不只是我。」大公主笑容凝了一凝，低下頭去，「我進宮，鎮國侯也是在四處奔走，還有妳表姊，也是日夜不安……就算妳那無情無義的爹和祖母不管妳，妳還有我們。」

「是，我還有妳們。」歐陽暖眼睛裡微微含了淚光，她輕輕一笑，那淚光卻消失了。起身離開大公主的懷抱，她慣用的琴就在一旁的小几上，撩起長長的流雲袖，指尖在尾弦上輕輕一挑。

琴弦發出輕微的響動，大公主只覺得自己的心也猛然跟著顫，壓在心底的悲傷失望彷徨連著根扯了起來，憤怒翻江倒海般要衝破閘口。

「暖兒！」大公主再也忍不住，她知道歐陽暖也是強作鎮定，不由搶上一步，高聲一叫，一把抓住歐陽暖，大哭不止。這是她好不容易才抓住的溫暖啊！失去夫君，再失去親生女兒，孤孤單單地過了這麼多年，好不容易有個女兒承歡膝下，現在卻要離開她那麼遠！她貴為公主，卻無計可施！為什麼？為什麼她沒有辦法留下自己的女兒呢？

「母親，不要為我難過，我很好，您不必擔心。」本該最傷心的歐陽暖，卻輕聲地安慰著大公主。

陶姑姑在一旁輕輕擦拭著眼淚，大公主已經盡了最大的努力，可陛下平日裡那樣懦弱的一個人，卻不肯改變主意，或許，今日那個撞柱子死諫的大臣，壓斷了陛下的最後一根神經。

大公主咬牙，清晰地道：「暖兒，聽我的話，妳逃吧！」

逃走？歐陽暖稍稍失神，半晌才幽幽嘆氣，柔聲道：「母親，我不能走，因為他一早已經設好了這個圈套，只怕……爵兒已經落在了他的手上。」

說實在的，肖凌風對歐陽暖的印象很糟糕。

肖天燁之前就被這個女人迷得神魂顛倒，他很不以為然。後來看到肖天燁到了南詔，明明已經斷絕了兩人的關係，又有南詔皇帝三番五次明示暗示，讓肖天燁迎娶南詔公主，本以為一切都已經成為定局，誰知肖天燁還是做出和親的決定。不錯，歐陽暖是很出色，但在肖凌風看來，她心眼太多，不好掌控，所以還不如娶了那個公主來得容易。既能籠絡南詔皇帝，又能不動聲色地製造機會，將來或許還可以一箭雙雕。

他把自己的意見對肖天燁說了，苦口婆心地勸了好幾天，肖天燁卻還是打定了主意，堅決不肯娶公主，很令肖凌風無奈。他不明白，這南詔公主也是出了名的美人，甚至比起歐陽暖有過之而無不及，對她垂涎三尺的皇室子弟不知凡幾。無論是從利益還是外貌看，肖天燁居然會不喜歡？肖凌風實在想不出來肖天燁是哪根筋不對了。

「你可要想想清楚，娶這個女人，平白惹來南詔皇帝的懷疑，絕對是弊大於利！」

肖天燁卻沒搭理喋喋不休的肖凌風，他批閱文書的速度慢了些，不自覺想起那夜，他從牆頭跳進她的院子，月光下，她站在那裡對著他笑，笑容有著平日裡從不曾有過的片刻溫柔，有瞬間他以為看到了月下仙子。

「王爺，既然是和親，聘禮該如何準備？」

凌厲的視線立即停在張定頭頂，張定倒退一步，連忙低頭道：「屬下只是……只是想……」

肖天燁將目光收回，旋個身，重新坐回桌前，抓起一份公文仔細瞧著。一會兒，彷彿漫不經心地問：「你怎麼看？」

「雖然是和親，可聘禮是必不可少的，這也是表示咱們的誠意。」張定小心地道，旁邊的肖凌風聞言，翻了個白眼。

「是他們自願將人嫁過來，我可不求著他們！為什麼要我拿銀子去充實大歷的國庫？」肖天燁冷冷地道。

張定從來辦事甚少被王爺訓斥，他臉色一白，「是，那聘禮就不準備了……」他已經準備得差不多了，本來還想討個賞呢，誰知挨了一頓罵。

「不！」肖天燁拿起筆，在公文上刷刷幾筆，龍飛鳳舞寫了兩行批文，似乎心情好了一點，「已經準備了，就算了！」

「是。」

「都是些什麼東西？」

張定越發搞不清楚對方心裡在想些什麼，陪笑著將早已準備好的長禮單讀了一遍。

剛剛讀到南珠多少顆，肖天燁冷冷地道：「這麼多禮物，你是要別人以為我上趕著娶她嗎？還是準備把我的金庫都搬空？」

張定以為揣摩錯了主子的心思，不敢作聲，點頭應道：「屬下不敢，一定再斟酌，再斟酌！」正要退出書房，肖天燁看著公文，彷彿忽然想起一事，淡淡地吩咐：「我那裡還有一株罕見的東海紅珊瑚，放著也是放著，你一併帶去給她。」

張定連著應了兩聲，肖天燁不再說話，繼續披閱公文。

奇怪！張定莫名其妙，完全不知道自家主子究竟是個什麼意思，先是不叫他送聘禮，然後又讓他報單子，報完了他以為對方不感興趣的時候又說讓他領紅珊瑚，這究竟是什麼意思？暫代總管一職的張定完完全全地懵了。

他抬起頭悄悄瞅了自家主子一眼，肖天燁沒有定態，若細看，他吊兒郎當的時候，眼裡往往閃著犀利的光，若哪天忽然變得惡狠狠了，活像個將要吃人的魔王，等你怕得要死的時候，不一會兒，他唇角戲謔的笑又會驀然浮出來，所以他實在搞不清楚，這個主子心裡頭到底在想什麼。

張定從屋子裡戰戰兢兢地退出來，看到肖凌風也跟著走出來，不由小聲問道：「您說……王爺是個什麼意思？」

什麼意思？肖凌風白了張定一眼，「跟了你家王爺這麼久，連個意思都聽不出來？他是讓你趕緊送聘禮去，不過不是送給大歷皇帝，也不是送給歐陽家，是送去給歐陽暖，明白了嗎？」

既然是和親，嫁妝肯定是大歷皇帝出，那麼聘禮也該送去給皇帝，就算不是，也該送給歐陽府上，怎麼會是送給新娘子本人的呢？張定在風中石化了……

四更，拂曉時刻，窗前靜靜矗立的身影帶著說不出的疲倦。陽光下的鳥語花香在夜色中失了蹤影，歐陽暖的目光穿過庭院，停在不知名的虛空之中。

和親的旨意已經下了，永安郡主許嫁南詔鎮北王，皇帝的旨意下來的當天，京都裡引起了潑天的議論。京都雙璧之一的永安郡主，竟然要遠嫁南詔了，還是嫁給那個曾經鬧得滿城風雨的秦王世子？就算肖天燁現在已經是南詔的鎮北王，手握五十萬軍隊，可在大歷人眼中，他永遠都是亂臣賊子，人人得而誅之。更何況他都已經叛國了，還不死心地跟大歷打了這麼久的仗，現在居然還求娶大公主的義女，這簡直是太過分了！

說歸說，大多數人還是認為這一場婚姻是值得的，畢竟一個女人的犧牲總比一國百姓受苦要好得多！這場戰爭哪怕多打一天，都不知道要死多少人，多少家庭妻離子散！即便歐陽暖在深府中，也聽見奴婢們竊竊私語，那又是驚疑又是恐慌的語氣中，含著幾分對歐陽暖的同情。

身為當事人的歐陽暖，一直保持沉默，彷彿這件婚事的當事人不是她似的。

遠處卻有點點的亮光閃動，歐陽暖定眼看去，一盞小紅燈籠從遠至近，離她數十步時才看清楚來人。

「表姊？」

林元馨竟然半夜來訪，歐陽暖掃一眼她身後的丫鬟們，輕笑著攜了她的手入房。

她不問林元馨為什麼突然到訪，只是讓紅玉上了茶，然後守在外面，不讓任何人進來。

林元馨有幾分倦意，輕輕嘆了一聲，看著歐陽暖，「我都快要急死了，妳怎麼半點都不著急？」

歐陽暖卻忍不住抿嘴笑起來，瞥她一眼，也不作聲。清脆的低笑在房中流動，像山中悅耳的泉水滴淌。

「妳還笑！」

歐陽暖又嘆了口氣道：「不笑又如何，總不能哭吧？事情已經成了定局了！」

林元馨卻是心中忐忑難言，看著歐陽暖，一副欲言又止的樣子：「也許……也許還有轉機。」

一句話，歐陽暖情不自禁收了笑意，垂首不語。

林元馨猶豫許久，方輕輕問：「妳真的情願遠嫁，也不嫁給太子嗎？」

最不願談及的問題終於觸及，屋中的空氣凝重起來。

林元馨看著歐陽暖的神情，道：「我知道妳厭惡他，我也一樣，只是非常時期，肖衍並不算是個壞的人選，至少他有足夠的權勢可以保護妳，還有，他對妳也是真的喜歡。」

「他喜歡我嗎？」歐陽暖突然冷笑了一聲。

林元馨片刻沉默，方沉聲道：「他心心念念的都是如何得到妳，既然如此念念不忘，總歸是有幾分真情的。妳又不指望他的愛過日子，縱然真的嫁過來，我們互相扶持，也不會太難過。」

歐陽暖還是搖頭，目光落在窗外搖曳的花枝上，「妳真是……要我怎麼答？妳明明知道的，我爹爹昨日已經求告於太子，而他本人卻作出一副竭力幫忙的樣子。朝中大臣有一大半兒都是看他的眼色行事，縱然真的是眾怒難犯，他也不至於眼睜睜看著那御史撞了柱子。陽奉陰違，暗中推動，他的作為，不過是想要藉著這個機會逼我就範罷了。若是平時，他怎麼求，母親也不會讓我嫁給他的，與其這樣，不如破釜沉舟，用眾人來逼迫我，讓我自己去求他，到時候母親也不會多說什麼了。」她想讓唇邊泛起一個足以讓林元馨寬心的微笑，卻用盡千鈞之力也擠不出一點笑意。

燭心發出滋滋聲，歐陽暖轉頭去看那蠟燭，風卻忽然從窗外匆匆掠過。

燭光微微晃動，猛然亮了許多，隨之一閃，滅了。

沒有人去點亮燭火，片刻的寂靜中，黑夜像沉重的幕一樣向她們壓過來。

「暖兒……」林元馨黯然道：「妳既然都明白，就該有所取捨。嫁給太子，總好過千里迢迢去南詔，再加上肖天燁又是那麼一個喜怒莫辨的性情，南詔和大歷之間更是水火不容……」

林元馨一邊說著，話已近乎哽咽，雙肩顫得越發厲害，她向來從容鎮定，不曾如此失態，歐陽暖不由著急，柔聲勸著：「不要緊的，表姊，真的不要緊！」

林元馨看著面色如常的歐陽暖，又怎麼會不知道她內心的悲傷，只能擦掉眼淚，道：「還有什麼我能為妳做的嗎？」

歐陽暖起身，當即雙膝一軟，向林元馨拜倒。

林元馨更是驚訝，立刻拉起歐陽暖，急問：「妳這是為何？」

歐陽暖卻鐵了心似地不肯起來，跪著拉住林元馨的袖子，一臉果決地昂頭，烏黑的眸子盯住她道：「表姊，暖兒別無他求，外祖母已然年長，母親也是外表強勢內心軟弱的人，若是可能，請妳多多照拂她們，替我盡盡心意吧。」

「說的哪裡話！妳的外祖母也是我的祖母，我哪兒能不管她？更何況大公主一直也待我很好，若是她有何需要，我當然不會拒絕！」林元馨抓著歐陽暖的手腕哭道：「妳真的要嫁給他嗎？當真不會後悔？」

歐陽暖的呼吸倏然停頓。

後悔？她當然會後悔，誰都不想這樣被強硬地逼迫著出嫁，更何況還是千里迢迢嫁去敵國。歐陽暖認為自己並沒有那樣高尚的情操可以承受大歷百姓的福祉，她只知道，這一次，肖衍只給她兩個選擇，要麼嫁給肖天燁，要麼選擇他。就從現在看來，肖衍似乎已經篤定自己會選擇他。

想來也是，養尊處優地嫁給太子，還是奔赴千里之外未知的前途，是人都知道該如何選，可是她偏不！若是嫁給肖衍，等於遂了他的心意，等於是向他認輸！歐陽暖不認命，她情願選擇另外一條道路，哪怕她根本不知道前面等著她的是什麼。

林元馨怔怔看她半晌，慘然笑道：「暖兒，肖衍這個人……我到底不如妳看得透。」她輕笑數聲，淚珠一串滑落。

歐陽暖見長嘆一聲。

這場戰爭，她終不可以置身事外。

啟程那天，歐陽暖獨自去拜別了大公主，然後是林元馨、寧老太君她們在城內相送。寧老太君一直哭到昏了，被人扶回去為止。歐陽治和眾臣在城外相送，一場盛大又鄭重的送別之後，只剩歐陽暖在車輦中寂靜。

長長的送親隊伍，逶迤綿長。

肖衍盯著歐陽暖，從始至終不能原諒她。上車的時候，他冷聲問她：「妳寧願遠嫁，也不肯嫁給我嗎？」

隔著重重的珠簾，歐陽暖一言不發，最終只是嘆了口氣，道：「多謝太子厚愛，外人終究是外人，太子若真有心，不如憐取眼前人。」

肖衍冷笑一聲，「我始終不懂，我有哪裡不好，竟然讓妳不屑一顧！情願走上這萬里的路，再見不到故國親朋！」

歐陽暖微微一笑，「那位御史大人撞柱之前不是說過嗎？若以區區一女子可換得邊疆無數百姓平安，天下再沒有更合算的買賣！我倒是真心仰仗你們，可我沒有想到，朝堂之上的鬚眉男子機關算盡，就想出這樣一個辦法！原來你們讀那麼多書，行那麼多路，浪費那麼多糧食，都抵不過一個區區女子的一身血肉，真是可悲、可嘆、可憐！而逼著我走這條路，肖天燁固然是罪魁禍首，你不也是嗎？」

歐陽暖輕輕地抬起眼睛，靜靜地向後看去，看著那長得見不著盡頭的退伍，那無數的金銀珠寶、綾羅綢緞……它們是她的陪嫁，她終究只是笑了笑，道：「殿下，告辭了！但願你一統江山，得償心願！」說罷，頭也不回地上了馬車，車簾落下，再也看不見她的身影。

表面看來，他贏了，可實際上只有他自己知道，這場仗，他輸得徹底！

肖衍凝望著馬車遠去，握緊了拳頭，幾乎用盡全身的力氣，才克制住命人阻攔的衝動。她說的對，一統江山，得償心願，這才是他畢生的追求！不過是一個女子而已，不過是一個女子……又有什麼干係？他已經給過她機會，給過她最好的臺階，可是她情願自毀城牆，也不願意順著他的臺階走上最顯赫的道路！這是她自己的選擇，怨不得他！

歐陽暖，歐陽暖，妳好……妳好啊！肖衍終於克制不住，猛地將馬鞭丟在了地上，到底是失態，完完全全失去了一國太子的高貴儀態。周圍的人都對他投來詫異的神情，他卻渾然不覺。

歐陽暖，我對妳是從未有過的真心，妳可知道妳錯過了什麼？妳一定會後悔，一定會後悔的！

隔著珠簾，歐陽暖笑著回望京都，卻再也望不到那龐大崢嶸的皇城了，她的心被四面而來的風穿過，空蕩蕩的。那些曾經難忘的過去也像風一樣穿過，不再留給她任何痕跡。

紅玉和菖蒲本都是在陪嫁的丫鬟之列，歐陽暖卻不想帶著她們去前途未卜的地方，只想在自己出行前偷偷為她們尋覓一門好的親事，連人選都訂好了。她將當初林婉清留下來的田產和鋪子大多賣掉，換成黃金細軟，分出其中三分之一作為給紅玉和菖蒲的嫁妝，尤其是紅玉，有了這筆錢，歐陽暖相信，她的下半生都會平安無憂。而方嬤嬤，她則將她託付給了大公主照顧，能夠留在公主府養老，總比跟著她顛沛流離一路去南詔要好。

她將一切都安排得好好的，唯獨沒有想到，紅玉竟然那樣固執。先是一直跪在院子裡，跪到暈倒為止，逼得她不得不狠下心腸將紅玉關起來，誰知她卻半夜爬牆追出來，差點摔斷腿，不得已，歐陽暖只好改變主意，帶著紅玉一起走。她與紅玉，自從前生開始，就一直牽連在一起。紅玉已經不僅僅是她的丫鬟，早已成為她生命中很重要的夥伴。所以她容許紅玉陪著她。

這只是剛開始，還有一件意外。

被侍衛抓出來的時候，從開始就躲在送親隊伍裡面的少女，終於忍不住「哇」的一聲哭出來，哭聲驚動了歐陽暖，她掀開車簾，問道：「怎麼回事？」

送行的宋統領將哭得一把鼻涕一把眼淚的丫鬟送到歐陽暖面前，什麼也沒有說，只是嘆了一口氣。歐陽暖看著那丫鬟，原本略帶傷感的情緒不知怎麼就被沖淡了，看她哭得驚天動地，卻還不忘用一雙大眼睛忐忑地瞅著自己，不由笑了，「上車吧。」

小丫鬟歡呼一聲，擦掉了眼淚，爬上了車來。

「菖蒲，妳真是個傻孩子！小姐贈妳銀兩，替妳婚配，妳為什麼不留下呢？」紅玉責怪她。

菖蒲擦掉眼淚，天真地道：「妳不也跟著小姐嗎？」

紅玉笑了笑，看了歐陽暖一眼，隨即搖頭，「我跟妳不一樣，我是從小跟著小姐一起長大的。」身為歐陽暖的貼身丫鬟，從五歲起就陪伴在她的身邊，看著她笑，看著她苦，陪著她痛，紅玉只覺得自己的人生早已和小姐分不開了，小姐去哪裡，她就應該跟去哪裡。她相信方嬤嬤也是同樣的想法，但是，方嬤嬤年紀大了，她怕成為小姐的拖累，這才忍痛沒有跟來，可是自己不一樣，沒有了歐陽暖，紅玉就不再是紅玉了。同樣的，沒有了她的歐陽暖，一定會孤單，所以，她毫不猶豫地跟來了。但作為後來被提拔到歐陽暖身邊的菖蒲，為什麼要這樣做呢？

菖蒲只是笑，憨厚可愛，「其他人都說我傻，只有小姐把我當人看，我要跟著小姐，一輩子跟著小姐！」

真是個容易滿足的孩子！歐陽暖笑了，摸了摸菖蒲的腦袋，最終沒有多說什麼。

遠去他鄉，離開故土，她身邊終究還有人對她不離不棄。

這樣很好，已經很好，很好！

送親的隊伍一路走過山川、河流、草地，眼看就要到兩國的邊境，就在這時候，宋統領派人前來稟報：「郡主，南詔派人來迎親了，使者還帶了一份禮物要送給您，是否要接見？」

南詔的使者？歐陽暖下意識地猜測是肖天燁派來的，她點點頭，道：「可曾檢查過信物了？」

宋統領知道這位郡主行事謹慎小心，頗有心計，趕忙道：「是，屬下早已確認過，的確是南詔的使者。」

歐陽暖點點頭，道：「請他進來吧。」

使者從外面大踏步地走進臨時搭建的帳篷，歐陽暖坐在帳中，簾子掀開的瞬間，光影閃動，映出她一雙眼睛黑如點漆，面容端凝，膚如瑩玉，使者猛地看在眼裡，心中無端一動。

「南詔使者？」歐陽暖的聲音很清冷，就像是她的人一樣，看起來淡淡的，但是不知不覺便讓人難忘。

「是，王爺遣了我來迎接郡主，屬下名叫明若，是王爺帳下參將。」使者的年紀很年輕，並未穿戎裝，而是一身淡青色長袍，上面繡了竹紋，潔淨儒雅，全無富貴驕氣，這是大歷儒生的裝扮，讓人見了，平白多出幾分親近。便是歐陽暖，也體會到對方的用心，不免輕聲道：「多謝明將軍了。」

明若的目光緩緩順歐陽暖的下巴向上，直到對上那雙聰明睿智，清亮過人的美目，才咧嘴一笑，露出兩排雪白的牙齒，「郡主客氣了，以後您嫁入王府，便是我的主子，何足言謝？」

歐陽暖的眼中飛快地閃過一絲排斥之色，這神色雖然快，卻沒能逃過明若的眼睛，他在心底一笑，看來這位郡主壓根兒不願意嫁入南詔，鎮北王是失算了。不知為何，他唇畔的笑容更深了些。

「郡主，此去就是郎城，大歷的軍隊駐守於那裡，因為郡主和親，最近郎城異動頻頻，恐怕不能從那裡走。」明若這樣說道，面上神情很是誠懇。

歐陽暖知道，郎城現在主要由魯王控制，肖重華也在那裡，兩方爭鬥得恐怕十分厲害。這次的聯姻，魯王是大力贊同的，而肖重華的態度……她可以想像。歐陽暖微微嘆了口氣，若是可能，她是願意去郎城的，因為那裡或許有歐陽爵的消息，至少肖重華一定會知道，可是，眼前這位使者的顧慮，也不是完全不對，郎城除了魯王的勢力，還有不少戰爭的激進派，他們可不會認為自己的和親是犧牲，只怕還會覺得是賣國，到時候惹出亂子，反倒得不償失。

「那麼依照明將軍的意思，該當如何？」

明若微笑，「王爺的意思是，請郡主繞道景城，從那裡去南詔，雖然要經過一段山路，但卻因為是南來北往的客商必經之處，十分的繁華且通暢，從那裡去南詔的日曜城，再合適不過了。」

他說得合情合理，歐陽暖點點頭，道：「那一切就依將軍的意思吧。」

明若剛走出去，歐陽暖便讓宋統領找來了當地的嚮導，那人說的話和明若的話一模一樣。

紅玉看著歐陽暖，輕聲道：「小姐難道是懷疑……」

歐陽暖搖了搖頭，道：「我不是懷疑他，不過改道這件事茲事體大，小心為上吧。」

宋統領在一旁聽了，卻很是不以為然，明若的軍牌都是確認過的，的確是來自南詔無疑，難道肖天燁還會千方百計求了親再來謀害歐陽暖不成？這無論如何都是說不通的。

馬車一路行進，經過景城，繞上山路之前，停在一條叫做黑水河的地方。說是河，其實是一條大江，這條江的上游是在大歷，中下游卻是在南詔，是南詔北部城市最重要的水源管道。歐陽暖看著這條江，不自覺地嘆了口氣，同是一衣帶水，本可以相安無事的過日子，何必爭來奪去呢？

紅玉用水壺裝了水，來為歐陽暖洗臉和手。水清澈涼爽，讓人的心情不由自主放鬆下來。

明若這時候走過來，道：「黑水河的河水清冽，若是夏天來，會有一種最肥美的盛子魚，肉質鮮美，很是難得。」

他還要說下去，歐陽暖卻顯然不是很感興趣，目光只是向北方遠遠望去。

明若只看她一眼，便知道她在想些什麼，不由笑道：「郡主，您上車休息吧，很快就會到了。」

歐陽暖穿著一條金寶底的裙幅，上面有珍禽羽毛撚作的各色絲線織就的五彩花紋，還有無數小珍珠、珊瑚珠釘繡的祥鳳圖，外面是織金錦緞羅紗的帔，燦若雲霞。明若帶來的那些南詔士兵遠遠看著她，掩住了眼睛裡的豔羨與驚嘆。南詔女子擅長騎射，多是高大健美，尤其南詔公主更是美麗嬌豔得如同一朵怒放的牡丹花，然而眼前的這位永安郡主卻看起來如此的清麗、明朗，彷彿天邊清新的月牙。一個像是熱情的瀑布，一個像是神祕的小溪，看遍了美人的明若，也不得不承認，往往是那條神祕的溪水更加引人入勝。

若是往日，歐陽暖一定能夠察覺到明若眼底的詭譎，可是如今，她卻滿心都是離愁別緒，最重要的是，她一心想著弟弟的生死平安，根本無暇顧及別的，在確認了明若確實是肖天燁派來的人之後，她便不再特別關注這個人了。她只是淡淡地點頭，細揚的眉下是漆黑微冷的眼，嘴唇和面頰顏色都有些白，她不再說話，轉身離開。

明若看著她，心底奇異地生出一絲隱隱的抽痛。

真可憐啊，怎麼會有人想到把清麗的蓮花移植到陸地上來呢？這樣的女子，若是在異國他鄉，會慢慢枯萎的吧？

明若這麼想著，但那時候，他並不知道歐陽暖曾經經歷過什麼，以及她究竟是一個怎樣堅韌的女子，與他想像的柔弱完全天差地別。

隊伍過了河，一直向前走著，可不知為什麼，過了五天，還未到南詔邊境。天氣只是九月份，但越是接近南詔，天空越來越陰沉，彷彿秋天已經到了尾聲。南詔來迎親的士兵們倒覺得是常態，可是大歷人卻一個一個開始受不了了，先是換上了厚重的衣服，慢慢的生病的人越來越多，水土不服引起了上吐下瀉，使人身體虛弱，讓整個隊伍越走越慢。又行幾日，隊伍的行進速度更加的慢，原本只是涼爽的天氣突然變得陰冷起來，最令人驚訝的是，竟然慢慢開始下雪。

九月的天氣，天空居然飄起了雪花，這樣的奇景，在大歷人眼中，根本是難以想像的。但歐陽暖卻在書上看到過，越是往山路上走，天氣與山下越是不同，繞過這座山，就又會恢復原樣了。

大歷人雖然也帶了不少防寒的衣物，卻都沒想到居然要用上冬衣，宋統領便和明若商量，儘量加快行進速度。行進了兩日，風雪果然變得大了起來，紅玉和菖蒲從陪嫁的箱子裡翻出了禦寒的冬衣，讓歐陽暖裡裡外外都換了一身。眼見再走三日就要到從山上翻過，只要過了這座山，便是南詔的邊境，可是明若卻突然接到消息說前面的道路發生坍塌，如果是普通的商旅倒還能夠從小路通過，但若是這樣近千人的和親隊伍，就絕對不可能了。

明若似乎知道歐陽暖不太信任他，便親自帶著嚮導去了帳篷，道：「郡主，既然這條路不通，我們只能從山側繞道，那裡也有一條路，不過稍微遠一點，總比從這裡走遇上危險要好得多。屬下已經派人去通知了王爺，他會派人在邊境迎接我們。您看，是不是……」

歐陽暖不知道為什麼，總覺得這個明若有些奇怪，但目前這種狀況，並沒有其他的方法，一路上的三名嚮導，全都和明若一樣的說法。歐陽暖相信，那裡的確是有一條路的，可是明若這個人，莫名的讓她無法產生信任的感覺。這或許只是一種直覺。

每當危險靠近的時候，歐陽暖就會有一種預感。

她希望這一回是她自己錯了。

這一路走過去，剛開始也確實還算好走，但漸漸的，道路越來越陡，那風雪又一直沒有停過，馬匹還好，馬車行走起來就比較困難。宋統領仔細詢問了嚮導，知道只要過了這一段，再往前就開始下山，一旦到了山腳下，就會很快到達邊界。

歐陽暖坐在車裡，手裡捧著鏤空雕刻的五蝶捧壽手爐，旁邊生著熱騰騰的火盆，卻還是隱隱地咳嗽，她沒有想到，原來山上的天氣和山下完全是兩回事。車外雪花大片大片的打在車篷上，呼嘯的寒風似乎有越來越大的趨勢，她心裡不由有了些許隱憂。就在這時候，宋統領派人來道：「郡主，這天氣太壞了，馬都已經沒辦法繼續往前走了，人也病倒了不少，恐怕要停下來歇一歇，找個可以宿營的地方！」

歐陽暖點點頭，剛要說什麼，卻突然聽見外頭一陣喧譁，明若快步跑過來，毫不顧忌地大聲道：「郡主，不好了，後面的馬車翻下了山路！」

後面的馬車？歐陽暖心裡一驚，「什麼人在上面？」

明若皺眉道：「是兩個生了病，郡主吩咐他們好好歇息的副將，還有幾個僕從。」

歐陽暖的面色發白，突然聽到一陣天搖地動的巨響，彷彿身後的山壁整個倒了下來一樣。眾人抬起頭，驚慌失措地看見，大塊的山石夾雜著雪塊和泥土從他們頭頂的山壁上滾落下來，一股濃重的硫磺味道彌漫在帶著土味的空氣裡。

所有的馬都被這可怕的聲音嚇得再也不能前行，尤其是歐陽暖所在的這馬車，因距離這動靜太近，馬兒被巨響驚得一個個跺腳揚蹄，向前發狂似的走了幾步。明若望著已幾乎奔到山道外面的馬車，面色一變，忽然一個箭步跳到馬車前，用力拽住驚慌失措的領馬的馬轡，用力把馬匹們往內側的山道上拉。

「老天！是山崩！是山崩啊！」

隊伍裡有南詔士兵這樣喊道，於是所有的人都亂了，驚叫聲、馬蹄聲、奔跑聲，混亂一片。

宋統領一直護衛在馬車旁邊，看到這情景立刻上去幫助明若，一時這裡聚集了四五個人，用盡了力氣將馬車弄回原位，下一秒卻聽到一聲悶響突然從腳下傳來，緊接著腳下的山道在一瞬間突然崩塌。

歐陽暖的耳邊亂糟糟地響起一片哭喊聲和咒罵聲，她猛地睜大眼睛，看到了眼前這令她幾乎肝膽俱裂的一幕——一道閃亮的、手起倒落的刀光，然後宋統領突然不敢置信般的倒了下去，紅玉和菖蒲接連撞上了車壁，昏了過去……

不知過了多久，彷彿是感覺到了臉上的雪花，歐陽暖有了意識，隨後又聽見靴子深深地陷進鬆軟的雪中發出簌簌的聲響，她忽然動了動，低低地悶咳了一聲，安靜了片刻，才意識到自己此刻被人抱著，她啞聲道：「為什麼……」

「我們遇上山崩，被隊伍衝散了……」明若目視前方，輕聲回答，抱著她的手微微緊了緊。

歐陽暖只覺得那冰冷的寒氣直衝肺腑，壓抑地悶咳了一陣，原本就低啞的聲音再響起時又冰冷了幾分：「不，不是山崩，我聞到了硫磺的味道，那是炸藥！」

「怎麼會，誰會想到襲擊和親的隊伍呢？」明若輕輕地笑了笑，隨後低下頭繼續迎著寒風往坡上走。

歐陽暖的語氣十分平靜，平靜得讓人以為她一無所知：「明將軍，我都看見了。」

明若身子一震，目光也逐漸變冷，手莫名其妙加大了力氣，「看見了什麼？」

一時之間，彼此雖然靠得很近，卻是劍拔弩張的氣氛。

「你殺了宋統領。」歐陽暖慢慢地，一個字一個字地說道。

明若突然笑了起來，他長得其實很英俊，面孔是那種斯文儒雅的俊美，若是不知道的人，會以為他是個手無縛雞之力的書生，然而歐陽暖卻分明親眼看見，他一刀就殺掉了看起來比他強壯一倍有餘的宋統領。再加上他抱著她，她隔著衣物，能夠感覺到此人緊繃的胸膛和孔武有力的手臂，必定是長期練武的人，十分的強壯。

太可怕了！

此人先是安排了炸藥，隨後在山崩中藉機接近她的馬車，製造混亂讓宋統領靠近，一刀殺了他，再將她劫持到這裡，一步一步，環環相扣，分明是早已算計好了！歐陽暖已然明白，他根本不是肖天燁的屬下，這樣一個心機深沉的男人，怎麼肯屈居人下？

那麼，他又是什麼人？為什麼要煞費苦心地做這種事？

歐陽暖來不及問這些，只是追問：「我的丫鬟呢？」

明若沒有想到這個時刻，她絲毫不關心自己的下場，竟然心心念念想著那兩個平凡無奇的丫鬟，不由失笑。在他的眼裡，丫鬟算是個什麼東西，他還不至於費心思去殺她們，但若是她們無法逃過混亂，也就只有死路一條了。

歐陽暖看著他深不見底的眸子，突然放了心，既然他沒有說話，就證明沒有對紅玉和菖蒲動手，她能祈禱的也只能是那兩個傻丫頭不要出事了。

然後，她閉上嘴巴，一言不發。

明若好奇地看了她一眼，「不害怕我殺了妳？」

歐陽暖冷淡地道：「你若是要殺我，就不會費盡心思將我帶出來了。」如果要殺她，在她突然昏迷的時候就可以一刀殺了，何必親自抱著她走了這麼遠？

這個人一定有圖謀，而且這圖謀還很不簡單。歐陽暖很想知道此人的身分，可是她根本無法承受這樣可怕的風雪，不一會兒，意識就漸漸模糊了，慢慢閉上了眼睛。

明若微微一笑，繼續向風雪的深處走去。

歐陽暖再度醒來，已經躺在一間陳設簡單的屋子裡。

「終於醒了嗎？」

一襲銀狐皮滾金邊的大氅將明若襯托得越發俊秀，連聲音也是溫潤動人的，他看著歐陽暖睜開眼睛，眉宇間浮起了一層憂色，「怎麼身子這麼弱呢。」

人還是一樣，但歐陽暖莫名升起一股寒意。

既然他不是肖天燁派來的，那麼他究竟是什麼人？目的是破壞此次的和親。

明若看著她眼底的深深戒備，不由笑了笑，南詔的女子就是柔弱，看這小身板，居然只是這樣的風雪就承受不了，又怎能做得了鎮北王妃呢？想到這裡，他的眼底劃過一絲淡淡的輕蔑，歐陽暖捕捉到了這絲情緒，然而她只是輕輕向牆壁靠了靠，不露聲色地看著他。

明若像是沒察覺到她的敵意，手端著一碗東西遞到她的唇邊，裡面是濃濃的薑茶，「風雪大，妳體弱，喝下可能會好些。」

她沒有反抗的餘地，對方可是磨刀霍霍看著自己，歐陽暖冷冷一笑，不見半分畏懼便喝了下去，明若見她如此鎮定，倒是有些驚訝，隨後笑容溫和。

歐陽暖看著他，眼前這個男人必定是真正的南詔人，而非肖天燁軍中的大歷將領。這一點她早已猜到了，聯想到南詔皇帝想要把公主嫁給肖天燁的傳聞，她淡淡地笑了笑，「不預備殺了我，破壞和親嗎？」

明若動作體貼地扶她躺下，「原本也有過這種打算，但是……」又笑了笑，「我有了一個更妙的主意。」

比殺了她更好的，可以破壞和親的主意？歐陽暖疑惑地看著他。

明若笑了，「妳可以認為，我喜歡上了妳，所以才留妳一條性命。」

歐陽暖看著此人眼底的清明，哪有一絲半點的喜歡或者愛慕的感情。她想起肖天燁，他的眼睛總是亮晶晶的，幾乎不用分辨，就可以讓她看到他的真情。

這世上，只有貧窮和愛是無法隱藏的，所以歐陽暖毫不猶豫地就相信肖天燁的感情。可是眼前這個男人，歐陽暖不覺得他對自己有半分的喜愛。

明若突然放肆地笑了起來，「看來什麼都騙不過妳！這樣也好，妳不像一般的女人那麼容易自作多情，我也省了很多事！」

歐陽暖看著他，一言不發。

此刻的山下，肖天燁帶領人馬在邊境處等候，到了傍晚的時候，並沒有等到和親的隊伍，他的心越來越焦灼。

就在這時候，滿臉驚慌失措的張定闖進了大帳，「王爺，不好了，郡主的馬車遇到山崩！」

肖天燁的心猛地一沉，突然站了起來，「馬上上山去！」

「王爺，使不得啊！現在山上很多路還在不斷地崩塌……」張定剛要拉住肖天燁，可大帳裡面已經不見了他的身影……

外面的雪越下越大了，屋子裡點燃了火盆，明若興致勃勃地不知從何處弄來一隻野雞，烤了之後將一條腿遞給歐陽暖。

歐陽暖沒有拒絕，如果現在不吃東西，待會兒會一點力氣都沒有，她總要想辦法逃離眼前這個局面的。

「妳倒還真是隨遇而安。」明若看著歐陽暖慢條斯理地吃掉一隻雞腿，便笑著又遞過去一隻翅膀，歐陽暖照單全收，他吃驚地看了她一眼，「看不出妳現在還有心情吃這麼多東西。」隨後，似乎想起了什麼，盯著歐陽暖古怪地笑了笑，「該不會是想要逃跑吧？」

歐陽暖慢慢咀嚼著嘴巴裡的東西，姿態優雅，神情和緩，就像是平日裡在用餐一般，絲毫也看不出如今已經淪為階下囚的狼狽。直到嚥下最後一口雞肉，她才看了明若一眼，「你這樣的身手和心機，還怕我這樣一個手無縛雞之力的弱女子跑掉嗎？」

明若被噎了片刻，隨後笑了，轉開視線，看著熊熊燃燒的火焰，淡淡地道：「妳是大歷公主的義女，身分嬌貴，為什麼要千里迢迢，離鄉背井嫁給肖天燁呢？」

歐陽暖嘆了口氣，道：「這話你應該去問肖天燁，他為什麼非要指名道姓地要求我來和親。」

明若笑起來，露出一口白牙，看起來沒有絲毫危害性，那雙修長漂亮宛若玉石雕琢的手又往火盆了加了點柴，「人人都說，在大歷的時候，他便已經對妳很癡情了，還曾經當眾請求皇帝賜婚，鬧得滿城風雨，不過事情終究未成罷了。」

歐陽暖失笑，「看來明將軍的消息還很靈通，不，或許我不該叫你明將軍，那麼，我又該怎麼稱呼你呢？」

「就叫我明若吧，反正名字只是一個稱呼而已。」他淡淡一笑，「妳在故意岔開話題嗎？」

歐陽暖的面容微微一冷，隨即笑道：「怎麼，你對我和肖天燁的關係也很感興趣嗎？」

明若的目光慢慢移到她的身上，沉吟道：「我只是覺得，肖天燁對妳這樣執著，未必只是因為愛吧？」

歐陽暖看著他，表情似笑非笑，這是要開始挑撥了嗎？其實要破壞這次的和親很容易，一刀殺了自己最方便，但那樣一來，難道大歷不會派第二個女子來，若是這樣，明若精心策劃的一切也就功虧一簣了。若是她沒有猜錯，對方是想要從她身上打主意，只是究竟要打什麼主意，她還猜不到。

明若的聲音透著溫柔憐惜：「真是可憐，一個人背井離鄉來到這裡，對方也未必是出自於真心，妳以後該怎麼辦呢？」他一邊說，一隻手彷若無意地觸碰上歐陽暖的臉頰，不冷不熱恰到好處的溫度，並不讓人覺得反感，「他千方百計逼著妳和親，或許不過是因為，妳是他唯一得不到的女人。」

歐陽暖扭頭，躲開明若的手，「你究竟要說什麼？」

「肖天燁的性格妳很瞭解吧。」

歐陽暖皺眉看向他，「那又如何……」

「既然瞭解，妳就該知道，他是個多麼爭強好勝的人。」明若低頭，表情還是溫和，「因為從前請婚被拒絕，他心心念念這麼久，都是要扳回一城，所以才在這種時候向大歷朝要求和親。妳想想看，若論容貌，南詔公主絲毫不遜於妳；就利益來說，肖天燁娶了她，顯然比娶妳要有利得多，他若非因為一直對得不到的妳耿耿於懷，為何要輕易放棄這麼一門好婚事？妳自己想一想，妳有這樣大的魅力嗎？所以，他不是對妳鍾情，他是不服輸。」

歐陽暖看著明若彷彿誘導般的神情，心中一片清明。

肖天燁對她是什麼心態她是不能百分百肯定，但她還是有大腦會分析的，就算肖天燁是不服輸好了，也不至於拿根本利益去爭一口氣。她對肖天燁的利用價值並不高，他卻還是千方百計求了她來。就算她不能原諒他這種威逼利誘的方法，但卻不能否認他對她的心思的確是真誠的。而眼前這個明若，擺明了是藉機會挑起她對肖天燁的不滿和怨恨。

「不過是為了一己私利，就要讓妳與親人永遠分離。」明若搖了搖頭，儒雅的面容帶上了一絲惋惜，「他因為得不到妳而念念不忘，若是妳真的嫁給了他，他還會這樣重視妳嗎？得到了，也就和其他女人沒有什麼兩樣了，不是嗎？到時候妳失去了夫君的寵愛，又離開了故土親人，郡主的身分不過是形同虛設，妳要怎麼辦呢？」

歐陽暖皺眉，「你……」

明若繼續用溫和的聲音說著殘忍的話：「一個被人拋棄的女子，下場有多麼殘忍，妳這麼聰明的人，還會不知道嗎？」

歐陽暖慢慢垂下眸，以掩蓋眼中愕然的神情。他說得這樣清楚，分明是對她的底細探得很清楚，也篤定她不是心甘情願嫁給肖天燁的。

明若起身，道：「話就說這麼多，天色晚了，好了，妳休息吧，我先出去了。」

明若走後，歐陽暖看著關閉的門扉，有片刻的時間都沒有動作。眼前這個男人，既沒有殺她，也沒有做其他危害她的事情，卻將她囚禁在這裡，又說了這許多奇奇怪怪的話，就算他的目的是為了挑撥自己和肖天燁的關係，也不可能僅僅如此吧？誰會費這麼大的力氣做這麼愚蠢的事情呢？簡直是多此一舉！

晚上，她躺在房間裡，幾乎是一夜未眠。她不知道外面的山崩是不是已經停止了，紅玉她們是不是平安無事，那足足有一千人的和親隊伍，究竟有多少損傷……翻來覆去，她的腦海裡面只是圍繞著一件事，明若的真實目的到底是什麼呢？難道他要一直將自己關在這裡嗎？不過，她還是應當慶幸，明若雖然用了這種手段將她擄過來，卻沒有對她如何。在這種深山中，他便是真有不軌的行為，自己也是無計可施的。

第二天一早，歐陽暖透過這間房子唯一的一扇關閉著的窗子向外看，隱約看到窗外的一片雪光，只是雪光，卻沒有雪花，這說明，天氣已經變得晴朗了。

沉默了良久，歐陽暖揚唇笑了笑。

她還有很多事情沒有做，她一定會離開這裡的！

半山腰

肖天燁俊逸的面孔上，神情陰冷至極，「兩個時辰之內，將這條山路挖通！」

張定欲哭無淚。

這山路都埋掉一半兒了，要疏通最少也要幾天的時間，兩個時辰哪兒夠啊，可是看到自家主子鐵青的臉色，他就一個字都不敢說了……

明若看著院子裡那扇緊閉的門扉，微微笑了笑。

「二殿下。」

聞聲，明若回頭，看到來人，目光頓時變得冷淡，「讓你辦的事情都辦妥了嗎？」

來人恭敬地行了一個禮，道：「是，我們在山路上製造了很多障礙，要疏通整個山道，必須要三天的時間，再加上那一千人的迎親隊伍死的死傷的傷，存活下來的五百人都不到了，他們如今被困在山上，也是求助無門。」

隱去了唇畔的笑容，明若聲音恢復溫和：「做得好。」

垂了垂眸，明若接著道：「讓你取的藥呢？」

黑衣人立刻從懷中取出一個墨色的瓷瓶，恭敬地遞給明若，「太醫說這種藥用多了會損傷人的頭腦，將來可能會變成傻子，所以要謹慎使用。」

會變成傻子？

明若笑了笑，那麼美麗那麼聰慧的人兒，他還真有點捨不得。不過，既然是站在對立面，那就怪不得他了。

不管他說什麼，歐陽暖都是不為所動，這讓以為她很容易對付的明若十分意外，他以為，她不過是一個足不出戶的高門千金，這樣的女人很容易自命清高，被人損傷了一點自尊心就會念念不忘，他可以三言兩語就挑動她對肖天燁的怨恨，誰知道她比他想像的還要沉得住氣，竟然沒有半點反應，那麼，他不得不採取別的法子了。

歐陽暖在閉目養神，從頭至尾她不過是這盤棋裡面無意之中被牽連進去的卒子，她想要知道，下一步，那個下棋的人想要怎麼用自己這顆卒子。

明若說過的話，歐陽暖並不認真去想，她只是專心地養精蓄銳。

在這裡，每天到了時辰有人送飯菜，然後明若會主動過來，陪著歐陽暖說說話，但最終總會說到肖天燁的事情。

當然，他會有意無意地說起南詔的雲羅公主，說起她是多麼的驕傲明媚、美若天仙。

每次的結尾，無外乎明若溫聲的話語：「想想看，肖天燁終究有一天會厭煩妳的，到時候就會是雲羅公主取代妳的地位了，妳要怎麼辦呢？」

只是明若萬萬想不到，歐陽暖聽了這話，如同風吹過耳朵，半點痕跡也不曾留下。

他每天重複說這些話，不過是在挑撥離間，當歐陽暖把一切想清楚之後，他的行為就會變得異常可笑了。

歐陽暖在尋找一切機會，瞭解自己所在的整個環境。慢慢的，她發現，明若是將她囚禁在一個院子裡，她所在的這個房間是屬於其中的一個屋子，外面的門一般都會被鎖起來，但是每天都會有個丫鬟過來替她送飯，打掃屋子。歐陽暖嘗試過和這個小丫鬟說話，後來卻發現這丫鬟原來是個啞巴，根本不會說話。她悄悄觀察後發現，她似乎是山中的獵戶家的孩子，手上的老繭很深很厚，跟尋常做粗活的丫鬟不同。

明若竟然從山中的獵戶家中尋人來送飯，這樣就算將來露餡了，一個不知道他底細的小丫鬟，也根本沒辦法說出真相。

還有一個規律，明若總是在歐陽暖用完早飯和晚飯之後來坐一回兒，其他時間都是不在的。第三天晚飯的時候，丫鬟又送來了飯菜，毫無例外還有一碗薑茶。歐陽暖曾經悄悄用髮上的銀釵試過，飯菜和薑茶裡面並沒有毒，那丫鬟又每次都盯著她，直到她喝得半點不剩為止，彷彿在完成什麼任務似的。

丫鬟生得很高大，一雙手伸出來幾乎是歐陽暖的兩倍大。歐陽暖自恃自己這樣的身形根本不可能與這個高大健壯的山上丫鬟抗衡，所以只能智取了。

只有一個辦法……趁著她送飯的時間，偷偷跑出去。

雖然跑出去也未必就一定是出路，但總比在這裡坐以待斃的好。

「我的金釵丟了，妳幫我找一找。」歐陽暖吩咐那丫鬟。

丫鬟的眼睛閃了閃，掠過一絲厭煩的神色，卻礙於明若吩咐過，要精心照顧歐陽暖，所以才瞪了她一眼，轉過身去床邊摸來摸去。歐陽暖笑著道：「看看床底下，可能不小心落在那裡了！」

丫鬟剛剛蹲下去，就被後面一股大力猛地打中了後腦勺，兩眼一翻，悶哼一聲，暈了過去。

歐陽暖放下手中的托盤，鬆了一口氣，只覺得自己的後背都出了一層冷汗，冬衣貼在了身上，有些微發冷。她快速地蹲下來，撕扯了簾子將那丫鬟綁在房間裡的一根柱子上，然後看了一眼門的方向，隨後舉起椅子用力地砸開了窗子。

窗戶一開，冷風猛地吹進來，歐陽暖快速地撕開一片裙角，將它掛在窗子上，然後從窗戶爬了出去……

肆之章◆長路迢遙捲劫難

歐陽暖的力氣不大，那丫鬟很快醒了過來，只是因為她是個啞巴，又被綁在柱子上不能動彈，所以支支吾吾的發不出聲音來，直到半個時辰後明若照常走進來，看到這一幕頓時沉下臉來。他放開那丫鬟，聽她嗚嗚哇哇的用手指比劃了半天，立刻明白過來，隨後快速地吹響了腰間的短笛，院子裡很快出現了十來名黑衣人，他沉聲下令道：「追！要留下活口！」

那群黑衣人飛快地順著窗戶的方向往南追去，明若略一停頓，也快步跟了上去。那丫鬟似乎覺得很丟臉，也跟著從窗戶跳了出去，像是要幫著他們帶路的模樣。

又足足過了小半個時辰，床下的簾子動了動，歐陽暖從床下悄悄出來，她看了一眼屋子，空蕩蕩的，這才輕輕呼出一口氣。果然，他們都順著窗戶的方向追去了。剛才她將裙角留在窗子上，又特意在外面留下了一些凌亂的腳印，誤導他們向南邊追過去。就算明若疑心病重，他也會選擇兵分兩路，一南一北這樣追。因為一般人進來看到這種一片狼藉的情形，立刻會聯想到她已經逃跑了，肯定不會再仔細搜查整個房間，她不過是利用這個房間和那個丫鬟作出一點假象而已，躲在房間裡等待最好的時機，而現在，他們已經追出了一段距離，她這時候離開才是最安全的。

歐陽暖快步從大開的門口出了屋子，一陣冷風襲來，她不由自主打了個寒顫。雖然身上披著厚厚的冬衣，卻還是難以抵擋山上的冷風。

若是可以選擇，她是不會一個人進入冰天雪地之中，但目前的情況，她不能再留在那裡了。

晚風一吹過，遍體生寒。

歐陽暖走出院子不過半個時辰，身體裡的溫度已經徹底冷卻，牙齒打顫，好像連骨頭都被凍僵了。也許對她來說，選擇留在那屋子裡等待未知的前途，活下來的機會更大。可是如同一隻待宰的雞一樣留在那裡等候別人的發落，感覺實在是太惡劣了。

一路走下來，歐陽暖凍得覺得自己快要凍僵了。她咬緊牙關，一直向山下走去，不管和親的隊伍在哪裡，他們都一定會往山下走的，只要找到了他們，她就能脫離危險了。

深一腳淺一腳，不知道走了多久，連續摔了兩次，靴子裡面都是雪，歐陽暖卻一直告訴自己：不要停！不要停！千萬不能停！她很清楚，一旦停下來，就再也沒有力氣向前走了，那時候，才是真正的死路一條。

順著往山下的路一直走，天色越來越黑，就在她快要絕望的時候，歐陽暖終於聽見了馬兒的嘶鳴聲，她心中一跳，立刻睜開眼睛向前看去。

藉著前方隊伍中火把的光亮，她看到距離她不遠處，大約兩百米開外的地方，是一群穿著錦衣的護衛，她向前走了兩步，想要判斷為首的究竟是什麼人。待看清那人一身戎裝，面若冠玉的面孔時，她一愣，下意識地要開口。

誰知這時候突然有一隻手臂從後面捂住了她即將開口的叫喊。

「肖天燁……」只是發出這樣倉促的聲音，卻很快被呼呼的北風吹散了痕跡。來不及反抗，她就被一股大力整個人拉了回去，根本沒有辦法掙脫。

肖天燁在馬上，下意識地向遠處望去，可是除了一片茫茫的雪色，根本什麼都看不見。是幻聽嗎？

他好像聽到暖兒在叫他的名字。

也許是兩天兩夜不眠不休的尋找，他實在是太累了吧，好幾次他都看到她的影子，耳邊聽到她的聲音。剛開始他還以為是真的，可是四處尋找之後卻發現等到的只是失望。

她現在應該和紅玉、菖蒲在一起吧？肖天燁握緊了手中的馬鞭，剛才他們遇到了一群走散的大歷士兵，據他們說，因為突然發生了山崩，所以郡主的馬車受到了驚嚇，不知道跑去了哪裡，肖天燁相信，歐陽暖一定在哪裡等著他。

「王爺，道路疏通完了！」張定喜形於色地衝過來。

肖天燁沒有回答，眼前彷彿出現了歐陽暖的身影，然而一眨眼之間，她的容顏漸漸模糊，他手指緊緊抓住馬鞭，袍袖早被雪水沁濕了，彷彿帶著雪意的寒涼，輕觸在他的肌膚上。他只覺得自己正被冰裹住，自己的人也正緩慢地、無可阻擋地凝結成了冰。

一時心痛如絞，暖兒，妳等我，我馬上就來接妳！

歐陽暖被挾持回到原先所住的屋子，有一瞬間的沮喪，馬上就要成功了，居然這樣功虧一簣。

「我還真是小看了妳，果然是肖天燁看中的女人，不簡單！」明若半點也不憐香惜玉，一把將她丟在地上。

歐陽暖下意識抬頭看著他。

明若卻在看她的瞬間，驀然皺起了眉頭，「居然這樣狡猾，若不是我將南北兩個方向找了一圈都沒見到人才起了疑心，誰會想到妳會從門口大大方方走出去！」

額髮被雪水打得濕透沾成一縷，歐陽暖的聲音帶著微微的沙啞和不自覺的輕嘲：「不也一樣沒能逃出去嗎？」

明若暖回答得很快：「妳——不會再有這種機會了！」

似乎沉默了好一會兒，歐陽暖看了明若一眼，垂下眼眸，「你究竟想怎麼樣？」

明若的聲音有一絲微寒：「妳應該能猜出……我是南詔的人，肖天燁雖然投奔了南詔，可他身上畢竟留著大歷皇族的血，我們一不小心就會被他反咬一口，所以我不希望這次和親能夠順利進行下去……」

此人的目的是破壞和親，和歐陽暖猜得八九不離十。

「你到底是誰？」

歐陽暖輕聲問，這段日子下來，明若對她一直溫聲細語，只要不涉及大事，他很能保持風度，這樣的人，不會是一般的下層軍官。

即使隔著一段距離也能感覺出歐陽暖對於自己本能的厭惡，明若笑了笑，「妳很快會知道……」隨後，他蹲下了身子，狀若無意地拂過歐陽暖的面孔，指尖沾了一點晶瑩的粉末。猝不及防，瞬間一種洶湧澎湃根本無法抵抗的困意彌漫上來，歐陽暖想要睜開眼睛，卻彷彿受了無窮的阻礙，很累，累到完全不能動彈。

明若的聲音像是迴盪在很遙遠的地方：「這是生長在南詔境內的懸河草，這種草藥一般大夫會用來作麻醉，可若是大劑量的使用，會讓人慢慢失去自控能力，妳原先記住的一切都會慢慢不見了，是不是很有趣……肖天燁是個軟硬不吃的人，既然如此，就讓他看看他一直想要娶回來的女子，究竟是怎樣的恨他。好好睡吧，睡一覺醒來，妳便會忘記今天發生過的所有事情……」

不知道過了多久，歐陽暖睜開眼睛，窗外的陽光，帶著些微的溫度照進來，讓她原本覺得乏力的身體更加不想動彈。

明若坐在房間裡唯一的一張椅子上，自從歐陽暖試圖逃跑且幾乎成功後，每次那啞巴丫鬟來送飯，明若都會一起來，而且他逗留在房間裡的時間明顯變長了。

歐陽暖醒來的時候，他正坐在窗前，窗戶竟然是打開的，他靜靜地翻閱著一本書，動作優雅而且高貴。

這個人的行為舉止都說明他成長在一個養尊處優的環境，不，或許他的身分地位在南詔非常高，歐陽暖心中想到。

見歐陽暖醒了，明若站起身，聲音溫和：「妳在雪地裡走了那麼久，受了不少寒氣，若非我及時發現妳，妳真的會就此醒不過來了。」

如果你不發現我，現在我已經找到肖天燁了。歐陽暖心底冷笑，可是很快她一怔，她什麼時候開始指望肖天燁來救她了呢？她一向都是自己解決問題的，當然，眼前這個問題很麻煩，而且這麻煩還是肖天燁帶來的。但是不管怎麼說，她今天親眼看見了他，這就說明，他得到消息，並且帶人來救她了。

既然不能逃走，那就只能指望他了吧。

歐陽暖在心中嘆了口氣，明若可不是後院裡的那些只會耍心機的女人，他既然敢動用炸藥傷害那麼多人的性命，不達到目的是不會善罷甘休的。那麼，他打算什麼時候向自己動手呢？遠遠打量著他，歐陽暖的眸中閃過一絲的困惑，旋即清醒，語帶無奈道：「你究竟要把我怎麼樣，就這麼關一輩子嗎？」

明若不答，反而微微一笑，「頭還暈嗎？今天我把妳帶回來的時候，看妳好像都站不穩了。」

歐陽暖輕輕蹙眉，「我沒事。」

她並沒有否認「今天」這個用語，明若溫柔道：「妳到這裡，一共有幾天了？」

歐陽暖的腦中嗡嗡作響，她略略停頓了片刻，道：「或許是三天，不，四天。」

她被關在這裡，已經有五天了。雖然是被限制著行動，可是畢竟晝夜交替是能夠通過光線辨別出來的，歐陽暖若是還和以前一樣正常，絕對不會出現這種情況。

看來，藥效已經起作用了。

想到這裡，他微笑起來，轉開了話題，「妳逃跑的時候，不害怕嗎？」

歐陽暖隱約記得自己逃跑的時候，感覺到冷風像是魔鬼一般可怕，每一陣颼過去，全夾帶著雪花飛舞，吹在身上，不但冷得讓人牙關打顫，甚至連呼吸都覺得不順暢。但是她卻也注意到了那蒼

涼遼闊的雪景，皚皚的白色世界、經霜的枯樹、灰霾的天空，和遠方各種奇怪的石頭，她笑了，

「我以為大歷的風景已然很是優美，卻想不到南詔有這麼壯麗的景致。」

明若有點驚訝，他沒想到歐陽暖這麼一個柔弱的大歷女子，能夠感受到南詔特有的雪景那般豪邁灑脫的壯麗。他原本還以為她不能適應這裡的艱苦生活，蒼涼景色，以為這種與大歷完全不同的生活方式與環境會折損她嬌弱的生命力，會磨滅她旺盛的鬥志，但現在看來，倒是他想得太簡單了。

歐陽暖的身體雖然並不強壯，可是她的精神力和意志力卻讓他刮目相看。隨後，他心中莫名開朗了許多，是啊，這是肖天燁看中的女人，自然不會只是個繡花枕頭。

歐陽暖過慣了大宅院裡勾心鬥角的生活，這點小風浪又算得了什麼呢？只要明若不危及她的性命，不隨隨便便靠近她，其實這囚徒的生活也沒有那麼糟糕。

當是換了一個生活環境好了，歐陽暖這麼想著，自動自發躺下來，閉上眼睛。

「妳又困了嗎？」明若低聲道。

歐陽暖用很奇怪的眼神看向明若，再看向窗外，狐疑地道：「對了，現在是白天啊，為什麼我會這麼困呢？」

明若眸子裡閃過一絲精光，「也許是因為妳太疲勞了。」

再疲勞也不會連續睡了五個時辰還要繼續睡，只是他沒有把這句話告訴歐陽暖。

「你說的對，不光是困，我還很疲勞。」歐陽暖的聲音微微拖長，似乎是在思考，但下一刻眉頭便已皺起，「這是怎麼回事呢……」

明若的眸中閃過一分冷意……

「暖兒沒有和妳們在一起？」

宋統領已經死去，暫代他職務的林副將被揪住衣領提起，面色慌張，聲音惶恐：「這個，王爺……我是真的不知道啊！」

肖天燁的手提高，身體裡的暴虐因子幾乎要衝破胸膛，他的表情瞬間顯得極其猙獰，有片刻幾乎有當場殺了這個傢伙的衝動。明明是負責護衛的，竟然敢擅離職守！他難道不知道他的任務就是保衛和親的永安郡主嗎？遇到危險只知道自己逃跑，該死的！

「王爺！」一個女子的聲音突然從遠處響起來。

肖天燁一怔，隨後抬起頭，就看到菖蒲攙扶著紅玉一步步向這裡走過來，她們兩個人滿身的塵土，髮絲散亂，臉上都是黑一塊白一塊的，紅玉的一條腿還受了傷，膝蓋的位置破了一個大洞，露出了皮肉，並且還汩汩往外滲血。

「暖兒呢？」肖天燁的臉上露出驚喜，紅玉和菖蒲向來是歐陽暖的貼身丫鬟，寸步不離的，她們在這裡，那她一定也在附近了！

紅玉卻看著肖天燁，眼睛裡淚水不斷流下來，「王爺，救救我們小姐吧！求您救救她吧！」

一旁的菖蒲，突然放聲大哭起來。

肖天燁看到這一幕，一顆心頓時沉了下去，「暖兒沒和妳們在一起？」

紅玉腿上還受著傷，卻不敢耽擱，快速將事情發生的經過說了一遍。

「明若？我派去的？」肖天燁的面色只能用震驚來形容。他壓根兒沒有派去什麼接親的使者，他是自己親自來迎接歐陽暖的，可惜明顯被人捷足先登了。該死的！他驟然轉身，身形電轉般猛然揮拳，乾脆俐落的一拳打在馬車上。

馬車的車轅猛地晃動了一下。

肖天燁揚起拳頭，又是一拳，直打得自己的手鮮血淋漓，他看了受傷的傷口一眼，只覺得心裡的痛遠勝過皮肉的痛，他回頭，目光陰沉地盯著林副將，「若是暖兒有什麼不妥，我要你用命來償！」語至最後，聲音像是從齒縫裡廝磨出的。

林副將的身子一個勁兒地發抖，跪在地上不敢說話。

一天很快又過去了。

房間裡，歐陽暖從床上起身，穿起明若之前為她準備的冬衣，不知道為什麼，自從她回來開始，這屋子裡的窗戶就被打開了，不過，窗戶外面多了很多護衛就是。歐陽暖猜測，不光是窗外，這座院子都被人團團圍住了。

「醒了嗎？」溫雅眉眼的男子突然在她身後說話。

歐陽暖下意識退了一步，男子卻笑著將一件白狐裘遞過來，「山上天寒地凍的，穿上吧。」說著，他還很細心地遞了一枝臘梅過來，紅色的花瓣，綠色的枝葉，淡淡的沁香撲鼻而來。

歐陽暖垂頭，看著花，「我……」

明若笑道：「妳喜歡梅花，這枝梅花是好不容易才找到的，高興嗎？」

歐陽暖皺起眉頭，自己和他說過喜歡梅花的事情嗎？中途她似乎醒來過，可是那時候她和明若說了什麼，她竟然都不記得了。怎麼會？她的記憶什麼時候會差到這個地步了？明明說過的話，竟然轉眼就忘掉了。

「今天我吩咐他們準備了玫瑰酥，不過南詔的廚子畢竟是仿照著妳形容的做出來，還不知道味道會怎麼樣，我有點期待呢！」明若看她神情越來越困惑，臉上的笑容卻變得深了。

歐陽暖更加驚訝，自己竟然連喜好吃什麼都說過嗎？難道她的年紀已經到了隨時會忘記說過的話的老年了嗎？

這……怎麼可能！她雖然不說過目不忘，記憶力卻是極好的，怎麼會變成這樣？

接下來發生的事情，讓歐陽暖更加的困惑，她不僅開始忘記自己說過的話、做過的事，有時候突然看見明若，她連他的名字都叫不出來。

這一切都不對勁，很不對勁。歐陽暖懷疑自己每日的飲食有問題，可是用銀針試過，卻都試不出任何東西。不可能有銀針試不出的毒藥，除非這根本不是毒藥。只要仔細想想就可以明白，明若絕對不會用慢性毒藥這麼笨，要殺她，一刀結果了也就是了！如果不是毒藥的話，讓她記憶力減退的東西，又有什麼作用呢？

歐陽暖懷疑，明若是想要讓她變成一個受他控制的棋子，完完全全捏在他手心裡的人。

事實證明，這個猜測雖然不全中，卻也實在不遠了。

她知道，若是讓情況繼續發展下去，自己真的會變成傻子的，這樣不行！歐陽暖環視了一圈屋子，沒有紙筆，沒辦法了，她迅速拔下自己頭上的簪子，悄悄在牆壁上試了試，隨後便用力地寫了起來。

表面上看，歐陽暖的記憶力越來越差，可實際上，該記得的事情，她一直都記在牆壁的隱蔽處，也許是太相信那藥物，明若對歐陽暖偽裝出的表現一點也沒有懷疑。

但很快，那負責打掃房間的啞巴丫鬟就發現了這個祕密，隨後告訴了明若，第二天，牆壁上的字就消失了，隨後不管歐陽暖刻多少遍，那字都會不斷地消失。她漸漸明白，這種掙扎在對方看來，無疑是徒勞而且可笑的。

縱然可笑，歐陽暖也不想忘記自己是誰。

這一點，很重要。

「喝薑湯吧。」自從逃跑的事情發生後，每次餵薑湯的時候，明若都是親自來的。

歐陽暖隱約猜到，問題就出在暖身的薑湯裡，可是她不得不喝。就算不喝薑湯，她也不能不喝水、不吃飯，總有能夠下手的地方。所以她在察覺了這一點後，每次當著明若的面把薑湯乖乖喝下去，隨後又想方設法吐出來。

多少會有藥被嚥下去，所以歐陽暖的記憶力還是不斷在惡化，不過，總歸是比剛開始的速度要慢了許多。

「肖天燁下令搜山了。」

歐陽暖不易察覺地皺了一下眉，輕輕搖頭，「肖天燁？為什麼要搜山？」

明若目光閃了閃，道：「妳連肖天燁都不記得嗎？」

歐陽暖抬眸，眸中顯得很迷惑，「我應該知道他是誰嗎……」

明若笑道：「他逼著妳背井離鄉，離開父母親人，還殺了妳的弟弟，算是妳的大仇人……」

除了爵兒的事情外，雖然他說的話有一半是事實，但歐陽暖總覺得這話聽起來似乎……

她繼續用困惑的目光看著明若。

明若看著她，語氣極之溫柔，又隱約有幾分嘆息：「虧妳還對他一片癡心，真是個可憐的孩子，他根本就是個惡鬼！妳之前不是恨他恨得要死嗎，怎麼能這樣輕易忘記呢？」

歐陽暖的眼睛眨了眨，彷彿深受迷惑。

明若的聲音沉了下來，響在歐陽暖的耳邊，帶著蠱惑：「妳想想看，若不是他，妳何必受這麼多苦，受這麼多傷，還被關在這個地方，他才是妳的仇人呢！」

將我關在這裡的人，明明是你吧！歐陽暖在心裡冷笑不已，面上卻是十分信服的神色。她開始明白對方想要幹什麼了，消除她的記憶，不斷灌輸她對肖天燁的仇恨，然後，他必定會把她送去肖天燁的身邊……

不過，這是不是太冒險了一些，萬一這藥物失效呢？歐陽暖心中朦朧地想到。隨後苦笑，她每天吐掉了大多數的藥，卻還是覺得記憶力在衰退。明若對這藥物這樣有自信，不是沒有原因的。真的很可怕！

歐陽暖從未有過內心恐懼的感覺，這一次，她是真的覺得，眼前這個笑得很溫柔的男人，遠比肖天燁要可怕得多。

肖天燁雖然任性妄為，卻不會真正傷害她，因為他對她有感情。可眼前這個人，表面上溫柔如水，實際上對她卻是一點感情都沒有的，他的所作所為已經說明，他根本都不把她當成一個人來看待。

接下來，不管對方說什麼，歐陽暖都乖乖地說是，很柔順的模樣，其實在心底卻將眼前這個人狠狠罵了個徹底。她一向是個喜怒不形於色的人，只是眼前這個男人，心黑手狠的程度比她有過之而無不及，她不得不甘拜下風了。

「不早了，妳休息吧。」明若說完了想要說的話，轉身便離去了。

歐陽暖鬆了一口氣，隨後悄悄聽了片刻，聽到外面的腳步聲已經走遠了，這才用簪子伸進嘴巴裡試圖將喝下去的薑湯吐出來，就在這時候，門突然打開了，她驚訝地看著明若站在門口。

「原來是這樣！」他的聲音微微沙啞：「為什麼妳這麼不聽話呢？」他的眼睛緊緊盯著歐陽暖，歐陽暖剛想說話，明若突然快步走上來，一把奪走了她的簪子。

歐陽暖動手去搶，「給我！」

明若高高舉起手，將簪子丟出了窗外，「我跟妳說過很多遍了，不要耍花招……」

歐陽暖冷冷地望著他，「耍花招的人是你！你在我每天喝的薑湯裡下藥，卻還要我對你感恩戴德嗎？」

關於肖天燁，還有她的過去，她的確是越來越模糊，可是她一直在對自己說，不要忘記，不想忘記，哪怕是痛苦的回憶，哪怕是掙扎的過程，那是她的人生！

明若皺起眉頭，目光終於變得惡狠狠的，他明明已經向她灌輸過無數次肖天燁傷害她的觀念，這個女子被迫和親，本來就該恨死肖天燁了吧，再加上不斷的用藥物讓她意志模糊……可為什麼她還要這麼固執的堅持？

摔了門出去，他冷聲吩咐一旁的黑衣人：「加大用量！三天，我再給你三天時間！一定要在肖天燁找到我們之前，將她牢牢控制住！」

他說完，回頭看了一眼，握緊了拳頭。肖天燁不好對付，更不能輕易近身，所以他才選擇了歐陽暖下手，沒想到她也是一隻狡猾的狐狸！可那又怎樣，這種藥長年被用於南詔的監獄，用來控制重犯的意志，讓他們不知不覺就把一切都說出來，已經在無數人身上成功過，絕對不可能失敗的！等著瞧吧歐陽暖，我一定會讓妳徹底臣服的！

一日過去，歐陽暖可以察覺到，藥量在不斷地加大。

這一日來她頭腦的昏沉越發厲害，糊塗得她幾乎沒有心情去吃飯。只要兩天，她知道自己將會什麼都不記得了。

窗戶是打開的，她便坐在窗戶的邊緣，呼吸新鮮空氣。這和她一貫的名門千金的形象大為不符，可她的人生中，這個身分並未給她帶來多少快樂。從前，她從未對外顯露出半分脆弱過，她堅決果敢、大膽狠辣，處處都表現出一個名門閨秀該有的風範，面對林氏、林文淵，她甚至從來沒害怕過——因為她根本就沒有空害怕。

可是現在，她害怕了。

她害怕一覺醒來就會忘記自己是誰，從哪裡來、要去哪裡，她怕為人控制，做出什麼無法挽回的事。明若這個人，比她以往遇到的任何人，都要直接，而且狠毒。

她望著天空的白雲出神。

這一回，跑不出去了啊……

明若走進來的時候，看見的便是這樣一幕。

白衣女子坐在窗邊，眉目如畫，一雙明珠般的大眼沒有焦距，烏雲般的秀髮隨風飛揚，這麼遠遠望著，竟會突然有種她不是世間人的錯覺。

「好些了嗎？」他看著她，緩緩地笑。

歐陽暖迅速轉過頭來，眼中先是驚懼，然後騰起漫天的冷意。

這麼仇恨的眼神，還是第一次在一個女人的身上看到，明若望著她，唇畔的笑容更深。

「來驗收成果嗎？」歐陽暖冷冷地望著他。

「怎麼像帶刺的刺蝟一樣了？」明若不急不慌地朝前走去，臉上掛著擋不住的溫柔笑意，就好像對面坐著的不是他利用的工具，而是一個他等待了很多年的情人。

歐陽暖知道，眼前這個人對你越是溫柔，越是說明你有利用價值，一旦沒用了，他就不會再這樣虛與委蛇。她不由得冷笑了一聲。

明若雖然和歐陽暖相處了短短幾天，卻看透了她這個人，知道她若是還有法子，便會笑得很謙卑，但她若是沒辦法了，就不耐煩陪他應酬了。真是個很有趣的女人！明若心裡這樣想。他的妹妹雲羅公主是個很直接的人，喜歡就是喜歡，厭惡就是厭惡，殘忍就是殘忍，絕對不像眼前這個少女這樣，外表柔弱內心堅強，眼睛眨一眨就會冒出來一個算計人的主意。說到底，她就是扮豬吃老虎的類型，可關鍵是，她這一回遇到的不是豬，是吃人的惡龍。

「你的心機手段，我望塵莫及。」歐陽暖臉上露出微笑，下意識地抓住了窗沿。

明若一眼便看穿了她的意圖。

「我沒有惡意，不必緊張。」他溫和地看著她，停止了前行的步伐，「別掉下去，窗戶外面有暗樁。」

看來自己還真是很有利用價值，他不會輕易讓她死。

「我一直覺得自己已經很虛偽了，沒想到這世上還有你這樣的人！明若，你的假惺惺令人噁心！」她厭惡地看了他一眼。

明若還是那樣面如春風地笑著，半點怒氣也沒有，他看著她，就像主人面對自己胡鬧的寵物，眼神中充滿了憐愛與耐心。

「這也是給妳上了一堂很好的課，讓妳知道人外有人，天外有天。」他的聲音好似甘醇的清酒，面部儒雅的輪廓在一瞬間變得更加柔和。

「就我對妳的瞭解中，永安郡主外表柔弱，可是短短的兩年之內，妳的後母中風被囚，繼妹瘸腿遠嫁，父親和祖母為妳所轄，妳自己卻搖身一變成為了堂堂的公主義女，天下聞名的京都雙璧之一。妳這樣的女子，最大的本事就是學會如何去陷害別人。妳在外人面前自然可以矇騙，但妳我……終究是一樣的人。」他用一種欣慰的口味，娓娓數落著歐陽暖的生平，「我很高興，棋逢對手。只是妳必須知道，妳使用的那些不過是後宅女子陰謀之道，我用的法子，卻比妳更高一籌，以後妳會明白的。」

歐陽暖瞪大眼，難以置信地看著他。

「這些資料都是這兩天才到手的，在沒仔細調查過妳之前，我實在是小看了妳。」他含笑搖頭，「妳比我想像中聰明，也更加有趣。」

歐陽暖冷著臉沒有答話，隨後不知道想到什麼，終於笑了起來。

「原來你對我這樣瞭解。」歐陽暖意味深長地瞟了他一眼，「那你總該知道我心胸狹窄，睚眥必報。」

明若聞言頓時哈哈大笑。

「恐怕妳不會有這個機會了！」他笑得幾乎抑制不住。

「妳不知道，其實我非常的捨不得妳。」他看著她，悵然嘆口氣，「妳是我遇見的，第一個讓我覺得有趣的女人。如果這件事不是非妳不可，我或許會將妳留在身邊也不一定。」

歐陽暖冷冷地望著他，幾乎想要甩出一巴掌。

不，不行，越是生氣越是要冷靜！當初她面對林氏什麼狀態，難道安逸日子過久了，她忘記以前的痛苦了嗎？眼前這個男人算得了什麼！她深吸了一口氣，露出淺笑，「是嗎？可你卻一點都不憐香惜玉，嘴上說覺得我有趣，下手卻半點都不留情面，你的心腸真夠黑的！」

「我已經手下留情了，若是妳落在我妹妹的手上，光是衝著妳這張漂亮的臉，她也不會讓妳見到明天的太陽。」

「是啊，所以我應該感激你。」歐陽暖面色平靜。

明若點頭，竟然厚顏無恥地道：「妳知道就好，記著我這份情吧，將來可別忘記我。」

歐陽暖看著他，心裡冷笑，可不是，將來一定會有機會將這一切百倍千倍奉還給他！想到這裡，她別過頭，已經厭倦了對他演戲，她甚至連一眼都不願意多看這個人。

「話說完了，你可以滾了。」她輕飄飄地道，面上沒有恨意，只有輕蔑。

明若並不在意她的怒意和仇恨，在他看來，能夠被這樣的美人記恨，是一件很美好的、很有趣的事情。她若是多恨一點，多記掛一點，也就一輩子無法忘懷他了。

恨比愛要保留得久遠，日子越久，愛會消失，可恨卻越發深，這不是天底下最有意思的事嗎？

明若走後，歐陽暖從窗戶上跳下來，冷冷地盯著他的背影，心道：你既然這樣狠毒，我也該給你留下一個禮物，但願你不要後悔！

她狀若無意地將耳環拆下來，掰成針尖的模樣，然後走過去，在牆壁上塗塗畫畫。晚上，丫鬟進來送飯的時候，她也不曾停下，丫鬟看了一眼，以為她又在寫東西，便將事情報告了明若，明若特意親自過來看了看，卻發現歐陽暖不過是在寫詩。

「被關在這裡，妳還有這種閒情逸致？」

歐陽暖微微一笑，道：「總被關著，若是不讓我找點事情做，遲早是要瘋的。」

明若想要細看，歐陽暖卻用耳環上的針尖抹掉了那一行字，道：「不寫了。」

看她的模樣，明若不由得更加好奇，歐陽暖毫不在意，立刻下逐客令了。

然而，等明若走了以後，歐陽暖拿起吃飯的時候故意留下來的筷子，在牆壁上寫寫畫畫，足足用了大半夜的時間，房間裡的燭火才熄滅。

人都是這樣的，你若是光明正大讓他看，他反而覺得沒意思，你越是遮遮掩掩，他越是好奇。雖然知道歐陽暖這回不是記什麼，只是寫點詩句，但明若還就是很好奇，他等歐陽暖睡熟了，才悄悄進來，開始一扇一扇地察看那牆壁。他發現每扇牆壁上都有或方或圓的小框格，框格裡有詩有畫，很是雅致，竟然都是用小小的耳環上的針尖或是筷子的尖頭部位寫出來的，顯然花費了不少的心思。其中一行字跡很是靈動瀟脫，他不禁低聲念道：「飛雪帶春風，徘徊亂繞空。」

他點了點頭，心道詩句顯然是隨便塗鴉的，可是那一絲不苟的工楷，極是娟秀，一眼就可看出是受過教育的名媛淑女們的慣常筆跡，卻也並不怎麼稀奇。

接著他開始從頭一首一首讀起來，很快就被吸引住了。單看詩句，可見她鍛字煉句、音韻聲律上有很高的造詣。大歷重視文武雙全的人才，而這種風氣也逐漸傳入原本偏重武學的南詔，一度南詔很流行大歷朝那種糜爛溫柔的詩句。可明若卻是很排斥這種擷紅拈翠，專門描寫個人的喜怒哀樂的詩，對那種嘆老嗟卑、無病呻吟的詩更是頭痛。但他卻不得不承認，歐陽暖的抒情詩寫得好，她的詩孕蘊著熾熱的感情，閃發著新穎奇妙的想像力，有氣象、有意境，自然而然攫住了人的心，激發起人一種略微感傷的悵惘之情。

再往下看，「不知山下村，人住梅花裡。」卻是換了一種楷書，筆力險勁，結構獨異，骨氣勁峭，法度謹嚴，於平正中見險絕，於規矩中見飄逸，筆劃穿插，安排妥貼，他不由得吃驚地睜大了眼睛。然而這只是剛開始，歐陽暖彷彿是刻意賣弄，每寫一句詩文就換一種書法。柔軟時，如插花少女，低昂美容，又如美女登臺，仙娥弄影，紅蓮映水，碧海浮霞；剛勁時，如草裡驚蛇，雲間電發。又如金剛怒目，力士揮拳。

想不到她不光詩寫得很有趣，連書法都別具一格。他不自覺地伸出手輕輕撫摸那些詩句，不由點了點頭，想起傳說中永安郡主和蓉郡主並列的事情。看來，她能夠獲得這樣的殊榮，絕非是一時一刻之功，這種書法不僅僅需要天分，必然是經過長期的苦練。

一筆一劃看過去，他不由得有些入迷，幾乎忘記了時間，也不知道歐陽暖何時睜開了眼睛，冷冷地望著他。

他的手指摸索過的地方，只覺得有微微的濕潤，卻也沒有留意。歐陽暖冷冷一笑，合上眼睛，翻了個身，彷若無意。

三天過去了。

歐陽暖開始變得奇怪，朦朦朧朧的，已經想不起自己是誰。她坐在梳粧檯前，看了半天鏡子裡的自己，卻想不起自己為什麼會坐在這裡。

房門忽然吱呀一聲被推開，窸窸窣窣的腳步輕緩落於身後。

歐陽暖自鏡中看見來人，不自覺抿嘴。

三天來，她唯一見到的就是他。

明若端詳著鏡中人，禁不住暗自讚嘆一聲。

歐陽暖前所未有的安靜，臉蛋粉光瑩潤，一雙杏眸清瑩似水，睫毛如蝶翅般忽扇輕顫，脖頸纖細瑩白，不施脂粉，整個人卻如一朵清新的水蓮，讓人心中有種說不出的憐愛之情。他這樣想著，一隻手忍不住探出將她拉進自己懷裡。

歐陽暖沒想到他有這種舉動，一時有些吃驚，卻只是皺皺眉。

這一靠，便覺他的心跳很快。

「你怎麼啦？」她抬起臉，疑惑看他。

酥軟嬌軀在懷，溫熱馨香沁入心脾，他望著她迷濛的水眸，只覺得喉頭漸漸發緊，竟然做出這種從未有過的孟浪舉動……

「都梳妝完了嗎？」他攬著她，聲音有些沙啞。

歐陽暖眨眨眼，轉身想去拿梳子，不想卻被人搶先了一步。

「我來。」明若撚起了梳子，將她的身子掰轉回來。

不等她出聲拒絕，梳子已經順著她黑亮的長髮滑下來。

歐陽暖望著他，目光滿是困惑，除卻困惑，便是清冷。雖然記憶沒有了，可她的本質沒有改變。雖然不知道自己是誰，可她對他——戒心還在。她看著他，越發奇怪，眼眸中波光瀲灩幾乎快要滴出水來。

她果真還是不好矇騙！明若在心裡嘆了一聲，剛要說話。

「小姐的衣服送來了。」門外不適時地響起了一個人冰冷的聲音。

「進來吧。」他朝門外吩咐一聲，聲音恢復了冷靜。

黑衣人打開房門，剛才說話的人就是他，隨後他身後啞巴丫鬟面無表情端著托盤進入房內。

歐陽暖撈起那件華麗的衣裳，頓時愣住了。

「一定要穿這個嗎？」她猶豫地看了他一眼。

「這不是妳出嫁時候的衣服嗎？」明若笑道：「就是應該穿這個去見他的。」這件衣裳是歐陽暖失蹤的時候穿著的衣服，現在還給她，也是自然的。

出嫁的時候嗎？歐陽暖皺眉，兀自陷入了沉思中。

就這麼呆呆坐著，想了好長一會兒。

完全控制一個人的意識，除卻懸河草，還需要外力的說明。明若取出一支鈴鐺手鐲戴到歐陽暖的手上，他的唇在歐陽暖耳邊輕輕開合，催眠般反覆不斷地訴說：

「你恨肖天燁，恨他，恨得想要殺了他……」

歐陽暖一怔，隨後一雙清明的眼睛變得意識模糊，慢慢的，變得如同一個玩偶般毫無知覺呢喃：「殺了他……殺了他。」

就在這時候，她突然眉頭擰起，極其掙扎的模樣。明若扶在歐陽暖身上的手指握緊，歐陽暖只掙扎了一會兒就安靜下來，眉目也漸漸平靜。

殺了他……她喃喃地，又重複了一遍。

眼看一個聰明睿智、才華橫溢的女子變成這個模樣，明若眼底眸色一暗。歐陽暖，對不住了……這是為了南詔，無論什麼方式什麼手段，都要成功。

雪山山腰的營地。

三天來，肖天燁日夜不停地親自帶人巡山，卻終究一無所獲。歐陽暖像是人間蒸發了一樣，根本找不到絲毫的痕跡。

他一連幾天都沒有休息，幾乎要倒下了，卻還是強撐著，非要自己親自去不可。剛要披上披風，突然帳外有急促的腳步聲，張定幾乎是兩步一躍地跑進來，口中還不住的嚷嚷，興奮之情溢於言表：「王爺，剛才出去巡邏的士兵說營門口倒著一個女子，瞧著很像郡主！」

昏迷的歐陽暖尚未醒來，帳內已經有了喧鬧。

「王爺，您還沒有和郡主成親，婚前見面有違禮制。」紅玉在這一點上，向來很固執。

菖蒲堅定地站在紅玉一邊，和歐陽暖一起陪嫁過來的老嬤嬤們也都很堅持。

「我要讓她到我的帳子裡休息，親眼看著她沒事才能放心！」肖天燁的聲音驀然暴怒，微一彎腰抄抱起歐陽暖，唇中吐出一個字：「滾！」

紅玉攔在帳子跟前，「王爺，您這樣，小姐會被人說閒話的！」

他連看都懶得看他一眼，肖天燁抱著歐陽暖從她身邊錯身而過。

「王爺，小姐知道會生氣的！」菖蒲急中生智地喊道。

是的，菖蒲說的沒錯。

她的確會，她向來很重視名聲，連他半夜翻牆進去都會被記恨好久，誰不知道那些大家千金多多少少都會有個把情人，偏偏她這麼古板……

肖天燁抿了抿唇，想起歐陽暖的性格。

心無端地痛了起來，些微的心疼，就算他再不想承認，他不想惹她生氣……

外面的人那麼多，個個看見他抱著她進來，現在還要抱回自己的帳子，終究沒有成親，婚前新郎、新娘是不能見面的，這樣容易發生不幸。

雖然他半點不在乎這種鬼話，可難保歐陽暖在意。他求的不是一天兩天，而是天長地久、一生一世……肖天燁沉默了一下，閉上眼睛，恨恨地道：「好……但我就留在這裡，不離開！」

紅玉和菖蒲對視了一眼，讓他留在這裡，這恐怕是這位暴躁的王爺最大的讓步了。也好，橫豎她們也在這帳子裡，總不至於讓他做出什麼來。

在這兩個小丫鬟的心裡，始終是很防備肖天燁的。

一個時辰、兩個時辰……足足四個時辰過去，輕微的呢喃聲從床上響起。

原本在一旁坐著的肖天燁兩步走到床邊，溫柔而小心地問：「暖兒？」

床上人的眼睛動了動，緩緩睜開，歐陽暖轉動著眼眸四下看了看，最終定在肖天燁的身上，遲疑道：「你們是……」

眾人面面相覷。

「小姐，您不認識我們了嗎？奴婢是紅玉啊！」紅玉驚得面無人色。

歐陽暖手一動，鈴鐺就發出清脆的響動，她彷彿頭痛一般，皺起了眉頭。

「暖兒，我是肖天燁，妳連我都不記得了嗎？」肖天燁緊張地看著她，幾乎能夠聽見自己的心跳聲。看見她茫然的眼神，他有一瞬間彷彿連呼吸都忘記了。

聽到肖天燁這三個字，歐陽暖的眼中飛快閃過一抹狠厲的鋒芒，卻只是低下頭，慢慢地道：「頭很痛……」

肖天燁不明就裡，只是下意識地去握她的肩頭……

歐陽暖略愣了愣，放在被子中的手指倏然攥緊。

肖天燁像是抱著珍寶一樣俯身輕輕環抱住歐陽暖，眼下微微泛著青色，可是神色卻靜謐。

歐陽暖任由他抱著，身體僵硬了一下，接著變得有些微的茫然。

肖天燁抱住她不肯鬆手，「暖兒……讓妳受驚了，都是我不好。」

歐陽暖沒有回答，她只是低著頭，不知道在想些什麼

屬於肖天燁的氣息很快包裹住歐陽暖，淡淡的沉香味，縈繞住歐陽暖的身旁，非常好聞。

歐陽暖抬起脖子，望著他的漆黑眼眸裡有淡淡的光，不由恍惚了一下，很快平息化為恨意。

不知過了多久，肖天燁才道：「若是我能早點察覺他們的陰謀……」

歐陽暖打斷他：「你是肖天燁嗎？」

難道她真的受過傷，導致完全記不得自己是誰了嗎？

肖天燁頓了頓：「紅玉，去叫大夫來……」

歐陽暖突然握住了他的手臂，肖天燁一怔，在她的眼睛裡卻看不到絲毫的屬於人的感情。

這樣毫無感情的眸子，他從未見過。

以前的歐陽暖縱然不曾愛上他，卻也沒有用這樣冰冷的眼神看過他。

「暖兒……」他可以面對千軍萬馬，可以在別人面前肆無忌憚地算計人，可他不能承受這樣的眼神，半點也不能。

恍惚之間，他聽到紅玉和其他人在大聲地喊叫，她們在喊什麼，他幾乎無法聽清，只是當他看到寒光一閃的時候，下意識地側過了身體，那道匕首直接穿透了他的左臂。

「唔……」

劇痛襲來，肖天燁捂住了自己的手臂，鮮血很快染紅了他的整條袖子……

事情發生得太快，太令人意外，以致於誰也來不及阻止，大夫趕過來的時候，只看到眼神沉靜

的肖天燁和昏迷的歐陽暖。

「先看看她。」肖天燁捂著傷口，冷靜得過了分。大夫看著他血流不止的傷口，連忙道：「王爺，還是先給您止血吧。」

肖天燁搖了搖頭，沉聲道：「去看她。」

大夫不敢耽擱，趕緊上去查看了歐陽暖的情況，隨即皺起了眉頭。

「她究竟怎麼了？」肖天燁凝著一張俊臉，一言不發，目光像針鋒刺雨那麼銳利，全身上下寒氣磣人。

「郡主是誤服了懸河草，這種草藥一般大夫會用來作麻醉，可若是大劑量的服用，會讓人慢慢失去自控能力，記憶力衰退。郡主如今的情況，像是用了不少。唉，怎麼會這樣呢？這種草是很稀罕的東西，也非尋常可見，郡主怎麼會誤服呢？」

肖天燁的眉頭皺地更深了，「不是誤服，是有人給她服用了這種藥草。」

紅玉滿是擔心地看著歐陽暖，忍不住擦擦眼淚，轉身走出了帳子。

營帳外面一片寂靜，眾人行事匆匆，面上都有幾分緊張之色，她剛剛走了幾步，就聽到幾個副將在議論。

「大歷這是什麼意思？居然派這個永安郡主刺殺我們的王爺！他們根本不是有心要和親的！如今幸好王爺受了點輕傷，萬一……真是不堪設想啊，萬萬留不得！」

「可現在若是處決了她畢竟不好吧，她畢竟是大歷的郡主……」

「不行，聽說王爺以前就喜歡她，若是婦人之仁，縱虎歸山，那可……」

「對，可不能信了大歷的美人計，若是留下這個女人，才真是後患無窮！」

「王爺不肯殺了她，我們偷偷殺了就是！」

「可是，王爺若是知道……」

「大家一起擔當責任就是，怕什麼？難道王爺還能為了一個要殺他的女人，就將我們全都處斬不成？」

「就是就是，殺了她再跟大歷幹一仗，把皇位奪過來，咱們也弄個開國元勳做做！」

紅玉聽了這話，面色變得異常難看，她雖然不聰明，卻也覺得小姐不會無緣無故刺殺肖天燁的，若是她真的要這樣做，將來多的是機會，何必當著那麼多人的面刺了他一刀？剛才小姐分明是被人控制了！可是究竟是被誰控制呢？那人的目的分明是在破壞大歷和肖天燁的和親！可是這話說出去根本不會有人相信，所有人都會以為是大歷皇帝派小姐來行美人計，藉機會殺掉肖天燁的！

紅玉跺了跺腳，猛地掀開簾子回去帳中。

小姐在南詔絕對待不下去的，這裡的人已經將她當成大歷派來的奸細了！一定要離開這裡，一定要！紅玉剛一進去，就看到大夫剛剛為肖天燁包紮好了傷口。

紅玉走到歐陽暖的身邊，她還沒有醒過來。

肖天燁的目光只是凝聚在歐陽暖的臉上，唇輕輕動了一下，聲音微弱又極力壓抑：「妳們都下去吧，我陪著她就好。」

「王爺，小姐不是故意要刺傷您的，但現在這種情況，我們不能再讓小姐和您在一起，萬一再發生什麼事情……」紅玉下意識地道。

肖天燁下意識地擺了擺手，因為這一個動作，左臂似乎又有滲血的跡象，他只虛按了一下，就再沒管。

「她哪裡也不能去，只能留在我身邊。」肖天燁早聽出紅玉的話外之音，可是他卻這樣說道。

紅玉心裡一驚，一時之間，不知道該怎麼回答了。

她想要趁著事情還沒有鬧大，那些人沒有衝進來要殺小姐之前離開這裡，可是肖天燁卻不願意放走她們。

難道，他也想要向小姐報仇嗎？紅玉這樣一想，便下意識地看著肖天燁，生怕他一個不對勁會讓人將小姐殺掉。

肖天燁淡淡地問大夫：「這種懸河草的藥效有多久？」

「王爺，這種草藥必須連續服用一段時間才能奏效，若是服用過多，人會變成傻子。」

肖天燁的目光一下子凝住了，似乎連呼吸都已經停止。

老大夫趕緊說下去：「不過我把過郡主的脈搏，她服用的時間不是很長，藥量也不算大，只要從現在開始停止服藥，不出五天就會恢復神智。」

肖天燁的一顆心這才放了下來。

若是當時歐陽暖沒有每天將藥全都吐出來，現在她早已變成一個傻子，醫術再高的大夫也沒有回天之力了。

歐陽暖不知道自己睡了多久，再醒過來的時候，意識雖然還很模糊，可她清晰地記得自己刺了肖天燁一刀。

在這一刻，她明白明若的真實意圖了。不管是讓她消失還是讓她死去，都比不上讓她來刺殺肖天燁來得好。若是肖天燁死了，那麼南詔名正言順接管他的五十萬大軍，若是他不死那就更好了，一來破壞和親，二來肖天燁必定要處死自己，大歷和他必定再起爭端，三來南詔藉機將公主下嫁，籠絡肖天燁。

一石三鳥之計，還真是夠狠辣！難怪明若會說，自己沒有機會再向他報仇了。經過這件事，肖天燁若是還留著自己，那簡直是匪夷所思的。

「醒了？」

歐陽暖一怔，望向肖天燁驚喜的眉眼。

「妳睡了三日都沒吃什麼東西，我吩咐她們把吃的端進來。」肖天燁快速地說。

「……」

「不，剛醒來是應該喝點粥的！紅玉，把粥端上來！」

紅玉將粥端上來，小心翼翼地遞給肖天燁，這動作做得自動自發，歐陽暖吃了一驚。

肖天燁試了試，輕聲道：「暖兒，我剛試過了，熱度剛剛好……」

歐陽暖面無表情看著她面前面如紙白的男人。

她清楚記得自己一刀刺過去，眼睛下意識地落在他彷彿什麼都發生過一樣的左臂上，若不是他下意識地閃避，這一刀就會正中心口。她雖然沒有意識，可是明若卻一遍遍告訴她，心口是一擊致命的地方，然而不知道為什麼……自己的力道卻突然輕了三分，彷彿還殘存了一絲的意識告訴她，眼前這個人不可以死。

也許在她的潛意識裡，就是不想殺肖天燁的。不然她明明可以一次不中，再補上一刀的，卻沒有多餘的動作。

歐陽暖按著腦袋思考了一瞬間，皺眉道：「為什麼？」

漆黑的眼睛閃爍了一下，長長的睫毛合下，肖天燁的眼神裡有一點傷心，「暖兒……妳真的想殺我嗎？」

歐陽暖眨了兩下眼睛，彷彿一直有人告訴她殺了面前的人……快殺了面前的人……她的目光一下子落到手腕上戴著的鈴鐺，然後迅速地將它摘下來，猛地丟了出去。

這個動作讓肖天燁都吃了一驚，隨即他意識到了什麼，吩咐守在帳外的副將道：「把那鈴鐺收起來，交給大夫。」

「是。」

歐陽暖隨即盯著肖天燁，他卻柔和地說：「先喝粥吧。」

歐陽暖不懂，為什麼他還對她這麼好，按照明若的劇本演下去，直接派人將她囚禁起來，或者殺掉，或者送回大歷，不才是理所當然的嗎？

「你不怪我要殺你？」

肖天燁倏忽抬眸，水色的光閃爍著，「我相信不是妳自己要殺我，而是有人對妳用懸河草。」

歐陽暖看著他，心底有個很奇異的地方在跟她說，這個人說的一定是假話，一定是！誰會被刺了一刀還這樣心平氣和呢？要是她的話，表面不記恨，心底還不知道要將對方砍上多少刀才解恨呢！說到底，她就是一個睚眥必報的人，就她對肖天燁的瞭解，他也應該如此才對呀！

就算她是為人所控制，可是在所有人的眼睛裡，都親眼看見她要刺殺肖天燁，什麼被人利用，這話誰都不會相信的！就連大歷人，恐怕也會以為她因為被迫和親而心懷怨恨，故意刺殺肖天燁——到時候，她只會成為眾矢之的！

「不管怎麼說，刺傷你的人是我。」

可是肖天燁卻理所應當回答道：「那又怎樣？我願意讓妳刺傷，誰能說什麼？」說完，轉過頭看著其他人，「你們看到郡主刺傷我了嗎？」

眾人面面相覷。

肖天燁招招手，讓外面的四個副將都進來，「你們看見郡主要殺我了嗎？」

其中一個副將憋了半天，面紅耳赤道：「是，屬下看見……」

肖天燁揮揮手，「殺了。」

立刻便有士兵進來，將那副將直接拖了出去。

歐陽暖震驚地望著他，「等等……」她道：「你要殺了他嗎？難道你以為這樣就可以堵住他們的嘴巴了嗎？」

肖天燁微笑，他輕描淡寫地道：「還有其他人看見了嗎？」

副將們正對上肖天燁那雙似笑非笑的清澈瞳眸，心裡不約而同咯噔了一下，隱約有種很可怕的感覺好似要噴薄而出。

「……」

歐陽暖拉住他的袖子，「不要殺人。」

肖天燁回頭看著她，笑容很漂亮很溫暖很無辜，她的眼睛被閃了閃，隨後他回過頭，「那就罰他去做小卒，什麼時候腦袋清楚了再說。」

副將們：「……」

讓一個堂堂的副將去做小卒，還不如殺了他比較痛快吧？這位永安郡主到底是真不明白，還是裝糊塗？

歐陽暖眨了眨眼睛，去做小卒子總比被殺好吧？她真覺得什麼都沒有性命重要。

見她如此，肖天燁彎眸笑，「嗯，沒關係，就這樣決定了。」

走出帳子，一名副將一臉愁苦，「王爺不會變成傻子了吧？」

另一個副將立刻板著臉四處張望了一下，然後把他拉到一旁，「小心禍從口出！你沒聽說嗎？若是再亂說，就讓我們也去做馬前卒！」

另外兩人對視一眼，一同嘆了一口氣。

這還不是最可怕的，最可怕的是，王爺為什麼一副樂在其中的樣子啊……

第三個副將又望了營帳的方向一眼，長嘆一口氣，「算了，王爺怎麼說咱們就怎麼做吧！」

的確，肖天燁可不是一般的暴躁，恐怕還沒等他們接近歐陽暖並處死她，就已經被王爺砍成十片八片了。

紅玉看到剛才發生的一幕，這才鬆了一口氣。既然肖天燁已經準備把一切都自己承擔下來，雖然現在誰都不能再說什麼，但這傳言流傳出去畢竟對小姐不利……目前階段，一切還都是未知數。

正想著，簾子一掀開，肖天燁走了出來。

新換的錦袍，左臂的位置已經染上了血，紅玉驚呼：「王爺，您的傷口——」顯然是裂開了。

肖天燁豎起一根手指，在唇邊道：「小聲點，她睡著了。」

紅玉突然說不出話來了，她欲言又止地看向肖天燁，終忍不住道：「王爺……這件事……」

肖天燁轉眸，低沉的聲音輕道：「不許再向暖兒提起。」

紅玉看著肖天燁的手臂，有點不忍心，畢竟這是為小姐受傷的，她連忙道：「奴婢讓人為王爺上藥吧？」

肖天燁看著漫天的星辰，突然笑了，「不，等一等。」

等一等？紅玉納悶，等什麼呀？難不成等到血流成河？

歐陽暖只是疲憊過度，一個時辰以後就醒了，肖天燁正坐在她床邊，紅玉在小聲勸說道：「王爺，您還是先上藥吧。」

肖天燁瞥她一眼，搖了搖頭。

歐陽暖睜開了眼睛，望著他，他的眼睛立刻亮閃閃的，「暖兒，妳醒了？」

她看著肖天燁幾乎被染紅一半的傷口，猶豫道：「是不是先上藥？」

肖天燁立刻聽話地點點頭，「好。」

紅玉立刻讓人送了金創藥進來，剛要上去揭開肖天燁的袖子，卻被他阻止了，「暖兒，妳能不能幫我上藥？」

歐陽暖：「……」難不成他是專門等她醒過來給他上藥的嗎？博取同情？

肖天燁的臉色有點發白，像是失血過多的樣子，「也不是很疼，待會兒我回去再上藥吧……」

並沒有刻意哀怨的語氣，平平淡淡的敘述讓歐陽暖的心無端動了動，看著他的臉色蒼白，還沒有恢復過來的樣子。

歐陽暖在心底嘆了口氣，吩咐紅玉幫著她捲起他的袖子，又散開已經被血浸透的繃帶。

肖天燁笑咪咪地看著她，漆黑的眼睛十分溫柔。

歐陽暖呼出一口氣，很輕很輕，輕到猶如嘆息一般。

傷口不長，卻很深很深，比歐陽暖想像的要嚴重很多。她以為他一直守在這裡，傷口一定不嚴重，誰知竟然傷得這樣重，難道他不想要這條手臂了嗎？

心底莫名升起很濃的內疚感和一點點的心痛，歐陽暖定了定神，乾脆俐落地替他換了藥和繃帶。她做得很專注，甚至沒有發現肖天燁一直停留在她身上不曾離開的視線。

隨後，歐陽暖低低開口：「好點了嗎？」

肖天燁沉吟，果斷地得寸進尺道：「好像還有一點疼。」他說得一本正經又順理成章，看不出一點撒謊騙人的痕跡。

歐陽暖：「……」

肖天燁用手按住心口，語氣三分溫柔七分繾綣，眉眼溫存：「暖兒，妳知道我一直有心疾的……以後吃藥也都妳餵我好不好？」

歐陽暖眉心跳動了一下，隨即下大力氣將那繃帶猛地紮起一個蝴蝶結。

肖天燁悶哼一聲，想抱怨又不敢，委屈地望著歐陽暖，濃密的黑睫襯得臉頰越發蒼白。

「以後不許再亂說話！」歐陽暖迅速打斷，也迅速斬斷自己心裡冒出來無限放大的罪惡感，「包紮好了。」

誰知肖天燁突然貼上來，兩人距離很近，呼吸可聞。

歐陽暖甚至能感覺到他的呼吸在脖頸處散發著溫潤的熱度，臉上不自覺地紅了。肩膀一沉，能感覺到他的下巴搭在了她的肩膀上。

「我好睏，可不可以讓我在這裡打個地鋪？」

歐陽暖的身體一僵，隨後咬牙道：「滾！」

歐陽暖毫不留情推開他，肖天燁彷彿無賴一般，就勢倒了下來。

歐陽暖呆滯了一下，剛要吩咐人將他抬出去，卻發現他呼吸微窒，卻是昏過去了。她嚇了一跳，趕緊吩咐紅玉叫大夫進來。

大夫匆匆替他診治了，連聲道：「哎呀，怎麼能就任由血這麼流呢？哪怕是鐵人也要失血過多了！」一邊說一邊偷偷用眼睛譴責歐陽暖。

歐陽暖：「……」她怎麼會知道這個人任性到非要等她醒過來的時候再包紮呢？這樣任性妄為的人，她從未遇見過！

肖天燁漂亮的睫毛覆蓋下，一圈濃重的黑色陰影映在眼眶下。照顧她，很辛苦吧？她心中這樣想到。

為了等歐陽暖，他們在山上停留了足足十天。在此期間，檢查了前來送親的人，一千人足足死了一半，剩下的人也都受了傷，這次山崩帶來的結果非常可怕。

肖天燁跑來跑去地忙碌，幾乎像是個鐵人一樣，歐陽暖不由得好奇地問大夫：「他不是有心疾嗎？這麼操勞可以嗎？」

大夫搖頭道：「王爺從小是精心調養的，只要不動氣不動怒不傷心，時時刻刻保持心情愉快，跟正常人沒什麼不同。」

不動氣不動怒不傷心？時時刻刻保持心情愉快？這要求本身就很高了吧？誰能一輩子都這樣呢？除非是木頭人！

「暖兒，都收拾得差不多了，我們馬上就可以啟程。」肖天燁突然掀開簾子進來。

歐陽暖下意識接口：「好！」

「外面有傷患需要包紮，你怎麼還在這裡？」肖天燁對於任何靠近歐陽暖的人都不太友好。

老大夫摸了摸鬍子，笑嘻嘻地走了，半點也不被他的壞情緒影響。

「受傷的人怎麼辦？」歐陽暖問道。

肖天燁道：「妳放心吧，輕傷的人和我們一起先下山，然後我會安排人手來接應現在無法動彈的重傷者。」

「糧食什麼的都還夠嗎？」

「這個妳不必擔心，我會安排好的。」肖天燁微笑道。

歐陽暖點點頭，道：「還有一件事我得告訴你，此次的山崩不是意外，而是人為，有人囚禁了我，並且控制我的意識來殺你。這批人，顯然是來自南詔。」

話還沒有說完，突然四周猛烈地震動了起來。

肖天燁快步地走過來抱住歐陽暖，「快，躲到空曠的地方去！」

歐陽暖來不及說話，隨著他一起向帳外跑去，而周圍的震動也越演越烈，地面猛然下陷，速度快到猝不及防，黑暗已經瞬間吞沒了兩人……

不遠的山頭裡，一處隱祕的宅院。

一名黑衣人跪在地上，恭敬道：「二殿下，他們俱已被活埋。」

明若的視線從牆壁上的書畫上抬起，輕道：「我知道了。」

黑衣人偷偷抬頭看了他一眼，嘴角掛起一絲詭譎的微笑……

歐陽暖被肖天燁抱著重重地摔下，因為有他墊在底下，不算太疼，只是胸口悶痛了一下。等等，他墊在底下……

歐陽暖的心漏跳一拍，手腳並用地爬起身。紅玉和菖蒲在事發的時候都在外面照顧傷患，帳內只有她和肖天燁兩個人，所以現在她沒有可以求救的對象。

肖天燁剛開始一動也不動，眼睫顫了顫才倏忽睜開。

歐陽暖目光複雜地看著他，血從他左臂的錦袍上浸染出，點點紅斑，觸目驚心，無端的惶恐從歐陽暖的心頭蔓延而上，她話沒來得及出口，便驀然被他環住，貼近他的身體。

他的聲音有些虛弱，卻很篤定：「暖兒，妳沒事就好！」

輕微的聲響在這個狹小的空間裡迴盪，莫名的安心。

看著這張臉，有著清俊眉眼、白皙肌膚、高挺鼻梁和微揚的唇瓣，要多可愛有多可愛，誰會冷酷無情地對待他呢？歐陽暖垂下睫，內心宛如翻江倒海一樣。

說不觸動是不可能的，可是觸動中，卻又清晰地明白彼此的差距。

眨了眨眼，她正考慮要不要扶著他起來，一陣巨石摩擦的轟隆聲響起，抬眸，他們的不遠處正有一堵山石快速落了下來。下一秒卻聽到一聲悶響突然從腳下傳來，緊接著腳下的大地在一瞬間突然崩塌。

一次接一次啊，這還有完沒完了，明若這一回明顯是想要他們的性命！歐陽暖下意識地護住了肖天燁，原本的一線光亮再次消失。

歐陽暖醒過來，已經是兩個時辰之後，卻已經不再是黑暗漆黑的地底下，那個人——背著她，在雪地上。

大片大片的雪花隨著冷冽的寒風撲到人臉上，打得人睜不開眼，歐陽暖怔了怔，「你……」山谷裡的雪積得相當的厚，肖天燁每邁出一步，靴子都會深深地陷進鬆軟的雪中，一行歪歪扭扭的腳印孤零零地印在白皚皚的雪地上。

肖天燁下意識地托了托她的身體，歐陽暖臉一紅，安靜了片刻，啞聲道：「放我下來……」

「我知道妳這樣不舒服，等我找到安全的地方就把妳放下來。」肖天燁低聲道。

他的左臂受了傷，沒有辦法再抱著歐陽暖，只能背著她。

歐陽暖動了動，卻覺得右腿一陣劇痛，「我的腿——」

「應該是剛才被石塊壓住受傷了，不要緊的，等我們回去再找大夫醫治。」

「這是哪裡？」歐陽暖四下看了看，似乎已經不是剛才他們所在的地方。

「第一次石塊壓下來的時候，我們只是被壓在帳篷下面，但是剛才又發生山崩，整條山路似乎都坍塌了。」肖天燁輕描淡寫地說著，顯然不想讓歐陽暖過分擔心。

不知道紅玉她們怎麼樣？歐陽暖蹙眉。

「她們事發的時候在外面，情況應該會比我們好很多。只是這山崩是人為用炸藥造成的，目的是想要我們的性命，所以還會不會再發生山崩就很難說了。」他像是知道她想什麼似的。

歐陽暖不說話了，她隱約覺得，明若可能沒有心情來確認他們究竟活著還是死了，因為她走的時候，送了他一件小禮物。下意識地看了一眼自己的戒指，她眨了眨眼睛。明若，你做初一，我做十五，先向你收點利息而已。

房間裡，明若正在看牆壁上的詩畫，剛才有一隻信鴿飛來，他從看了那信鴿帶來的密信後，就是一副若有所思的模樣。

黑衣人謹慎地看著他，道：「二殿下，似乎是第一波的炸藥引發了連串的山崩，現在已經很危險了，是不是撤出我們全部的人……」

明若忽然回身，冷冷地看著他道：「誰讓你自作主張？」

黑衣人臉色一變，明若又厲聲道：「這裡還輪不到你做決定！」

黑衣人不敢說話，垂下頭來，明若又問：「你確定主帳被巨石壓住了？」

黑衣人支支吾吾地道：「這個……屬下不敢說！」

明若冷冷地看了他一眼，刷的從牆上拔出寶劍，指著他，逼問道：「你一直在我身邊，有十年了吧？」

黑衣人忐忑地望著他，不知道他怎麼會突然提起這個。

明若冷笑一聲，將劍貼近了他的鼻尖，道：「我大哥給了你什麼好處，你要將我的一舉一動都彙報給他？你是欺我不會殺你？」

黑衣人驚了，「二殿下，屬下不敢背叛你啊！」話還沒有說完，明若已經狠狠一劍刺了出去，劍瞬間穿透黑衣人的胸膛，一股鮮血噴射出來，濺在明若的手上和臉上。黑衣人瞪大眼睛，簡直不相信這是真的，瞬間歪頭倒下。

一滴血從明若的小手指尖落下，滴在他的腳尖前，他冷冷地望著黑衣人的屍體。他剛剛得到消息，這個人跟了自己十年，可是如今卻背叛了他，投靠了他的大哥。

想來也是，肖天燁是五十萬軍隊的統帥，軍中多的是秦王舊部，跟隨他的死忠派，他的死訊一傳出去，肖凌風很有可能迫於壓力必須追查到底，若是他到時候帶著五十萬軍隊調準槍頭對付南詔，那麼大哥就會將自己作為兇手交出去以示安撫。大哥真是一箭雙雕啊，明若冷笑一聲，哪兒有那麼容易的事！

「下令封山，一定要找到肖天燁和歐陽暖——」話剛說了一半，明若突然覺得右手食指一陣劇痛，他下意識地看了一眼，卻發現不知道什麼時候整隻食指都已經發黑了，而且這股黑氣還在不斷地向上蔓延，他驚駭莫名，旁邊的其他隨從立刻驚呼道：「二殿下，您怎麼了？」

明若畢竟是心狠手辣之徒，電光石火之間，他立刻做出了決定，刷的一下，劍光閃過，一根發黑的食指斷在地上，血流滿地。

十指連心，他幾乎痛死過去，臉上已經變得比紙還要白。

隨從立刻飛奔出去，取來藥箱為他包紮上藥。

明若的氣息微弱，然而他的目光卻如劍雨般射向牆壁上的書畫。歐陽暖，竟然是妳！我對妳下藥，妳這麼快就還給我了，還害得我斷了一根手指！好，果然是個狠角色！

歐陽暖的戒指是林元馨送來用於緊急的時刻，這戒指和一般的戒指表面看起來沒什麼不同，機關在於戒指有兩層，底層盛毒藥，上層卻是空的，中間有一小孔，平時隔斷。只要一旋轉戒指，中間小孔打開就可以流出毒藥，這本是用於防身，可是歐陽暖卻刻意在牆壁上抹了毒藥。這毒藥若是從咽喉入，不過片刻就會喪命，若是接觸到皮膚也會不斷蔓延讓人身體腐爛。歐陽暖算準了明若會好奇，也算準了他會用手去碰，當然更算準了明若會壯士斷腕。

其實也是明若幸運，若非他突然動怒殺人，毒性不會蔓延得這麼快，只會在不知不覺中毀掉他半條手臂，而非只有一根手指這麼簡單了。

旁邊的隨從們看得面面相覷，他們沒想到，一直被限制行動的永安郡主居然還有這樣毒辣的手段在後面等著他們的主子──這才真是現世報啊！

而這時候被他們詛咒的歐陽暖，也正面臨著從未有過的困境。因為他們發現，原先所在的山地整個都坍塌了，他們也墜入了不知身處何處的山崖下，一路上斷斷續續見到不少的人，卻都已經沒了氣息。

歐陽暖只是慶幸，她沒有在這些人之中看到紅玉和菖蒲，現在她只希望她們能撐一段時間。

「你放下我吧，我自己能走。」歐陽暖察覺到肖天燁的氣力不繼，腳步有些微的踉蹌。他原本就不眠不休地尋找她，後來又被刺傷，根本沒有好好休息。歐陽暖雖然告訴自己不要內疚，可畢竟她的心腸也不是鐵做的。

「沒關係。」肖天燁輕輕地笑了笑，隨後有些吃痛地舔了舔已經被寒風吹得裂出了血口的嘴唇，卻是很固執地不肯放下歐陽暖。

歐陽暖的心裡說不出是什麼滋味，是他把自己逼到了這個慘兮兮的地步沒有錯，可如今，他卻也一直守在她的身邊。若是他現在在這裡丟下他，誰也不會說他什麼的，畢竟只有性命才是最重要的。

一路風雪裡踉蹌前行，漸漸走到山壁之下，肖天燁突然停住了腳步，仔細打量了一番，才發現前面有一個入口不大的山洞出現在他們面前。

「我們在那裡休息一下吧。」肖天燁眼睛裡有一絲光彩閃過。

歐陽暖輕輕地點了點頭，「好。」

兩人都沒有多餘的力氣再說話了。

山洞裡面的溫度比外面要高，一進去就感覺暖和了許多，歐陽暖閉了閉眼，隨後才睜開，慢慢的，眼睛開始適應山洞裡昏暗的光線，這個山洞入口雖小但裡面卻還算寬敞，足夠容納好幾個人了。

肖天燁輕輕將歐陽暖放在一塊空地上，隨後重重咳嗽了一聲，這咳嗽聲在寂靜的空間裡聽起來特別清晰，將她嚇了一跳，心莫名地抖了抖，「你……沒事嗎？」

肖天燁只是微笑，一雙眼睛亮閃閃地看著她，「暖兒，妳是關心我嗎？」

歐陽暖說不出別的話，只是看著他。

肖天燁眼睛裡的光彩越來越盛，他像是平常一樣笑了笑，「別擔心，我出去找點東西，馬上就回來。」

他檢查了一遍這山洞裡有沒有蛇一類的東西，發現這裡暫且是安全的之後，才快步向山洞外面走去。歐陽暖看到他細心地用雪和樹枝掩蓋了一半的洞口，隨後才聽見腳步聲越走越遠。

因為唯一的光線沒了，整個洞口陷入一片黑暗中。歐陽暖在這樣的寂靜裡，只能聽見自己的心跳聲。明明已經檢查過這山洞裡並沒有什麼危險，可在這樣的空間裡，她卻能聽見牆壁上彷彿有窸窸窣窣的聲音，下意識地猜到是某種爬蟲，她不由自主地在地上抱成一團。

在她沒有走出歐陽府之前，她的生活裡只有鬥爭，而她也以為，那種勾心鬥角就已經是她生命的全部，可現在看來，世界很廣闊，在大自然面前，人渺小得不堪一擊。就算她再聰明，能夠抵抗過山崩，能夠熬過這嚴寒嗎？

不能！

腿上的血還在不斷地流著，剛才肖天燁已經幫她作了簡單的包紮，可是她能感覺到，傷口還很疼，只是她不想讓他更難受，也不想成為別人的累贅。

等了不知多久，突然洞口一亮。

「外面的雪越來越大了。」肖天燁拍了拍身上已漸漸化成雪水滲進衣服的雪片，走了進來。

「還有活著的人嗎？」歐陽暖有些緊張地盯著他。

肖天燁沉默了片刻，俊秀微長的鳳目中慢慢露出一絲淡涼而微薄的笑，「沒有了。」

歐陽暖感到失望，這時候，肖天燁聞到山洞裡彌漫的一種若有若無的淡淡血腥氣。

「妳的傷口裂開了？」

他快步走過來，要脫下歐陽暖的鞋子，她按住他的手，緩慢地搖了搖頭：「沒事的。」

「噓……」他輕輕搖了搖頭，用低柔卻也十分堅定的聲音很輕地小聲說：「讓我看一看。」

他褪下她的鞋子，卻看到那道傷口從腳一直蔓延到小腿，很長很長的一道血口子，眼前頓時發紅，他卻露出看起來很輕鬆的微笑，「不要怕，沒事的。」隨後他快速撕開自己的衣袍，替她重新包紮。

傷口很痛，沒有藥，只能先止血，肖天燁一邊包紮，一邊輕聲道：「剛才一路走過來，我數過和我們一起掉下來的人，一共是四十五個，說明上面還有很多人活著，他們會來尋找我們的。」

歐陽暖的目光在肖天燁那幾乎被血模糊得看不出顏色的左臂上停了停，隨即就很快地別開眼睛，「嗯。」

夾雜著雪片的寒風從洞口灌進來，肖天燁瞥了一眼，站起來走出去，將一大捧亂七八糟的枯枝衰草拖了回來。他把樹枝和乾草上的浮雪抖淨，隨後取出一只火摺子，歐陽暖之前也見大歷士兵擺弄過類似的東西，肖天燁行軍打仗在外，當然也隨身攜帶著。

他坐下的位置是正對著風口的，歐陽暖不會傻到他在為她擋風都不知道。

枯枝上都是有雪珠子的，所以費了很久的時間，才終於把火生了起來。火堆雖然很小，卻也燒出了一股暖意，肖天燁從一旁找出一個行軍的水囊，看著歐陽暖詫異的神情，他笑了笑，「剛才從人身上扒下來的。」

「……」堂堂的親王貴胄，歐陽暖不會忘記當年第一次見到他的時候是多麼的意氣風發、囂張跋扈，和眼前這個看起來像是經歷過風霜雨雪的男人，完全是兩個樣子。

她緊閉的嘴微微抽動，肖天燁把水囊湊到她嘴邊輕聲道：「我已經用雪水擦洗乾淨了。」

歐陽暖並不渴，所以只是搖了搖頭。肖天燁以為她還是嫌髒，剛張了張嘴，但一開口就被忍耐不住的低咳打斷。歐陽暖的視線飛快的掃過他左臂上又裂開的猙獰傷口，眉目間的神情變得有些微的溫柔。

「讓我看看你的傷口。」

「咳……」

低低的咳聲一聲一聲迴盪在微寒的山洞裡，歐陽暖眉目間的冰冷在望向男人的那一瞬間已融化成自己都未察覺到的溫柔。

不管他是不是害她背井離鄉、遠離親人的罪魁禍首，現在他救了她的命。一命換一命，歐陽暖不是不知道輕重的人，現在如果想要活下去，一定要互相扶持。

劈啪作響的火堆輕輕地燒爆出一個小小的火花，肖天燁望著她，眉目之間慢慢流淌出一絲絲的驚訝。

在他的印象中，歐陽暖從未如此溫柔過。

該怎麼說呢，她雖然總是笑著的，卻也是疏離的，彷彿冰冷的蓮花，清麗無比，可是你要是敢去攀折，好點的結果是猴子撈月一場空，最差的……是墜入冰冷的湖水裡。

縱然如此，明明知道這株蓮花不屬於自己，卻還是忍不住伸出手去搆了。

「怎麼了？」歐陽暖見他在發愣，不由得問道。

肖天燁忽然清醒過來，露出有些慌亂的表情。歐陽暖漆黑的眼盯著他的臉，一瞬間有點驚訝，這——不會是臉紅吧？

臉紅？這麼厚臉皮簡直跟無賴一樣的肖天燁會臉紅嗎？

因為沒有人說話，山洞裡一下變得沉默起來，歐陽暖安靜了半晌，神色複雜地盯著男人看了好半天，才慢慢乾啞著聲音道：「你好好休息一會兒吧，趁著他們還沒找來……」

她說的他們，自然不會是救兵。肖天燁比歐陽暖更清醒地意識到他們身處的環境，所以他剛才出去並不僅僅是為了找柴火，更重要的是湮滅痕跡。救兵雖然會下來找他們，可敵人一樣會，長期的軍中生活讓肖天燁養成了高度的警覺性，他在確定這場山崩是人為的之後，做的第一件事情就是隱藏他們一路行來的痕跡。

可他沒想到，歐陽暖這樣養在深閨的千金小姐也同樣意識到了。果然是他選中的女人！肖天燁不自覺地揚起了嘴角。

歐陽暖看著他的眼睛，突然有點覺得這氣氛太曖昧，不由動了動。

手腕卻被男人冰涼的手緊緊地一把抓住，歐陽暖有些發怔地望向他蒼白顏色的臉，肖天燁失去血色的嘴唇緊緊閉了閉，微微開啟，低低的吐出一個有些沙啞的聲音：「好……」

伍之章◆雪洞相偎作鴛鴦

山洞外寒風凜冽地呼嘯著，歐陽暖時不時地望望因為雪的反光而分不清是白天還是黑夜的洞外，目光轉到昏昏沉沉地趴在她膝蓋上的男人時，總會下意識地抿緊嘴唇。

這個傢伙，不會是趁著虛弱故意占便宜吧？雖然是未婚夫妻，可畢竟還沒有成親，這樣的動作不會太親密了嗎？

在黑暗裡，肖天燁很安靜，卻會突然咳嗽一聲兩聲，讓歐陽暖心裡忍不住擔心，他咳得有些厲害，不知道是不是因為傷口感染的緣故。若是他一直這樣下去，能支持多久呢？

歐陽暖墨玉般溫潤動人的眼睛微微閃了閃，強作鎮定地把目光慢慢地從他的左臂上移開，靜了靜，才有些沙啞地輕聲說：「很痛嗎？」

肖天燁聽到聲音，微微一震，隨後輕聲道：「不要緊，只是有點冷。」

歐陽暖忽然皺了皺眉，伸手摸了摸他的額頭，溫度很高，在發燒。

虧得他還背了她這樣久，歐陽暖的心有一瞬間的難受，而她沒辦法將這難受壓下去，這感覺彷彿變成了一團火，讓她整個人整顆心都在微微發燙。

這世上，還沒有一個人這樣對待過她，豁出性命來保護她。哪怕她是石頭做的，也要動容了。歐陽暖看著他，說不出話來。若是彼此立場不是敵對的，若是他不用和親這種逼迫的方式，他們兩個人一輩子也不會有所交集。

一切彷彿都在上天的冥冥安排之中。

肖天燁被歐陽暖的手一碰，幾乎是反射性的抖了抖，低著的臉微微白了白，沉默了半晌，才露出笑容，輕聲回答：「暖兒，我很高興！」

歐陽暖聽了他的話，想了想，沒說話，只把目光又移回他的臉上，望了望他乾得有些發白的嘴唇，忽然問了一句：「你傻了嗎？」

「暖兒。」肖天燁聽出歐陽暖話裡的不悅，有些慌亂地低低叫了一聲，後面的話還沒出口，就被一陣緊跟著衝出口的咳嗽打斷。

「不要急！」歐陽暖不知為什麼心裡一頓，連忙拍著男人因為咳嗽而微微縮起來的背，一邊說一邊把手裡的水囊遞了過去。

肖天燁原本微白的臉咳得湧上一層淡淡的血色，用濕漉漉的眼睛望了望歐陽暖，雖然知道她在這種光線下可能看不分明，卻還是皺著眉低聲道：「我感謝老天給我這樣的機會，能和妳這麼靠在一起。」

「看來你真是病了！」歐陽暖有點生氣，這種局面他還感謝老天，的確是病得不輕，她輕輕地哼了一聲。

肖天燁的臉又白了白，安靜了一下，低下頭輕聲說：「真的不能高興嗎……」

歐陽暖望著他又低下去彷彿很委屈的臉，沉默了良久，才有些沒辦法的喃喃般小聲念叨：「算了，你有時候比孩子還要任性！」

遇上他這種個性啊，她真不知道該說什麼好了。

肖天燁微微愣了愣，隨即明白了歐陽暖說的是什麼，微怔之間，原本蒼白的臉一下湧上血色。他下意識地用臉頰在歐陽暖的膝蓋上蹭了蹭，隨即意識到自己這種舉動過於輕薄，便咬著牙從她身上離開，卻感覺身子一暖，下一秒已被攬進一個柔軟的懷抱裡。

「不是在發燒嗎？不要亂動！」歐陽暖抓住他，語氣不善地說了一聲。肖天燁的身子僵了僵，剛要開口說話，歐陽暖的聲音已在頭頂低低的響起：「我不想死，所以……你也不要死。」

肖天燁被她說得臉上一熱，心裡頓時覺得美滋滋的，彷彿歐陽暖說了什麼情話一般開心。

歐陽暖心道自己的意思不過是如果他死了，自己一個人也沒辦法逃出生天，壓根兒沒說什麼過分的話，卻不知道他心裡如何分析這話的意思了。

誰知接下來，肖天燁得寸進尺地伸出手臂，就勢抓住歐陽暖。這抱得也太緊了！歐陽暖眉頭皺了皺，忍不住咬了咬嘴唇，硬聲說：「鬆開！」

明明是妳先抱著我的！肖天燁想說這句話，隨後想起歐陽暖畢竟出身名門，從小恪守著各種規矩長大的，雖然那些規矩在他的眼睛裡都是狗屎，但她在乎，所以他也不能完全漠視，不過既然他要厚臉皮地賴上她，怎麼能放過這種好機會呢？

「我有點冷。」他慢悠悠地回了一句，歐陽暖覺得他緊貼著自己的身子慢慢有些熱了起來，心頭又羞又窘，咬牙用力一掙，卻意外輕易地將他推到了一邊。

肖天燁委屈地瞪著她，彷彿她做了什麼十惡不赦的事情。

「暖兒，妳真的不喜歡我靠近，我就離妳遠遠的！我可以等，一直等到妳願意留在我身邊為止！」他看著她，壓下委屈，眼睛亮閃閃地說著。

歐陽暖：「……」

剛開始她被他幾句話說得心頭暖了暖，心中剛才湧起的羞怒也漸漸平息了下去，誰知他接下去說的話明顯越來越不像話了，什麼叫可以等？等什麼？她別過臉，面孔恢復了冷冰冰的神情，再也不理他了。

肖天燁閉了閉嘴，心裡有點沮喪地嘆了口氣，若是歐陽暖嚴厲斥責他，他倒還有辦法，但是人家這樣一直不冷不熱地晾著他，讓他沒了招數。

「不要轉移話題，真的沒事嗎？」歐陽暖下意識又看向肖天燁的左臂，從始至終，他都小心翼翼地不肯讓她看，這說明他的傷很嚴重，否則依照他的性格，早就拿來作為裝可憐的道具了。

肖天燁的性格，歐陽暖算是有一點的瞭解了。

山洞裡靜得嚇人，只偶爾響起一兩聲木柴在火裡爆裂的「劈啪」，歐陽暖盯著肖天燁，對方的聲音卻漸漸輕鬆起來：「沒事沒事，只是一點小傷口！」

歐陽暖的心在這一瞬間沉了下去，「我要看看！」

肖天燁不說話了，良久，他才慢慢地用右手掀開左邊的衣袖。

歐陽暖看了一眼，不由得眼眶有一瞬間的發酸，那大片大片的血跡，幾乎讓她無法分辨他的傷口究竟如何了，她低聲道：「過來！」

肖天燁乖乖地挪過來，歐陽暖替他撩開袖子，然後仔細查看了傷口，取過一旁的水囊，道：「疼的話……」

肖天燁搖搖頭，「不要緊。」

歐陽暖被他臉上燦爛的笑容閃了閃眼睛，不再開口了，她小心地從水囊裡倒出一些水來幫他清洗了傷口，肖天燁只是皺起眉頭，一聲不吭。歐陽暖雖然不是大夫，但現在也沒辦法去講究這個，她只能自己琢磨著幫他清洗傷口並且重新包紮。沒有草藥，這種包紮沒有多少用處，她心裡很清楚。

火堆越來越小，肖天燁眼看著身旁剩下的枯草和乾枝已沒有多少，側著耳朵聽了聽山洞外面絲毫不見減弱的風聲，毫不猶豫地站起了身。

「你還不能亂走……」

人還在發燒，現在這時候怎麼能離開？歐陽暖嚇了一跳，下意識地就要阻止他。

肖天燁的面孔莫名紅了紅，隨即微白的臉上飛快閃現一片溫柔。他輕輕地在她身旁坐下，眨了眨眼睛，慢慢地道：「我們不能就這樣被困在這裡，等我一會兒，我很快會回來。」

肖天燁看了一眼所剩不多的枯草和樹枝，一點一點全添到火堆裡，原本已是半燃半熄的火堆漸漸又有旺盛之勢，這裡的火堆最少還能再燃燒半個時辰。

肖天燁對歐陽暖笑了一下，隨即快步站起身走出了山洞。剛才他第一次離去找到一個水囊和一些乾柴，他相信這一次一定能找到食物。

歐陽暖當然知道他是幹什麼去了，但是她非常擔心，因為光是在這裡聽，就能發現外面的風雪越來越大了，一聲一聲在她脆弱的神經上不斷地摧枯拉朽般響著。對她來說，早已經死過一次，為自己和弟弟報了仇，也不算虧了，可肖天燁呢？他手握重權，如今是南詔急欲拉攏的對象，他若是死在這裡，才真叫虧大了。

等了很久很久，就在她快要失去耐心的時候，呼嘯的狂風夾雜著雪片迅猛地從山洞外衝進來，歐陽暖的視線裡，突然出現了一團黑影，那人像是被風捲進來的，歐陽暖一看，正是肖天燁，他白到沒有半絲血色的嘴唇微微顫動了半天，卻是如釋重負地道：「我回來了。」

火堆已經變得很小很小，隨著他帶進來的一陣冷風，幾乎要徹底熄滅了。

肖天燁身上四處都是血跡，左臂破口處剛剛包紮好的紗布不知何時又裂開了，傷口赫然猙獰地裸露在外面。斑斑的紅褐色血跡中，紅紅的皮肉都翻了出來，這些都還只是手臂上的，那還有其他沒有看到的地方呢？他受了這麼重的傷，有這麼多的傷口，流了這麼多的血，她竟一直都沒有發現！歐陽暖怔怔地望著他。

肖天燁卻沒注意到她震驚的目光，只是坐下來，獻寶一樣把東西都拿給她看。因為風雪下得太大，他只能順著走過來的路依稀辨別方向過去，一個人一個人地搜查，看那些人身上是不是帶著乾糧和水囊或者是火摺子。每個人身上都有一些東西，他不怕累地都給背了回來，如今算起來，很多的人身上都帶著乾糧口袋，節省著吃，每袋大概可以吃兩三天。這麼多乾糧口袋可以吃半個月⋯⋯食物總算是暫時不用發愁了。

歐陽暖看了一眼肖天燁腳底下的匕首，顯然這也是從那些死人身上找出來的東西。

「這個人應該是燒飯的，妳看——」肖天燁舉著一口只剩下一半兒的小鍋。

肖天燁重新點起了一個火堆，把那小鍋小心翼翼地架在火上，又跑出去，從外面挖了雪進來，放在鍋子裡，把水煮沸。歐陽暖看著他明明燒得滿臉通紅卻還忙來忙去，不由自主地拉了拉他的衣袖，肖天燁看著她，歐陽暖道：「休息一會兒吧。」

肖天燁果然聽話地坐在她旁邊。

「咳……」

果然還是在咳嗽。

歐陽暖下意識地動了動嘴唇，目光閃了閃，終於還是挪過去，看著水燒開，慢慢變溫，然後她小心地將那鍋拿起來，一半倒在了水囊裡，又把水囊遞到肖天燁面前，低低地說了一聲：「喝吧。」

肖天燁咕嘟咕嘟地喝了幾口，又將水囊還給她。

「……為什麼點名要我來和親？」在這個時候，歐陽暖一直想要問的問題，終於問了出來。她很擔心，如果繼續這樣下去，也許這個問題這輩子都沒機會問了。

肖天燁只是默默地看著她，漸漸的眼裡有了心疼，有了無奈，有了太多太多的情感，他慢慢低下頭，從歐陽暖的角度只能看到他長長的睫毛在陰影裡顫動，「我不想委屈妳……可是，現在唯一能將妳留在我身邊的，只有這個辦法！原諒我自私……我知道妳鄙視痛恨這種逼迫，但是……求妳，只當我求妳，留下來……」

她以為他喜怒無常，性情難以捉摸，從來沒見他如此低聲下氣，委曲求全過。

「你……」歐陽暖愣了半天，才無聲地嘆了口氣。如今的她，真不知道該恨他好，還是氣他好。說他無賴吧，他有時候又很會裝可憐；說他裝可憐，他的情真意切卻又讓她無法忽視。

他本身就是一個矛盾的男人，一個心機深沉的陰謀家，也是一個天真執著的孩子。

歐陽暖倏地抬頭，不冷不熱地問他：「你如何向其他人交代呢？和親……呵，南詔會怎麼看你呢？」明明已經反叛出了大歷，卻又求娶大公主義女，這對於南詔來說，不啻於是一個巨大的隱患。

「他們，我還不放在眼裡……」肖天燁勾起嘴角，凝目看向她，「我只要妳點頭，其他人我都不在乎！」

歐陽暖看著他，再次無奈。若是她要求肖天燁在意別人的看法，恐怕很難吧。這人任性妄為慣了的，但也只有這種性格，才能肆無忌憚、隨心所欲地活著。她不明白，他眸子裡的深情源於何處，她——哪裡值得？她茫然地，怔怔地，呆呆地，眼一眨也不眨地看著近在咫尺的他。而眼前這個人，也這樣一動也不動地望著她，目光柔和得就像是天空最皎潔的明月，又像是明月下寧靜的海洋，寬廣深邃，彷彿可以包容下世間的一切。

不自覺的，歐陽暖低下了頭，避開了他的眼睛。

「對了！」肖天燁不知是要打斷這尷尬的情景，還是突然想起了什麼，跑到旁邊去挑挑揀揀了半天，撈出半個破舊的袋子，上面還隱隱帶著血漬。他也不怕髒，將那袋子裡的東西全都倒進了鍋裡，赫然是小半袋的粗米。

看著那顏色很不好看的米粒在鍋裡翻滾，歐陽暖說不出心裡什麼滋味。不管是前世還是今生，她還沒有吃過這種米，但不知怎的，她心裡卻並不以為痛苦。反倒是他的感情，讓她不知該如何處理。

不一會兒，鍋裡傳來陣陣的米的香氣，肖天燁迫不及待地撈起來，倒在只剩下半邊的鍋蓋上，遞給歐陽暖。

沒有筷子和勺子，現在也顧不得這些，歐陽暖嘗了一口，隨即笑了，果然是半生的。肖天燁見她笑，有點懊惱地看了一眼那米粒，似乎有點想不通，索性丟了鍋蓋，跑去旁邊找來了乾糧袋子，取出一個乾餅遞給歐陽暖。歐陽暖接過，一句話也不說慢慢吃了幾口。然而腿上的疼痛卻越來越嚴重，她看了肖天燁一眼，沒有吭聲，只是將餅子遞給他，輕聲道：「你吃。」

肖天燁搖了搖頭，道：「我不餓，只是有些累。」

說著，他看向歐陽暖的膝蓋。

歐陽暖：「……」終究沒有多說什麼，肖天燁喜孜孜地過來趴下，躺在她的膝蓋上。

不知不覺，他迷迷糊糊地睡著了。歐陽暖卻擔心得無法入睡，肖天燁是有心疾的，現在卻發了高燒，該怎麼辦呢？她輕輕地將布條浸了水，然後替他敷在額頭上。

肖天燁的身體似乎在發燙，她輕輕抱住他，肖天燁在半昏迷的狀態下，只覺得彷彿有溫柔的哄勸聲和落在他髮上的撫摸，一直沒有停歇過，就如同冬日的陽光照耀冰冷身軀般令人溫暖，又似溫泉滌蕩著心靈般令人安心。時間彷彿悄悄地凝固了，萬物都不復存在，只剩那一點的溫暖。疲倦的睡意從他的雙手和身體，以及那不停重複著的溫柔撫慰中，一點一點地彌漫上來，最終悄悄地淹沒了他，他終於漸漸放鬆，進入了深沉的夢鄉之中。

「嗯……」時間一點一滴地過去，舒服得自然醒讓他忍不住發出滿足的囈語，然後才懶懶地睜開了眼睛，卻冷不防地撞上一雙關切的眼。

「你醒了？」

肖天燁一愣，之前的記憶立刻清醒地浮上腦海，「妳一晚上都沒睡？看著我？」

歐陽暖笑了笑，摸了摸他的額頭，「已經不燒了。」

肖天燁注意到她略微僵直的膝蓋，立刻站了起來。歐陽暖儘量放鬆自己，緩過了肢體的那股痠痛勁，似乎想要掙扎著坐起來，這一動，頓時牽扯到腿上傷處，痛得她忍不住倒抽了口冷氣。

肖天燁仔細一看，她一身精緻的羅裙幾乎已破得不成樣子，外裙內裙到處都是勾劃出來的口子。泥塵中混著血跡，黏在腿上傷口處的布帛上。腿上雖然包紮了起來，但是整個人看起來還是十分的狼狽。

他心裡一痛，表情立刻變得僵硬起來。歐陽暖看了他一眼，心裡一軟，反而道：「遇上山崩還活著已是萬幸之極，總比外面那些人變成一堆血肉來得好多了！」

歐陽暖不想他為自己擔心，忍住疼坐直了身子，以微笑掩飾，隨後遞給肖天燁一個水杯。

肖天燁一愣，卻見到那水杯是用樹葉編成的，看起來很粗糙，裝了水進去卻半點沒漏出來。

肖天燁接過小樹葉杯，一邊慢慢地喝完，一邊有些好奇地研究著手中的杯子，找話題道：「這杯子是怎麼做的，竟然不漏水，好精巧啊！」

「在路上的時候，路過一個村莊，看到小孩子們在編這個，菖蒲便學了來逗我開心。」歐陽暖解釋了一下。

肖天燁突然抓住了她的手，目光都凝住了，歐陽暖一雙原本如玉般無瑕的手指，此刻竟布滿了數條細長的傷口。他的笑容頓時凝固，一顆心彷彿被針陡然猛扎了一下，止不住地顫抖起來。

「讓我看看！」

歐陽暖猶豫了一下，輕聲道：「不要緊，只是一點點劃傷。是我被養得太嬌貴了，這點事情都做不好。」

肖天燁握住了她的手，眼睛裡有明暗不定的光影，「不，妳做得很好。」隨後他站起來，「我出去一會兒。」

這是肖天燁第三次出去，可這次他走的時間特別長，歐陽暖一直等到下午，他才急匆匆地回來，身上已經全都是雪，他手上抓了一把草藥，遞給歐陽暖，「軍中的士兵用這個來止血的，妳看看好不好。」

歐陽暖看看自己的手掌心，那道道的傷痕實在是很淺，根本沒有血，他竟然還跑到外面去找這種東西，實在是太危險了。她的視線落在這把隱隱帶著血漬的草藥上，又看向肖天燁，他一身的血水，正在撥動火堆，又加了幾根樹枝進去。

歐陽暖不自覺捏緊了手裡的草藥，道：「你過來，我幫你看看左臂的傷口。」

肖天燁微微一怔，隨即微笑道：「不用了，我已經好多了，這草藥妳留著用。」

「什麼叫我留著用？你若是死了，我還能夠一個人繼續活下去嗎？」歐陽暖下意識地大聲駁斥，肖天燁的眼睛隨著她這句話猛地亮起來了。

歐陽暖頓時察覺到自己這句話說得很有歧義。

「沒事，我的傷口已經不流血了。這草藥很難找，還是留下以備不時之需。」肖天燁唇畔帶笑，可是那微笑似乎變得有些不一樣，彷彿帶著點什麼讓她不敢正視的成分。

「快點過來！」歐陽暖不再言語，動作迅速地摘著草藥的葉子，開始鼓搗著草藥。

肖天燁遲遲沒有動作，歐陽暖一抬頭，卻看到他那被燃起的火光照耀著的臉上，有著與平時的輕鬆和自在截然不同的神情。他的眼中有驚喜、惶恐、激動——因為他真切地察覺到了來自她的關心。

「過來，別再耽擱了。」歐陽暖聽到柔和得不能再柔和的聲音從她口中輕輕吐了出來，然後看見肖天燁慢慢走過來。

歐陽暖提起黏著他傷口的濕衣服，一寸寸的把它們和血肉剝離，雖然動作已經十分小心，她還是清清楚楚地看到他的身軀陡然繃緊。歐陽暖顫抖著將那條左袖緩緩地小心地提起，看到他那幾乎已不成樣子的左臂，心頭有一陣刺痛。都傷成這樣了，還跑去找什麼草藥！真的不要命了嗎？她沒有再吭一聲，緊緊地咬著唇強迫自己冷靜，冷靜地用水再仔細給他洗了一次，看到血肉中似乎有什麼東西，她心頭一跳，這是——

他顯然是爬到高處去摘草藥了，不然怎麼會有碎石和沙礫？她的眼眶發熱，卻只能強行壓下去，抽下髮髻上的簪子，任長髮披散著，全神貫注地把血肉裡的沙礫一一挑出來。水氣不止一次迷濛了她的眼睛，她使勁眨著眼，一次又一次把它們吞回肚子裡，直到把他的傷口都處理乾淨，將搗碎的草藥輕輕敷在他的左臂，然後撕開自己的一片裙襬包了起來，在沒有傷口的側面打了個結。

直到都包好為止，整個過程中，她始終都沒有再開口，也始終都低著頭，生怕一抬頭就會暴露出她的情緒。

然而肖天燁卻不肯放她逃避，竟然用他的手，輕柔而堅定地把她的臉捧了起來，又似自語又似嘆息般的道：「我不疼，別擔心。」

她的視線彷彿被他的目光緊緊網住了一般，又像是天上的星星忽然墜入了安靜的深海裡，只剩一片幽幽藍藍的光，有些無措。不知為什麼，淚水開始模糊歐陽暖的視線，卻又似無法模糊他的眼神，透過水氣清晰地讀出蘊含在他那清澈瞳孔裡的眼神。那眼神像是最柔和的月光，灑滿了憐惜，又似最平靜的海水，一波一波蕩漾開來，帶了令人心醉的溫柔。歐陽暖一時忘記了從前有多麼厭惡這個人，她只是怔住，也震住了，忘了應該轉頭，忘了應該掩飾……

就在這時候，突然聽見外面傳來急促的腳步聲，肖天燁一震，隨即將歐陽暖拉過，作了一個簡單的手勢。

外面有人！

外面的人距離山洞還有一段距離，肖天燁卻已經感覺到了異動。

不知什麼時候，外面的雪已經停了。

肖天燁心裡憂慮，卻是驚濤駭浪中練久了的沉著氣度，越是緊急越是鎮定，微微含笑，「聽聲響，來的人不多，一百、兩百……大概有三百多人。」

三百多人？

若是搜救，絕不需要這麼多人，而且若是來救他們的，早已大聲地喊了，何至於悄無聲息？

歐陽暖心中一沉，她倒不是為自己擔憂，肖天燁手裡握著五十萬大軍，如果他死了，得到最大好處的是誰呢？南詔表面上對他委以重任，蓄意籠絡，可要是有名正言順謀奪這五十萬軍隊的機會，他們會放過嗎？

一夜近在咫尺的相處，平靜中夾著溫煦，他並未待她無禮，反而拚了命救她……她突然對面前這多變莫測的男人生起了憐意，細想來，以他這般聰明才智、權勢地位，要什麼樣的女人沒有，偏偏為了她這樣……

明知他是叛逆，是反賊，是大歷的仇人，更是逼迫她遠離故土的人，可是想到他會橫屍當場，她竟有些不忍，心中一動，不該說的話已衝口而出：「你快點離開，不要管我，我不過是個女流之輩，他們殺了我也沒有益處！」

話才出口卻又後悔，自己說這種話，他還能丟下她嗎？

正要補言糾正，肖天燁回過臉，眼睛亮閃閃黑如玉，透出格外的喜悅之情，「暖兒不想看見我死，是嗎？」

歐陽暖臉莫名地微微一熱，隨即鎮定心神。山洞外的光彩照耀在她冠玉般光潔的面龐上，若有若無透出淡淡的紅暈，溫潤秀美，眉目間卻自有一股清冷之意，唇角微挑，似笑非笑。肖天燁幾乎移不開眼睛，他原是隨心所欲之人，當下便想緊緊摟住，就此親近溫存一番，可不知為何卻顧忌著伸不出手，私心裡，隱隱地只是不願見到她臉上出現對自己的鄙夷。

胡思亂想著，回過神來時，聽見歐陽暖說道：「沒錯，我是不願意看你死，你若死了，我這個和親郡主豈不是白來一趟？」

「別說了！」肖天燁伸手，輕柔地掩住她的嘴，「妳肯為我擔心，我很感激！別擔心，我會有法子的！」

草木窸窣之聲越來越近，兩人心中同時感覺到，危險正在靠近……

「二哥，你若是聰明，束手就擒吧，不要再做無謂的掙扎！」

一支支鋒利閃著寒光的箭簇，搭在弦上，弓開如月，無聲無息對準距離山洞百米開外，赫然殺氣縱橫。

肖天燁看了片刻，對歐陽暖輕輕搖了搖頭，來人不是針對他們的。

然而，歐陽暖卻愣住了，她隔著被遮掩住的洞口，儼然看到被圍攻的人，正是她此刻最為痛恨的人，害得他們落到現在這個地步的罪魁禍首。

「老三，大哥要我的命我倒是不奇怪，我死了對你又有什麼好處，值得你臨陣背叛我？」站在明若對面不遠處，是一個身穿青袍，足蹬烏皮履，腰間革帶上左掛佩刀，右繫碧玉，身形偉岸，面色微黃，鳳眼蠶眉的男子。他年紀大約十八九歲，看起來神彩飛揚，英氣勃勃，只是他的面容落入肖天燁的眼中，他不由自主皺起了眉頭。

歐陽暖看到肖天燁此刻的神情，分明和眼前這兩個人是認識的。

肖天燁拉過歐陽暖的手，悄悄在她的手心裡寫下了兩個名字，歐陽暖吃驚地望著他。

眼前這兩個人，竟然是南詔的二皇子尤正君和三皇子尤正諾。聽剛才明若叫另一個人老三，那麼明若——自然是二皇子了。歐陽暖縱然早猜到他身分不簡單，卻沒想到此人竟然是南詔出了名文武雙全的二皇子尤正君，難怪這樣不好對付……

尤正諾只是微笑，「二哥，螳螂捕蟬黃雀在後的道理，你該比我們更清楚，這些年你處處壓大哥一頭，是想要南詔的皇位嗎？你莫要忘了，南詔的傳統是嫡長子繼承皇位，你排行第二，又是賢德妃所出，便是沒有大哥，也輪不到你了。」

明若，不，現在應該叫他尤正君，他的臉色沒有絲毫的變化，彷彿一點也沒有受到對方影響一樣，縱然他身邊的所有暗衛都已經被臨陣倒戈的尤正諾所殺。他早已料到身邊有人背叛，卻沒想到背叛他的不只是他的屬下，真正的叛徒是他一直視為左膀右臂的尤正諾！果然是個吃裡扒外的東西，死不足惜！他的目光微冷，看著自己的弟弟，笑道：「老三，你若是想要我死，也該早點告訴我，我可連一副棺材都沒有準備。」

尤正諾笑道：「那也無妨，等你死了後，我就將你的屍身送到鎮北王的軍中，那肖凌風，自然會為你準備棺材的。」

他說得雖然平平淡淡，就好像這本是天經地義之事，但尤正君的面色卻越發冰寒，「你這是什麼意思？」

尤正諾冷笑道：「我這是什麼意思，你還不知道？」他一雙本該青春煥發的眼睛裡，此刻卻散發著一股狼一般的光芒，便是歐陽暖看到那眼神，也絕不會相信這屬於一個少年人。

肖天燁卻比歐陽暖更瞭解南詔的現狀，大歷的皇權爭鬥雖然激烈，在真正爆發之前卻只是暗潮洶湧，然而南詔不同，他們的皇子鬥爭，無所不為無所不用，甚至這種爭鬥暗中受到南詔皇帝的默許，除了南詔的傳統上嫡長子繼位外，還有一點很特別，現任的南詔皇帝不是嫡長子，他是踏著父親兄弟的鮮血上位的，所以他奉行皇位當是有能者居之。換句話說，若是哪位皇子殺了其他兄弟，那麼他最後就能名正言順地繼承皇位，這樣一來，這種皇位之爭就會變得十分慘烈了。

尤正君道：「你真的要殺我？」

尤正諾大笑道：「都到這個分上，你還以為我是跟你開玩笑嗎？」

尤正君冷冷地道：「別忘了，你的母妃可是我的親姨娘，你更是從小在我母妃膝下與我一同長大的兄弟！」

尤正諾重重在地上啐了一口，獰笑道：「兄弟值多少錢一斤？賢德妃養大我，也是為了讓我做你的狗！」

尤正君道：「但你昔日可是發過誓言的……」

尤正諾冷笑道：「昔日我瞧你還有兩下子，跟著你總有些好處，所以才跟著你，但你此刻卻束手無策了，誰還會理你？我自然要另投大哥了！」

尤正君道：「我的勢力遍布南詔，朝中大臣支持我的有一半，手中兵權還有十萬，只要你還願意認我這個二哥，等我登上皇位，於你豈非大有幫助？你是個聰明人，難道連這點都想不透？」

山洞中的歐陽暖，瞧見尤正君在這生死一線的關頭中居然仍然面不改色，侃侃而談，心裡不覺有些佩服。若論梟雄，此人當真可算當世第一了！哪怕是肖衍，碰到這種情況也未必能毫不變色吧？

然而尤正諾卻道：「這雖然是個好主意，可是，一來，我已等不及了，二來，我此刻宰了你，好處更多。」

尤正君冷眼望著他，彷彿等他說明白。

尤正諾並不介意他二哥做個明白鬼，隨後哈哈一笑，接道：「我只問哪件事好處多，就做哪件！只要有好處，叫我殺了誰都行！第一，我此刻殺了你，就可將你自大哥那裡奪走的十萬兵權據為己有，那些朝中的牆頭草，自然會倒戈來支持我。第二，你此刻已殺了鎮北王，我殺了你，就可到肖凌風那裡去領個大義滅親的功勞，名利兼收，何樂不為……就算肖天燁還活著，他最恨的是你，而不是我，我若殺了你，他也會視我為友……你莫忘記，這山崩都是你一手造成的，那永安郡主也是你囚禁的！」

尤正君微笑道：「好……好……好！姨母若是還活著，真該為你這樣的兒子驕傲！」

尤正諾大笑道：「哈哈，連你也佩服我了，是嗎？」

尤正君道：「但你別忘了，我軍中十萬人可有不少是鐵忠的人，還有我母妃和她背後的族人，你若殺了我，他們怎麼會放過你？」

尤正君道：「這可是荒郊野外，殺了你誰會知道？你的軍中部屬我也只會告訴他們你是死於山崩，而大哥對於我這個有功之臣，自然會多方維護！至於肖凌風那裡，自然也不會四處宣揚，以免因為你的死，破壞了南詔和他們之間的平衡！」

歐陽暖見過不少無恥的人，但眼前這對兄弟的無恥程度，還真是超乎她的想像了。尤正君固然可惡，可這個三皇子尤正諾更加不是什麼好東西，相比之下，大歷的所謂內鬥不算過分了。為了那個至高無上的皇位，這些人鬥得跟烏眼雞一樣，該說他們可恨好呢，還是可憐好呢？

尤正諾獰笑一聲，接道：「你此刻想必也後悔得很，後悔為何要如此信任我！」

尤正君輕輕嘆了口氣，道：「這說明你這條狗做得不錯，太不錯了！只可惜你這樣的人才，也活不長了！」

尤正諾怔了一怔，大笑道：「莫非你糊塗了嗎？要死的是你，不是我！」

尤正君微微一笑，道：「不錯，我要死了，你也得陪我一齊死。」

尤正諾臉上露出驚疑不定的神色。

尤正君的神情看起來像是一個柔和的教書先生，溫文儒雅，道：「正諾，你的確是很卑鄙、無恥、險惡、狡猾，但你別忘了，你今天所會的一切，都是我教你的。」

尤正諾此刻，臉上已經表現出些微的驚慌。

尤正君道：「我相信你，是建立在你我兄弟多年的基礎上，也是因為你時刻在我的控制中，我每年定期送給你的春風笑，可還好喝嗎？」

春風笑是南詔最極品的酒，皇室一年也不過得到十罈。肖天燁聽到這裡，微微一笑，原來尤正君也從來不曾相信過這個弟弟，所以在那美酒裡面下了慢性毒藥。

尤正諾顯然剛剛想到了這一點，身子一震，如被雷擊，整個人都呆住了。他呆了半晌，滿頭大汗，涔涔而落，顫聲道：「你……你騙我……哈哈，你騙我的，酒中若真的有毒，我……我為何一直全無感覺？」

他雖然在笑，可歐陽暖卻分明看清了他的笑容中那一絲恐懼。

尤正君的笑容很和煦，「自然是不會發作，只是每年三月必須飲下我送給你的春風笑而已。今年的已經給你了，明年呢？」

尤正諾整個人都跳了起來，大吼道：「你騙我……你休想騙得了我，我立刻就殺了你！」

尤正君道：「哦，那就請便吧！」

尤正諾身後嚴陣以待的士兵們面面相覷，可他們的統帥卻遲遲沒有下命令。

尤正君微笑道：「怎麼還不動手？」

尤正諾突然眼睛一閃，猛地舉起手一揚，但卻是摑在他自己的臉上。他一連打了自己幾個耳光，突地撲地跪下，顫聲道：「二哥，大人不記小人過，你就饒了我吧！我方才只是……只是鬧著玩的，二哥，你想法子解了我的毒，我一輩子感激不盡！」

歐陽暖看得完全愣住，這齣戲可比什麼都戲碼都精彩，誰能想到會出現這樣峰迴路轉的變化！

尤正君笑道：「你要我救你，好，等我下山以後。」

尤正諾嘶聲道：「但山下全都是你的人馬。」

尤正君含笑道：「猜得不錯。」

尤正諾遲疑道：「你……你沒事的話，怎會放過我？」
尤正君目中閃過一絲冷芒，「看在你母妃的面子上，我不殺你。」
尤正諾顯然不信，繼續求道：「不行，你現在就給我解藥！」
尤正君大笑道：「現在給你解藥，我可活不成了！」
尤正諾勃然大怒，從地上跳起來，「我好言求你是給你面子，你此刻已落在我手上，乖乖地解毒便算了，否則……」
歐陽暖微笑，尤正君不給解藥還有活命的希望，若給了解藥，定然死路一條，誰會那麼傻？
尤正君果然儒雅地笑道：「否則如何？殺了我嗎？哈哈哈！」他朗聲大笑，笑聲帶了三分得意四分狠毒。
尤正諾愣在原地，真的不知該怎麼辦，他既不敢此刻便殺他，也不敢等到他下山後。他雖然用盡各種方法，怎奈對方全不買帳。
歐陽暖將這兩兄弟的爭鬥和變臉全都看在眼睛裡，既覺得驚奇可悲，又覺得他們噁心好笑。尤正諾心腸之毒，臉皮之厚，當是天下無雙，他正在得意之時，居然還能跪得下來，而後又猛地變臉，而尤正君卻明顯技高一籌，堪稱惡人中的魔王了。
尤正諾怒意上來，大聲道：「給我抓住他，要活的！我不信嚴刑拷問也拿不到解藥！」
「這個麼……」尤正君沉吟，似在忖度，突然長笑一聲，「不見得吧？」
隨後他的身影如驚鴻一現，瞬間掠過，眾人尚未看得清楚，人影已起落四五下，縱躍間，竟然向山洞的方向而來。
「放箭！」
迅雷不及掩耳之間，尤正諾的手勢有力落下，第一排兵士手中箭蝗蟲般直射而出，立即退下，第二排跨前，毫不遲疑再發……如此迴圈反覆，一隊上，另一隊則退後裝箭，配合得毫無間隔。一時間，漫空箭如急雨，破空之聲嗖嗖不絕，直逼尤正君的身影而去。

尤正君不管不顧，逕自向山洞而來。

肖天燁已來不及細瞧歐陽暖臉色是否害怕，急促叮嚀了句：「不要出來！」

歐陽暖一震，近在咫尺之間，他的呼吸暖暖地噴在肌膚上，好似要安撫她一般，說出口的卻是訣別：「妳……千萬小心！若有不測，回大歷去！」

歐陽暖的目光看向他，雙目相接，周遭的一切突然像背景一樣黯淡了下去，外面眾人的喧譁嘈雜、飛速向山洞而來的箭矢……恍如未見，唯有寒風呼呼過耳，和對方眼中的沉鬱悲涼。這一瞬間，什麼人情世故、心計手段，都遠遠地拋了開去，只剩下最直接的，深達心底的彼此……

肖天燁看著歐陽暖，心中像是有許多話要說，又像是無從說起……忽然一張口，笑道：「還有，別恨我！」

歐陽暖卻突然抓住了他的袖子，只說了三個字——

不許死！

肖天燁一愣，隨後不敢再耽擱，突然幾步出了山洞，一手撲上去抓住正要跑進來的尤正君，另一手故意撒出尤正君身上的披風，手腕一抖，運勁帶上，在空中劃過長長一道斜弧，碰上的箭矢如遇屏障，紛紛墜落。原先那箭多數是衝著尤正君的手腳而去，刻意避開了他的要害，因為尤正諾的解藥還在他手上，誰敢將箭指向他的要害？總在瞄準時情不自禁地避開，如此忌手礙腳，十成本領放不開五成，能射中那才叫奇事了。

尤正君原本是看準了這個山洞，想要藉機會避過這段箭雨，沒想到山洞裡面竟然還有別人，頓時一愣，隨後卻又被肖天燁當成箭靶子擋在前面。過於驚駭之下，頭也不回，反手擲出一枚黑彈，撞到地面迅即散出大片白煙，煙霧中絕塵而去，衝上天際，瞬間失了蹤影。

尤正諾一愣，剛要下令立刻將他們兩個人一起抓起來，誰知道剎那之間，山崩地裂，整個山谷都被轟隆隆的巨大響聲包裹住了。

士兵們大聲地喊：「不好，這裡要塌了，快跑！」

尤正諾卻還不死心，「先殺了他們！」

副將一把抓住他，哭喊道：「三殿下，來不及了，好像是山崩又來了！」

一片混亂中，卻聽到尤正君的冷笑，「不是山崩，這是炸藥，不過是足足可以炸平整座山的炸藥！尤正諾，咱們一起死吧！」

原來剛才他竟然放出了信號！尤正諾再不敢耽擱，快步上了馬，讓所有人都一起撤退，在混亂中，很多人來不及上馬，被流石砸中，頓時血流滿面，哭喊尖叫聲混亂成一片。

就在這片混亂之中，尤正諾沒命地打馬離去了。

尤正君微微一笑，還沒反應過來，後腦勺已經被肖天燁狠狠敲了一下，頓時眼前一黑，暈了過去。肖天燁像是拖死狗一樣，直接把他拖進了山洞，隨後丟下他不管，反手拉住歐陽暖緊緊抱在懷裡，「沒事，不要怕！」

外面的山崩，幾乎要把整座山都夷為平地。

地動山搖過後，重新恢復了平靜。

歐陽暖睜開眼睛，卻發現肖天燁一直緊緊抱住她，擋了從山洞頂部落下的小石塊，不知怎麼的，她面上一紅，輕輕咳嗽了一聲，肖天燁一怔，隨即若無其事地放開手。

「原來妳還活著。」尤正君盯著歐陽暖，嘴角突然泛起笑容，隨後目不轉睛笑道：「多謝二位相救。」

肖天燁冷笑一聲，「你高興什麼？我只是不願讓你落在別人的手上而已。」

尤正君笑道：「那是，那是，可你們總算沒眼睜睜看著我死。」

肖天燁道：「方才你手上還握有毒藥威脅尤正諾，叫他不敢向你下手，但你此刻落在我手上，可比方才還要慘得多了。」

尤正君看向歐陽暖，歐陽暖卻對著他綻開微笑，冷冷的，微帶諷刺的，「他不敢，若是真的落在尤正諾的手上，只怕是立刻就沒命了。」

肖天燁是何等聰明的人，立刻明白過來，盯著尤正君道：「原來你剛才說的話是嚇唬人的。」

尤正君只是笑，絲毫沒有半點心虛，「說是嚇唬人卻也不盡然，藥的確是下了，不過不是下在春風笑裡面，而是下在我送給他的美人身上。」

果然如此，尤正諾回去之後必定徹查春風笑，只要有了毒藥，太醫不難配出解藥，但若是毒藥的來源錯了呢？到時候尤正諾還是要來求他！哼，果真是個極會算計的人！

歐陽暖看了尤正君右手空掉半截的食指一眼，目光帶了絲絲冷意，「看樣子，二殿下很喜歡我留下的字畫。」

尤正君竟然絲毫不生氣，只是笑著，「哪裡的話，永安郡主驚采絕豔，書畫雙絕，我自然是愛不釋手的。」

歐陽暖不得不佩服此人的心機和冷酷了，壯士斷腕，並非一般人可以做到。就算知道斬斷手指就可以保存性命，誰能真的狠下心腸呢？歐陽暖經歷過生死，都沒有這個自信說可以。

肖天燁知道歐陽暖對這個尤正君心中藏了怨憤，心道要讓她出了這口氣心才順暢，便在一旁眨巴著眼睛看著，也不出聲，很是乖順的模樣。尤正君沒來的時候，他還覺得自己有點礙了暖兒的眼，生怕她追究和親的事情，現在有這麼大的障礙物在這裡，他頓時覺得自己沒那麼礙眼了。

尤正君笑道：「你們都是光風霽月的人，落在二位的手裡，總比落在老三的手裡強……」

光風霽月？歐陽暖還從來沒聽到別人這樣形容過自己，這四個字，可不是誰都當得起的！她的笑容越發溫和，眼睛裡的光彩卻叫尤正君心中發寒，「恐怕未必吧，若是你落在三殿下手中，最多只是一死，可是落在我手裡，我還要跟你算算帳的。」

尤正君的面色微微變了，「妳——」

歐陽暖看了看他，面上笑容更燦爛地道：「一則，是囚禁我，十個耳光。」隨後看向肖天燁，

肖天燁哭笑不得，敢情這是要自己代為處理呀？不過，他也老早就看這個一臉笑卻滿肚子壞水的傢伙不順眼了，便毫不猶豫地上去重重給了尤正君啪啪十個耳光。

若說起來，報仇要自己動手才痛快，可是歐陽暖畢竟是女子，力氣太小，她便將這個光榮的任務交給了肖天燁，想必他也很樂意代勞。果真被肖天燁打了十個耳光，尤正君半邊的臉頰高高腫了起來。

歐陽暖微笑，「二則，給我下藥，二十個。」

肖天燁對於這種惡作劇的行為非常喜歡。他滿臉的笑容，嘴角彎成好看的弧度，笑容溫和，又上去惡狠狠地又贈送了二十個響亮的耳光，氣質優雅而高貴，彷彿他現在不是在打人一般。

尤正君另一邊的臉頰青了，一張白白的面孔已變做豬肝色，看來也像是突然胖了許多。他苦笑地看著歐陽暖，「郡主打得好，我是該打。」

歐陽暖繼續道：「三則，意圖刺殺鎮北王——」

尤正君心道：妳分明是故意的，這一二三還不是一回事，不如一次打完，這樣一次次……

肖天燁還沒動作，歐陽暖將一旁的一塊木板撿起來。肖天燁愣住了，尤正君也愣住了。

歐陽暖挑眉，掂了掂分量，隨後丟了手中的細條木板，毫不猶豫換了塊粗的，這個抽人嘴巴最

好使了。

山洞裡的尤正君睜大眼睛，怎麼也想不到如此美麗清高的女子，竟如此狠得下心，手段會如此毒辣。

歐陽暖對肖天燁冷笑道：「這次不勞你動手，我自己來！」

肖天燁：「……」

歐陽暖舉起木板，下手卻是又快又重。

她足足抽了四十下，抽得尤正君吐了一口血，掉出兩顆牙齒，滿口都是鐵鏽味，他意識到，自己惹到的不是什麼嬌滴滴的名門千金，是個睚眥必報的討債鬼。他自命不凡，心道哪怕被肖天燁揍一頓也就算了，打耳光算得了什麼呢？總比不上那些酷刑！可是現在才知道，這打耳光也是要看情形的，肖天燁那種直接上來抽嘴巴也就罷了，歐陽暖的這種木板抽臉，又粗又大的木板招呼過來，比什麼酷刑都還要折磨人，不但折磨人，還叫你沒法辯解沒法開口。

他這才明白，歐陽暖是厭惡了他這張嘴巴，索性叫他別想開口說一句話了。

肖天燁：「……」

自己下手已經很重了，沒想到歐陽暖真的狠下心腸，比誰都厲害。

歐陽暖停了手，居高臨下地看著尤正君，「打得你冤不冤？」

尤正君只是苦笑，一句話都說不出來了。

歐陽暖慢慢地道：「你若敢再巧舌如簧，我就先割下你的舌頭，再割掉你的鼻子和耳朵，挖出你的眼睛，挑斷你的手筋腳筋，把你丟到雪地裡去，叫你死也不成活也不能，你大可以試試看！」

尤正君：「……」

他這回算是明白，女人狠毒起來，委實比男人要狠辣得多了。軍中折磨人的法子多的是，他卻沒想到有朝一日這種折磨會由一個女人施展到自己身上，這種經歷足夠他一生難忘了。

「不是什麼女人都能得罪的，尤其是記仇的女人，知道了嗎？」歐陽暖用木板拍了拍尤正君的額頭，啪的一下留下半條紅印，看起來可憐又可笑。

尤正君望向肖天燁，又吐了一口血水，才道：「你……你就這麼看著？」

肖天燁看著尤正君，只是笑，絲毫沒有半點同情。尤正君狠狠瞪了他一眼，笑什麼笑，這個惡毒的女人就是你的妻子，看你以後有什麼好日子過！歐陽暖這做派，哪裡是名門千金，簡直比強盜還要強盜！

歐陽暖卻沒想到自己被尤正君激發出了內心的惡念，她將木板丟在地上，只覺得壓在心頭這股火終於發洩了出來。

肖天燁看著她，猶豫了片刻，道：「怎麼處理？」

歐陽暖似笑非笑地看著他，「你救下他，自然你處理。」

肖天燁可不是慈善的人，他救下這個人，必定是要他帶路。他畢竟是出身大歷，行軍打仗經常要依靠當地的嚮導，尤正君卻是南詔的二皇子，既然能在這山上四處埋炸藥，自然知道怎麼出去了，肖天燁打的正是這個主意。

但若是歐陽暖要殺了此人洩憤，他也不會說半個不字。

尤正君見歐陽暖將自己交給肖天燁處理，頓時鬆了一口氣，肖天燁是個男人，男人是懂得分辨輕重的，既然自己還有利用價值，他斷然不會要了自己的性命，換了歐陽暖這樣的女人就不同了，當然，如果她這種睚眥必報的性格還算女人的話——他下意識地又看了歐陽暖一眼，正瞧見她一雙美目向自己望過來，不由自主後背一寒。

她剛才說的對，若是落在尤正諾的手上，自己多的是法子逃脫，可是落在他們兩人的手上，尤正君看向洞口，琢磨著自己究竟該如何脫身。

歐陽暖看他一眼，就知道他在想什麼，便微笑道：「想必二殿下這一回用炸藥送了三殿下一份大禮了。」

尤正君知道她在問什麼，老老實實道：「是，我在下山的路上也安排了人手，剛才那煙霧就是個信號，出谷的只有一條路，老三一出去，我的人見不著我，自然能猜著原委，他自以為聰明，卻必定得付出慘烈的代價。」

這麼說，這個山谷的出路肯定已經被炸藥夷為平地了。

肖天燁蹙眉，看著尤正君，「你在撒謊！」

尤正君苦笑苦笑再苦笑，「我自己也在這山谷裡面，我敢撒謊嗎？出谷的道路的確只有一條，如今恐怕已經炸平了。」

歐陽暖看著尤正君，挑了挑眉，片刻後卻微笑道：「哦，是嗎？」

尤正君一臉誠懇，「自然是真的，我可以對天發誓，絕對沒有第二條路。」

歐陽暖笑著看了肖天燁一眼，肖天燁埋頭苦思，「這麼說來，留著你也沒用了。」

尤正君的面色變了，他看看一臉認真的肖天燁，又看看面帶微笑看起來很溫柔的歐陽暖，心裡把他們兩人罵了又罵，嘴上連忙道：「容我再想想，也許有辦法！」

出谷的道路的確只有一條，尤正君並沒有說謊，但若說法子，也不會完全沒有。

經過那幾日的相處和今天看到的一幕，歐陽暖對尤正君這個人雖說不上十分瞭解，卻也很有數了，狡兔三窟的道理，在他身上絕對是行得通的。既然援兵靠不住，自然要他們自己想辦法出去，但肖天燁這一日來已經出去找過，卻並未發現出口，可見這山谷很是隱蔽，但手中有了尤正君，就大為不同了。他既然防備著尤正諾，還敢派人炸了山谷出路，自己不會不留退路的。

尤正君看著歐陽暖陷入沉思，立刻道：「既然二位還用得著我，大家和平共處吧。」和平共處？想得倒美！

肖天燁微笑，道：「這裡簡陋，沒有繩子了，布條倒還有一些。」

隨後，他將尤正君的外袍剝下來，撕成一條一條的，用布條將他綁起來，綁得嚴嚴實實。

尤正君看到自己被五花大綁，下意識地掙扎。

「如果你不願意的話，要不換個玩法？」歐陽暖微笑著，說出很殘酷的話。

換個玩法？尤正君眉頭一跳，怒極反笑，「你們趁火打劫，恃強凌弱，究竟想怎樣？」

歐陽暖不緊不慢地說：「恃強凌弱？你欺負我一個女子的時候，怎麼沒說恃強凌弱？」

尤正君為之語塞，肖天燁接著哼了一聲，「二殿下，恃強凌弱四個字從你口中說出來，簡直就是個笑話！你暗地做的齷齪事情還少嗎？」

尤正君又掙扎了幾下，然後看了看身上的布條，道：「你們還需要我給你們指路，若是我一不小心指錯了路，只怕是……」他笑了笑，神情輕鬆自在，一點也不顯緊張。

「這個麼……既然要指路，當然是推你在前面走了。如果是萬丈懸崖，也是你先嘗嘗粉身碎骨的滋味。」歐陽暖不留情面地戳穿了他的幻想，隨後席地而坐。

尤正君冷笑一聲，一轉眼，卻見歐陽暖破損的手臂上露出小半截白皙的皮膚。

她的右手關節處破了一大塊，露出半截臂膀，從他的角度看，皮膚細膩潔白，幾乎看不到一絲瑕疵，精緻美麗，看起來就像是一件藝術品。他第一次如此注意女人的手腕，也是第一次發現，原來女人的手腕可以這麼好看。他低著頭，雙眼眨也不眨地看著她的手臂，心中突然覺得惋惜，當初她在他的手心裡，明明可以占為己有的——這樣的女人，沒有半點他厭惡的嬌氣，也沒有絲毫的柔弱可言，分明是一條披了羊皮的狐狸，不過，他很喜歡。

肖天燁卻牢牢看著自家媳婦兒，突然走到他跟前，踢了他一腳，似笑非笑道：「我只聽說三殿下喜愛美人，卻不知道你也這樣不知輕重，死到臨頭還如此好色，當真是不要命了？還是不想要你這兩顆眼珠子？」

尤正君低下頭去，心中暗自盤算起來。

歐陽暖一看到他那眼珠子亂轉，就知道他又在想壞主意，不由笑道：「二殿下，你還是別想歪主意，老老實實為我們帶路的好，否則的話，將你留在這個山洞裡餵狼，也不是沒可能的。」

尤正君微微一笑，不過他所不知道的是，他兩邊的嘴角被打腫了，笑起來看起來有些扭曲，有些滑稽，「郡主，妳我如今都困在危局之中，正該互相幫助，妳若是願意幫我改善一下待遇，我也不介意帶你們一起出去。」

待遇？歐陽暖看著對方身上將包裹得如同粽子一樣的布條，微笑道：「看來你還不清楚自己的處境。你不是我們的朋友，你是——人質。」

尤正君臉色一沉，「什麼人質？我的確對妳耍詐，但這種手段最為簡單有效，我也不認為這樣做有什麼不妥！妳我本是敵人，誰不是各出奇謀，力求擊敗對方，單看誰的手段高明罷了，難道妳要因此在這山洞裡折磨我不成？」

歐陽暖笑道：「不，恰恰相反，若是我要折磨你，剛才就不會用這麼輕巧的法子了，若我將這木板燃著了，直接抽你不就完了，何必浪費自己的力氣呢？我這麼做，不過是給你留條後路罷了。說到底，正如同你不相信我一般，我也不信任你，我只是要你明白，現在你也在山谷之中，我們出不去，你更別想活！外面若是有三殿下的人，於你於我都不是好事。現在我們不會殺你，因為那對我們來說，一點好處都沒有，但你若是耍花招的話，我可不能保證了。」

肖天燁被歐陽暖一口一個我們說得美滋滋的，連帶著看尤正君也順眼多了，琢磨著要不是這個傢伙，暖兒還不會和他站在同一陣線上，以後要送他上西天，就給他留個全屍好了。

尤正君面無表情地與歐陽暖對視了一陣，她毫不示弱地迎上他的目光，兩人幾乎都能從對方的瞳孔中看到自己的影子。

肖天燁不樂意了，他咳嗽一聲，歐陽暖轉過頭，看了他一眼，卻見他抿緊了嘴唇，似乎不太開心的模樣，漆黑的眼睛裡很有點委屈，彷彿被忽視了一般。

尤正君動了動身子，道：「我不耍花招，可也不想就這麼被綁著。」

歐陽暖笑了笑，「我也不想這麼做，可你既然能對三殿下留有後招，難免身上沒點陰險的玩意兒……」她站起身，從旁邊拿出一個布條，將它團成一團。

尤正君警戒地盯著她，面對尤正諾，他還能保持鎮靜，是因為他很瞭解對方，但對歐陽暖，今天卻是大開眼界。雖然早在她於書畫上下毒的時候，他已經知道她並非柔弱女子，可卻沒想到她如此心機多變，頓時臉色一變，「妳要做什麼？」

肖天燁忍住笑，看著尤正君乾瞪眼，拚命地掙扎，卻無濟於事，剛想開口大叫，歐陽暖已經用布團塞住了他的嘴巴。

肖天燁不由得想起當初自己被扮成女人的事情，不免向尤正君看了一眼，得罪歐陽暖，以後還有得苦頭吃，比死了還難受，看著吧。

「妳——」剛冒出一個字，很快被堵住嘴巴發不出聲音來，尤正君氣得瞪大了眼，死死地盯著歐陽暖，額上的青筋都顯出來，目光充滿氣憤之餘，還有一種意味不明的光亮。

歐陽暖微笑，隨意走了幾步，似乎在想事情。她走到東，尤正君的眼睛便跟到東；她走到西，他的眼睛就跟到西，卻怎麼都瞧不破她的心思。

歐陽暖停下步子，看了他一眼，突然下定了決心，彎腰撿起一個大石塊，猛地砸在尤正君的右手腕上。「喀」的一聲，彷彿是骨頭裂開了，尤正君渾身巨震，難以置信地看著歐陽暖。

歐陽暖道：「你這個人，最討厭的就是太狡猾，今天晚上好好歇息，想一想明天怎麼帶路。」

尤正君雖然痛得要命，面上卻似笑非笑，知道她暫時是絕不會殺他的了，只要此刻不出手，日後總有法子。

誰知這笑容落在肖天燁眼裡，他老大不順心，覺得這廝擺明了是覬覦他媳婦兒，越想越不高興，眼角一瞥，就把尤正君拖到山洞口放著。

歐陽暖眨了眨眼睛，這是要讓尤正君來作堵著洞口的大石頭——擋風。

嗯，這是個好主意！她讚許地看了肖天燁一眼。

尤正君一塊後背露在山洞外面，受著寒風吹，只覺得滿身都起了雞皮疙瘩，偏偏渾身被綁得嚴嚴實實不能動彈，再加上肖天燁一直保持微笑看著他，叫他有苦說不出。但他端的是好角色，竟然逆來順受，非但一聲不響，反而面帶笑容，雖是身體早已凍僵了，笑得實在難看得很。

歐陽暖不再理會他，逕自去山洞裡面坐下，坐在重新燃起的火堆邊上烤火，順便拆開一個乾糧袋子，翻找裡面的餅，雖然只是乾餅，但她發洩了心中怒火，倒也吃得很香。

肖天燁從未見過這樣的歐陽暖，從前她大多時候都是隱忍的，雖然總是喜歡冷不丁地在背後給人一刀，但這樣明目張膽地虐待人，恐怕還是頭一回，也是尤正君自尋死路，誰不好得罪，非要得罪最喜歡記仇的女人。

他乖乖地走到歐陽暖身旁坐下，取過一個水囊喝了兩口水，兩眼饒有興趣地盯著尤正君，頗有點幸災樂禍的模樣。

尤正君活到這麼大，還從來沒被這樣對待過，心裡雖然痛恨，卻對歐陽暖又產生了一種別樣的心思，若是歐陽暖知道，只怕會以為這男人十成十是個被虐狂了。

但是肖天燁低下頭烤火的時候，卻發現歐陽暖的腿上不斷有鮮血滲出來，他心中一驚，突然想到自己二人都是受了傷，若是讓尤正君看出來，只怕會藉機會生事。所以歐陽暖先是用耳光，後是斷了他右手腕，打的是心理戰術，逼得尤正君不得不暫且放棄反抗或者逃跑的念頭。他想到這裡，下意識地看了尤正君一眼，剛才戲謔的神情都不見了，目中有一絲的陰冷。若非這人還有用，早被他大卸八塊了。

他想到好好的一個大家千金被自己這些人逼得殫精竭慮，不由得心中更加愧疚，放緩了神情，輕輕按住歐陽暖的手，柔聲地道：「草藥還剩下一點，我幫妳敷藥。」

歐陽暖輕輕挽起裙襬，只聽肖天燁頓了頓，低聲道：「出血了，暖兒……」

「嗯？」她低低地應了一聲，不用他說她也知道一定出血了，因為她的腳上從剛才開始就已火辣辣的疼。

「得馬上敷藥……」他的聲音裡含有一絲顫抖。

「嗯。」

「忍住疼。」肖天燁低低地道，短短一句話，他卻彷彿說得很是艱難似的，她甚至能清清楚楚地感受他的小心翼翼。他儘量不碰觸她的傷口，可是在拿布條時，她分明感覺他的手指在顫抖。

「我不疼，你動作快一點。」歐陽暖一說完，緊緊地咬著唇，雖然疼得難受，可是，他受的傷遠比她重，卻都不吭一聲，她又怎麼能這麼軟弱？

「很快就好。」肖天燁抓了一把草藥送進嘴裡，手上的動作也加快起來。動作迅速而又盡可能輕柔地用邊上的水淨了淨傷口，然後拿起邊上還剩餘的布條，草藥一敷上去就將布條裹了上去。

「好了。」肖天燁長長地吐了一口氣出來，微帶責備地道：「小心些，不要再亂動了。」

「嗯。」歐陽暖閉了閉眼，才這麼短短的一會兒功夫，疼出來的冷汗已布滿她的臉。

尤正君一直睜著眼睛，盯著這兩個人看。

山洞裡的三個人之間，有一種詭異的氣氛在彌漫。

肖天燁看著歐陽暖，她靠在一旁的山壁，閉著眼睛，彷彿已經睡著了，他怕她半夜醒了口渴，便把剛才出去裝滿了雪的鍋又架回了火上，向燒了一些時候的火裡又添了些樹枝，讓火燒得更大一些。

燃燒著的樹枝在火堆裡發出「啪」的一聲輕響，肖天燁微微驚跳了一下，目光飛快地轉到歐陽暖身上，見她並沒有被吵醒，便放下心來。

那邊，尤正君幽深的眼睛靜靜地閃了閃，帶了一絲冷笑。

他和肖天燁打過無數次交道，可從來沒見過他對任何人這樣小心翼翼過。歐陽暖再有趣，也不過是個女人，值得嗎？

肖天燁走到另一邊，靠在岩壁上閉了閉眼，忽然又想起什麼般的睜開快要黏在一起的眼睛，扯起笑容向正望著他的男人陰冷地笑了笑。

尤正君心中暗罵對方狡猾，臉上卻苦笑，示意他看自己身上的布條，難道都將他弄成這德行了，還擔心他逃跑不成嗎？

肖天燁的眼睛裡飛快地閃過一抹古怪的情緒，轉過眼睛，小心翼翼地看護了火堆一會兒，終於抵擋不住倦意，漸漸合上了眼簾。

山洞裡一下變得極度的安靜，原本一動也不動地坐在風口的尤正君忽然微微地動了動，臉上的冷笑變得更甚。這兩個人明顯是太累了，他的視線下意識地落到肖天燁的右手，發現一道寒光閃閃的匕首，原本蠢蠢欲動的心立刻就歇了下來，只要他一動，肖天燁這麼警覺一定會發現，到時候不要說逃跑，只怕連性命都要丟在這裡。

山洞裡又安靜了片刻，尤正君輕輕地動了動早已渴得麻木了的嘴，想要吐了那布團，想想卻忍住沒動，只是輕微晃一晃僵硬的身子，手腕卻是隨之一陣劇痛，他的目光順勢落在歐陽暖沉靜的面孔上，嘴角出現一絲冷銳的笑，笑容要多扭曲就多扭曲，要多古怪就多古怪，不過也沒人注意到就是了。

燒得焦透了的樹枝在火堆裡輕輕爆出一個火花，尤正君原本正盯著歐陽暖，立刻就不動了，感覺到有道目光落在自己身上，他僵硬地轉過頭，目光與一雙冷冰冰的目光在空中相撞。

原本早應該睡著的肖天燁，冷冰冰的目光在尤正君的身上掃視而過，隨後視而不見地轉過了目光，卻在不經意間，把玩了一會兒手裡的匕首。

尤正君心頭一震，那目光委實太過冰冷，像是在打量即將被宰掉的牲畜，尤正君從未被人用這種眼光看過，不由得身上起了些微的冷汗。

他敢肯定，肖天燁是起了殺心的，就在剛才，可為什麼呢？他並沒有做什麼十惡不赦的事，不過是看了歐陽暖一眼，難道這也是罪過嗎？尤正君暗自道，這醋勁也太大了吧！

山洞裡雖然燒著火，卻依然有些凍人，尤正君雖然心懷鬼胎，卻也因為後背整個暴露在風雪之中而凍得無法入睡，便只能閉著眼睛假寐。每次他無意睜開眼睛，都會發現肖天燁早他一步睜開眼睛，總是皺著眉遲疑而又小心翼翼地把手覆在歐陽暖的額頭上，似乎是怕她因為過於勞累昏迷過去，有時還會用濕潤的水沾沾她的臉，讓她睡得舒服一點，忙了一陣以後才又打個呵欠，靠著岩壁又淺睡過去。

這兩個人……

難怪人人都說，肖天燁背叛了大歷，卻還是對大公主的義女動了真情，在尤正君看來，肖天燁這樣喜怒無常，心狠手辣的個性會義無反顧地愛上一個女子，這簡直是難以想像的，可現在親眼目睹，他不得不信了。

不知過了多久，山洞外冷風呼嘯，火堆「劈啪」的燒了一夜卻沒有燃盡的趨勢，一節乾枝在火堆裡「啪」的燒裂開，尤正君猛地睜開眼睛，卻看到騰騰的水汽從鍋裡燒開的水中冒出來，給山洞裡稍稍添加了些許微潮的暖意。雖然一直都是又餓又累，但剛才一直是半醒半睡，所以感覺還不是那麼明顯，如今人已是完全清醒過來了，那又餓又渴的感覺立刻侵占了身體所有的感覺，他舔了舔乾得起了皮的嘴唇。

山洞口的岩壁上有一些積雪，是在山洞口沒被堵上之前被冷風吹進來的，歐陽暖刮下這層雪，放進了鍋中，雪在鍋裡受了熱，慢慢地融化成水。正在燒水的人是歐陽暖，肖天燁似乎因為半夜裡醒來太多次，現在閉著眼睛，彷彿睡得很沉。

冰冷的寒風夾著大片的雪花強勁地撲到他的後背，尤正君被冷得刺骨的寒風灌得情不自禁地窒了窒，身體被風吹得晃了晃，他趁著人不注意，動了動被反綁在身後的手指，原本就一直涼冰冰的手一碰到山洞外厚厚的積雪，很快就被凍得發紅發紫，他意識到，右手腕只是骨折，並不是就此廢了。

他看向火堆前，秀髮如雲、美目清冷的歐陽暖，有一瞬間的迷惑。

隨後，歐陽暖站起身，將一個樹葉製成的杯子遞到他的唇畔，尤正君一愣，不敢置信地看著歐陽暖。

歐陽暖倒不是發善心，只是要讓馬兒跑總要讓馬兒吃草，不給乾糧是怕尤正君有力氣反抗，但是不給水的話，就是成心要他死了。

去掉布團，尤正君有些急地喝下熱水，一直被凍得透著青白的臉稍稍恢復了些血色。歐陽暖望望他蒼白中透出病態暈紅的臉，沒說話地沉默了一下，轉過身把乾糧袋拿著出來，舀出其中一些碎米倒入架在火堆上的鍋子裡。

小心地把貼在糧袋裡的餘米用水涮進鍋裡，歐陽暖轉過頭望向一直看著她的肖天燁，語氣裡有一絲她自己都沒察覺的溫柔：「醒了嗎？」

肖天燁只是笑，歐陽暖意識到自己臉上的表情似乎太溫柔了點，便收起了笑容不說話。只是她的容貌生得漂亮，嘴角是微微上翹的，即便是不笑，也是一副笑模樣。

尤正君在一旁看著火堆旁那靠得很近的兩個人，肖天燁不知突然想起了什麼，湊到歐陽暖耳邊低低地說了句什麼，原本十分冷淡，看起來很淡泊的歐陽暖，削瘦的身子微微顫了顫。

不用想也知道那傢伙說了一句討女孩子開心的話，這種俏皮話，是個男人都會說的，尤正君冷笑冷笑再冷笑，不知為什麼，心裡有了一點古怪的感覺。

不一會兒，水慢慢地開了，開始翻滾，一種淡淡的米香開始隨著翻騰起來的沸水飄散在山洞裡，尤正君只覺得飢腸轆轆，卻也知道對方不會給了水後再給吃的，下意識地皺起了眉頭。

「袋子裡還有一點肉乾。」肖天燁突然想起來這個，跑到一旁去翻翻撿撿，找了半天也沒找到那個裝肉乾的袋子。

歐陽暖看著水裡的米明顯很少，不得不皺起了眉頭，思忖著是不是再放一些，可是想到他們不知多久才能走出這山谷，便忍住了這想法。肖天燁終於找到那裝了肉乾的袋子，將肉乾倒出來一看，見只有巴掌大，不由得有點失望。歐陽暖笑了笑，取了他的匕首，切了一小塊，一點一點地撕成肉絲撒進了鍋裡。

「餓了嗎？」歐陽暖看著肖天燁似乎對肉乾太小而感到很失望的俊臉，遲疑了好一陣，才忽然很低地問了一聲。

對於一個成年男子來說，喝點稀粥再加一個餅實在是沒辦法裹腹吧？再加上錦衣玉食慣了，怎麼可能吃得下這種東西。歐陽暖半夜裡彷彿聽到他的肚子咕嚕嚕的響動。

正在失望肉乾太小的肖天燁被歐陽暖問得愣了愣，有些茫然地抬起頭，微倦的眼神在觸到歐陽暖沉默的目光以後，突然亮了起來。

他掩不住笑地彎起眼睛，輕輕搖了搖頭。

歐陽暖目光怪異地注視了那一瞬間笑容看起來有些可愛的男人，心裡奇異地翻滾了一下。

鍋子在火上「咕嘟咕嘟」的響著，一時山洞裡的氣氛有點奇怪，尤正君冷冷地望著他們，面上一貫帶著的笑容不知不覺變成了寒霜。

粥鍋裡的肉絲已煮得散了，一絲絲的肉味兒彌漫在半暖半涼的山洞裡，肖天燁被那勾人的味道引得忍不住吸了吸鼻子，終於轉過了目光，笑咪咪地望著粥鍋低聲道：「還是肉比較香，這山谷裡應該有不少動物，可是我出去轉了這麼長時間，竟然連一隻兔子都沒找到。」

喝完水，尤正君重新被塞了布團，不能冷嘲熱諷，不然他一定會說，外面漫天的大雪，又是剛剛發生過山崩，到哪裡去找獵物？簡直是癡心妄想！

鍋裡的粥終於煮好了，「我來。」肖天燁生怕歐陽暖被燙著，自己把鍋子從火上拿下來，找了半天卻也沒找出可以用來盛粥的勺子，最後只能皺皺眉，直接用樹葉杯從鍋裡舀出一些粥，小心地吹涼了，送到歐陽暖手上。

尤正君看得嘁了一口口水，心中暗罵了一聲諂媚，便移開了目光。

歐陽暖就著樹葉杯，小口小口地喝下裡面溫熱的稀肉粥。

看著她把自己手上的粥一小口一小口地喝了乾淨，肖天燁彎著眼睛滿足地笑了笑，望望還剩下一半多的粥鍋，道：「再喝一點吧……」

歐陽暖沉默地搖了搖頭，肖天燁便也喝了一點，隨後覺得那稀粥不太填肚子，跑到旁邊找了乾糧袋子裡面的黑麵餅來吃，就著稀粥卻也覺得很香。

歐陽暖看到面色已經散發出一層灰白的尤正君，對肖天燁道：「給他一點吃的吧。」

天氣太冷了，整整一夜沒有吃東西還一直在風口上擋風，恐怕還沒等他帶路就會斷氣了。歐陽暖盯著尤正君想了想，要是按照她的意思，這種整天想著害人的禍害死了也沒什麼，可現在他們還指望他帶路走出去。

既然還有利用價值，到底要留下他一條性命。

她看著肖天燁，對方不知道是沒發現呢，還是故意忽略，完全當做看不到她的眼神。這傢伙該不會是故意的吧？歐陽暖嘆了一口氣，主動站起來，在乾糧袋子裡面取出一塊餅，送到尤正君面前。尤正君懷疑地看了歐陽暖一眼，彷彿是在揣度她有沒有在餅裡面下毒，可是看著對方那一雙水靈靈黑漆漆的眼睛，他覺得自己未免太多疑了點，最後還是抵不住早已在他肚裡翻滾了很久的飢餓感覺，慢慢地咬住了餅。趁著人不注意，又輕輕咬了一下歐陽暖的手指。

歐陽暖厭惡地看了他一眼，隨手給了他一耳光。尤正君竟然絲毫都沒有生氣的感覺，他思忖了片刻，覺得自己大概被肖天燁傳染了一個賤字，不被打不舒服。然而此刻，耳中隱隱的似乎聽到肖天燁輕輕地嗤笑了一聲，一時間尤正君心裡湧起了深深的憤怒感覺，他到底是皇子，雖然一直生活在爾虞我詐之中，卻從未受過這種氣，心底恨透了肖天燁，恨不得立刻將他碎屍萬段，但目光一觸及歐陽暖投過來的目光，鼻子裡一聞到那薄薄卻誘人非常的餅的香味，想到皇家雖然應該顧忌皇家的體面，若是到了生死難斷的窘境還放不下尊嚴，等同於自尋死路。他可不是那種迂腐愚蠢的人，想到這裡，他強壓下那口氣，慢條斯理地咀嚼著嘴巴裡的餅。

肖天燁冷哼一聲，歐陽暖回頭望了他一眼，卻從他的眉眼中感到一種迫人的凌厲，但他看到自己望過去，立刻就轉開了目光。

火堆逐漸有將要燃盡的趨勢，原本因為蒸汽的關係而顯得有些暖的山洞裡漸漸變得涼了起來，歐陽暖小心地將一旁餘下的樹枝全都塞進火堆裡，火慢慢又大了起來。

「等外面的風雪小一點再出發吧。」肖天燁突然快步站起來，走到山洞口將尤正君一腳踢開，隨後快步走了出去。

歐陽暖看了尤正君一眼，略帶了點猶豫，下意識地跟著肖天燁走了出去。

山洞裡有水也有乾糧，所以肖天燁必定不是出去找什麼，歐陽暖這樣一想，便看到肖天燁一個人沉默地坐在風雪裡的一塊覆滿雪花的石頭上，雪太大，不一會兒就打濕了他的肩膀。

歐陽暖走過去，看著他道：「生氣了嗎？」

肖天燁一愣，隨即看向她，眼睛裡飛快地閃過點什麼，隨即搖頭。

歐陽暖眨了眨眼睛，道：「真的沒生氣？」

肖天燁漆黑的眼睛裡似乎有一點點委屈和一點點憤怒，卻哼了一聲，沒有回答。

這就還是生氣了！歐陽暖嘆了口氣，「你這是怎麼了？」

肖天燁望了山洞的方向一眼，道：「沒什麼。」

歐陽暖的眼睛閃了閃，雪花落在她長長的睫毛上，覆在她漆黑的髮上，整個人看起來就像是個雪娃娃般晶瑩剔透，肖天燁看著，不自覺地嘆了口氣。

歐陽暖看他模樣，微笑道：「你覺得我對他太好了點，是不是？」

肖天燁道：「管妳對他如何，我又沒有吃醋，鬼才……」

她可沒說過吃醋兩個字，是他自己說出來的！歐陽暖截口笑道：「我知道，你這樣大度，是不會吃醋的，是不是？」

肖天燁哼了一聲，沒有回答，這種孩子氣的舉動在他的身上卻一點也不會惹人厭煩，反倒增添了幾分奇異的魅力。歐陽暖相信沒有女人能拒絕他這樣可愛的生氣法，雖然她覺得給尤正君一點吃的是為了讓他的利用價值延續下去，並沒有什麼不對，可她還是柔聲道：「我厭惡他都來不及，怎麼會喜歡他呢？你這醋可見是白吃了！你如果生氣我給他吃的，那就不再給了，好不好？」

此刻的她，竟然已經不再是往日那清冷的模樣，肖天燁一愣，隨即看著她有點發愣，覺得她這態度有點熟悉，突然想起從前她對歐陽爵也是這樣，隨後悶悶不樂道：「妳當我是小孩子嗎？」

你可不就是小孩子嗎？居然為了這麼無聊的事情生氣！歐陽暖失笑，更加覺得眼前的肖天燁有幾分可愛。

她想到這個人在山谷中對自己的幫助和照顧，心腸不由自主便沒有那麼冷硬了，只能安撫他道：「你要餓著他，就餓著他吧，但總要留他一條性命，我們出谷還指望著他。」

肖天燁抬起眼睛，突然伸出一雙寬大而堅實的手掌，將歐陽暖的一隻手捧在掌心裡，癡癡地望著她，良久良久……

「如果不出谷的話，就只有我們兩個人在一起，不是很好嗎？」

歐陽暖沒想到他會這樣說，不由自主皺起了眉頭，肖天燁眼神一閃，歐陽暖在他惱怒之前道：「這地方太冷了，不知什麼時候又會發生山崩，而且我們都受了傷，在這裡根本沒辦法活過十天，是一定要出去的。」

肖天燁聽她解釋，才不由緩了口氣，道：「那傢伙鬼頭鬼腦，滿心毒辣，看見他，我心裡就堵得慌！」

歐陽暖顯然也是這樣認為的，沉吟半晌，緩緩接道：「看他的行事作風，實在不像是一個皇室子弟，倒是比地痞無賴還要無恥幾分。他說的也彷彿從來沒有一句是真話，說是會帶路，我怕他會藉機耍詐。」

肖天燁很贊同，頷首嘆道：「此人的確心思陰險得很，昔日我本還不覺得，但我與他接近的時候越多，便越覺他行事詭祕難測，還是小心為上。」

歐陽暖道：「你還說別人，你自己不也是這種捉摸不透的人嗎？」隨後想起這話似乎不該由自己來說，這樣一說，反倒不像是責備，帶了點親密的味道，臉上忽然一紅，垂首道：「我沒旁的意思，你別多想。」

肖天燁心頭一熱，臉上的笑容慢慢深了，「我知道。」

歐陽暖道：「我覺得他行事的詭祕狠辣，只怕還遠在肖衍之上。這種人，是不會心甘情願帶我們找到出口的，是不是得提前預防著。」

肖天燁沉吟半晌，道：「的確如此，所以我們一定要小心他。」說著看著漫天的雪光，微微出神，隨後笑了笑，道：「其實，我倒是有個好法子。」

歐陽暖看著他漆黑的眸子裡閃動著一絲狡黠和得意的光芒，便知道他已經有了好法子。的確，若論起聰明狡猾，肖天燁可是不遜於任何人的。看他這得意的樣子，突然之間，她覺得這個坐在自己的面前，帶著滿身孩子氣的男子，實在比世上很多男人都要可愛得多。雖然他在別人面前都是一副冷漠、無情、殘酷的模樣，但此刻，他在她的面前卻是明朗、熱情，還帶了一絲難以馴服的神氣，卻又顯現了十分的可愛。

她幽幽地出著神，暗自思忖：自己被迫來到他的身邊，將來究竟會發生些什麼呢？一直忍著不問爵兒的下落，但是一旦出谷，終究逃避不了這個問題。抬頭望去，肖天燁也正在出著神，看著自己也不知在想什麼，他的飛揚的雙眉微微皺起，使得他那明朗而俊美的面容又平添幾許稚氣的憂鬱之意。

歐陽暖不由得輕輕問道：「你在想什麼？」

肖天燁下意識地道：「想妳。」

歐陽暖蹙眉，「我就在這裡。」

肖天燁微微一笑，發自肺腑道：「我在想，妳在我身邊，何時是開心的，何時又是生氣的，此刻又是什麼樣的心情。」

他看著歐陽暖，歐陽暖也望著他，一時間，兩人都沒有說話。

雪花落在眼睛裡，似乎有點潮氣，歐陽暖頓了頓，突然道：「我們該回去了，不能讓他一個人留在山洞裡。」

在這充滿柔情蜜意的氛圍下，她突然提起別人，當真是煞風景！肖天燁心裡如同開水沸騰了一般滾了滾，完全沒了剛才的睿智，賭氣道：「讓他死了最好！」

歐陽暖失笑，「咱們要他活著才有用，死了有什麼用，拿來餵狼嗎？」

肖天燁心裡不樂了，還是坐著，動也不動。

歐陽暖皺眉，「好好的，怎麼又不高興了？」

「他來了以後，我們都沒時間單獨在一起，我還以為妳會很高興和我留在這裡。」肖天燁這一回毫不掩飾，話酸酸的，帶著醋意。

歐陽暖被他這樣直白的話說得臉上熱了熱，想要訓斥他，卻又看著他一雙亮閃閃的眼睛說不出話來。她嘆了口氣，慢慢地道：「我當然願意和你單獨在一起，可是——」

她的原意只是哄著他，讓他不要為了一點小事就生氣，其他事情出谷再說，其實沒有別的意思，但肖天燁聽來卻立刻轉怒為喜，道：「真的嗎？妳真的很願意和我在一起？」

歐陽暖：「……」她可以說後悔嗎？還是說不願意？只怕說一句，這個人就會衝回山洞不顧一切先宰掉裡面的人再說，唉。

肖天燁高興了，突然驚呼一聲，一躍而起，道：「回去吧！」隨後拉著歐陽暖的手，快步向山洞走去。

歐陽暖搖頭笑，心道這人比爵兒還要像個孩子。

尤正君正蜷縮在角落裡，用鋒利的石塊來磨蹭背後綁著手腕的布條，聽見腳步聲立刻就不動了，肖天燁快步進來，皺了皺眉，隨後大步將他拎起來，重新堵在了洞口。

就這麼拖來拖去，彷彿尤正君真的是石頭一樣。歐陽暖無聲地笑了笑，看到剛才尤正君所在的位置後頭的石壁上有隱約的血絲，便料到對方正在想法子逃跑，必然是不小心磨破了手上的皮，卻也不拆穿，只是看了肖天燁一眼，卻見到他若有所思地盯著尤正君，隨後又望著自己笑，很明顯也是察覺到了。

肖天燁出去，自己也跟著出去，固然有話要說，也是故意留給尤正君時間，現在——狐狸已經上鉤了！歐陽暖微微一笑。

尤正君偷偷藏了一塊鋒利的石子在手裡，想要趁著那兩人不注意慢慢磨開，誰知這時候就聽到肖天燁朗聲道：「時間不早了，咱們上路吧！」

歐陽暖主動俯下身子，細心地將所有的乾糧袋子併起來。尤正君盯著歐陽暖，見她微微發白的臉上那雙原本黑玉一樣的眼睛已經熬出了血絲，卻還毫無怨言地去收拾東西，再低頭，發現她明明腿上受了傷，卻沒有半點不耐煩地和肖天燁輕聲說話，尤正君心裡又湧上奇怪感覺的翻滾了一下，頗有些不是滋味地低下頭，冷冷哼了聲。

他不得不承認，若是換了自己的妹妹雲羅公主，現在不是頤指氣使地要別人幹活，就是大吵大鬧著要回去，這就是嬌滴滴的公主貴女，她們總是覺得別人為她們奉獻一切都是應該的，不會考慮到別人的難處和痛苦。尤正君平日裡見到的女人全都是這樣的，所以他也沒覺得什麼不對，當然那種出身平民小戶，善於做粗活的女人，又太粗鄙了，他也看不起。可是眼前的歐陽暖，明明出身很好，面對這樣的困境卻沒有過一句抱怨，甚至事事搶在肖天燁的前面去做，隱隱透出一種維護之意，脆弱的表面之下，竟然是無比的堅韌，這讓他難以想像。

肖天燁又出去了一趟，將那些死人身上能夠找到的弓箭、匕首、繩索和大刀全都一樣一樣地帶了回來。隨後他打量了一番尤正君，眼睛裡面有一絲奇異的光彩，然後他低下頭，靴子用繩子緊緊地綁了綁，又抽出長劍來比劃了比劃，然後停了停，在歐陽暖略帶驚訝的注視下，微微一笑。

「我們還需要一點上路的糧食。只要一會兒，就拜託你了。」肖天燁笑得越發良善，如果他手中的動作不是這樣險惡的話，尤正君還會以為他是真的在拜託自己。

肖天燁將尤正君拖出來，放到自己曾經觀察過無數次的地方，指著那個坑轉頭對歐陽暖道：「暖兒，看到這個沒有？」

歐陽暖看向凹陷的坑，應該是在山崩的時候裂開的地縫，不由奇怪道：「你要做什麼？」

肖天燁笑得很善良，「暖兒妳身體太虛，一直喝粥肯定不行，咱們還得在山谷裡走幾天，需要一些肉。這個坑是不是很像樹林裡的陷阱？只要能把動物引來，就算成了一半了。」

換句話說，鎮北王要吃肉，所以決定在臨行前捕獵了。

歐陽暖看著那空蕩蕩的坑，問題在於，要怎麼才能把動物引過來呢？這冰天雪地的，除非是……她的目光落在了尤正君的身上。

尤正君被她的目光看得心裡一跳，「你們要做什麼？」

肖天燁笑了笑，帶著一點誘惑的語氣：「二殿下，你想不想吃肉？」

肉自然是想吃的，但你們的表情像是要把我殺了吃一樣恐怖！尤正君望著他們，盡力平心靜氣道：「你們究竟想要怎麼樣？」

肖天燁磨刀霍霍，一步步走過去，毫不留情地在尤正君的手臂上割了一刀，尤正君痛得幾乎難以自持，一下子栽倒在地上。

歐陽暖嘆了一口氣，道：「這點血不夠吧？」

肖天燁點點頭，眼看著就要上去再補上一刀，尤正君連忙道：「夠了夠了！只要讓它多流一會兒，肯定夠了！」

看來他早知道他們兩人的打算，卻故意裝糊塗，歐陽暖微微一笑，道：「那就請二殿下犧牲一下了。」

尤正君動了動嘴唇，表情怪異地眨了眨眼，遲疑了一下，終於下定決心般的幽幽嘆了口氣，低聲說：「我總是豁出性命幫你們的忙，記得分我一點肉吃……」

這個要求不過分，歐陽暖微笑著點頭，肖天燁看他一副死豬樣，心裡越發高興，笑咪咪地把他拖到陷阱的左側，然後用他流出來的血塗抹到陷阱的周圍。

「你只要一動也不動地躺在那裡，假裝自己是個死人就可以了。」肖天燁這樣說著，隨後拉著歐陽暖躲到一邊的山石後面去了

「這樣是不是太……」歐陽暖看向面色青白的尤正君，不是可憐，只是怕他流血過多死了。

肖天燁正是舒心的時候，「不逼得他狗急跳牆，計劃如何進行下去？」

咳咳，其實肖天燁就是故意找機會惡整他而已，還是光明正大的惡整。

尤正君早在看見那個坑的時候，就知道肖天燁拿他做誘餌，心中的憤怒漸漸全變成對他更深的怨恨。他一定要讓他好看，等著瞧吧！

「死人都不會裝，真是個蠢貨！」肖天燁毫不留情地斥道。

他的聲音順著風在白茫茫的雪地上迴盪，歐陽暖笑了。她望著灰沉沉的天，紙片大小的雪花還在靜靜地從天上不停飄落下來，隨後她又望了望那個被他們強迫躺在地上裝死屍的男子，嘆了口氣。

陸之章◆乘亂迎親喜氣揚

等了足足半個時辰，突然看到遠方有一個黑點飛快地竄過來，歐陽暖一怔，隨後眼睛裡露出一絲喜悅。

那是一隻山貓，聞到血腥味的時候，牠已經完全喪失了戒心，美滋滋地直奔尤正君而去，一路順著血跡，牠嗅到了尤正君的味道，肖天燁的箭在牠即將越過坑的前一刻破空而出，帶著尖銳的聲音「砰」的一聲射穿了牠的身子，只聽到山貓一聲尖叫就被肖天燁的箭射中了，牠從鋪上一層披風，外表看起來和平地無異的坑上掉了下去。

肖天燁走上前，看到一隻足有一米多長的山貓趴在坑裡一動也不動，喉嚨上還有一支箭，熱滾滾的血順著貫穿身子的箭滴滴答答地落在雪地上，染出一片猩紅顏色。

他得意洋洋，忍不住大聲笑道：「怎麼樣？這天寒地凍的地方，唯一的辦法就是用鮮血吸引來這些動物！一會兒我把這東西開膛破肚，去爪拔毛，先放放血水，然後就放在火上烤一烤，一定很好吃！」

尤正君坐起來，用陰冷的眼神盯著肖天燁，而肖天燁則表現出得意過頭的模樣，半點也沒向他的方向看。

肖天燁說這個法子能徹底激怒尤正君，歐陽暖微微地笑了——果真是個好辦法啊！

肖天燁將那隻山貓拖回山洞，開膛破肚，去爪拔毛，然後又先放了放血，拿滾水滾了一遍，最後才用一根削尖了的柴禾穿著架在火上炭燒，不過他沒有食言，果真丟給了尤正君一塊肉，卻是屁股上的肉。尤正君想到他將自己半嚇半耍地折騰了半天，心裡的火就燒得十分旺盛。

肖天燁吃得很高興，雖然這肉吃起來不但酸，還略帶些去不掉的腥臭氣，但他卻依然吃得有滋有味。他將山貓的肉遞給歐陽暖，她卻搖了搖頭，示意自己不餓，肖天燁便將剩下的肉烤乾，全都用乾糧袋裝了起來，然後將它們塞在腰間，鍋子之類的也隨身帶著。他把還在燃燒的火堆滅了，又檢查了一遍山洞還有什麼東西落下的，這才解開尤正君腳下的布條，道：「可以走了。」

尤正君還是被反綁著雙手，臉上的腫脹倒是消了許多，恢復了往日的英俊瀟灑，只是姿勢還是不太雅觀，走一步要摔一跤，他看了歐陽暖一眼道：「可否幫我把手上的布條解開？」

歐陽暖還沒說話，肖天燁看了他一眼，冷笑道：「若是你走不動，就拖著你走好了。」說著要來抓尤正君，對方立刻挺直了身子，道：「不必了。」

天空的雪花只稍停了片刻，很快又下大了，山谷裡面到處是白茫茫的一片，幾乎不辨方向。

肖天燁讓尤正君在前面帶路，自己和歐陽暖在後面慢慢地走，橫豎還有根繩子拴在尤正君的手上，不怕他跑了，更何況，尤正君除了昨天夜裡的半個餅子，什麼都沒吃，現在腿都發軟，怎麼有力氣逃跑呢？他又是個聰明人，知道若是現在逃跑肯定會被抓回來，所以一定會從別的地方想法子。

歐陽暖的腿傷經過兩天的休息，雖然好了很多，但畢竟傷勢得不到好的藥物治療，之前在大歷的時候身子也大虧，撐不了許多時候，和肖天燁在雪地上跌跌撞撞地走了會兒，頭上便開始見虛汗。肖天燁瞧了瞧，心裡一疼，直接將她抱著走。走一段歇一段，歐陽暖才能勉強支撐下來。

尤正君帶著他們在山谷裡面故意繞圈子一般，轉了一整天也沒轉出去，中間歐陽暖餓了，就取了點東西吃，但她食量小，吃得少，每次自己若是要吃，必會拿些分給肖天燁。肖天燁喜孜孜地吃了一半又收起來，尤正君看著流口水，肖天燁也毫無反應，彷彿沒瞧見似的，倒是歐陽暖眼睛裡似乎流露出不忍之色。

尤正君卻沒有看出來，這兩個人一個扮紅臉一個扮白臉，就是在等他上鉤。

眼看太陽就要下山了，肖天燁大手一揮，不走了，隨後將尤正君拉回來，重新綁起來。然後找了個避風的地方，尋了塊石頭，小心地燒了個火堆，把歐陽暖拖過來抱住。原本歐陽暖不肯和肖天燁靠得太近，後來覺得實在太冷了，不得已也就隨他去了。

就這樣，三個人在漫天大雪裡走了兩天，直到第三天的時候，天雖還陰沉，可雪卻下得小了許多，身邊的山岩峭壁也漸多，肖天燁才發現前面的路被大石塊堵死了，尤正君回頭道：「就是這條路。」

肖天燁上前查看了一下，這一處旁邊是陡峭的山壁，唯一的出口確實是被山崩時落下的巨大石塊堵住了，那石塊足足有七八米高，根本不可能推得動。肖天燁看向尤正君，他只是苦笑，「你看，我說了山崩會把唯一的出口堵死，你還不信，現在親眼瞧見了吧！」

知道你還把我們領這裡來！肖天燁冷眼望著他，正要發怒，歐陽暖抓住了他的手，反而柔聲問尤正君：「你既然知道這條路，必定還有別的法子，對不對？」

尤正君低下頭，道：「我能有什麼法子？」

歐陽暖笑了，眨了眨眼睛，幽深的眸子劃過一絲明媚的光彩，「你也不想死在這裡的，是不是，二殿下？」

尤正君猛地抬起頭來，視線落在歐陽暖的身上，定定地看了半天，才低聲道：「有是有，不過很危險。唯一的法子就是……」說著突然提起頭看向山壁，「翻過這座山。」

山上彷彿隱約有可以爬上山的山路，但畢竟不比山下的路好走，實在是太危險了，不，簡直是拿性命去搏，可是他們別無選擇。

肖天燁看著歐陽暖，「妳跟著我，別害怕。」

尤正君望著他們二人，將手遞過來，「該不會還想要這麼綁著我吧？萬一摔了一跤，我會滾下去的。」

肖天燁明明看見他眼睛裡的詭譎光彩，卻故意沉下臉，道：「解開的話，如果你跑了怎麼辦？休想！」

尤正君苦笑，望著歐陽暖，似乎有點哀求的意思。

歐陽暖忍住心頭的冷笑，眨了眨眼睛，面上故意作出不忍之色，道：「算了吧，他也是要出去的，又能逃到哪裡去呢？」

尤正君連聲道：「正是正是！我能跑到哪裡去呢？橫豎是要跟著你們一起出去的！」

肖天燁狐疑地看了他一眼，俊美的臉上罩上了一層寒霜，最終心不甘情不願地解開了尤正君手上的布條。尤正君故意垂下右手，彷彿廢了的模樣，然後晃動著左手，緩解麻痹感。

這一下，歐陽暖更加確定此人的右手沒有被廢掉，雖然她的確是想要廢掉他的右手，不過她是女子，就算用了全力，力氣也很有限，而對方卻是個身強力壯的練武之人，未必會因為她砸了那一下就徹底廢了手，當然，那一下也不會輕就是了。

他們三人果真開始向山壁上走，因為下面的山路崩塌了，上面的路也變得崎嶇一點，布滿了岩石、藤草，卻是積雪甚少，甚至有的地方雪花被山岩擋住，地上根本就沒有積雪。

尤正君似是因為身體凍僵了，走得很慢很慢，好幾次故意落在後面，等肖天燁回頭盯著他，他才跟上來。

他們足足花了四個時辰，才走到相當於半山的位置，路卻是越來越陡峭了。歐陽暖走在肖天燁的身側，低聲道：「他故意落後，是要耍花招了。」

肖天燁微笑，「放心吧，他既然要算計咱們，自然要裝神弄鬼，故布疑陣，而我們……」

歐陽暖笑道：「我們只要裝作上當就是了，但是這樣一來，你必須得吃點苦頭了。」

肖天燁沉吟半晌，道：「我明白。」

話聲未了，身後突有一陣慘呼之聲傳來。

一個嘶啞的聲音，顫聲呼道：「救命呀……救命呀……」

歐陽暖和肖天燁不由得同時吃了一驚，兩人對望一眼，同時回過頭。

這呼救之聲，自然是從尤正君嘴巴裡面喊出來的。

不過片刻之間，呼聲已更是微弱，尤正君聲嘶力竭，呻吟似的呼道：「我滑了一跤，在山石下面，快來救救我！」

歐陽暖和肖天燁隨聲望去，只見那邊轉角處一塊向外凸起的山石邊緣有兩隻手緊緊攀在上面，指節都已經變成青色，顯見已無力支持。看樣子，像是從山路上滑了一跤之後無意中滾落到這裡，差點掉下山去，勉強抓住一個石頭才撐下來。

肖天燁回頭看了歐陽暖一眼，微微一笑，大聲道：「暖兒，咱們別管他了，快走吧！」

歐陽暖提高音量，彷彿很不忍心的樣子：「這怎麼可以？我們不能見死不救啊！人命關天，救人如救火，還等什麼？你快去把他拉上來！」

尤正君依稀聽見肖天燁冷笑了一聲，彷彿很不樂意的模樣，隨後磨磨蹭蹭沒有動靜，他立刻又發出一聲求救。

歐陽暖道：「無論有些什麼，總也得先將人救起來再說，再耽擱，等他掉下去怎麼辦？我們也還用得上他呢！」肖天燁似乎還要拒絕，但歐陽暖向他微微一笑，已經推了他上去。

肖天燁只得頷首道：「好，我去救他，妳在這裡等著。」說著快步走過去，俯身捉住了尤正君那隻無力的右手腕。

「你不要亂動，我把你拉上來。」肖天燁這樣說道，誰知道話還沒有說完，原本只靠著左手硬撐著掛在石壁上的人，那隻本該廢棄的右手突然向上一翻，手上中指，反扣住肖天燁的手臂，隨後袖子裡似乎一條光影急竄而入，肖天燁似是沒有防備，但覺雙臂一麻，渾身頓時沒了氣力。

「怎麼回事？」歐陽暖一句話還未說完，肖天燁已驚呼一聲，一下子被掄了出去，整個人摔下了山壁。
這變化委實太過突然，歐陽暖如遭雷轟電擊，整個人怔在當地。
只聽肖天燁慘叫之聲，餘音未了，原先凸起的山石下卻已有獰笑之聲發出，一條人影隨著笑聲翻了上來。
歐陽暖冷冷地望著那人，快步走了過去，直往山下望去，卻看到沉沉如暮，什麼人影都沒有，頓時心頭一跳，怒色滿面回頭道：「尤正君，你做了什麼？」
尤正君笑了，隨後抖了抖如今空蕩蕩的右手袖子，道：「原本我有一條袖中蛇，這條蛇是我餵養大的，一直藏在袖子裡，被牠咬一下，足足有半個時辰都不能動彈，是不是很有趣？」
歐陽暖震驚地望著他，過了片刻，猛地打了他一個耳光。
尤正君卻不避不閃，只是笑道：「郡主，我是為了妳好，嫁給這麼一個男人不覺得委屈嗎？他若死了，妳不就解脫了？」
他的聲音十分柔和，隱約帶了三分說不清的情誼，歐陽暖聽在耳朵裡卻覺得異常噁心，不由得目光變得更冷，「你恩將仇報，到底想要怎樣？」
尤正君笑道：「什麼恩將仇報，肖天燁對我有什麼恩德，這兩天來我受了他不知道多少冤枉氣，倒是妳……」他盯著歐陽暖清麗的面容看了半天，越看越是喜愛，又道：「倒是妳，對我還說得上不錯。」
歐陽暖向後倒退了一步。
尤正君柔聲道：「妳別害怕，我不會傷害妳的。」口中說話，腳下已一步步向歐陽暖走來。
歐陽暖道：「離我遠一點！」
尤正君笑道：「我也是這兩日才發現，妳不光是一張臉長得好看，更加上心性堅強，我還從未見過妳這樣的女子，正適合做我的女人。」

歐陽暖冷冷望著他，舉手一掌，又要打他的臉一樣。

但她全身的氣力，彷彿是受到了突如其來的驚嚇，已不知到哪裡去了，這一掌雖然劈出，掌勢卻是軟綿綿的，連隻蒼蠅都打不死。尤正君輕輕一抬手，就將她手掌抓住，口中笑道：「看妳，都捨不得打我，可見還是對我有情的，是不是？肖天燁並非正統的南詔皇族，總有一天是要被收拾掉的，我卻不同，妳既然已經來了南詔，自然不能再回去，我可以向父皇請求，讓妳嫁給我做皇子妃，不是很好嗎？」

他的手落在她的手腕上，歐陽暖覺得好像是被一條冷冰黏膩的毒蛇纏住了，不由狠狠皺眉，道：「放開我！」

尤正君盯著歐陽暖，瞧見她面上神色不定，猜到她心中一定是極為恐懼，不由笑得更溫柔，卻是無論如何不肯鬆手。

「你這樣害我，還想要我做你的皇子妃，癡人說夢！」

尤正君笑道：「若是換了旁人傷了我的手，我早就將她碎屍萬段了，可妳就不同了！我這樣溫柔地對待妳，怎麼能說是在害妳？我若是真的要害妳，早就把妳和肖天燁一起送到地獄去了！」

歐陽暖目光中閃過一絲冷芒，發白的嘴唇咬出了一絲血跡，「那你就殺了我吧！」

尤正君大笑，「妳這樣的美人，又這麼聰明，我怎麼捨得殺妳？」隨後看了山下一眼，冷笑道：「妳別再指望他爬上來了！他從這麼高的地方摔下去，必死無疑！」

歐陽暖心裡一跳，想要說什麼，最終卻只是喃喃道：「他……他是為了救你才掉下去的……」

尤正君大笑道：「我一路想法子，直到這裡，才想出這妙計送他的終，妳難道還以為我方才真是在求救嗎？」

歐陽暖望著他，目光越來越冷，「你果真是心狠手辣，禽獸不如！」

尤正君笑道：「不錯，我是禽獸不如，但也是你們自作多情，我會需要他來救我嗎？」

歐陽暖越聽越是厭惡到了十分，想要甩脫，然而他的一雙手，卻像是鋼鉗似的抓著她，她哪裡能掙得脫。

尤正君笑道：「郡主，我不會放手的，我辛辛苦苦才又把妳得到手，怎會這麼容易讓妳走？」說完，尤正君拉著她，逕自走上山去。歐陽暖回頭望了高高的山壁一眼，垂下了眼睛。

一路上，她心中有事，始終面沉如水。尤正君望了她一眼，突然冷笑道：「這是怎麼了？剛才和肖天燁還你儂我儂的，在我跟前裝什麼？」

歐陽暖止住步子，冷冷地望著他，「你在說什麼？」

尤正君冷笑道：「聽聞大歷女子最是注重貞潔，可是妳二人共處一室就罷了，剛才還那麼親密。可見妳外表雖裝得三貞九烈，其實卻是水性楊花，我沒來之前你們兩人單獨相處了兩日，想也做了些不可告人之事。」

歐陽暖修養再好，也忍不住被這句話說得惱怒，但她想到不該在此刻與他起爭執，便只是道：「在一雙骯髒的眼睛裡，看世間的萬物，也都是骯髒的了！」

尤正君居然並不生氣，只是得意地笑了笑，「那又如何，我略施妙計，不費吹灰之力，便叫他摔成肉泥！哈哈，牡丹花下死，做鬼也風流，他能為妳而死，也算死得不冤了！」

歐陽暖眼睛是憤怒的，卻彷彿沾了露水的蝴蝶，並不顯露出來，帶了些微火焰的，在尤正君的視線中游離著，「你行事如此惡毒，只怕他不會放過你！」她說這句話，其實別有深意，卻篤定了尤正君聽不出來而已。

尤正君果真大笑道：「他活著時我尚且不怕，他死了後我難道還會怕他不成？妳還是操心操心自己吧！」說完，一把將她拉住，強行向山上走去。

又走了足足兩個時辰，一路費了好大力氣，他們才到了峰頂，隨後一路順著山路往下走。歐陽暖下意識地克制住向後看的念頭，只是一路跟著他走，卻再也不理會他的任何一句話，不管尤正君如何挑釁或者口出戲謔之語，她都彷彿沒有聽見似的。

肖天燁掉下去，對於尤正君來說只有一個壞處，糧食也跟著沒了，然而他跟肖天燁不一樣，一路上山看見的所有植物他大部分是認識的，挑了能吃的果子摘下來擦乾淨，倒也能勉強充飢。

下了山，又走了一個時辰，幾乎是走過無數岔路，他們才到了一道山壁前，卻是比剛才那條路更陡峭，完全都沒有路可以上去，尤正君停下來，道：「過了這道山壁，便是另一個出口。」

歐陽暖面上終於出現了一絲變化，一雙晶瑩的眼睛盯著尤正君道：「哦，這一回是真的嗎？」

尤正君看著她笑了，「若是肖天燁在這裡，我自然是要想法子在路上叫你們迷路，讓他再也回不來，至於妳，我又何必防範呢？」

早就知道會這樣了，若是肖天燁在，尤正君一定會故意帶他們走到絕路上去，藉機會擺脫他們，只有肖天燁不在，尤正君才會往正確的路上走。

歐陽暖冷笑，此人心機深沉，心思歹毒，果真是一點不差。

尤正君剛要挽起她的手，突然不知從何處飛來一把匕首，電光石火之間，他飛快地閃避，那把匕首卻一下子刺入他的右手腕。他劇痛難忍，一驚，陡然回頭，卻見到一個人站在風中對著他笑，「我還沒死，就惦記我媳婦兒，你真是活膩味了！」

這人面如冠玉，笑容可掬，只是一雙眼睛閃閃發亮，不是本該墜入山崖的肖天燁又是誰？

尤正君猛地一怔，竟然倒退了一步。他回頭望向歐陽暖，卻看到她快步越過自己，走到肖天燁的身邊，「剛才受傷了嗎？」

肖天燁彷彿玩耍一般，突然丟了條死蛇到尤正君的頭上，哈哈大笑起來，「若非我早有防備，還真就著了你的道！」

歐陽暖見肖天燁上下都沒有損傷，不過是衣服多磨破了幾個洞，這才放下心來，剛才那一幕雖然是他們早就設計好的，也是故意裝作掉入尤正君的陷阱，那條蛇卻是個意外，她剛才一路走，心中總是莫名不安，生怕肖天燁會受到什麼傷害。

等等，她什麼時候這樣關心這個男人了？現在不是想這些的時候，出去要緊。

歐陽暖一怔，隨後調轉開了目光。

尤正君咬牙，「你們聯起手來騙我告訴你們出路！」

肖天燁只是笑，「是你自己蠢，難不成還真以為我們暖兒看上你了，所以對你好啊？傻瓜！我對她那麼好她都不理我，還能搭理你！」

歐陽暖聞言皺眉，一眼望過去，因為沒有束髮，披散而下的髮梢幾乎垂及腰間，映著漫天雪色，就像披著一匹閃閃生光的緞子，越發襯得她的眼眸明亮如星。肖天燁立刻閉了嘴，唇卻彎了起來。

看他們兩人之間的神情，尤正君怒意更甚，幾乎恨不得上去將他們痛打一頓才好，「好，從來只有我騙別人，還沒有被別人騙過，我會記住！」

歐陽暖轉頭望向他，眉目俏麗，眸如漩渦，那種蒼白的臉色，像雪一樣透明，彷彿頃刻就要融化一般，「是嗎？那麼二殿下可要好好地記住才行！」

尤正君面色蒼白，顯然是氣得狠了，可是他看了歐陽暖片刻，卻很快轉換了語氣，和緩道：「今日這件事是我不對，請鎮北王大人大量，不要放在心上才是！」

他語氣誠懇，態度極為自然，彷彿是真心認錯一樣。歐陽暖盯著這個人，唇角輕輕上挑，含著似是而非的笑，道：「二殿下多慮了，我們又怎麼是心胸狹窄的人呢？」

他們故意設局，就是要讓尤正君走到真正的出口來，只有讓他以為肖天燁已經死了，才會放心地帶著歐陽暖離開山谷。歐陽暖故意在一路上對他釋放善意，讓他以為她對他有憐憫之心，說起來也是利用了他的複雜心態，這其中有絲毫掌握不好，都會引來滅頂之災。歐陽暖和肖天燁聯手設計了這齣戲，將尤正君成功地耍了一把，他本該極為生氣，要對肖天燁發怒，然而他卻這麼快就調節好了情緒，歐陽暖自問，自己也不能做到這一點。所以，這個尤正君，能屈能伸，忍別人不能忍，的確是個很厲害的角色！

尤正君上了當，卻也沒有將恨怒放在臉上，只是將嘴角微微涼薄一扯，把所有的壓抑不住的怒意均化為了冷笑，嚥在心底，道：「我在前面為二位帶路吧，這一回，不會再發生不愉快的事了！」原先他的確打算過，在山裡繞上個十天八天，將他們的耐心耗光再找機會對肖天燁動手，誰知卻被他們設計帶到了這裡，剛才已經告訴過歐陽暖過了這座山就是出口，他也沒辦法再反悔，只能這樣說道。

歐陽暖自然曉得他的心思，微微側頭，朝肖天燁一笑，眼若弦月，彷彿冰開雪化，清麗嬌美得讓肖天燁眼前再沒了其他顏色，「走吧。」

肖天燁癡癡地望著她，半晌都沒有回聲，待反應過來，立刻跟了上去。

「若是過了這山壁你再出現，更有把握些。」歐陽暖低聲道。

肖天燁不吭聲，只把一雙亮閃閃的眼睛瞅了瞅歐陽暖，心道我才不能讓妳和他單獨相處，還不知道他要使出什麼卑劣的手段來呢！

「他的右手，這回是真的廢了。」歐陽暖看著尤正君剛剛強行拔掉匕首，勉強用布條包紮好卻還在不斷往外滲血的右手。

一隻手自她身後伸了過來，將她的臉硬是掰扯回來，原本是覆著金色淺得近似牙色的袖口，隱約還能看出玄線繡出的翟紋，卻已經破損不堪。

肖天燁捧住她的臉，小小聲地道：「不用管他了！」

歐陽暖一愣，隨即緩緩垂下頭，一截如細膩象牙般的優美頸項，生生壓下了雪光絢爛的顏色，隨後，她快速望了山壁一眼，道：「這裡我上不去。」

剛才那山上還有路，這裡根本都沒辦法走，她是足不出戶的閨門千金，不是飛簷走壁的女飛賊，若是讓她這樣手腳並用地爬上去，只怕剛到上面就要摔個粉身碎骨，她縱然膽大，卻也沒有拿生命開玩笑的道理。

「必須通過這道山壁，只要過去，再走一個時辰便是山下了，到時候找到人，就算得救了。」尤正君在一旁看她神色，似乎知道她的心思，自然而然地說道。

肖天燁冷冷地望了他一眼，「是要爬過去，只是需要一個人在前面，另一個人用繩子繫在腰間這樣跟著，然後等前面一個人爬到最頂端了，再用繩子將體力不好的人拉上去。」

歐陽暖心中一頓。肖天燁的意思很明白，現在唯一有足夠的力氣爬到山頂的人，就是他，因為自己是女子，體力不好，而尤正君的右手這一回真的廢了，又有兩天都沒有吃什麼東西，體力不支，自然是沒辦法爬上去。問題是，肖天燁一次只能帶走一個人，若是他和歐陽暖先上去，那麼尤正君必然要被丟在下面，他極有可能藉機會逃跑。若是讓尤正君先上去，那麼等肖天燁來接自己的時候，他在上面使壞，哪怕砸一塊石頭下來，都是必死無疑。

兩樣都不是好選擇，歐陽暖沉思。

尤正君看準了機會，趕緊道：「不然先讓我上去？」

肖天燁冷眼望著他，冷笑冷笑再冷笑。

尤正君心中一跳，放緩了語氣道：「那我在最後吧。」

「既然這樣，你就先在這兒好好坐著，等我們的信號啊。」肖天燁微笑著說，彷彿沒意識到將此人放在最後的危險性。

尤正君點點頭，道：「你們先上去吧，我在這裡等就是。」

歐陽暖奇怪道：「你就不怕我們將你丟在這裡？」

尤正君微笑，「你太小看這座山了，雖然我們已經出了山谷，可是沒有我帶路，你們能找到人煙嗎？你們還是需要我的。」

正因為需要你，才不能讓你找機會逃跑！找不到路倒不是大事，最關鍵的是，若是在上面碰到了你的人，最好的法子就是拿你做人質！歐陽暖看著他，眼睛眨了眨，隨後對肖天燁道：「也只好如此了。」

肖天燁看著歐陽暖，在她的眼睛裡看到了一絲諷刺的微笑，立刻知道她在打什麼主意，毫不猶豫地點了點頭，狀若遺憾地道：「好吧。」

尤正君掩飾住了嘴角的得意，道：「那你們上去吧。」話還沒說完，就被肖天燁一鍋蓋敲暈了過去，那力道砸得極猛，他因為毫無防備，一下子撲倒在地，一動也不動了。

歐陽暖點點頭，「等你回來，他恐怕還睡著，這才是最保險的法子。」

肖天燁笑了笑，眼睛閃亮，道：「把別人都當傻子，他才是傻子呢。」說完，把尤正君彷彿拎小雞一樣地拎起來，然後綁在旁邊的一棵樹上，思忖了半天，用那好不容易留下來的鍋又多打了幾下，尤正君毫無反應地垂著頭，肖天燁又用刀柄戳了戳他，隨後放心了，「的確是暈過去了。」

那一鍋下去，別說是人，就算是牛也要暈了！歐陽暖失笑。尤正君太狡猾了，光是綁著他肯定不行，只有將他打暈過去才能放心。

肖天燁找出一條粗粗的繩子，一頭繫在自己腰上，然後將另外一邊遞給歐陽暖。原本照那他的意思，怕歐陽暖氣力不足，爬不上去，想要背著她上去，可歐陽暖說什麼也不讓他背，他只好讓她將繩子繫在腰上。這繩索是來自於南詔士兵的，因為南詔多山，所以每個士兵外出身上都帶上這樣的繩索，為的是在行隊中途若是碰到獵物就可以捕捉，若是遇見敵人也可以綁住，若是碰上溝溝壑壑，幾個人身上的繩索結起來，便是上山下坡的工具。不光是士兵，一般生活在山區的男女老幼都備著這種繩索，因為這附近一帶地少山多，行路難，所以更是需要備著，然而那些帶著繩索的南詔士兵還是死在了山谷下，被肖天燁搜羅了繩索用來上山。

歐陽暖感覺身上被寒風吹得透透的，回過頭看看，已經爬得越來越高了。再看前面那個辛辛苦苦拉著她往上爬的人，她真的說不清和肖天燁這算是什麼樣的緣分了。

經過一番的艱難跋涉，終於翻到了壁上，肖天燁剛才還精神奕奕地，一到上頭卻突然坐下來道：「我走不動了，完全沒力氣了。」

歐陽暖看了他一眼，提醒道：「活著的尤正君比死了要有用的多。」

肖天燁抬頭望了望她，沒說話，隨後突然爬起來，順著原路返回去找剩下的那個人。

尤正君被拎上來的時候，還是昏迷著的，肖天燁惡狠狠地踢了他一腳，尤正君悶哼一聲，這才坐了起來，迷茫地看了一眼四周，表情十分無辜。

歐陽暖很想笑，他被肖天燁打暈了之後，最多不過一個時辰就會清醒，偏偏到肖天燁累個半死把他拖上來以後再醒過來，分明是惡意報復，可見這個人啊，真的很會算計。

到了這裡，很快便會下山了，一路上雪雖然已停，但冰天雪地還是凍人，沒走一會兒，歐陽暖腳下被雪絆滑了一下。肖天燁眼疾手快地扶了她一把，就此，這兩人的手就再也沒鬆開。實際上是歐陽暖想要甩開肖天燁的手卻甩不開，可是看在尤正君眼睛裡，越看心裡越不是滋味。

肖天燁瞥了尤正君一眼，然後面無表情地回過頭，拉住歐陽暖的手緊了緊。歐陽暖臉色發紅，無奈敵不過他力氣大，也就隨便他去了。肖天燁眨眨眼，緊繃的臉慢慢舒展開，私下裡得意洋洋地瞟了尤正君一眼。哼，分明是他媳婦兒，別人還想要，他費了千辛萬苦才討來的，誰敢跟他搶，殺無赦……

就在這時候，歐陽暖突然看到前方有營帳，頓時愣住了，隨即大喜在望，她拉住肖天燁的手，歡喜地道：「看到了嗎？看到了沒有？」

不光她看到了，肖天燁也看到了，只有尤正君的一雙眼睛透露出一種奇異的光芒。

歐陽暖快步走去，這才發現肖天燁還牢牢握住她的手，她似怒非怒地看著他，「還不鬆開！」果然，只要回來之後，她就不會像這幾日一樣依賴自己，喜歡自己了！肖天燁雙眸一黯，又想到回來之後便可以舉行婚禮，美人一樣是自己的，頓時又歡喜起來。

不遠處的營帳，負責守衛的士兵發現了他們，其中一人認出了肖天燁，頓時歡呼起來：「王爺回來了！王爺回來了！」

一陣風似的，這歡呼聲很快傳遍了整個營帳。就見肖凌風快步從主帳出來，他看見肖天燁，面上露出喜悅，隨後走過來重重拍了一下他的肩膀，「好，回來就好！」他得知遇襲的消息後，立刻帶了五萬兵馬趕到山下，卻礙於大雪封山而無法上去，等雪小了一點才上山搜救，隨即發現了被圍困的送親隊伍和肖天燁帶去的一部分士兵，這才知道肖天燁和歐陽暖都失蹤了，這一下可大驚，立刻派人將整座山上上下下搜索了一遍，奈何山上很多地方都被山崩毀壞，根本找不到他們兩人的足跡，就在他們快要放棄的時候，人居然自己出現了。

肖凌風高興得很，剛要說什麼，就聽見歐陽暖急切地問道：「我的丫鬟呢？」

「小姐！小姐，您回來了！」

話音未落，突然有一個小丫鬟飛奔過來抱住歐陽暖，涕淚一起下來，哭得哇哇的。

歐陽暖一怔，隨後拍了拍她的頭，微笑道：「傻孩子，快別哭了！」

菖蒲看了歐陽暖，上上下下地檢查一遍，發現她並沒有受到太大的損傷，卻沒有止住哭聲，反而哭得更厲害，幾乎是上氣不接下氣。歐陽暖一眼就瞧見紅玉站在不遠處，卻是髮髻蓬亂的模樣，立刻喜出望外地走過去抱住她，她卻像是受到百般驚嚇似的彈跳起來。歐陽暖這才發覺原來在她厚厚的棉衣之下，掩蓋的竟是累累傷痕。

「怎麼傷得這麼重？」歐陽暖吃了一驚，隨即捧起她的手，卻發現她連手上都是令人心驚的傷痕，大部分是擦傷，還有一根小拇指幾乎被山石砸得變了形，頓時面色一變。

「不要緊！真的不要緊！小姐別為我擔心！」紅玉連忙說道。

肖凌風低聲對肖天燁道：「那個丫鬟聽說她家主子死了之後連屍體都找不到，拚了命地在那裡挖，沒有木頭石塊就用手指，結果硬是累暈過去了，被人強行帶回來了！就在剛才，她還偷偷又跑到你們出事的地方去找，偏生是不死心！」

不用別人說，歐陽暖也猜得到紅玉是怎麼受傷的，她捧著對方的手，眼睛裡隱隱有一絲淚光，「疼嗎？」

「不疼！」紅玉輕笑著說，眼裡漸漸落下淚來，「能再見著小姐，奴婢……死都甘心！」

「妳這是說的什麼話？」歐陽暖低聲責備她，隨後回轉過來，道：「王爺，請你安排一個單獨的營帳給我，還有，清點一下所有送親隊伍的損失，請人來報我。」

她的神情很鄭重，這幾日來肖天燁幾乎已經習慣她和風細雨地說話，一時有點愣住了。

肖凌風連忙道：「那是自然的，營帳早已備好了，請郡主回去休息。」

歐陽暖點點頭，隨後不再看肖天燁，和紅玉菖蒲一起快步離去。

肖天燁在原地悵惘地看了半天，也不知道在想些什麼，肖凌風附耳在他旁邊低聲說了幾句話，肖天燁皺起眉頭。

「他要見他姊姊，否則就——」

「不可以，現在還不能讓他們姊弟見面。」肖天燁眉頭皺得更緊，目光突然瞥到一旁的尤正君，目中溫度陡然下降了八度，「二殿下，我和郡主的婚事在即，少時還要請你來喝一杯水酒。」

尤正君面色有一瞬間的變化，很快面上已經恢復如常，「婚事還有十日，到時候我一定到！」

肖天燁揚聲道：「派三十名士兵送二殿下回府！」

尤正君右手受了很重的傷，幾乎已經廢了，他在別人的攙扶下才能上馬，隨後下意識地看了一眼歐陽暖消失的方向，又收回了眼神，似笑非笑地看了肖天燁一眼，「後會有期。」

肖天燁冷冷地望著他離去，肖凌風站在他身旁，感覺到一種冰涼的殺意，他待在肖天燁身邊很久，自然知道肖天燁是對尤正君動了殺心，不由在一旁道：「不殺了他永絕後患嗎？」

肖天燁緩慢地搖了搖頭，又思索了一下，彎起眼眸，笑得溫和又冰冷，「殺了他，只會讓大殿下獨大，對我來說，不是最好的選擇。」過了一會兒，突然又笑起來，這一回卻是有一種奇異的溫暖味道，「況且我要成親了，這是大喜事，不是嗎？」

肖凌風還要再問，卻看見肖天燁神祕地眨了眨眼睛，不由更加奇怪了，正待說什麼，卻聽到肖天燁大聲道：「回程！準備婚禮！」

二皇子府

書房內一排六扇格的窗子都關上了，紅木的窗子上雕刻著海棠花，花下為蝙蝠，頗為精巧富麗。室外昏暗的天光順著精巧的花樣漏了進來，幾絲極細微的光線，一濃一淡之間，帶了絲絲寒氣。整間書房很有文人氣息，但掛在書架對面的一柄雕著饕餮紋的紫光寶劍卻洩露了主人的心思。

尤正君一身雅致的窄袖便服，繫一條紫色絲帶，炯炯有神的眼睛此刻含著一絲涼意，正坐在書桌前，一旁的大夫在為他診脈，片刻後，大夫看著他的神情，小心道：「二殿下，您的右手傷得太重，雖然經過診治暫時無礙，但以後重物卻是再也拿不起來了。」

「你是說，殿下的右手以後沒辦法用刀劍了嗎？」一旁的心腹幕僚張平連忙問道。

大夫驚了一跳，只能低下頭，「是……是這樣沒錯。」

張平一愣，就看見原本面色還十分平靜的尤正君突然站了起來，眼裡依然怒火灼灼，喝斥道：「全都滾出去！」他平日裡從未曾如此失態，語氣竟然也現出強烈的不滿和憤怒，一路甩門離開。離了書房，他的步伐越發焦躁，快步穿過長長的走廊，穿過大門，到了院子裡，竟然暴跳如雷大叫道：「來人！牽馬來！」

下人驚慌失措地跑到馬廄，牽出一匹健壯的紅棗馬，心驚膽戰地把韁繩遞給他。

「沒用的東西，這麼慢！」他一邊喝斥，一把奪過韁繩，「有人問起，就說我到城外巡視護城河去了。」離府後，尤正君一路飛馳，直到跑得馬兒都在不停地喘氣，他才勒住馬，飛身下來。又在城外足足轉到天黑，才帶著筋疲力盡的馬兒回到二皇子府門口，心頭的那股悶氣卻無論如何都沒辦法疏散。他一貫是最能隱藏情緒的人，在此時此刻卻是將肖天燁恨到了骨子裡。

剛下馬，就看到張平站在大門口，快步迎上來，從他手中接過韁繩，「殿下，三殿下來了。」

尤正諾？

尤正君一愣，隨即冷冷一笑，把韁繩遞給張平後，目不斜視，直奔書房。

尤正諾滿面笑容地迎上來，尤正君冷眼望著他，看得他心裡一跳，「二哥……」

尤正諾可不是空手來的，他帶來了大批貴重的禮物和一百個奴婢，藉此向尤正君賠罪。他已經檢查了春風笑，發現毒藥根本不在裡面，苦思冥想後沒法子，只得又來求他這位詭計多端的二哥。

「不必多言，只要為我做一件事，我便原諒你！」

「你是指……」

「不管用什麼手段，都要阻止肖天燁和永安郡主的婚事！」

「這……」尤正諾心道父皇和整個南詔的官員們也都是這個意思，可是肖天燁委實太過驕傲蠻橫，根本軟硬不吃，手裡又握著五十萬的兵權，他非要娶那個大歷女人不可，誰又能多說什麼呢？

「你一直跟在我身邊，應該清楚當前天下形勢，父皇心中也是對肖天燁很顧忌，卻是沒辦法行動。」尤正君面色已經和緩下來，循循善誘一般，「父皇是想讓皇妹嫁給肖天燁，並找機會將他的兵權占為己有，這可不是咱們南詔的那些臨陣湊出來的民兵，是五十萬的精兵強將，對於南詔而言意味著什麼，你應當比我清楚。若是讓他就這麼娶了永安郡主，哪天他帶著人投奔回去，我們會陷入怎樣的境地，你可知道？」

「可是，這門婚事已經成了定局。」尤正諾若有所思地咬咬唇，繼續道：「論實力，父皇都不敢拿他怎麼樣，我們又怎麼能惹惱他呢？」

尤正君微微一笑，這微笑就像一個巨大的火球，灼燒著尤正諾的心，「蠢東西，近日日耀城外有一股叛軍，你不知道嗎？誰說是咱們做的？只要新娘子被那些叛軍所劫，我們再殺了那些人滅口，到時候誰會懷疑到皇家身上？等到肖天燁震怒，我們再居中調停籠絡，將皇妹嫁給他，到時候一切都不是問題。」

說到這裡，尤正君忽然住了口。

尤正諾意識到眼前這個二哥其胸中溝壑實不可掉以輕心，他開始生出恐懼。

「他們的婚期定了嗎？」

「三日後。」

「奪回永安郡主之後，又當如何？」尤正君頓了頓，突然笑起來，「或殺或囚，任我們處置……」

尤正諾凝神沉思片刻，始終猶豫不定。

尤正君盯著他，俊秀白皙的臉上毫無表情，靜靜地看著，卻讓人不由自主生出一絲寒意。

「好，既然二哥開口，那我就……捨命去辦這件事。」尤正諾咬牙答應。

破天荒的，尤正君豪爽地笑了起來。

日曜城

歐陽暖自從在山腳下和肖天燁分開，便沒有再見面，送親隊伍一路進入日曜城，肖天燁回鎮北王府準備婚事，歐陽暖則住進了專門修建的和親驛館。

婚禮正日一早，肖天燁便安排了人手，前來聽候調用，除去已經安排的、暗中維持秩序的護衛外，又另撥了一些全副武裝的兵士沿途維持巡邏，疏理人群。除了驛館外，鎮北王府所在的長興街一帶，已被各路顯貴、城中富豪的隨從、車輛圍得水洩不通，真正是車如流水馬如龍。一些做小買賣的，也趕著來做生意，越發的鬧哄哄了。

歐陽暖連續幾夜休息不好，這一日反而又睡了過去，再醒來，便看見紅玉焦慮的面容，「小姐，該起了，外面的嬤嬤已經候著，準備給您梳妝了。」

逃是逃不過的，終究是婚禮。

歐陽暖原本以為自己會難受，可事到臨頭，卻也沒什麼傷春悲秋的情懷，只點點頭，擁著繡被坐起來。

帳子馬上被一左一右地撩開，掛到了赤金鳳首帳勾上，這房間裡的布置都是肖天燁一手安排的，工匠日夜趕工才將這座驛館建好。其實在歐陽暖看來大可不必，這裡反正也住不了多久，可偏偏這裡一花一草都說不出的精心，所有擺設都顯示出了豪華大氣，可見肖天燁的用心。

紅玉和菖蒲走上前來，扶著歐陽暖下床，另兩名丫鬟則捧了盛著嫁衣的托盤在側，預備伺候她穿衣。歐陽暖看了那嫁衣一眼，卻看到它由裡至外，由上至下，從襦衣到寬袖外衫，從長裙到珠鞋，全都繡滿了展翅的鳳凰和大朵的牡丹，金燦燦、紅豔豔的，叫人看了頭暈。雖然她心情此刻說不上很好，但看到這嫁衣，也不免笑著搖了搖頭，還真像是肖天燁的風格。

菖蒲有點沒心沒肺地道：「小姐，這嫁衣上面的東珠可是百年難得一見的！您看，若是在黑暗的地方，還會閃閃發光呢！」

她話還沒有說完，就被紅玉瞪了一眼。好端端的非要小姐千里迢迢來和親，誰都不會開心的。紅玉瞭解歐陽暖，知道她很討厭受制於人，生怕她觸景生情，趕緊制止了菖蒲。誰知道歐陽暖臉上卻沒並沒有看到什麼傷心憤怒的神情，只是笑了笑，隨後就端起金盞裡的鹽湯隨便漱了漱口，讓她們服侍著洗臉、抹香脂、穿衣裳。

歐陽暖穿好衣裳，看著身上長長的織金裙子、軟綿綿的紅錦地衣，無聲地笑了笑，笑容中有一絲無奈，如此奢華的嫁衣，她還真是頭一回瞧見，肖天燁像是要把她打扮成一個移動的寶庫一般。她走到妝台前坐下，讓十全奶奶給梳頭髮。

肖天燁為了安排今天的婚禮，把城中所有子孫齊全，被稱為「有福」之人的十全奶奶都給梳理了一遍，最後挑中了足足十個，求個十全十美的兆頭來幫新嫁娘梳髮換裝。這可是從未有過的事情，縱然是皇家公主，也是按照規矩配足六個，但肖天燁——只怕沒人敢和他說規矩。

看著那十個人，歐陽暖心裡說不出是一種什麼味道，歐陽暖淡笑著打過招呼，紅玉打開她挽起的長髮，青絲流瀉，年紀最大的路夫人拿起丫鬟準備好的紅木梳子，嘴裡念著：「一梳梳到尾，二梳白髮齊眉，三梳兒孫滿堂……」的吉祥祝福話，梳通了頭髮，預先請來的巧手送嫁娘便開始梳頭。

歐陽暖面前是一面鑲嵌了紅綠寶石的銅鏡，打磨得很光滑，她從中瞧著送嫁娘雙手飛快地翻轉，轉眼就梳了個華麗的飛鳳髻，端詳片刻，只覺得過於累贅，便輕輕皺起了眉頭。

紅玉是最瞭解歐陽暖心意的人，便道：「我家小姐既然穿了這麼華麗的嫁衣，就得梳個簡單的髮式，不然顯得太過俗豔反倒不好。」

「是是是姑娘說的對！」送嫁娘早被叮囑過，一切按照郡主的心意來，立刻換了簡單髮髻。

菖蒲捧過重重七層的金鑲玉奩盒，送嫁娘揀了一支紅珊瑚簪、四對珠釵，釵上鑲嵌著龍眼大的珠子，配的都是赤金，一看就知道價值不菲。髮飾雖不多，卻樣樣都是只有公主才能戴的鳳凰式樣。這奩盒是大公主為自己準備的，歐陽暖看著鏡子裡的釵，不由嘆了口氣。說起來，大公主為她做了太多，明明不該她承受的，這是大公主對成君的移情作用到了自己身上，也不知道此生有沒有機會可以回報了。

送嫁娘又舉起黛筆，問道：「郡主，畫個娥眉嗎？」

歐陽暖挑挑眉，蛾眉那短粗短粗，恰似桂葉的形狀，實在是醜得可以，下意識搖頭道：「不要，還是遠山眉吧。」

畫好了眉，送嫁娘又取出一片金箔牡丹花鈿，朝背面哈了口熱氣，化開呵膠，輕輕貼於歐陽暖的額間，配上金鳳耳墜子、金鑲玉臂釧，另加一個白玉指環，原本還要戴上鑲寶義甲，歐陽暖始終覺得那東西太可怕，便搖了搖頭示意不必了。

送嫁娘和十全奶奶對看一眼，都有點納悶，平日裡的新娘子誰不是任由人梳妝打扮，一個個羞怯都來不及，哪裡還能這樣挑挑揀揀，可是轉念一想，既然鎮北王都說了一切由著新任王妃的心意，便也都不再言語了。

這時喜娘眉開眼笑地走進來，誇了幾句王妃好看，又說：「時候不早了，王府的花轎已經到了，還是趕緊上轎吧，免得誤了吉時。」

接著便聽到外面鐘鼓齊鳴，奏起樂來，歐陽暖暗暗鎮定了心神，調整了臉上的表情，端莊地在紅玉和菖蒲的攙扶下，走出了房間。

「恭喜郡主！」送親的大歷官員和將領一一賀喜。

「多謝各位。」歐陽暖辭別他們。當她快要邁出大門臺階時，突然回過頭來，抬起一雙清澈如水的眸子，目不轉睛地望著前來送行的大歷人。一雙清澈如水的眼睛裡，有著極為複雜的情感，繡金衣帶的光芒在陽光下隱約可見，把她襯托得更是楚楚動人。

「恭喜！恭喜！」眾人口中道賀，心中卻隱藏著無限的淒涼。不知從何時始，兩個國家之間的「出嫁」這個詞有了「人質」的含義。他們只能送她到這裡了，今天下午，他們就得啟程返回大歷。

望著這些陪伴自己一起來到異國他鄉的人，歐陽暖輕微地嘆息了一聲，亂世之中，身為女子，只能鎖住自己的感情，絲毫不得流露。

她轉頭出了院子，邁下高高的石階。此時陽光格外明媚，從花園外面傳來黃鶯的叫聲。下了石階，歐陽暖回首，嗅到了滿庭的花香。她頓了頓，隨後義無反顧地上了轎子，轎子被抬起來，一扇轎簾還開著。

送行的人眼圈紛紛紅了，他們一動也不動地站在那裡，雖然之前永安郡主只是個名稱，一個沒有意義的人，可現在他們突然意識到，這是一個被國家犧牲掉的年輕女子。

花轎的簾子放下，蓋頭蒙上，眼前只是一片紅豔豔的色彩，聽到外面鬧哄哄的人聲和前面傳來的陣陣樂鼓。花轎被抬起來，歐陽暖只覺得一陣一陣莫名的思緒忽然從心底湧上來，說不出是無奈，是恐慌，還是難受，只覺得心緒不寧。

從雪山上下來，她閉門不出，休養身體，其他一切都不想，什麼都不再感覺，離開驛館的此刻卻令自己心虛不已，今天、明天、未來，那些被自己壓在心底的東西猛然跳了出來……這場婚姻，究竟會如何收場……

隊伍出了驛館，迎親隊伍前後各增加了一百名全副武裝的士兵。

隊伍到了大街上，百姓們不斷地湧過來，他們想趁此機會一睹大歷美人的風采。

「好大的排場啊！」

「就是啊，這麼氣派的隊伍！」

「你們看，還有士兵保衛著呢！」

「這恐是以防途中不測，聽說按照習俗，花轎要繞城三周呢！」

按照和親的禮儀，新郎本來要親自迎接，誰知南詔皇帝的聖旨突然到了，還賜下無數貴重的賀禮，肖天燁必須在場恭候，所以此刻他並不在這裡。在場的人們第一次見到戒備如此森嚴的迎親隊伍，不由感到惶恐和緊張。

這時候，東門大街上的馬棚裡，繫著幾匹馬，有兩三人正在餵飼料，街上擺著無數的攤子，有人賣豆腐，有人賣菜，有人賣雞、鴨、魚、蝦，也有小販在賣饃饃、燒餅、鍋貼、煎包，還有人在賣糖水、甜糕、甘蔗、湯圓，甚至布玩偶、陀螺、風箏、冰糖葫蘆、獸皮，這些人都在各自做著自己的事情，等到花轎經過的時候，卻又不約而同地抬起頭看著花轎。

從街頭到巷尾，再到不知名的角落，埋伏著上百人，處處都有周密的安排和部署。民房裡的百姓、買賣東西的小販、路邊的行人，不少都是尤正君安排的手下。他們都是經過偽裝的士兵，恰是把極深奧的圍攻陣勢化為市井常物，更令人無從捉摸。只要一聲令下，立時便變成搶親的匪徒。在一片熱鬧之中，已經蘊含著無盡的危險，而花轎內外的人卻還對此一無所知。

就在迎親隊伍通過東門大街的時候，突然周圍一陣驚呼，一匹快馬受驚般奔向花轎，更有無數人亂七八糟地叫喊起來：「天哪，快閃開，馬受驚了！」

「快跑！快跑！」

「救命啊！」

那馬兒一路撞倒無數的人，街上驚叫一片，周圍的百姓亂成一團，那些準備搶親的人看準機會，將送親隊伍團團圍住。

「不許過來！」

「鎮北王有令，誰敢靠近花轎，格殺勿論！」

「快！快！快回去！」

就像捅破了馬蜂窩，平靜的街道突然陷入一片混亂，但不知何時，從左右兩邊各出來兩頂一模一樣的花轎，就連配備的一百名士兵都是人數相同，各有一名副將帶領著，三頂花轎在一起，原本預備搶親的人頓時愣住了。

尤正君此時正藏身於日耀城內的一間民居中靜待消息，日耀城是軍事要地，城內雖然繁華，可是他所在的地方卻故意挑選了一間外表普通的民居，讓人絲毫察覺不出端倪。

一個扛著鐵鍬的農夫哼著小曲兒，來到尤正君藏身的茅屋，關上門後突然正色跪倒在地，「殿下，三殿下派人來報信。一共三支隊伍，有兩支是幌子。三殿下已經調查過，從東門大街的北邊過來的第三支隊伍才是真的。」

「第三支？」

「是。」

「你去吧。」

農夫裝扮的探子離去後，尤正君向一個在屋內燒火的駝背老頭兒遞個眼色，那老頭兒便走了出去，飛快地跑去東門大街傳遞了命令。

得到了命令的暗衛們，將整個東門大街變成了一片刀光劍影。追殺的、被追殺的、叫喊著持劍相向的、手持刀劍守在轎子旁寸步不離的，亂作一團。兩廂緊張地對峙，誰也不敢掉以輕心。

這時候，不少小販紛紛道：「怎麼？怎麼了？發生了什麼事？」他們像是要去看熱鬧，紛紛朝轎子跑去。一旁的民居中也有不少百姓向轎子靠攏，他們紛紛取出藏在袖子裡的匕首，加入圍攻者之列，強弱之勢轉眼就分明了。這些人不管不顧，直接盯著第三頂轎子而去。

送親的士兵被第一撥人糾纏著，哪還有功夫應對新來的圍攻者？

「不能讓他們奪走轎子！」

「我們誓死保護郡主！」

因為對方人數太多，導致整條大街陷入混亂，最後根本分不清轎子的順序，那些人索性將三頂轎子都給搶走，被圍攻的士兵發出一陣大喊，奮力突破包圍。然而，那些人終究還是趁亂搶走了轎子，朝著三個方向狂奔而去。

「別讓他們跑了，快追！」

「你們趕緊去追，我去向王爺報信！」副將孫景急忙叫住屬下，說著飛身上馬。這是一匹悍馬，一鞭下去，牠猛地揚起前蹄，化作一陣疾風，朝鎮北王府方向飛馳而去。

此刻鎮北王府燈火輝煌，大門上彩綢飄盪，兩旁掛著紅色的宮燈，大門到正堂的通道打掃得乾乾淨淨，就等著新娘的花轎了。

「花轎還未到嗎？」管家站在臺階上問道。

「快了。」有人回答。

「王爺肯定等急了，只要他們一到，你們就大聲報到正堂。」

這時候，肖天燁剛送走了來送禮的皇宮使者，轉身和肖凌風說話，一身喜袍的他看起來丰神俊朗，氣度非凡。孫景衝進來的時候，幾乎是嚇得面如土色，跌跌爬爬地跪倒在地上，「王爺，王爺！屬下死罪，花轎……花轎被人搶走了！」

誰知肖天燁面色卻一如往常，臉上沒有怒容，反而笑道：「是，我知道了，你辛苦了。」

「咳，王爺！您聽清楚了沒有，是郡主被人劫走了，您安排的三頂花轎都被人劫走了啊！」孫景的牙齒都在打顫，以為肖天燁沒聽清楚。原本那兩頂花轎都是故布疑陣，防範著有人趁亂偷襲的，誰知三頂花轎都被人搶走了，他們這些護衛的人豈不是死路一條？

誰知這時候，管家飛奔進來，滿面喜色道：「王爺，王爺，花轎到了！」

肖天燁臉上頓時露出喜悅的神情，他雙頰泛紅，滿懷期待的眼睛如星火閃爍。正要大步向外走去，孫景當場傻掉了，肖天燁一雙漆黑的眼睛在還跪倒在地上的孫景身上掃了一眼，抬腿踢了他一腳，「還不起來跟我去迎接花轎！」

說完，他再不搭理這完全傻了的副將，轉身向大門口走去，輕快的步伐洩露他的好心情。

「怎麼可能？王爺……花轎怎麼可能會到？」孫景還在發懵。

肖凌風把他提起來，微微一笑，道：「要想騙過敵人，先得瞞住自己人，這都是形勢所逼，你家王爺的計策，你哪裡會明白？好了，你主子馬上就要拜堂了，收起你那副蠢表情！」

大門處已站滿出迎的人，眾人都屏住呼吸翹首以待。

轎子被抬上階前的石板，人們的目光不約而同投向了轎子。肖天燁親自踢了轎門，喜娘攙扶著新娘出來。一時間，眾人眼前一亮。歐陽暖扶著喜娘的手，身上穿著華麗的新娘服，裙襬用金絲點綴幾朵碩大的牡丹，裡面則是一件白緞子夾衣，露出頸項之間些許雪白的肌膚。頭上蒙著的喜帕裡面，隱隱約約可以見到一張清麗的面容。

不愧為遠近聞名的美女，雖然看不清臉，可是儀態風姿都惹人遐思，人們便都歡呼起來。

透過紅色的喜帕，歐陽暖看見面前一座高大雄渾的門樓，翹角飛舉，飛簷重疊，琉璃瓦在陽光下熠熠閃光，門前有一對面目莊嚴的巨大石獅，中間是兩扇鑲有無數鐵釘的朱漆大門，兩旁是一些笑語喧譁的男男女女，人群的正中間，站著一身深紅喜服的肖天燁。

兩人的目光隔著喜帕相撞，歐陽暖心中一跳，慢慢地低下了頭。這時，無數的人圍了上來，她只看見無數的腳，擠來擠去，熙熙攘攘。喜娘遞了條紅綢帶在歐陽暖手裡，小心翼翼地扶了她先跨過一個朱紅的馬鞍子，這才走上紅毯，一直到喜堂來。

有贊禮者高聲贊：「吉時到！」喜娘便扶著她站到右側，紅綢帶那端的人站到左側，一拜天地，二拜高堂，夫妻對拜，因為此刻沒有高堂，便對著北方遙遙一拜而已，隨後贊禮者一聲「禮成」。

在喜娘攙扶下，歐陽暖感覺到紅綢帶那端有人輕輕牽著，往後面走去。她看不到，只感覺是走進一個屋子裡，被人扶著坐到床上。

看著新郎新娘都進了洞房，外面親自坐鎮的肖凌風含笑的目光在人群中閃過，接著笑道：「今日諸多貴客光臨，招待恐有不周，請大家多多原諒！待會兒還有酒宴，請大家盡興！」

而那些喧鬧的人聲，歐陽暖卻都聽不見了。

喜房裡，有人笑著道：「快掀蓋頭，大家好看看新娘子！」

蓋頭被掀開，滿屋子都是不熟悉的笑臉，唯一認識的只有肖天燁，他笑得尤其開心，手裡還挑著一桿秤。

旁邊當先一位少婦，穿著一件緋紅色繡花宮裙，頭上金珠翡翠，臉上淡淡施著脂粉，面容姣好，一派華貴氣象，唇畔帶著矜持的笑容，剛才說話的人便是她。

肖天燁見她的目光所向，便輕聲道：「這位是城南王妃。」

肖凌風的正妃是武靖公的嫡長孫女，不幸在動亂之中被殺，聽聞他到了南詔後，娶了南詔右丞相的女兒沈夢青，看來這位就是了。歐陽暖心中暗暗惋惜，面上卻很有禮貌地向她點了頭。

就在這時候，聽見一旁的嬤嬤吩咐道：「春桃，取了交杯酒來。」

便有一個丫鬟聞聲出列，歐陽暖下意識地看了她一眼，春桃果然人如其名，彷彿熟透了的還滴著汁水的蜜桃。身上雖然只穿著丫鬟的衣裳，戴了一套樸素的赤金頭面，卻反而更顯得皮膚白嫩，一雙杏眼幾乎滴出水來，眉目流轉間，帶著一種尋常丫鬟難以匹敵的風情。

菖蒲看了春桃高聳的胸部一眼，再看了自個兒一眼，不由瞪大了眼睛。

除了春桃，這屋子裡還有數個美貌的丫鬟，紅玉和菖蒲見了，不由咋舌不已。在大歷的時候，她們也算見多識廣了，公侯豪門之家，見過的美麗女子沒有一千也有八百，卻還不曾如此集中過，彷彿天底下的豔色都集中到了這個屋子裡似的，環肥燕瘦，應有盡有。

「我如今可算服了王爺相人的眼睛，看看這個新娘子，真像是從畫裡走出來的人。」城南王妃笑著過來拉著歐陽暖的手上下打量，「以後我看戲出遊可就有伴兒了，真是讓人高興。」

肖天燁顯然很得意，笑得眉眼彎彎。

「知道王爺今天高興，還從未見過你笑得這樣得意呢！」城南王妃拿衣袖掩了嘴笑，仗著肖天燁難得的和顏悅色，很是高興地打趣道：「外面還有客人等著招呼呢！王爺快去吧，不過可要快點回來，春宵一刻值千金呀，呵呵呵！」

一席話，說得屋裡人都笑起來。

歐陽暖面上雖然紅了，卻不是害羞的，而是覺得這位城南王妃是個很妙的人，懂得什麼時候說什麼話，還能讓大家都高興，難怪她雖然不是出身大歷，卻很得肖凌風的看重。當然，敢收留一個異國女子在身邊，肖凌風也是個厲害的角色。

「唉喲，王爺，您還留在這做什麼？外面都鬧起來了！」外頭有人突然跑進來，肖天燁含笑望了歐陽暖一眼，快步走了出去。

城南王妃沈夢青坐到歐陽暖跟前，一會兒詢問歐陽暖這樣那樣，一會兒說個趣事。城中與她相熟的貴婦人也在旁邊陪著，歐陽暖一句句地回答著，雖然話不多，卻不曾讓任何人感到不快或者冷落，屋裡笑聲不絕。

正說著話，有個丫鬟在門口探了下頭，馬上不見了。沈夢青眼尖瞧見，看了旁邊的丫鬟一眼，身旁的丫鬟就立刻會意，快步走了過去，不知和那外面的丫鬟說了句什麼話，回來的時候整張臉的顏色都變了，歐陽暖注意到那丫鬟在沈夢青的耳邊俯身說了幾句話，沈夢青的眉頭一下子皺了起來。

歐陽暖只聽得「三小姐」、「生病了」幾個字。

沈夢青竟然收了笑容，欲言又止地看著歐陽暖。

歐陽暖看著沈夢青，微微一笑道：「城南王妃有事就早些回去吧。」

沈夢青被歐陽暖那雙清冷的美目一看，只覺得有一種極為奇怪的感覺冒上來，偏偏歐陽暖臉上是帶著和煦笑容的，倒是讓她說不出什麼來，便笑道：「是，的確出了點事，不過也不是什麼大事，回頭再處理也是一樣的。」說完又看著歐陽暖，笑容更甚道：「妳嫁過來，咱們就是一家人了，我比妳年長兩歲，叫我一聲姊姊也是使得的。」

歐陽暖淡淡地看向沈夢青旁邊那個面露焦急的丫鬟，不由笑道：「那就恭敬不如從命了，只是既然姊姊將我當作一家人，有事自可去處理，實在不必陪著我的，以後咱們一塊相處的機會還多著。」

日耀城是肖天燁的封地，可是南詔皇帝卻沒有給肖凌風安排地方，只是給了他一個有名無實的封號，甚至連王府都沒有，直接在鎮北王府的西側暫居。這樣的安排，聽在歐陽暖的耳中，著實是有一些異樣的。同樣是封了異姓王，一個有封地有王府有實權，一個只有封號其他什麼都沒給，這樣厚此薄彼，要麼是對肖天燁另眼看待，要麼是別有居心。

南詔果然是個很麻煩的地方！歐陽暖淡淡地想著。

沈夢青見歐陽暖這麼說，便也不好再堅持，從善如流地站起身，道：「既然妹妹這樣通情達理，我就先去西苑了，有什麼事情，著人來告訴我一聲就好。」

歐陽暖笑著點點頭，沈夢青就拉了她的手，「鎮北王這個年紀都不肯娶妻生子，我本來真心為他發愁，看了弟妹這個品貌，身邊的丫鬟也都出挑，我就放心了……相處久了，弟妹就知道，我是個實心人，妳以後有事沒事，儘管找我，不必拘泥就是。」

歐陽暖笑著應聲，看著沈夢青浩浩蕩蕩地帶著人離去，她一走，其他幾位夫人因為與她相熟，便也都陸續跟著離開了。

屋子裡只剩下歐陽暖自己帶來的兩個丫鬟和原先府裡的下人，一時間寂靜得讓人心裡發慌。

歐陽暖笑著對那些丫鬟道：「城南王妃倒是十分熱心腸。」

屋子裡鴉雀無聲，沒有人說話。歐陽暖的目光在屋子裡掃視了一圈，淡淡勾起唇畔。這時候原本站在幾個大丫鬟中間的春桃忍不住道：「王妃，您剛進門，什麼都不知道……」

所有人的目光都集中在她的身上，春桃旁邊一個生得細挑身子，容長臉兒，長得溫柔可親的丫鬟不著痕跡地拉了拉她的袖子，彷彿是讓她不要多言。歐陽暖看在眼中，不由笑了，「妳叫春桃是嗎？」

春桃明顯是個愛出風頭的性子，一聽到新任王妃叫自己，立刻不顧旁邊那丫鬟，走上前來道：「是，奴婢叫春桃，見過王妃。」

歐陽暖點點頭，看了紅玉一眼，紅玉立刻走上去給了春桃一個通體碧綠的手鐲，一看就知道不是凡品，春桃喜上眉梢道：「多謝王妃。」

屋子裡的人見這位新任王妃這樣大方，頓時都用羨慕嫉妒的眼神看向春桃，只有剛才悄悄阻止過春桃的那個丫鬟眼觀鼻鼻觀心，彷彿沒看見一般，眼睛裡沒有半點羨慕。

這丫鬟倒是很端莊穩重，只是不知道心性如何？歐陽暖的眼睛在她身上停留了不過片刻，便淡淡轉開，吩咐喜娘和其他人都退下去，故意留下了春桃和剛才阻止春桃說話的丫鬟。看著眾人都離去了，歐陽暖對著春桃和顏悅色地道：「妳剛才說，我有什麼不知道？」

春桃看了歐陽暖一眼，有心在王妃面前賣個好，巧笑道：「王妃不知道，西苑裡還住了一位沈三小姐，成日裡有事沒事往這裡跑，若非王爺不喜歡她，只怕早就被塞進王府裡面做王妃了呢！」

沈三小姐？這鎮北王府地方不大，菩薩倒是不少！歐陽暖的笑容掩不住一絲冷淡，菖蒲好奇地道：「沈三小姐是什麼人？」

春桃繼續往下說：「沈三小姐是城南王妃的親妹妹，也是右丞相的小女兒，說是想念姊姊，三天兩頭跑到咱們王府暫住。」

「哦，暫住？」歐陽暖的語調微微上揚，聽在春桃的耳朵裡，便是鼓勵她繼續說下去。

春桃美目一轉，道：「是啊，王妃，她如今就住在西苑，昨兒個還弱柳扶風一樣地站在院子門口看著咱們布置燈籠，非要在這裡等著見王爺呢，不過奴婢沒放她進來！」春桃說得義憤填膺，不知道的人還以為她有多麼忠心護主，只是在歐陽暖看來，這種小把戲她見得太多了，無非是想要挑著她去對付那所謂的沈三小姐而已。

肖天燁在南詔待了小半年，招來的桃花倒是不少，想起原先他囂張怪癖的性格，歐陽暖不禁覺得奇怪，難道這些姑娘都看不到他的本性，還是被他漂亮的外表蒙蔽了？歐陽暖暗自搖了搖頭。她這時候還不知道，南詔女子和大歷的女子不同，對溫文爾雅的男人不感興趣，反倒是喜歡性格彪悍的，肖天燁這種陰冷殘酷的，在她們看起來別有味道。當然，肖天燁位高權重，她們之中某些人縱然也畏懼他這種性格，卻抗拒不了近在咫尺的榮華富貴。

「春桃，在王妃跟前怎麼能妄言？」另一個丫鬟低聲道，隨後陪笑，「王妃，春桃這丫鬟做事莽撞，缺乏管教，請您大人大量，不要與她計較才是。」

歐陽暖看向這丫鬟，臉上卻依舊很和氣，「妳叫什麼名字？」

「奴婢叫雨寧，王妃有任何事情都可直接吩咐。」那丫鬟低眉順眼地道。

雨寧的容貌不比春桃那樣豔麗出色，卻也是個漂亮順眼的丫鬟，能夠在新來的女主人面前表現得這樣恭敬，又敢對春桃出手管教，可見是肖天燁跟前比較說得上話的丫鬟了。

紅玉不由得又多看了雨寧兩眼，不得不承認，這樣柔順溫和，的確是主子會信賴喜歡的類型。一般的女主子都會討厭春桃這種女子，煙視媚行、毫不掩飾自己的企圖，可是歐陽暖卻是反其道而行，她笑道：「春桃這樣的爽朗性子，我身邊倒還真是沒有！春桃，妳現在是幾等的丫鬟？」

春桃一愣，下意識道：「回王妃，奴婢是二等。」

歐陽暖淡淡地道：「從今日起，妳就是府裡的一等丫鬟了。」

春桃吃了一驚，隨即喜上眉梢，帶了點得意地看了雨寧一眼，隨後道：「多謝王妃。」

雨寧雖然也很吃驚，頭卻垂得更低了，她隱約意識到這位王妃是個厲害的角色，但這時候，她還沒有想到，歐陽暖不單單是厲害這兩個字可以形容的。

「王爺回來了。」就聽外面有丫鬟通稟道。

幾人也都轉頭看過去，門簾掀起，肖天燁高大的身影出現在門口。
春桃一看肖天燁進來了，立刻搶在別人前面，拿了笸籮將被子下的紅棗、花生、栗子都收了，又將被褥鋪設好，就笑嘻嘻地站在旁邊，雨寧則恭順地問道：「王爺，是不是再用點晚膳？」
肖天燁猛地想起歐陽暖還什麼都沒有吃，立刻點頭，帶了點讚許地道：「去吧。」
雨寧立刻就走出去，不一會兒端來一個食盒，裡面放著新鮮出鍋的玫瑰酥、酥油鬆餅、鵝黃蓮蓉卷、炸得金黃的小餛飩。歐陽暖看了一眼，便知道她是早有準備的，的確是個細心的丫鬟。
肖天燁知道歐陽暖愛吃玫瑰酥，特地將那一盤子端到她面前，討好地望著她。歐陽暖失笑，但的確是一天沒有進食覺得餓了，便吃了一點東西。肖天燁就趁著這個時間起身去沐浴，等歐陽暖吃完，他已經回來，身上換了套輕便舒服的寢衫，腳上也換了軟底緞子鞋。頭上的冠帶已卸下，只簡單地挽起來，還冒著濕氣，臉上也是紅撲撲的，看起來比往常更英俊幾分。原本屋子裡伺候的春桃幾乎移不開眼睛，雨寧卻一直低著頭，彷彿沒有瞧見的樣子。
紅玉擔心地看了歐陽暖一眼，見主子對自己點了點頭，這才和其他幾個人一起向兩人行禮，又將屋內的燈燭都撤掉，只留下桌案上一對臂粗的喜燭燃著。四個丫鬟退了出去，又細心地將門關好。
屋內頓時一片寂靜，靜得人可以清楚地聽到燭花爆開的聲音。
屋外早有人領著紅玉和菖蒲去休息，雨寧一出門，面色就不太好看了，低聲斥責春桃道：「王妃剛剛進門，妳怎麼能在她面前說那些有的沒有的？」
春桃笑道：「雨寧姑娘，妳可張開嘴，我瞧瞧妳的牙齒舌頭是什麼做的，難道是木頭嗎？怎麼這麼謹慎？王妃是個和藹可親的，妳莫不是嫉妒我得了王妃的賞賜？有本事，妳也去討個巧賣個乖，看王妃喜不喜歡妳！」
「妳──我是為妳好，難不成妳還看不出來，王妃絕不是那種任由妳矇騙的軟柿子，小心肉包子打狗，有去無回！」雨寧掩不住眼睛裡面些微的怒意。

「呸，誰是狗誰是肉包子！妳敢說自己對主子沒有企圖？騙別人還行，騙我？哼，妳還是少操心吧！」春桃不屑地道，不過是五十步笑一百步而已。

正在這時候，卻看到雨寧的面色一變，春桃下意識地回過頭來，就見到紅玉笑呵呵地站在背後，頓時嚇了一跳，囁嚅著說不出話來。

「敢問兩位姊姊，茶水間在什麼地方？奴婢伺候小姐慣了的，怕她半夜裡要水喝，先問好了地方。」紅玉像是沒聽見她們二人的對話，溫和地道。

春桃心中恐懼淡了些，想到這位王妃畢竟是從大歷過來的，聽說大歷朝的女人多數柔弱，她雖然是公主義女，可是在南詔這些身分可就不管用了，頓時覺得膽子大了起來，剛要斥責紅玉站在這裡偷聽，就聽見雨寧溫柔道：「奴婢帶妳去吧。」

屋子裡，歐陽暖一時沒有說話，雖然已經卸了妝，換了寢衣，可她下意識地坐在了床的一邊，離肖天燁有很遠的一段距離。

「暖兒。」肖天燁微微湊近了一點低聲問道：「妳……在害怕？」

歐陽暖掃了一眼，只覺得他那雙閃著灼灼光芒的黑眸令她心裡極度不安。

「暖兒……」他的聲音很低沉，帶著令人心慌的感覺。

歐陽暖看著他修長的手慢慢穿過兩人中間的分界，捲住了她寢衣的一角，慢慢摩挲著。

這動作怎麼看怎麼曖昧，歐陽暖的心中一跳，一向平靜鎮定的心不知怎麼，突然跳得很厲害，他的黑眸彷彿燃燒著火焰，目不轉睛地看著她，她下意識地靠向了床柱。

「我不會傷害妳的。」肖天燁專注地看著她，像是在誘哄一般，呼出來的微微帶著酒香的熱氣向歐陽暖蔓延過來，她有些緊張和震驚地看著那雙手慢慢抬起來，歐陽暖的心猛地一顫，卻見他那濃密的睫毛揚起，含著笑容，她一下子僵直了身子，心在狂跳著。一種略帶驚慌的感覺在心中升起膨脹，好像要把她的淡然和鎮定撕個粉碎。

他閃閃的黑眸緊盯著她，薄唇微揚，勾起一個帶著好笑的微笑，輕輕的話音提醒道：「再退後就要掉下去了。」

歐陽暖當然知道自己馬上就要摔下床去了，但她著實不想要靠他太近，許是燭光的原因，她看著他白玉般的面孔，此刻也暈上了一絲紅，不知為什麼，心裡沒來由的怦怦跳了幾下。

肖天燁眼睛裡始終有著淡淡的溫柔，然而黑眸中的目光犀利而慵懶地包圍過來，看在歐陽暖眼中，似乎隱隱帶著鷹般捕食的光芒。

歐陽暖皺著眉頭，雙頰不知是害羞還是害怕，此刻竟然輕染著酡紅。她呼吸之間，吐氣如蘭，再加上寢衣上繡著的點點梅花，窈窕的身姿更顯得玲瓏有致，眼前的一幕在肖天燁眼裡嫵媚得近乎蠱惑。

歐陽暖被他的氣勢壓得沒法避，險些摔下床去。肖天燁長臂一伸，將她拉進自己懷裡，直接壓倒，俯身看著她瓷器般近乎透明的容顏，肖天燁若有若無地吻上了那遠山般的眉眼。

「洞房花燭夜，妳要這樣躲著我嗎？」

歐陽暖蝴蝶翅膀般長長的羽睫動了動，心裡暗暗叫苦。她原本還是有話要說的，可是這個傢伙根本沒有給她開口說話的機會，「有一件事……」剛開了個頭，卻也下意識地想到，這個傢伙是不會給她逃脫的機會了。他這樣千里迢迢將她捕獲，怎麼還肯放開爪子呢？

果然，肖天燁如削的臉部線條隨著唇角的揚起而緩和，薄唇浮起了一個狡黠的笑容，「咱們明早再說。」

歐陽暖目不轉睛地看著眼前的男人。

肖天燁清楚地從她眼睛裡看見裡面的慌亂、不甘，以及掙扎……同時，也帶著不自知的誘惑，更叫他心動。

「暖兒，這是南詔的佳釀，妳嘗嘗看。」肖天燁走了開去，從一旁不知何時放在桌子上的托盤裡端了酒杯起來，又走回到她的身旁。

歐陽暖抬眉看了他一眼，想要搖頭拒絕。

「是怕太涼嗎？要不……我餵妳喝？」肖天燁慢條斯理地笑著，仰頭把酒一口倒進了嘴裡，向著歐陽暖伸出手臂來，一把將她拉進懷裡，就要吻下來。歐陽暖登時明白了他的意思，心裡大驚，連忙閃避，「我自己來！」抓過另一杯酒徑直喝了下去。

「咳咳……」喝了酒，她猛地咳嗽起來。

肖天燁拍了拍她的背，語似憐惜似埋怨地說：「暖兒何必這般著急？良宵還長著……」

聽著就是不懷好意！歐陽暖下意識地瞪了他一眼。

「我可是守了不知道多久，才把暖兒妳盼來我的懷裡，怎麼新婚之夜這樣冷淡……」肖天燁輕聲說道，似乎帶著很大的委屈和無奈一般。

冷淡？她要是真的冷淡，早就一腳將他踹下去了。

肖天燁很是滿意地看著歐陽暖的惱怒，眼睛更加閃亮，厚顏無恥地便把佳人摟進了懷裡抱住不撒手，人好不容易變成他的了，怎麼可能輕易放過，當他是傻瓜嗎？

「我怎麼不知道你這樣無賴？」歐陽暖盯著他，在山上的時候明明還很守禮。

肖天燁笑了，自然明白她的意思，笑道：「在山上沒有三媒六證，妳又守舊，若是把妳惹惱了，只怕我就再也沒有親近佳人的機會，這不是虧大了嗎？」

你居然還懂得這個道理！歐陽暖在心裡冷哼一聲，他倒是瞭解她，若是在山洞之中敢有什麼不軌行為，她絕不輕饒了他。

肖天燁越想越得意，唇角揚起，扣住了懷中人的後腦，頭一低，吻住她的唇。很輕很輕，似羽毛落在水面一般，柔柔的，若有若無的，挑逗般的輕吻。

歐陽暖漲紅了臉，還沒等反應過來，肖天燁毫不遲疑地俯低身子朝她壓過來，歐陽暖只覺眼前一黑。完全不同與剛才的輕柔溫存，他在雷霆萬鈞的瞬間奪走了她的呼吸。

她被他吻得差點窒息，拚命想逃開，登徒子的手卻按在她的後腦，逃無可逃，只能掙扎著被他霸道而粗魯地攻城掠地，吸吮著她的唇舌。歐陽暖顫抖地承受著，被吻得紅唇微腫，腦中發暈。

就在完全懵了的時候，肖天燁突然住了手，近在咫尺的黑瞳盯著歐陽暖。她鬆了一口氣，他卻略微抬起身子，從一旁的枕下抽出什麼，歐陽暖一怔，接著手中便被塞進來一個冷冰冰的東西，然後是他沙啞的聲音響起：「暖兒，我知道妳不願意嫁給我，我也知道妳看不得我使的卑劣手段！今晚，要麼妳殺了我，否則我就要洞房花燭！我要妳心甘情願，但只能選一樣！」

歐陽暖一愣，發現手中竟然是一把冰涼的匕首。

見過無恥的，沒見過這樣無恥的！歐陽暖簡直難以置信。

手被他抓住，匕首鋒利的刃正頂在他的胸口，他的薄唇向上挑起，手卻在慢慢地施力，「只要往前送進去，妳就徹底擺脫我了。我已經安排了人，到時候會送妳們安全地離開，而且也不會有人追究……殺了我！」歐陽暖心中一顫，一股壓迫感隱隱從肖天燁的眼角眉梢傳遞過來。

他是認真的，不是開玩笑，也不是威脅她！歐陽暖心中一跳，神經緊緊繃著，腦海裡瞬間閃過無數念頭，他這是瘋了不成？

肖天燁的薄唇揚起一個好看的弧度，「動不了手的話，妳就真的要嫁給我了，不後悔？」

歐陽暖的手有一絲顫抖，他說的對，若是殺了他，她便能得到自由，可是……可是在山洞中，若非是他，她絕活不到現在！不想嫁給他是真的，因為她討厭被人逼迫的感覺，討厭這種遠離至親，命運不能自主的感覺，可她從來也不曾想要他的性命！不管在什麼樣的情況下，她都不曾這樣想過！

匕首「啪」的一聲落在床下，發出一聲不大不小的動靜，肖天燁眸子一暗，慢慢變得閃亮，卑鄙嗎？不，他太瞭解歐陽暖了，若非將她逼到退無可退的地步，她不肯面對她自己的心意。在山洞的時候他就已經知道，她對他動了情，可是她不會承認的，哪怕是到了絕境，她也不會承認，只有用這種法子，才能逼出她的真心！他既然要定了她，她這一生都是他的，由不得她！他不能再等了，與其一輩子得不到她的心，不如用自己的性命搏一搏！

他的唇迅速地在她的臉頰、眉眼處留下一個個熱吻，溫柔繾綣，隱隱含情，一種天旋地轉的感覺讓歐陽暖差點窒息……那吻來得如此霸道和深入，讓她心中的警鈴大作，卻無力掙脫。

歐陽暖細膩雪白的肌膚上一片暈紅，玉染胭脂一般，晶瑩剔透。一股淡淡的香，隱約的香，從她的呼吸間流瀉而出，暖暖的，淡淡的，彷佛具有蠱惑人心的魔力，輕輕挑動著肖天燁隱藏在身體深處即將噴薄而出的慾望。

她依然是倔強的，眼裡隱隱有著惱怒，卻也有一絲矛盾，矛盾得令肖天燁的心都有些顫抖。他輕輕低嘆，終覺心下不忍，放開了她，修長的手指輕輕撫著她的唇瓣，動作是溫柔憐惜的。歐陽暖心中微微一顫，他的嘴巴又貼了上來，沿著她的額頭、眉眼、臉頰輕柔地親吻，手也慢慢滑上了腰肢，蛇般滑進了她的衣衫，熱度漸漸上升，身體的豐盈被他握住，那種奇異而陌生的感覺，令歐陽暖驚得倒吸一口涼氣，男人的喉嚨深處傳來一陣低笑。

結合的瞬間，肖天燁看著她羽睫下眼角的淚如同花瓣上晶瑩的露珠，無聲落下，知道她很痛，卻還是強忍著不肯放鬆。肖天燁一陣陣的心悸，放開了扣住她腰肢的手，輕柔憐愛地擁住了溫潤如凝脂的身子，手指、舌尖著意溫存，讓她宣洩痛楚，等她慢慢適應和放鬆了，才開始放任自己的動作，逼迫她與自己一起沉淪。

歐陽暖緊閉著雙眸，無力地將臉埋進了床上的錦褥中，微微地顫抖。肖天燁溫柔憐愛地親吻著，更狂猛迅疾地攻城掠地……

紅燭燃過了半夜，肖天燁才停下來，卻一直在她的髮上輕輕嗅著。他眷戀著那淡淡的暗香浮動，這樣的人，日思夜想，終於在他懷中了。看著一臉倔強且迷惘的佳人，肖天燁揚唇輕笑，俯身在她的臉頰輕輕吻了一下，看著她微微顫動的羽睫，他揚起唇角，心裡很是愉悅。想著想著，不知過了多久，才擁著懷中人沉沉睡去。

柒之章◆揮別故土剖心跡

第二日一早，紅玉很早便起身預備伺候歐陽暖，可是轉念一想，如今多了一位主子，未必還是按照往常那麼早起，便小心地準備好了洗漱的東西候著。一直到中午，才聽見裡面叫起，紅玉剛要把東西送進去，春桃從她手中搶走了水盆，笑道：「紅玉姊姊遠道而來，還是多休息休息才是，這種活兒我們做就好。」

紅玉和菖蒲對視了一眼，菖蒲立刻上去一把奪過來，「我們小姐的喜好就我們倆最清楚，小姐可是公主義女，堂堂的金枝玉葉，妳這樣的人不配伺候！」

其實歐陽暖性子雖然冷淡，但對人卻很和善，並不難伺候，菖蒲就是看不得春桃一副小人得志的樣子，小姐給了她三分顏色就預備開染坊了，哪兒那麼容易的事兒！

春桃瞪大一雙水杏眼，很不滿地道：「妳這是什麼意思，說我不配伺候王妃？我可是一直伺候王爺的人，難不成妳是想說王爺配不上王妃？」

好一個牙尖嘴利的丫鬟！紅玉冷冷一笑，道：「不好意思了，春桃，小姐和王爺還在裡面等著人伺候，我們沒空和妳在這裡閒磕牙，有什麼事情，當面稟報了主子就是。」

春桃一愣，隨即有點訕訕的，再也不敢多說什麼。王爺那個性她可是領教過的，高興的時候還和和氣氣的，不高興的時候要多難伺候多難伺候，現在這時候，還是不要去碰逆鱗比較好。她退到一邊，低下頭笑道：「是，姊姊教訓得對。」

紅玉和菖蒲便先後進了屋子，歐陽暖已經起來了，正坐在梳粧檯前面，肖天燁不知趴在她肩膀上說著什麼，歐陽暖越發惱怒，狠狠地踩了他一腳，反倒惹得他一陣輕笑，又在她臉上偷了個吻。門一動，歐陽暖立刻看向門的方向，肖天燁知道她面皮薄，就笑嘻嘻地跑到一旁自己去穿衣服去了。

紅玉裝作沒有看見，偷偷看了菖蒲一眼，發現她正捂著嘴巴偷笑，便率先走過去，恭敬道：「王妃，奴婢幫您梳洗。」

歐陽暖點點頭，紅玉便端著水盆，伺候她梳洗完畢，隨後拿了梳子，細細給她挽好頭髮，看著潔白的後頸上那朵朵的紅痕，心裡暗暗輕嘆。

菖蒲抬眼瞧了鏡子裡的歐陽暖眉宇間反倒有著往日沒有見過的一抹風情，不禁呆了一呆。

匆匆用了早膳，肖天燁還準備繼續窩著陪愛妻磨蹭一會兒，沒過半個時辰，就被肖凌風請走了，歐陽暖看他神色變幻，猜到想必和昨天花轎被劫的事情有關。肖天燁走了以後，歐陽暖想再休息休息，誰知剛清靜了一會兒，就有訪客到了。

歐陽暖正在喝茶，卻見雨寧進來稟報：「王妃，城南王妃到了。」

沈夢青？歐陽暖淡淡地抬起眸子，目光在雨寧的面上掃過，看得她低下頭，才笑道：「請她進來吧。」

不一會兒，風姿綽約的城南王妃領著一個明眸皓齒、膚如凝脂的美人從外面走了進來。

「弟妹，我來看妳了，這是我妹妹夢虹。夢虹，還不見過鎮北王妃。」

「沈夢虹拜見王妃。」站在沈夢青身後的美人盈盈拜倒，她的聲音輕如晨風，又柔似流水，只是微吐了幾個字，就已甘露般滲入每個人的心中，輕輕地縈繞，更便如一朵會唱歌的白色雲朵，幻化出動人的曲音。

歐陽暖的目光落在沈夢虹的身上，只見到她一張嬌美清秀的面容，那雙瞳黑似星的雙目中，彷彿有著說不盡的乍懼還羞，似喜又愁的話語，實在是楚楚動人之極的美人兒！

站在一旁的鎮北王府的其他丫鬟們面上的神情都帶了一絲奇異，此女她們都是認識的，正是南詔左丞相的幼女沈夢虹。雖然皇帝戲言說過要讓公主下嫁，但大家都很清楚，公主刁蠻任性，並非籠絡肖天燁的最好人選，所以南詔各家豪門都還懷有很大的希望。尤其是左丞相，更是三番四次向肖天燁提起要將沈夢虹嫁給他，肖天燁雖然拒絕了，但大家都認為這不過是時間問題，如果不是歐陽暖橫空出來，今日的鎮北王妃十有八九就是沈夢虹。

沈夢虹自認雖然比不上南詔公主的美貌，卻也是個人人競相追逐的大美人，十三歲的時候她家的門檻就被求親的人踏破了，本以為父親提出將自己嫁給肖天燁，他一定會高高興興地答應，誰知道父親每每碰壁。原本她以為肖天燁沒有見識過自己的美貌才會拒絕，可是藉著姊姊的機會跑到鎮北王府小住，肖天燁卻從來沒給過自己好臉色看。眼睛長到頭頂的沈夢虹自然受不了這種刺激，昨日肖天燁成親，她砸了屋子裡的所有東西，打罵了好幾個丫鬟，直到沈夢青趕到才甘休。

沈夢青卻不是個糊塗的人，她知道自己妹妹從小因為美貌被人奉承慣了，以為全天下的男人都該圍著她轉，這本來是這些美麗女子的通病，若是肖天燁將她捧著，她還未必會多喜歡他，正是因為得不到肖天燁的好臉色，她更加念念不忘。再加上肖天燁若是娶了南詔公主，沈夢虹心裡可能還好過些，偏偏他竟然千里迢迢從大歷娶了個女人，這對於沈夢虹這樣的女子來說，等於是天大的打擊。

沈夢青本以為肖天燁成了親，妹妹就會死心，沒曾想第二天一早沈夢虹就淚眼汪汪地來敲自己房門，非要親眼看看這個歐陽暖到底是何方神聖。被她這麼軟磨硬泡，她也沒了法子，想方設法求了肖凌風調開肖天燁，這才帶著她來了。

沈夢虹一邊說話，目光一邊在歐陽暖身上停頓了一下，微微笑道：「王妃昨日大喜，未能親自來道喜，還請見諒！」

她的身上有一種莫名的敵意，歐陽暖揚起唇畔，綻出一抹淡淡的笑容，「多謝！」

兩人開口，空氣都有些凝固。

「聽聞王妃是從京都遠道而來，離開故土和親人，跑到這裡來嫁給一個男人，還真是難得呢！」沈夢虹坐下不久，就耐不住性子地開口，語氣裡帶著三分挑釁。

歐陽暖失笑，只是閒散地坐著，正紅色的袖攏在黃梨扶手上，微微抬起下顎，從瞇起的細密睫毛間看著對方。這種挑釁，她見得多了，段數太低，不值一提。

沈夢虹不死心，又道：「王妃不喜歡說話嗎，還是覺得與我話不投機？是嫌棄我身分太低，不配與妳說話嗎？」

果然是句句帶刺！歐陽暖只是淺淺地笑著，如畫的眉眼間風輕雲淡，唇角輕勾，似柔情似無情，「沈小姐多慮了，只是我身體不適，不便久坐，沈小姐若是想要談天說地，還是改天吧。」

新婚第二天就跑到這裡來挑釁新娘子，不是吃飽了撐著，就是嫉妒得昏了頭，她沒興趣和這種女人計較，當然，肖天燁要是沒功夫處理這隻母蒼蠅，她倒也不介意用她來打發一下無聊的日子。

歐陽暖說這幾句話，綿軟得很，可是聽在沈夢虹的耳朵裡，不便久坐？什麼叫不便久坐？這分明是說她初承雨露，不堪久坐啊！沈夢虹簡直氣得要死，臉色一下子變得刷白，指著歐陽暖道：「妳……妳……妳……」

她這裡話說不出來，歐陽暖倒是有點莫名其妙，不知道她哪裡不對勁了。

沈夢虹猛地站起來，氣哼哼地道：「太不要臉了……太不要臉了！」說著一跺腳，頭也不回就走了。

歐陽暖望向沈夢青，沈夢青見自己妹妹被三言兩語氣得顏面大失，也覺得太丟人，趕緊陪笑道：「弟妹，她一個小孩子，不懂事，妳別與她一般見識，待會兒一起用午膳吧。」

看沈夢青的模樣，也是十分誠懇，歐陽暖便無可無不可地點點頭。

午膳是在正廳用的，沈夢青身邊的嬤嬤指揮著丫鬟們擺放碗筷，圓桌上只有歐陽暖、沈夢青，還有面色蒼白的沈夢虹。

沈夢青笑道：「弟妹，因為兩位王爺都吃不慣南詔的食物，我便請了大歷的廚子，專門做菜的，妳今天嘗嘗看，看是不是正宗。」

沈夢青言笑晏晏，很是和氣可親，歐陽暖向來是別人敬她一尺，她自然敬人一丈，當下也不扭捏，含笑道：「妳太費心了。」

雖然沈夢虹的目光不時在歐陽暖的臉上打轉，可有沈夢青一直在說南詔的名勝和風土人情，桌上的氣氛倒也不算冷清。

正說笑著，肖天燁和肖凌風兩人從大廳走過來。肖天燁帶著淡淡的笑意，一瞬間已經吸引了眾人的目光，沈夢虹猛地抬起頭來，看著肖天燁的眼神，怎麼看怎麼哀怨。

肖天燁看都沒看她一眼，徑直走到歐陽暖身旁，隨後毫不猶豫地坐在她身旁。

沈夢虹正盯住兩人看，肖凌風輕輕咳嗽了一聲，沈夢青連忙拉了拉妹妹的袖子，笑著遮過。

歐陽暖看著這一幕，只是覺得頗為有趣，淡淡揚起了笑容。這一笑，眼角眉梢便增添了少許明媚和風情，肖天燁眼中躍動起了一種莫名的火焰。

沈夢青笑了笑，吩咐負責上菜的丫鬟：「上菜吧。」

聽到她的吩咐，丫鬟立刻應了一聲「是」，便傳了小丫鬟們上菜。

西湖醋魚、美人肝、紅白鴨絲、三鮮肥雞、什錦湯包、燕窩粉條、鮮蝦丸子、溜海參、雞泥蘿蔔醬、肉絲炒翅子、百花酥等……都是熟悉的大歷菜，擺了滿滿一桌子。

就在大家以為菜已經上齊的時候，雨寧端了一碗櫻桃肉放到了歐陽暖面前，「王妃，這是王爺吩咐給您做的。」

歐陽暖微怔。

「妳還記得這道菜嗎？」肖天燁看著她，面帶笑容。

歐陽暖當然記得，這是當年在船上的時候他特意吩咐做給她吃的，她低下頭「嗯」了一聲，神色有些恍惚地拿起調羹嘗了一口。

肖天燁笑著問她：「怎樣？還合口味吧？」

歐陽暖不說話，只是點了點頭。

其他人見他們神情奇怪，都不知道發生了什麼事情，越發覺得這對新婚夫婦十分神祕。飯桌上，大家都舉止優雅，細嚼慢嚥，桌上除了輕微的碰瓷聲，再沒有其他聲音。然而看到他們夫妻的神情，沈夢虹的俏臉卻是臉色一變，起身從丫環手中的托盤了拿了一把酒壺，來到肖天燁和歐陽暖面前，那瑩白秀美的手往酒杯裡斟滿酒，含笑望著肖天燁道：「二位昨日剛剛新婚，這是天大的喜事，我敬兩位一杯。」

肖天燁看了她一眼，臉上神色未變，淡淡揚唇：「謝謝！」舉起酒杯，一飲而盡。

沈夢虹的笑容僵住了，她哪裡看不出肖天燁是在敷衍她呢？隨後還是不死心，又倒了酒送到歐陽暖面前。

歐陽暖低下頭，認真地將櫻桃肉放到嘴巴裡，嗯，酸酸甜甜，火候正好。

「王妃不給面子嗎？」沈夢虹面上打著笑容，實際上卻是一種挑釁的、敵意的笑。

妳哪位啊，要給妳面子！剛才若非看在肖凌風的面上，早把妳丟出去了。肖天燁把臉一沉，看得肖凌風一下子警覺起來。他立刻咳嗽了一聲，旁邊的沈夢青臉色發紫，一把拖過沈夢虹，「鬧什麼？人家不肯喝酒，哪裡有強逼的道理？」

歐陽暖微微抬眉看了看僵持住的兩人，臉上微微一笑，端起了酒杯，輕輕抿了一口，隨即站起身道：「我不勝酒力，先回房了，抱歉。」

喝了一口就不勝酒力？這分明是——沈夢虹還是要上去攔住，卻被肖天燁冷冷地望了一眼，那眼神彷彿是從最寒冷的冬天而來，要將她的骨頭都刮掉一層。她一怔，頓時縮了縮頭，有些不敢造次了。

「暖兒，等等我！」肖天燁回頭盯了肖凌風一眼，暗含警告，管好你的小姨子，不然直接丟出去餵狗！隨後他大踏步地追隨著歐陽暖而去，再也不看愣在原地的沈夢虹一眼。

沈夢虹手中的酒杯僵持了半天，最後被她姊姊拿下，耳邊只聽到肖凌風嘆了一口氣：「三小姐，妳看清楚了吧，天燁他心裡只有這個永安郡主，妳不要再自取其辱了。」

不，我不甘心！沈夢虹猛地摔碎了酒杯，捂著臉奔了出去。

歐陽暖回到屋子裡，也只是靜靜坐著。喝了一杯茶，心情才放鬆下來。她不該動氣的，那些人和她沒有關係，不過是肖天燁招惹來的蒼蠅而已。

明明只是一個不需要她費心思的人，何必在意呢？歐陽暖對此感到心慌，卻又說不出為何心慌，她不是避開那些人，只是避開這種感情。

隨意走到窗前，推開窗子，外面就是一片澄澈的湖泊，粼粼的波光在陽光下看來閃閃動人。對岸的花園裡，有僕役和園丁在花園裡剪草，花色瀲灩，但這一切因了日光卻顯得有些乏力，帶了些頹廢的影子。

閉上眼睛，讓心情慢慢沉澱下去，許久，歐陽暖才輕輕嘆了口氣。

肖天燁推開房間的門，發現自己擔心的人正站在窗前。

金色陽光裡，那修長婀娜的身姿彷彿要融進去一般，剎那間幾乎迷醉了他的眼。

他輕輕走過去，站在一側，看著那風姿楚楚的身影，看著她輕輕側頭，微微瞇起沉思的眼睛，面上流露出帶著茫然的神情，肖天燁不由自主地伸出手去。

歐陽暖正想得出神，片刻之後，一雙手臂便從身後環住了她。她低下頭，身前的手指在陽光中，筋絡清明，泛著一種淡淡的白玉色。

一時間，兩人都沒有出聲。

良久之後，肖天燁才說：「生氣了吧？」那聲音軟軟的，幽幽的，是十分肯定的語氣。

歐陽暖的心猛地一跳，肖天燁一邊將臉極為溫存地磨著她的頸項，一邊輕輕道：「我以為妳是不會動怒的，可妳剛才明明就是在生氣吧？」有溫熱的氣息，在耳後頸項輕輕一勾，彷彿是他嘆了口氣，「妳知道的，那些人我從來不曾放在心上，連正眼都沒有看過。」

「暖兒，不要生氣了，妳生氣，我也會傷心……」

歐陽暖迎著陽光，習慣地微微瞇起了眼，生氣？不，她不該為他生氣的。手搭在他的手上，原本就要推開他，可待觸到了他的肌膚，整個人忽然被吸取掉了生氣般軟了下去，她停了片刻，突然抓住了他的手，「你老實說，我弟弟在哪裡？」

肖天燁一怔，並不急於回答，伸手抓住她的肩，將她緩緩轉過。

一時之間，變得面對面了。歐陽暖對上了他的眼，眼波微轉的時候流出星夜般的溫柔。幾分甜蜜，幾分渴盼，三分惆悵，還有一絲隱隱的幸福，讓肖天燁冰冷的眼變得溫和起來。在肖天燁看來，歐陽暖一直都是真實、毫不掩飾地將自己展現在他面前，哪怕在最難熬的時刻，只要他一想到她的臉孔，心中一個角落就會驀地變得柔軟。

他微微嘆了口氣，如果可以，自己真想將她時時刻刻擁在懷裡。

「他在你的手裡，是不是？」歐陽暖卻不肯輕易放棄，繼續問道。

肖天燁鬆了手，臉上笑容不減，「說的什麼話？他既然是我的妻弟，我又怎麼會困著他呢？」

歐陽暖定定地望著他，隨後從袖中取出一封書信，「這是肖重華在我婚禮前兩日送過來的，上面言明有負我所托，兩月前爵兒被你俘虜，難道這不是真的嗎？」歐陽爵已經不是以前那個小孩子，他不會那麼輕易就被捉住，肖重華信中說得很清楚，那一次是有人故意放了要屠城的風聲出來，引了歐陽爵過去，還用了極為卑劣的手段捉住了他。這個人，不是肖天燁的話，她實在想不出誰會費這麼大的心思做這種事。

肖天燁一怔，看著那信封的表情就有些似笑非笑，「暖兒，肖重華分明是自己弄丟了妳弟弟，卻要怪在我的身上，不覺得太懦弱嗎？」

歐陽暖輕輕笑了，「是不是真相，只有你自己最清楚。」

肖天燁眼中有一絲凌厲閃過，終究化為春水般的溫柔，「暖兒，肖重華這樣的舉動，分明是嫉恨妳我成親，我記得，他對妳也是有企圖的吧？」

歐陽暖失笑，肖重華對她有沒有其他心思她是不知道，但她知道，肖天燁為了得到自己，才真是處心積慮，煞費苦心。

「既然你我已經成親，木已成舟，你又何必瞞著我？我只是希望你放了爵兒回大歷，他性子倔強，若是你一直囚著他，還不知道會鬧出什麼事情來，你要逼死我的弟弟嗎？」

肖天燁蹙眉，但只是一瞬間，眼睛裡慢慢揚起一絲無賴一樣的笑，「我都說了，這件事不是我做的，但若是你弟弟的確失蹤了，我可以派人去尋找。」他毫不臉紅地說著，並且打定主意，繼續扣著歐陽爵。開玩笑，剛剛成婚第二天，這麼快放走小舅子，愛妻跑了怎麼辦？他才沒那麼傻！

歐陽暖見他抵死不認，心中卻更加肯定了，歐陽爵一定在肖天燁的手裡。當下也不再問，索性閉上了嘴巴。肖天燁這人疑心病重，他若是關著歐陽爵，一定不會交給別人，說不準……就關在鎮北王府裡，與其去問他，不如自己想法子。打定了主意，她便不再提起這個話題了。

歐陽暖越是不問，肖天燁越是不放心，便將府中上上下下的人叫來耳提面命了一番，又請城南王妃三天兩頭過來陪著歐陽暖聊天解悶，生怕她做出什麼意料之外的舉動。

歐陽暖卻是沒有表現出絲毫的異樣，該吃就吃，該睡就睡，閒暇無事就捧著本書坐在廊下。紅玉和菖蒲也是一副眼觀鼻鼻觀心的模樣，半點不露出端倪，讓肖天燁想要打探也無從下手。

成婚五日，肖天燁便要回軍營處理公務了。

歐陽暖盼了很久，好不容易等到肖天燁出府，破天荒地在門前送他，看他騎著馬意氣風發地離開，歐陽暖勾起唇畔，回頭道：「來了好幾天了，今天在城裡逛逛吧。」

副將孫景小心道：「王妃，天氣涼，王爺囑託了，請您不要外出。」

這是在監視著自己嗎？歐陽暖唇邊帶笑，「那我就在府裡逛逛，算不上外出。」說著渾身輕鬆跨進大門，斜眼看去，孫景不疾不徐跟在身後。

「孫副將，有紅玉和菖蒲陪著我就行了，你下去吧。」

「回稟王妃，兩位姑娘對府中情形不熟悉，還是屬下跟著照顧得好。」

歐陽暖的面色一沉，黑眸中帶了一絲冷意，「你要監視我？」

「屬下不敢。」

「不敢？既不准我出門，連府裡面也不肯讓我走一走嗎？我究竟是王妃，還是囚犯？你是副將，還是獄卒？」

「屬下不敢。」歐陽暖氣勢逼人，少有人能承受，然而孫景職責所在，不能退讓。

這個副將太過畏懼肖天燁了，不敢有半分違背。歐陽暖淡淡一笑，面上的神情和緩了三分，「算了，我不該對你發火，你也是職責所在，我不怪你。」

孫景一愣，倒有點摸不清歐陽暖的態度。說到底，他對這位神祕的王妃沒什麼把握，若是歐陽暖疾言厲色，他反倒可以用軟釘子碰回去，可若是對方和顏悅色，自己一直這樣不近人情，便顯得僭越了身分。王爺只吩咐過，不得讓王妃出府，否則拿自己等人是問，但也嚴令禁止任何人冒犯王妃，甚至連言語上的不恭敬也不行。自己若是做得過分了，王妃去告一狀，王爺還是不會饒過自己，那麼……只要歐陽暖不過界限，自己最好是視而不見。

歐陽暖不再多言，轉身回了房間，這房間是肖天燁特意為她重新布置的。銅鏡花黃，彩衣霓裳，憑欄雕花。梳粧檯上，金釵、玉環、大顆粒的寶石，像是不要錢一樣堆得滿滿的，任她選用。歐陽暖看了一遍這屋子，果真是一如既往的華麗，簡直是帶了點……暴發戶的氣質。她忍住喉嚨裡的一聲長長嘆息。這時候，紅玉和菖蒲對視一眼，都悄悄退了下去，不敢打擾歐陽暖了。

窗外傳來一陣撲棱棱的聲音，歐陽暖眉心一跳，快步走到窗前，卻見到一隻白鴿落在了自己的面前。歐陽暖看了那白鴿一眼，試探著伸出手，白鴿似乎就是衝著她而來的，半點也沒有排斥的意思，跳到了她的手心。歐陽暖從白鴿的腿上取下一個小竹管，果然發現裡面藏著一張紙條。

紙條上寫著：歐陽爵在鎮北王府南苑。

南苑？歐陽暖心中一跳，仔細看了看這紙條上的字跡，隨後皺起了眉頭。這紙條是什麼人送來的呢？為什麼會正巧送到她的手中？對方又如何會知道歐陽爵藏在哪裡？

她下意識地想到，此人的目的並不單純是告訴她歐陽爵在哪裡這麼簡單。當下將紙條藏於袖中，將白鴿放了出去，就在這時候，眼角的餘光看到房間裡北側的窗戶動了一下，有一個人影一閃而過。

歐陽暖快步走過去，猛地推開窗戶，卻看到外面什麼人都沒有，她想了想，迅速走出房門，紅玉和菖蒲正守在門口，副將孫景只敢守在院子外頭，歐陽暖問道：「剛才有什麼人從這裡經過嗎？」

紅玉愣了愣，隨後道：「沒有，奴婢們一直在外面守著。」

沒有？那這個在窗戶外面的人就是院子裡的人了？歐陽暖輕輕皺起眉頭。自己的一舉一動隨時在對方的眼睛裡，這可真不是什麼好感覺。

對方知道自己和親的真正目的是為了歐陽爵，又知道歐陽爵就在鎮北王府，還知道確切的地點，幕後之人在鎮北王府裡面一定有眼線，而且這個人就在自己身邊。

孫景小心地走前兩步，「王妃有什麼吩咐……」

歐陽暖擺擺手，道：「無事。」

孫景壯著膽子抬起頭，卻看到歐陽暖面色一片平靜，委實看不出什麼心思，便低下頭，再不敢隨便猜測了。

下午肖天燁興沖沖地回來，還給歐陽暖帶了日曜城最有名的酒樓裡的燕窩糕。歐陽暖不等他獻寶，便把紙條遞給他。肖天燁一看，頓時愣住，隨後盯著歐陽暖道：「暖兒，妳可不要相信別人挑撥離間，這是——」

歐陽暖當然知道歐陽爵是在肖天燁的手心裡，可問題是，這送信來的人也沒安什麼好心眼就是。她揚起清冷的眸子在肖天燁的臉上淡淡掃過，「先捉住這個奸細再說吧！」

肖天燁一怔，隨後滿面喜色起來，眼睛一瞬間亮得像是天空的星斗。

歐陽暖瞪了他一眼，「有奸細你還這樣高興，真是病得不輕！」

肖天燁只是笑，「妳這是關心我嗎？怕我被奸細害了？」

歐陽暖渾身一震，裝作看向別處掩飾過去。

肖天燁卻不容她逃避，捉住她的手，掌心微微發燙，「這王府裡的人是各處的眼線，早已不是什麼祕密了，我一直按兵不動，就是等一個好的契機。這一回藉著這個機會，能將他們全部除掉才是最好的。不過，今天我真的很高興，因為暖兒妳先想到的是關心我，這世上還有人會關心我，這個人還是妳，這種感覺真的很好，很好……」他一邊說，一邊將頭輕輕靠在歐陽暖的手上。

歐陽暖一愣，幾乎完全沒辦法說話。不知道為什麼，肖天燁這幾句話說得突然，可她卻肯定，他說的都是認真的。一個人在異國他鄉，所有人都背叛了他，他也背叛了所有人，除了肖凌風，沒有人是真正站在他身邊的，可就算肖凌風，目前的立場也十分微妙。誰會全心全意為他著想呢？他──從前在她看來，不過是任性的孩子，囂張跋扈，權傾朝野，雖然有時候張牙舞爪，可這不能掩飾他內心的脆弱，也許他比任何人都還要渴望關懷。

歐陽暖的手，輕輕落在了他漆黑濃密的髮上。

肖天燁一愣，隨後伸出手臂，環住了歐陽暖的腰。

這一瞬間的感覺，讓歐陽暖的心弦猛地顫動了一下。她突然不知道，自己這麼做，是對，還是錯呢？

為了度過這難以言喻的沉默，歐陽暖開了口：「怎麼除掉這個奸細，你可想清楚了？」

肖天燁抬起頭來，眼睛裡隱隱有著春色如許，「妳說呢？」

兩人對視一眼，莫名都笑了起來。他們心裡很清楚，彼此都想到一塊兒去了。

歐陽暖沉思片刻，道：「來人既然是奸細，又在這個院子裡，那麼只要設個套，就不怕她不鑽進來。」

對方一定想不到，自己竟然將這張紙條交給了肖天燁，這在於常人來看，是絕對不可能的，但是歐陽暖做事，往往劍走偏鋒，不愛按著常人思維行動，這也是對手對她並不全然瞭解所致。

第二天一早，歐陽暖藉口說心緒不寧，讓紅玉取了筆墨紙硯來，寫了大半個時辰的字，隨後將那些宣紙一張一張都團了，狀若隨意地丟在了地上或是書桌上。紅玉要進來收拾，她卻搖了搖頭，暗暗使了個眼色，紅玉會意，道：「小姐是不是累了，要不先休息一會兒？王爺去了西苑，說是半個時辰後才回來呢！」

歐陽暖聽她故意說得很大聲，不由笑了，「也好，我去休息就是，一會兒王爺回來了叫我。」

紅玉聽了便應聲，陪著歐陽暖一起進了內室，外室一下子就空了下來。

半個時辰後，肖天燁回來，歐陽暖將所有人都召集起來，面沉如水地道：「誰動了我書桌上的書信？」

所有人面面相覷，誰敢動王妃的東西？

肖天燁的臉色也很難看，「我再三警告妳們好好服侍王妃，誰讓妳們亂動主子東西了，一個個都不要命了嗎？王妃不過是去休息，誰敢動她的書信，讓我知道，定不輕饒了她！」

眾人都愣住了，完全不明白發生了什麼事。

紅玉看著眾人各異的神色，笑著道：「王爺，容奴婢多說一句，現在去搜各人的屋子，肯定搜得到，晚了，只怕證據被人給毀了。」

「王爺，奴婢才不會做沒臉的事，主子的東西是絕不敢動的，您可千萬要相信奴婢啊！」春桃率先說道，有意無意地看了肖天燁一眼，目光裡帶著一絲媚態。

當著面也敢這樣放肆！歐陽暖的臉色微微一沉。

雨寧上前一步，向歐陽暖福了一福，「王妃，奴婢願意將屋子讓出來給王妃搜查，也好證明奴婢的清白。」

「奴婢也願意。」春桃不甘示弱地道。

歐陽暖看向肖天燁，肖天燁的眼睛裡閃過一絲笑意，臉上卻裝模作樣地嚴肅道：「孫景，立刻帶人去搜查！還有李嬤嬤，丫鬟們的身上妳也搜查一遍。」

孫景領命去了，帶著護衛們在院子裡一陣翻箱倒櫃地搜查。李嬤嬤也將所有丫鬟集中到一起，然後挨個搜查。

喝茶。

李嬤嬤先搜查完，過來稟報道：「王爺、王妃，老奴搜查過了，她們身上沒有書信。」這是意料之中的事情，半個時辰，足夠那人將書信藏起來了。歐陽暖眨了眨眼睛，繼續低下頭

這時候，孫景進來稟報道：「王爺，全都搜嗎？」

肖天燁皺起眉頭，歐陽暖卻知道，孫景剛才搜查了小丫鬟們的屋子，留下的這幾個大丫鬟都是很有體面的，孫景若是讓那些護衛搜查了，以後這幾個姑娘的清譽也就毀了，將來嫁人都成問題，可若是不搜，剛才肖天燁又說了全部都不能放過。

孫景這是看那春桃、雨寧等人特別出色，怕王爺在氣頭上下了命令，自己等人再無意衝撞了，造成什麼不可挽回的後果吧？歐陽暖微微一笑，起身道：「孫副將畢竟是外院的，要搜這院子，最好還是幾個嬤嬤去好了。」但是交給這院子裡的嬤嬤，也是不妥當，所以她要親自去看看究竟這個奸細是誰。

肖天燁見她起身，立刻吩咐道：「還不去把披風給王妃取來！」

紅玉忙不迭地笑著去取了，替歐陽暖披上。歐陽暖失笑，一個院子裡，不過幾步路，要什麼披風呢？當著眾人的面，她只是似笑非笑地看了肖天燁一眼，肖天燁卻沒注意到這些，親自上前替她繫好了帶子。

一屋子的人都看著，歐陽暖莫名紅了臉，隨後想到現在不是做這種事的時候，輕輕咳嗽了一聲，「走吧，我們親自去看看，也防止嬤嬤們粗手粗腳，碰壞了東西。」

李嬤嬤帶著幾個身形高大的粗使嬤嬤，陪著歐陽暖肖天燁進了大丫鬟的房間。雨寧見情形，低眉順眼地主動開了自己的箱籠，李嬤嬤看了她一眼，果真仔細搜檢起來。翻了個底朝天，卻沒有半個紙片，抬眼見床邊上放著一個包袱，二話不說上去抖了抖，竟然真的掉了一片紙下來。

紅玉搶上前幾步，撿起來，也不看，就立刻恭敬地遞給歐陽暖，「王妃，請您過目！」

那張紙上只寫這一句散詩：時辰報盡天將暮，不信煙雨盡黃昏。

歐陽暖照著紙條念了兩句，就靠在椅背上，打量眾人的臉色。

眾人偷偷交換眼色，似乎很是驚訝。

春桃則是滿臉驚恐。

「暖兒，這可是妳丟的東西？」肖天燁明知故問道。

的確是，因為這詩句上有時辰有黃昏，那奸細定是以為藏著某種祕密。

歐陽暖點頭，隨後盯著丫鬟們，「這是誰的包袱？」

春桃撲通一聲跪在地上，滿臉的不敢置信，「王妃，奴婢沒有做過！奴婢真的不知道這紙團是什麼時候到了奴婢的包袱裡面！王爺，奴婢在府裡這麼久，從來都是循規蹈矩的，奴婢不敢啊！」

歐陽暖看了她一眼，慢慢露出淡淡的笑容。說實話，這個結果還真是有點意外。

春桃只是個不安分的丫鬟，卻不是個能做奸細的丫鬟。這點眼力，她自問還是有的，可是紙團卻是在她的包袱裡發現的。

屋子裡只住著春桃和雨寧兩個丫鬟，春桃一下子驚醒過來，忽道：「是雨寧！一定是她冤枉奴婢！只有她能進得了這個屋子，奴婢又對她沒有防備，一定是她偷了王妃的東西，冤枉到奴婢的身上！」

雨寧突然跪了下來，似乎也是被春桃的事情弄得不知所措，彷彿六神無主一般，「王妃，奴婢想起來了，剛才奴婢看到春桃在王妃的房間裡揀了個紙團，奴婢當作沒要緊的東西，也就沒在意，剛才王妃問起，奴婢怕冤枉了春桃，又顧念著一同進府的情意，卻沒想到她竟然做出這種事情，實在是太令人痛心了！」

春桃難以置信地道：「妳血口噴人！」說著要撲上去廝打雨寧，被旁邊的兩個嬤嬤一左一右駕住了。

歐陽暖微微一笑，樂得看她們狗咬狗，隨後她看向肖天燁。

肖天燁早就不耐煩這兩個丫鬟了，尤其是春桃，他冷冷地道：「把這兩個丫鬟一併拉出去！」

春桃一邊掙扎呼救，一邊被人拉了下去，而雨寧猛地甩開拉住她的人，抬起頭來，「王爺，春桃是犯了錯，奴婢又做錯了什麼？」

歐陽暖笑了笑，道：「王爺昨日送了我一種千年墨，一旦不小心沾上了，即便小心用水洗過，遇到油又會顯現出來，剛才那團紙可還是墨跡未乾的，妳是不是要我命人將妳的手仔細地用油抹過一遍？」

雨寧的面色一下子變了，她立刻明白，今天這件事情，分明是一個局，而做這個局的，就是眼前的這對新婚夫婦，可是怎麼會？那人明明說過，他們之間有很深的嫌隙，只要善加利用，很快這位王妃就會死無葬身之地，怎麼會變成這樣？

歐陽暖移動步子，走進牢房。外面的寒涼，裡面的酷熱，給她帶來一種冰火兩重天的感受。

肖天燁緊緊抓住歐陽暖的手，生怕她害怕。雖然他很清楚，歐陽暖並不像她外表看起來的那樣柔弱。

地牢裡點燃著熊熊火把，照得亮如白晝，形狀可怕的各種刑具擺在兩側，看起來十分猙獰。

肖天燁握緊了她的手，「妳不該來的。」

歐陽暖微微一笑，並不說話。

這時候，被關押在左邊牢房的春桃一看見肖天燁，立刻撲了上來，「王爺，王爺，奴婢是冤枉的，一切都是雨寧那個賤人冤枉我啊！求您放奴婢出去吧！王妃，王妃，奴婢可從未做過一件對不起您的事，您在王爺跟前為奴婢說說好話吧，奴婢再也受不了這個鬼地方了！」

歐陽暖看向春桃，她雖然衣衫破舊了一些，身上卻沒有大的損傷，可見只是關著她，居然也能叫得如此撕心裂肺，她搖了搖頭，道：「你預備如何處置她？」

「我一看到她就煩，先關幾天，讓她知道規矩，再打發人來送得遠遠的！」

肖天燁知道春桃並未參與這件事，但也道她是個不安分的丫鬟，按照他以前的性格，直接殺了更容易，偏偏歐陽暖的個性是不喜歡濫殺無辜的，既然如此，打發了也好。

說著，他不再搭理她，拉著歐陽暖繼續往前走去。

雨寧被人從牢房裡提了出來，腳上的鐵鍊撞擊著發出金屬的響聲，從她的身上看來，比春桃要慘得多了，一身的血痕。看到肖天燁，她渾身篩糠般發抖，隨即一頭栽倒在他腳下，哭叫道：「王爺慈悲，請您直接殺了奴婢吧！」

「妳這話是什麼意思？寧死也不肯供出幕後之人嗎？」肖天燁好整以暇，「要知道，妳這一日受的，不過是牢獄裡最常用的刑罰，普通的開胃菜罷了。後面的花樣用上，只怕妳才是真正的求生不得求死不能。」

雨寧慘然一笑，「奴婢只求速死。」

肖天燁冷笑一聲，邪氣從他唇邊逸出，危險的笑意叫人心裡發寒。

歐陽暖瞧著雨寧神色雖然哀痛，卻是一副下定了決心的模樣，心中不由得嘆息，地牢可不是什麼好地方，到了這裡，還能有活路嗎？好好的一個姑娘家卻做了密探，這也罷了，若是為金為銀，還不至於如此賣命，她卻為了那人死扛著，若非是癡心一片，絕不至於到這個地步。想到這裡，她看著雨寧的神情，止了肖天燁要讓人將雨寧拖下去的舉動，慢慢地道：「那個人，是二殿下嗎？」

這話一說出來，雨寧嚇了一跳，眉眼間在這一瞬間顫抖了一下。

歐陽暖立刻肯定，此人定是尤正君無疑。想不到這個人那麼陰險狡詐，居然還有女子為了他不顧一切。

「他若是顧惜妳的性命，對妳有一絲真情，也不會讓妳做這種事情。為人奸細者，若被發現，便是真正的萬死難逃，妳可想過？」歐陽暖提醒她。

雨寧拚命搖頭，「不，不是！沒有人指使奴婢，奴婢是自己來的！」

肖天燁只是凝目望著雨寧，無聲地冷笑了一下。

歐陽暖嘆了口氣，「這世上癡情的姑娘，大多沒有好結果。妳可知道，二殿下兩日前又收了一名美妾，日夜將其留在身邊，此女名為如雲，更兼色藝俱佳，才貌雙全，所以他愛寵至極，此事早已鬧得人盡皆知。雨寧，妳也應該知道如雲這個人的，是不是？可憐妳對他忠心耿耿，寧受酷刑也不肯將他供出來，當真是為他人作嫁衣裳。就在妳受刑的剛才，他還帶著愛妾去遛馬飲宴，妳可知道？」

歐陽暖是極懂得揣摩人心的，知道怎樣對方心裡才會最痛苦，所以她說出了這個由其他丫鬟閒聊時候透露的消息，對於雨寧這樣性子堅韌的姑娘來說，心上人的背棄才是讓她最不能忍受的，尤其是尤正君新收了美妾，這話傳到雨寧耳朵裡，只會變成徹骨的痛恨。

果然，雨寧聽了這話，神情變了，變得煞白，足足有一刻的功夫，一個字都說不出來。

歐陽暖慢慢地道：「還不說實話嗎？」

雨寧最終撲倒在地上泣道：「是，二殿下是雨寧的恩人，雨寧十歲，家裡在夜裡失火，燒得片瓦不留，可憐我全家上下都死了個乾淨……是二殿下收留了雨寧，並且開始培養我。後來，更將我送進了鎮北王府，尋找機會接近王爺。二殿下說，我雖然不及春桃美貌，可美貌愚蠢的春桃正可以襯托我的溫柔和善解人意，他讓我想方設法得到王爺的信任和寵愛，為他盜取情報。」

歐陽暖淡淡一笑，的確，常人看來，春桃比雨寧漂亮得多，可是同樣的，春桃沒有腦子，但雨寧卻不一樣，聰明內斂、溫柔體貼，這樣的丫鬟，容色不出眾，卻比那些漂亮的更具威脅，不知不覺就一點一點取代了旁人的位置，果然好算計啊！

肖天燁早已猜到了背後的人，這時候也不過冷冷一挑眉。相比整日裡像蒼蠅一樣圍在自己身邊的春桃，雨寧更溫柔更聰明，自己在書房裡的檔也大多數是她整理的。自己之前還摸過雨寧的底細，確保她沒有問題才放在身邊當丫鬟，誰知道對方才是真正的奸細。

歐陽暖看著雨寧，不知為何，眼中湧現出一絲悲色，「傻孩子，妳可還有什麼話要說嗎？」

雨寧低下頭，全身都痙攣著，手指死死摳住地磚的縫隙，頭在地上重重磕了一下，彷彿要暈厥過去。她抬起頭，嘶啞著聲音道：「既然二殿下不曾顧惜雨寧，雨寧也不會再為二殿下賣命，雨寧知道，今日夜裡大殿下將會到達日耀城，二殿下將在半途派人擊殺之，等大殿下一死，再將罪名栽到王爺身上，到時候二殿下會以清剿為名，討伐王爺……」

她的額頭一片血汙，神色悽惶，肖天燁面色沉了下來，「這麼重要的消息，妳怎麼會知道？」

雨寧淒聲道：「二殿下相信奴婢，是因為奴婢早已是他的人了，可以自由進出二皇子府，若非有一日偶然聽聞，又親眼見到他祕密調動軍隊，這等機密大事，他是不會叫奴婢知道的。如今王爺的五十萬軍隊都在城外，到時候二殿下祕密進城，搶占時機，控制了尚無防備的王爺，不怕那些人不肯就犯！」

肖天燁的瞳孔瞬間收縮成一點，熠熠的光芒近乎妖異，只聽雨寧戰戰兢兢道：「王爺若是不信，大可以去仔細調查，如今城中必有二殿下的人混進來。」

肖天燁聽著這話，默然無語，心中卻好似翻江倒海一般：該死的尤正君真是驕狂若此，敢在日曜城動手嗎？隨後，他又微不可察地皺起眉頭——尤正君性子沉靜內斂，若無十成把握，根本不會貿然行事……萬事小心為上！他心念一轉，斷然甩袖，道：「好，我會親自查驗，若妳的話有半句不實，必讓妳死無葬身之地！」

他話音未斷，身形已朝著殿外而去，歐陽暖連忙疾步上前，「王爺！」

肖天燁猛地回神，回以溫存一笑，拍了拍她的手，「我晚些時候就回來，不要亂走……」

隨即再不遲疑，大步而去。

歐陽暖望著他離去的背影，不由得綻出淡淡的微笑來。

出了牢房，回到自己的屋子，紅玉急匆匆地從外面走進來，低聲在歐陽暖的耳中道：「明郡王的人已經到了日耀城。」

歐陽暖點點頭，她請肖重華派人來接應，趕來的的確很快，隨後她道：「爵兒呢？他的位置確認了嗎？」

紅玉低頭道：「是，奴婢按照小姐的吩咐，悄悄盯著南苑。昨日事情之後，王爺果然派人轉移了大少爺的位置，如今安置在東苑的一間廂房內，只是大少爺似乎吃了什麼東西，渾身無力，走路都要人攙扶。」

歐陽暖握緊了手，果然如此，昨日她把紙條給肖天燁看，表面的目的是為了讓他處置奸細，更深層的目的是為了讓他將人進行轉移。他若是不動歐陽爵的位置，那南苑那麼大的地方，歐陽暖未必能立刻找到，還容易打草驚蛇，可是如今他將爵兒轉移到了東苑，又確定了在什麼方向，這一切當然就容易得多了。

「回來的路線，暗哨幾個、看守幾個、關口幾個，都記在心上了嗎？」歐陽暖問道。

紅玉點頭，「小姐放心，奴婢這就畫出來。」

直到半夜，肖天燁都沒有回來，就連西苑都是悄無聲息，歐陽暖知道，肖天燁帶著大部分的人去了城外，要搶在尤正君之前在南邊攔住大皇子。天亮之前，他是絕回不來的。

這是最好的時機！

歐陽暖深吸口氣，將被子掀了跳下床來。快速走到窗邊，烏黑的眼睛警覺地從窗戶縫隙裡望出去，看了院子一眼。

這一回，就連副將孫景都被帶走了。

「他要是知道了，說不定要怪我……」歐陽暖想著肖天燁的神情，心被扯了一下，暗中覺得微微的疼，然而擔憂只是輕輕掠過，片刻之後又回復了平靜，「無論如何，我不能再讓爵兒留在這裡。」

紅玉、菖蒲早已換好了衣裳，歐陽暖也換了一身丫鬟的服飾，和紅玉、菖蒲一起往外走。被限制行動的是歐陽暖，而不是她的丫鬟。平日裡還有人監視，可今晚的事情非常重大，絕不容許閃失，肖天燁在城中安排的人手有限，還要去通知軍中，所以並未留下太多人在府裡。多日的觀察，要避開王府巡邏有序的侍衛並不難。偶爾碰上侍女僕役，一見是紅玉的熟悉面孔，都笑著打個招呼便走開了。

來到東苑廂房，侍衛果然三三兩兩倒在地上。歐陽暖面色一變，就看見一個人影閃出來，就地拜倒：「郡主，屬下是明郡王麾下金良，已經按照您的安排，將歐陽少將軍背出來了。」他的身後只跟著四個黑衣人，卻很明顯都是精明厲害的人。

歐陽暖快步走過去，就看見歐陽爵雖然面色蒼白地趴在那人的背上，還閉著眼睛，卻是呼吸均勻，她心中一軟，隨後不由自主伸出手摸了摸弟弟的臉，金良急道：「郡主，快走吧，再晚就來不及了！」

金良等五個人將剛才打昏的護衛身上的衣服扒下來，自己換上，看起來就像是普通王府護衛一樣，半點看不出端倪。

「天色馬上就要亮了。」歐陽暖抬頭望天，「東苑小側門可以出去，那裡看守雖然嚴密，可是我手上有權杖，但是動作一定俐落點。」

權杖是肖天燁的，歐陽暖昨夜趁著他睡了，從他書房裡取來。

「小姐，您現在出府，我們兩個人留下，王爺回來了還能拖延一陣。」紅玉道。

另一邊，菖蒲咬著手帕，目光灼灼地盯著歐陽暖。

歐陽暖看著這兩個一路忠心耿耿的丫鬟，終究只是笑了笑，在紅玉的心裡，是以為自己永遠不會回來了吧，所以才這樣淚光閃閃的，可是……她想到時間緊迫，也不再解釋什麼，拍了拍她的手，快速回身向外走去。

一行人無驚無險，出了鎮北王府。

有了肖天燁的權杖，敲開城門並不困難，一行人騎著快馬，不一會兒出了城，再狂奔一氣，轉眼已經到了郊外，然而這時候，天空已經開始現出了魚肚白。

前方不遠，卻又有一隊騎兵在守候，悄無聲息，歐陽暖心中一驚。

金良卻已經露出喜色，「是明郡王！」說著，他快速策馬趕上去。

「暖兒……不，郡主。」肖重華一身戎裝，看起來俊美奪目，只是嘴唇緊緊抿成了一條線，他淡淡地向金良點了點頭，隨後策馬上來，向歐陽暖道：「終於見到妳了。」

不知為什麼，歐陽暖只覺得這句話中，似乎有一種說不清道不明的感情，讓人無從琢磨。會嗎？肖重華對她的感情並不一般？隨後她淡淡一笑，一定是她多想了，肖重華這樣的人，何至於此？但他身為一軍統帥，居然冒險趕到這裡來，實在令她感激。她原本只是希望他借一些人手，能夠將歐陽爵平安接回去，卻不料他能夠做到這個地步。

肖重華深深望了她一眼，終究沒有多說什麼，「肖天燁丟了人，一定會派追兵，我們必須趕緊上路。」

歐陽暖點點頭，肖天燁現在恐怕阻止了尤正君，回府發現自己不見了，定是大發雷霆吧？

清晨，太陽稍稍露臉就躲進雲層，不過一個時辰，暗沉的天色將天空完全籠罩起來。

坐在馬上，卻感覺到大片大片的雪花飄下來。真正的冬天要來了，這裡並不是山上，卻也開始下雪，就像是歐陽暖的心情，總有點灰濛濛的。

雪花中，為了節省時間，肖重華帶著歐陽暖同一匹馬，金良則帶著昏迷的歐陽爵。

歐陽暖看著頭頂上肖重華的側臉，忽然想起肖天燁那知道被騙氣惱的樣子。

那個像孩子一樣的男人，此刻還不知會怎樣暴怒？他又有心疾，平日裡雖然無礙，卻是受不了太大刺激的，尤其是來自於她的背叛。但無論如何，爵兒不可以留在南詔，對於一個大歷的少年將軍來說，那樣無疑是一條死路。

歐陽暖幽幽嘆氣。

肖重華看在眼睛裡，漆黑的瞳孔莫名染上了一絲陰霾。

轉眼已經到了中午，一行人快馬加鞭，終於趕到了南詔邊境。

只要穿過前面的燕子崖，便是大歷的界碑。

自由彷彿近在眼前。

風吹過來，刺骨的冷。歐陽暖莫名覺得心緒不寧起來。

肖重華彷彿感受到危險似的，猛然抽鞭，重重打在馬匹身上。

「駕！」

所有人的馬似乎也聞到不安的氣息，亢奮地高嘶起來，四蹄離地，呼呼生風地衝了過去。身後，轟鳴的馬蹄聲驀然冒起，帶著不顧一切的瘋狂，像是要踏破這白茫茫大地的蹄聲，迴盪在身後。

追兵已到！

越來越近，幾乎震耳欲聾。歐陽暖不難想像那身後的殺氣沖天，因為從她的角度，都能看見銳利的兵刀閃著銀光。

「暖兒！」身後，遙遠的傳來一個人的聲音，含著令人驚懼的怒氣。

歐陽暖渾身一震，這人的聲音，她深深記得。

他說過，世上所有的人都背叛了他，她不要再離開他！

他說過，他要她一輩子都陪著他！

然而此時此刻，他為了她的背叛，怒火沖天，想要將一切都毀滅。

他真是個傻瓜！歐陽暖嘆了口氣，突然大聲道：「放我下去！」

肖重華一愣，卻快馬加鞭，彷彿沒聽見她說的話。

「放我下去！」歐陽暖用力地抓住他的韁繩，提醒他。

肖重華扯下她手中的韁繩，再一把狠狠地摟住她的腰，像要發洩所有怒氣似的用上極大的勁道。

「妳是大歷的郡主，不該嫁給他！」肖重華出乎意料地說，難得的堅持。

歐陽暖皺眉，她的眼睛還是那麼沉著，感情深深地藏在眸子後面，「放我下去，否則你們走不了的！」

歐陽暖說的沒錯，果然身後的追兵取出許多弓箭，陰森森的箭頭全部朝著他們。

若是亂箭齊發，多有本領的人也無法倖免。

肖重華犀利的目光深深刺進她的膚髮，「妳從未想過要跟我們走？」

「對！」歐陽暖抿唇，低聲道：「我是他的妻子，我答應過永不離開他！」

肖重華心痛。

溫香暖玉，可溫柔後，藏的竟是難以形容的堅韌。

他──晚了一步，就是永遠的晚了，永遠！

原本他若是在肖天燁娶親之前趕回京都，一定可以得到她，可是那時候…那時候他還糾纏在戰爭裡，根本無暇脫身。

說到底，他和他的父親一樣，為了國家，為了別人，放棄了自己真正心愛的人。為什麼？他甚至連一句愛她都沒有說過，就永遠失去了這樣的機會！

他痛心得擰緊濃眉，歐陽暖偏過臉，輕聲催促：「放我下去吧！」

肖重華從來都不是一個強人所難的人，鬆手，送她下馬。

「告訴爵兒，不必再回來找我，我的義務和責任已經完了。」弟弟不能再事事依靠著她，他應該有自己的人生，姊弟在一起，他為了顧及自己，會做他根本不願意做的事情。她放手，讓他自由，去尋找他的天空。親自送他到邊境，已經是最後能為他做的事。

「保重！」肖重華忍住心頭的隱隱痛意，瀟灑地放手。

歐陽暖滑下了馬，落在地上，眼睜睜看著一行人遠去。

而身後的那些追兵，早已全都停了馬，浩浩蕩蕩地停在身後。歐陽暖遙遙望著那一人一騎衝出來，一把將她擄上了馬，一下子撞進一雙帶有滔天怒火的黑瞳裡，「妳騙我！」

歐陽暖淡淡地笑了，卻抬手勾住他的脖頸。

肖天燁渾身一震，手臂卻似乎有自己的意志，將她越圈越緊。

「你用爵兒騙我來，這一回我為了救他，也騙了你一回，咱們兩清了。」

暖暖的身子，清麗的臉孔，凍出一點潮紅。然而，她此刻，卻像是溫順的貓兒似的，縮在他的懷中。

他以為一切都在掌握之中，誰料頃刻天地變色，她竟然藉尤正君的手騙了自己離開。以為牢牢掌握在手的愛人，忽然展翅，要飛回大歷。

恨到極點，她是多麼可惡，多麼可恨，多麼讓人痛苦，可他卻無論如何也不能放開。

肖天燁微微閉起雙目，不敢看她，百般滋味繞上心頭。

「我若想走，絕不會留下我的兩個丫鬟。」歐陽暖淡淡的聲音傳來。

不過是不忿他將她千里迢迢騙來南詔，反將一軍！他害得她深陷苦惱，她也不能讓他好過！

歐陽暖，從來都是一個睚眥必報的女人，他敢要她的一輩子，就要有這個覺悟！

肖天燁的心中猛地一動，睜開眼睛，她仍在那裡，發亮的眼睛盯著自己。

「還是說，你不想再要我這個王妃了？」她低低地說。

肖天燁深深凝視她，不語。

歐陽暖微微一笑，「如此，那我便離開，王爺，就此別過。」話音剛頓，腰身一頓，已被他緊緊摟在懷裡。

「妳真的為了我，捨了妳弟弟。」肖天燁嘆道：「我沒有這樣的自信……」

歐陽暖一愣，晶瑩的雙眸怔怔定在那張熟悉的俊臉上，成婚以來，他的一言一行、深深情意，重重疊疊，鋪天蓋地而來。

「從今以後，你比任何人——」歐陽暖頓了頓，深吸一口氣，「都要重要！」

她終於說出口了，終於，他苦苦要求的東西變得唾手可得。肖天燁不知道，人生的大悲之後竟然是大喜，他緊緊抱住歐陽暖的身軀，幾乎要將她嵌入自己的身體。

「暖兒，這一回，妳不會再走了吧？」肖天燁這樣問。

歐陽暖笑了，「會走，除非你跟我一起走。」

不知何時，雪已經停了，太陽從厚厚的雲層中露出半邊面孔。陽光之下，她的睫毛上閃現一層金色的光芒，就這樣一句話，他卻知道，她向他做出了保證。

她是一個重諾的人，肖天燁的目光慢慢釋然，最後變成狂喜，失而復得，他最珍貴的寶物！

「我以為妳走了。」肖天燁抱著歐陽暖，語氣極軟，薄薄的霧水在那一雙春水般的雙眸裡浮上來了。

歐陽暖聽了，許久都不說話，半晌才瞇起了眼睛，微微一哂，笑容嫣然，「我當初嫁給你，就從未想過要反悔。」

天氣冷，室內炭火暖如春日，她的手指穿過了衣襟，覆在了他的心口上。手心極涼，碰觸在他肌膚上，彷彿是塊冰，他只覺一陣寒意徹骨，不由一抖，顫著聲音道：「手這麼冰，凍病了怎麼辦？」

歐陽暖並不答話，把臉倚在他胸前，柔軟的髮絲帶了一陣陣的香氣。

她唇畔的笑容帶著說不清的意味，那眼神，像是在看一個任性的孩子，充滿了愛憐。肖天燁心裡卻是一陣陣的發燙，說不清是快活還是難受，嘴驟然猛烈地壓含上去……唇舌帶著狂烈的執著，在她的口中尋求著甜蜜。

外面的風不停地穿梭過屋頂的明瓦，清晰的聲音彷彿就在咫尺。

不知為何，她反倒是笑得更厲害。再一次，他埋首，執拗地吸吮著她所有的笑。

「妳是我的！妳只是我的！」

孩子似的，特地把一個「我」字咬得極重。

他帶著一絲哀求的語氣，歐陽暖一愣，隨即緊緊的，使足了全身的氣力擁緊了他。既然已經許下諾言，便不能再反悔了。

肖天燁，我是你的！歐陽暖的手輕輕撫摸著他的髮，帶著溫柔入骨的安慰。

屋子外面，菖蒲悄悄和紅玉咬耳朵：「小姐被抓回來了。」

紅玉瞪了她一眼。

菖蒲不死心，繼續咬耳朵：「為什麼王爺不生氣？」

紅玉當然也想知道答案，不過小姐的心思，誰能猜到呢？原本以為肖天燁回來以後會大發雷霆的，可是如今屋子裡靜悄悄的，倒是讓人摸不清究竟發生了什麼事情。不過，既然小姐沒有吩咐，她們便裝作什麼也不知道吧。

紅玉覺得，歐陽暖的心裡，隱隱是想要留下的。

晚上是夜宴，歐陽暖親自為肖天燁穿上外袍，盤領、窄袖，纏枝寶相花紋樣，白底上撒著金絲的織金錦長袍，越發顯得俊俏翩然，旁人看了，絕對想不到他是個手握重兵的王爺，只會以為是誰家偷偷溜出來的玉面朱唇的小公子。

歐陽暖唇角浮起一縷笑意，髮髻上的水晶流蘇，隨著她的動作微晃，在鬢間搖搖曳曳沙沙作響，「看你得意的！」

肖天燁一把摟住她的腰，更加得意地翹起嘴角，「當然得意，誰有我家娘子漂亮！」

歐陽暖笑著搖搖頭，戳了戳他的頭，「高興得太早了！別忘了，你昨天夜裡破壞了尤正君的好事，他怎麼會輕易放過你呢？」

肖天燁皺起眉頭，「他敢怎樣？」

歐陽暖道：「今日你宴請了大殿下，我有話在先，二殿下今日也是必到的，你信不信？」

肖天燁瞇起眼睛，想到尤正君那張狡詐的臉孔，不由得添了三分厭煩，「他敢來，我就一腳踢出去！」

歐陽暖止住他的手，「你呀，就是脾氣太壞！客人既然敢來，我們就敢招待！若是將他拒之門外，豈不是給了他口舌說你勾結大殿下意圖不軌嗎？」

肖天燁是極聰明的人，三言兩語之間就明白其中厲害，他原本也不是不知道，只是不耐煩招待那種討厭鬼，聽了歐陽暖的話，他按捺下不滿，抓住她的袖子，「好，我不趕他出去就是，不過，妳——」他附身，在她耳畔說了兩句話，歐陽暖的臉一下子紅了，狠狠踢了他的小腿一腳，「別得寸進尺！快點準備一下！」

肖天燁大聲呼痛，隨後藉故倒在歐陽暖身上。

歐陽暖羞惱，一把推開他，肖天燁眼睛珠子一轉，裝作收不住去勢，耍賴一般踩掉了她腳上的絲鞋。

「啊……」歐陽暖輕呼一聲。

肖天燁得意洋洋，竟彎下身子，拾起她綴著珍珠的鞋，伸手便要來捧她的腳。

「你——你做什麼呀！」雖說是親密的夫妻，但如今見他如此，歐陽暖仍覺得十分窘迫，一時方寸大亂，本能地往回縮著腳。

「我在將功補過……」肖天燁笑嘻嘻的，一張俊秀的臉帶了三分狡黠四分無賴，「暖兒的腳，比上等白玉雕成的還好看……」說著故意用一雙春水蕩漾的眼睛直勾勾地盯著她。

歐陽暖面色一紅，惱怒道：「還不快穿上！」

肖天燁笑嘻嘻地在她腳上摸來摸去，做夠了登徒子，直到歐陽暖用腳去踢他，他才收了笑容，正色道：「暖兒，妳怎麼這樣不知羞呢，居然大白天的用玉足來勾引我！我不去飲宴了，我要……」說著，抬起身體，靠在歐陽暖耳邊，吹了口氣，十分的沙啞，自成一種魅惑。

歐陽暖眉眼一挑，掩口輕笑，轉身再不理會他，赤著腳就走。

「鞋子要穿上，會著涼的！」肖天燁急叫，歐陽暖卻置若罔聞，仍是頭也不回地向外走去。

肖天燁急了，上前兩步一把衝過來將她攔腰抱起，「我錯了！再不敢輕薄妳了！」

歐陽暖只是笑，止不住地笑，笑得一雙眼睛亮晶晶的。

肖天燁一愣，這才知道她是故意耍自己，頓時鬆了口氣，也跟著笑起來。

紅玉和菖蒲在外面聽見了，越發覺得這對夫妻古怪，怎麼好端端的這樣笑，笑得這樣詭異，卻都不敢進去看。

晚上，鎮北王設宴款待大皇子尤正南。

宴會之上觥籌交錯，笑語盈盈，好一派賓主盡歡的氣氛。

肖天燁坐在正席之上，歐陽暖坐在他的側手邊，而一旁的尤正南和尤正諾坐在客位首席，肖凌風和沈夢青也陪坐著。

尤正南望見歐陽暖，先是驚得半天合不攏嘴，而後卻倏地感嘆道：「沒想到永安郡主生得如此清麗可人！」

尤正諾只輕瞥了她一眼，並未多瞧她一眼，就垂下了頭，顯然是有點心虛。

尤正諾還跟在尤正南的身邊，這究竟是他找到了解藥呢？還是出自尤正君的授意？在歐陽暖走神的這點功夫，已經有美麗的歌女獻上了舞蹈。

就在這時，歌女之中出現了一名蒙著面紗的女子。

雖蒙著面，看不見樣貌，但那弱不勝衣的體態，那婉轉玲瓏的體態，歐陽暖只是輕輕瞥了一眼，便看出了她是誰。

美人隨著樂曲起舞，舞蹈純如水，動作輕如蓮，光影眩迷，靈光逼人，看起來美豔不可方物，舞出一腔柔腸。這樣的舞蹈，在南詔或許是出眾的，然而在自己面前，卻連當年的蓉郡主一絲半點都比不上。

歐陽暖轉頭，望著肖天燁笑，他卻只是伸出手，悄悄捏了捏歐陽暖的手背，歐陽暖別過臉。本來想要打趣他的，結果反被他調戲了。

舞畢，蒙面輕紗在纖纖玉指下摘落，女子面若桃花，唇似朱丹，眉如秋水，確是個美人，正是沈夢虹無疑。

南詔貴族女子並不像大歷那樣拘束，當眾表演也不會覺得彆扭，所以沈夢虹的臉上沒有一絲一毫的不好意思。

尤正南看著她若有所思，但一下便恢復了平和的神態，「免禮，賜坐。」

沈夢虹叩拜謝恩，而後便坐到了下席，只是一雙美目滴溜溜地在肖天燁身上打轉。

正在這時候，滿面春風的尤正君從外面走來，「抱歉抱歉！各位，我來晚了！」

他一臉笑容，半點也不像是陰謀受挫的樣子，尤正南一看到他，目中便射出無限冷意。經過昨夜的追殺，他可是恨透了這個二弟。

歐陽暖和肖天燁對視一眼，都從彼此的眼中看到了笑意。

歐陽暖心道：自己果然沒猜錯，這個尤正君臉皮還真不是一般厚，居然現在還敢跑來這裡！

話是這麼說，肖凌風還是滿面笑容地上前拍了拍尤正君的肩膀，「正在等你入席呢！」

尤正君的目光在歐陽暖的臉上若有若無地掃過，變成一道冷厲的視線。

「為二殿下斟酒。」肖天燁的聲音若湖風拂面，卻輕寒如霜。

「是。」丫鬟領命捧了酒盅上前，為尤正君斟上一杯美酒。

肖天燁神色淡然，看不清他眼眸中潛藏的隱約冷笑。

一席宴會，觥籌交錯，尤正南尤為喜好美酒，喝到最後幾乎分不清東南西北，肖天燁便命人將他送到客房暫且休息。

尤正諾便藉口喝多了頭暈，也要留下來。

沒等那邊的尤正君說話，肖天燁已經道：「鎮北王府狹小簡陋，已經招待了兩位殿下，只能委屈二殿下去驛館了。」

尤正君只是望著肖天燁，淡淡地笑了，起身道：「如此，我便告辭了。」

肖天燁看著他的背影，突然道：「好像還有一個人，二殿下忘了帶走。」他說的人，自然是雨寧。原本這個丫鬟，他是要千刀萬剮的。可歐陽暖卻堅持，若是二皇子還肯接收她，便讓她離去。

尤正君頭也不回，冷聲地道：「一個下賤的丫鬟，算不得什麼，便送給王爺吧！」

歐陽暖見他的腳步沒有半點停頓，不由嘆了一口氣：「雨寧，妳聽見了吧。」

一旁的簾子後面，走出一個臉上還帶著一道傷口的丫鬟雨寧，她望著尤正君的背影，面上慢慢出現了一絲可怕的猙獰，隨即她轉過臉望向窗外，藉以掩飾不斷滾落的淚珠。

尤正君將雨寧當做一個沒有用的棄子，卻太過低估雨寧的聰明，過分自信的男人總喜歡篤信自己的強大，以為這個世界都是圍繞著他轉的，以為女人會一輩子愚蠢地被他矇騙，卻沒有想到，一個女人只要足夠傷心，會變得比男人要狠毒百倍千倍。雨寧的存在，歐陽暖相信，一定會很有用。

看著雨寧的側影，肖天燁不得不佩服歐陽暖，在對於人心的把握上，遠比自己要厲害。

歐陽暖將他手中的酒杯取下，微笑道：「喝酒傷身，不要再喝了，如今客人們都退場，我們也該回去歇息了。」

肖天燁便笑著站起來，正要來拉歐陽暖的手，歐陽暖輕輕一掙，向一旁的肖凌風夫妻看了一眼，沈夢青這時候站起來，滿面親切的笑容，「弟妹，我還有一件事情要找妳。」

肖天燁蹙眉，剛要拒絕，歐陽暖卻注意到了沈夢青臉上那一絲不安的神情，不由得微微瞇起了眼睛。

什麼事情會讓城南王妃如此急切，唯恐她不答應似的？

這時候已經入夜，月色朦朧，涼意襲人，樹影幽深。歐陽暖讓人先送了略有醉意的肖天燁回房間，自己留下來，陪著沈夢青說話，然而沈夢青沒有注意到，不知什麼時候，歐陽暖身旁只剩下了一個紅玉。

歐陽暖這個人，疑心非常重，在南詔，她除了肖天燁，任何人都不信任，城南王妃的舉動已經引起了她的懷疑，只是她也想要知道，這一回這位王妃究竟想要搞什麼名堂。

不過半個時辰，菖蒲形色匆匆地走過來，面上隱約有怒容，她快步過來，在歐陽暖的耳邊俯身說了兩句。歐陽暖冷冷一笑，起身看了沈夢青一眼，轉身就走。

沈夢青一愣，剛要站起來，卻被一直莫名其妙的肖凌風抓住，「妳究竟答應了妳妹妹什麼？」

沈夢青一愣，隨即支支吾吾地說不出話來，肖凌風看她這模樣，一顆心頓時沉了下去。

歐陽暖回到臥房，卻見到整個院子裡都是靜悄悄的，一個護衛都沒有，她冷笑一聲：「菖蒲，上去把門踹開！」

菖蒲應聲，快步跑上去就是一腳，正好裡面的人開門出來，這重重的一腳正好踢在那人小腹上，引來一聲尖叫。

那女子不顧疼痛，趕緊從地上爬起來，轉頭看見歐陽暖，驚得面無人色，捂住臉跑了開去。她身上竟然只穿著一件緋紅色的繡著並蒂蓮的肚兜，下面穿著一條碧藍長裙，雖捂著臉，還是被眾人一眼就認了出來。

「沈三小姐！」紅玉驚呼出聲。

沈夢虹聽了這話，一路沒命地捂住臉，跑了出去。

菖蒲瞪大了眼睛，「太不要臉了，居然敢登堂入室！」

歐陽暖冷笑著望了她消失的方向一眼，快步進了屋子，肖天燁還躺在床上，衣衫卻是十分整齊，他一手捂著心口，緊緊皺著眉頭，似乎很不舒服的樣子。歐陽暖走進去，他都沒有發覺。

「怎麼了？」歐陽暖快步走到床邊。

熟悉的香氣近在咫尺，肖天燁敏感地意識到了歐陽暖在自己身旁，一把拉住她的手，「酒喝多了，心痛。」

歐陽暖顧不上問他究竟發生了什麼事情，將他抱在懷裡，仔細幫他揉著心口，良久他才舒服了一點，鬆開了眉頭。

這才揉著眉心坐起來，「從前少有的，喝酒也會心疼。」

歐陽暖心道：你這個傻瓜，心情劇烈起伏後再突然喝了那麼多酒，哪怕是完整無缺的人也受不了，更何況你有心疾呢。她冷冷地道：「我還不想做寡婦，所以從今天開始，你禁酒。」

這話說得斬釘截鐵，肖天燁聽出了她的不高興，酒一下子醒了，一雙黑漆漆的眼睛莫名望著她，很委屈的樣子，不知道自己哪裡惹了愛妻不高興。

「剛才沈三小姐沒穿衣服就從你屋子裡跑了出去，怎麼說？」歐陽暖明知道什麼也沒發生，卻還是滿心不高興，直接道。

肖天燁完全懵了，「沈夢虹？她來過？」

歐陽暖見他神情不似造假，不由有點疑惑，「剛才你以為是誰？」

「是誰？」肖天燁仔細回想了一下，捧住腦袋搖了搖頭，剛才他喝得有點不舒服，便躺在床上休息，誰知一個丫鬟跑過來又是餵水又是脫靴子，最後還有一具散發著熱氣的身體靠過來，他下意識地又以為是春桃那個不要臉的丫鬟，滿心厭煩地踢了她一腳，後來好像那人跑了出去，不知怎的還發出了一聲尖叫。現在想來，春桃還在地牢裡，那這個人……

他額頭上出了一點冷汗，一把抓住歐陽暖的袖子，「我什麼都沒做過！」

你要是做了什麼，我還會給你揉心口嗎？不踹你一腳就對得起你了！歐陽暖失笑，摸了摸他的心口，給他順順氣，「傻瓜，抓緊時間休息吧，只怕明天上門找麻煩的就來了。」

肖天燁冷哼一聲，白皙的面孔上多了一層惱怒，「誰敢？」

歐陽暖笑著搖頭，「我倒是聽說，城南王妃的父親是大殿下的支持者，你說，究竟誰敢？」

肖天燁看著歐陽暖，突然笑了，「原來暖兒這樣狡猾，把南詔的上下人等摸得門兒清。」

歐陽暖替他蓋好了錦被，輕聲道：「你真傻，不摸清這裡的情況，我又怎麼敢嫁過來。」這一點，要多謝那些留在南詔的細作，表姊在她來南詔之前，曾經給過她一份詳細的名錄，將南詔上下的關係介紹得很詳盡。之前她沒有心情看這些，現在卻是用得上了。

歐陽暖預料得不錯，第二天一早，城南王妃便帶著人上門來了，這一回，的確是氣勢洶洶。

歐陽暖看了肖天燁一眼，示意他先迴避，還不到他出場的時候。今天這局，她要讓所有人知道，膽敢覬覦她的男人，是要付出慘痛的代價的！她歐陽暖，可不是那些嬌滴滴的女子，得罪過她的人，無一不是痛苦一生。

紅玉看著自家小姐，不知為什麼有點汗毛倒豎的感覺，從前只有對付林氏的時候，小姐才會露出這樣讓人頭皮發麻的笑容。

沈夢青坐在花廳裡，一看到歐陽暖來了，滿面怒容，一旁的沈夢虹則是滿臉的淚水。

歐陽暖見她如此，知道這是興師問罪來了，淡淡一笑，徑直坐下了。

「弟妹，麻煩妳請鎮北王出來！」沈夢青一反常態，態度強硬地道。

「他昨日喝多了酒，身體不適。」歐陽暖施施然喝了一口茶，答道。

沈夢青冷笑兩聲，才又說道：「不是不舒服，而是心裡有鬼，不敢出來見我們姊妹吧！」

歐陽暖失笑，這真是做賊的喊捉賊，她抬起眸子，目光冷冷的，「城南王妃說這話我就聽不懂了，什麼叫不敢見妳們姊妹？難不成妳們長出了三頭六臂，還是變成老妖怪？」

沈夢青沒有見過歐陽暖伶牙俐齒的模樣，登時一愣，「弟妹這樣說，那我就不必客氣了，妳看看我好端端的一個妹妹，現在被妳們糟蹋成了這個樣子！」

說著，她把沈夢虹拉到歐陽暖跟前來，沈夢虹一個勁兒地向後退，臉上倒像是真的露出了三分畏懼。

歐陽暖冷笑，「這是怎麼了？頭髮也散了，嘴巴也破了，是摔跤了嗎？還是遇到搶匪了？」

沈夢青沒見識過歐陽暖的刻薄，她只以為大歷的女子軟弱可欺，就像是當初自己整治了肖凌風的美妾一樣很容易，卻沒想到對方絲毫不買帳，她大聲道：「是你們鎮北王欺負了我妹妹！」

這話一說出口，所有人都是一愣。

歐陽暖微微一笑，上下打量了一番沈夢虹，打算將這個惡婦的角色扮演到底，「哦，不知道我夫君是在哪裡欺負了三小姐？又是什麼時候欺負的？怎麼欺負的？」

沈夢虹咬緊了嘴唇，「他……昨天晚上，就在……他欺負了我！」

歐陽暖嗤笑一聲，「說不出地點嗎？還是妳特地跑到我們院子裡等著我夫君欺負妳？」

沈夢虹一愣，當然說不出自己是送上門的。

沈夢青冷冷地道：「弟妹這話什麼意思？是說我們沈家非要冤枉鎮北王不成？我們不是那種齷齪的家庭，我家的小妹也是金枝玉葉，妳竟然這樣說話！」

歐陽暖淡淡地道：「人必自辱，而後人恆辱之，若是三小姐自愛，何至於到今天這地步來讓我羞辱？」

沈夢虹一愣，隨即搖搖欲墜，一副要暈倒的樣子，歐陽暖瞧著，淡淡地笑了，「除了三小姐的證詞，若有證據請儘快拿出來，否則就請回吧！等著想要嫁給我夫君的女人多了去了，三小姐還是不要來湊這個熱鬧得好！」

沈夢虹的臉色羞惱得幾乎說不出話來，她一把拉住沈夢青的袖子，失聲大哭。

「歐陽暖，我們有證據，但願妳莫要反悔！」沈夢青冷笑一聲。

歐陽暖挑起眉頭，哦，證據……她倒是想要看看究竟是什麼證據！

「有什麼證據，城南王妃大可以拿出來供大家一覽。」歐陽暖好整以暇地道。

沈夢青原本以為可以很輕鬆地打發歐陽暖，至少要看到她花容失色的模樣，誰知道對方壓根兒不曾放在心上，這怎麼能不讓她氣憤呢？她惱怒道：「好，既然要我拿出證據，那我也有要求，大殿下不是在嗎？就請他來做個見證好了！」

歐陽暖看了沈夢青一眼，對方信誓旦旦的模樣，讓她不禁冷笑，「好，城南王妃要證人，那便都請來吧。」說著，吩咐紅玉去請肖天燁，並讓護衛去請來尤正南等人。

尤正南和尤正諾是一起到的，不久後肖凌風也到了，他一進來，就不著痕跡地狠狠瞪了沈夢青一眼。沈夢青背脊一挺，硬生生別過臉去，一張臉黑得可以。

歐陽暖將這一幕看在眼裡，不由搖了搖頭。沈夢青非要將自己的妹妹塞給肖天燁的原因不難猜測，無非是為了左丞相和尤正南的利益，不惜為此得罪自己的夫君。可問題是，他們將肖天燁想得太簡單，又對沈夢虹太有信心，像沈夢虹這樣的女人，就算進了門，她也多的是法子讓她痛悔當初。這些人動不動就想要破壞別人夫妻的幸福日子，著實可惡，應當好好教訓一番！

尤正南原本生得很英挺，可是那一隻鷹鉤鼻怎麼看怎麼令人厭惡，他的眼睛在歐陽暖的臉上轉了轉，似乎帶了點莫名的意味，隨後他道：「究竟是什麼事情？」

沈夢虹上前向他行了一禮，隨後當場落淚，看起來十足受了委屈，尤正南連忙道：「三小姐這是怎麼了？可是有人欺負妳？不用怕，有什麼委屈我都會為妳做主的。」

歐陽暖失笑，看看這一個兩個的，擺明了是上門來訛詐！她淡淡地看了尤正南一眼，道：「大殿下此言差矣，你剛剛進來，什麼都還不知道，怎麼就要當家作主了？若是你一味向著沈三小姐，你做這個評判，恐怕不太合適吧？」

尤正南一愣，隨後看了哭哭啼啼的沈夢虹一眼，道：「那依妳說，該怎麼辦？」

歐陽暖並不回答，只是冷冷地道：「鎮北王怎麼還不到？」

這時候，肖天燁快步從外面進來，看見歐陽暖就是笑容滿面，「暖兒？」隨後看到周圍的人，頓時沉下臉，「你們在這兒幹什麼？」

歐陽暖見他氣色很好，便知道他的身體已經康復無礙了，鬆了口氣之餘，不由冷聲道：「這就要問問城南王妃了。她一大清早帶了沈三小姐來，說你欺負了人卻不肯認帳，你怎麼說？」

肖天燁挑起眉頭，目光在沈夢虹的身上停頓了片刻，隨後冷冷地望了肖凌風一眼。肖凌風知道惹怒了他，不由得苦笑，他也想不到，自己一向溫柔大方的王妃竟然有這種膽子。他曾經再三警告過沈夢青，絕對不可以亂來，偏偏她這次一口咬定是肖天燁動了沈夢虹，叫他也無可奈何，畢竟那證物……可是板上釘釘的。

看到肖凌風臉上一貫的笑容不見了，肖天燁便知道此事沒有那麼容易，再看一眼面露不悅的尤正南和面色古怪的尤正諾，肖天燁冷笑一聲，心道合著剛從鬼門關逃出來就開始算計咱們，當真是沒一點腦子！既然如此，就試試看好了！他冷冷的眼神回到沈夢虹的身上，「我做過的事情，絕不會不認帳，但我沒碰過妳，硬是要栽到我身上，妳就要承擔後果！」

沈夢虹被他駭人的目光驚得倒退一步，她竟然從未發現，俊美瀟灑的鎮北王不悅的時候，竟然是這樣的可怕！

沈夢青立刻道：「芍藥，還不說！」

一個紫衣的丫鬟立刻走出來，怯生生地道：「昨日晚上，突然有個眼生的丫鬟來找三小姐，說是王妃要請三小姐去她屋子裡坐坐，三小姐沒多想，也就去了。誰知到了院子裡，一個丫鬟、嬤嬤都不見，三小姐覺得王妃是正經人，不會出什麼事，便推了門進去，奴婢在外面等著，沒多久就看到……就看到……」

沈夢青眼底有一絲得意，「妳見到什麼？」

芍藥更加膽怯地看了歐陽暖一眼，「看到三小姐只穿著內衫就從屋子裡跑出來了！」

一時之間，沈夢虹像是沒了顏面，捂著臉大哭。

「住嘴！」肖天燁不耐煩地喝斥，恨不得上去一腳踹飛這個女人，然而沒等他開口，歐陽暖飛來一個眼神。

若是不想和南詔立刻翻臉，那就要妥善處理這件事。歐陽暖是這個意思，肖天燁蹙眉，卻還是懂得了她的意思，暗自點點頭，壓住火氣，坐在一旁當菩薩，一句話也不說。

一個男人若是摻和到這種風流韻事中去，必然要娶了這姑娘進門的，可是歐陽暖卻絕對不願意別人來覬覦她的位置，更絕對不會再重蹈母親的覆轍。她淡淡地笑道：「一個大家小姐，居然不問清楚就跑到別人的房間去，就不怕撞上王爺嗎？我的院子裡，丫鬟、嬤嬤足足有二十人，一個都不見也不懷疑，我什麼時候和三小姐親近到如此地步了？」

丫鬟、嬤嬤一個都不見，是因為城南王妃使了手段，歐陽暖再清楚不過。若說這一對姊妹沒有企圖，當她是傻子嗎？

沈夢青不慌不忙地道：「昨天晚上宴會結束，弟妹不是和我說了一會兒話嗎？想必王爺就是那個時候對我妹妹動的手！」

肖天燁嗤笑一聲，「我對妳妹妹動手？妳也不看看妳妹妹的模樣，從頭到腳可有一絲半點比得上我的暖兒，真是大言不慚！」

沈夢虹沒想到肖天燁當眾說出這種話，頓時哭得噎住了，半天一點聲音都沒有，其他人都想笑又不敢笑。

沈夢青這回是真的發怒了，滿面鐵青，「既然王爺不喜歡我妹妹，又為什麼強行占了她身子？原本我還不想鬧得太難看，但現在看來，你們夫妻簡直是仗勢欺人！我妹妹也是堂堂丞相千金，可不是那些個任由你們糟蹋的丫鬟！為了證明我說的是事實，如今也顧不得那許多顏面了，林嬤嬤，把最重要的證物拿過來！」

林嬤嬤打開匣子，裡面是一塊雪白的帕子，帕子上一塊暗紅色的血跡。

歐陽暖挑起了眉頭。

「這元帕可是鐵證如山的……」沈夢青冷冷地道：「照著我的意思，我妹妹也是堂堂丞相千金，做個正王妃也是綽綽有餘，但是既然郡主先進了門，不如請王爺向陛下請旨，封了我妹妹做側王妃吧！只是我有言在先，正側之說只是做做樣子，我妹妹進了門，須得給她正妃的待遇，才不至於委屈了她！」

歐陽暖簡直要笑出聲音來。

這種事情還真是滑稽，居然有人上門告訴她，妳夫君睡了我妹妹，這元帕就是證據，現在雖然不要妳正妻的位置，但我妹妹最少也是個平妻，要和妳平起平坐的。南詔人的確是與大歷禮儀不同，若是在大歷，女子婚前失去貞潔，身分地位再高，也是只能做妾的。這還沒證實一切，就想要做平妻，真是可笑。

肖天燁猛地站起來，瞪著那元帕，這兩個姊妹居然搞出這種東西來，還要臉不要臉了！

「三妹端莊賢淑，高貴大方，會是王爺的賢內助，弟妹的好幫手。」沈夢青見他們夫妻二人都沒說話，以為已經把他們震住了，立刻這樣說道：「大殿下，今天的一切您都聽見了，您會為我妹妹作主吧？」

尤正南眼珠子轉了轉，沈夢青兩姊妹今天的舉動恰恰合了他的心意，如果沈夢虹如願嫁給肖天燁，那以後等於他多了一個名正言順的棋子，簡直是太好了，他當機立斷道：「沈三小姐美貌溫柔，恰是王爺的良配啊！回去我就和父皇說，允了這門婚事！」

沈夢青臉上露出得意之色，緩和了語氣：「聽到大殿下的話沒？三妹，還不快過去向弟妹敬茶行禮？」

沈夢虹接過茶杯，盈盈走上前來，「妹妹給姊姊賠禮，請姊姊喝茶。」

這就是軟硬兼施了，歐陽暖瞟了眼沈夢虹那竊喜的樣子，心中冷笑，待會兒有妳哭的時候。

捌之章◆執手紅塵話衷腸

肖天燁的臉色十分的難看。

屋內本就安安靜靜，這個時候更是鴉雀無聲，每個人都屏著呼吸，彷彿怕鎮北王的雷霆之怒降臨到自己身上。

「我輕薄了她，我自己都不知道，那元帕算得了什麼證據？若這種東西都是證據，誰拿著塊帕子都可以說我碰了她！」肖天燁揚了揚俊挺的眉毛，毫不留情，揮手打飛了那捧在歐陽暖面前的茶杯，冷笑道。

碎片和茶水一下子摔在沈夢虹的身上，她滿頭滿臉都是水，一雙眼睛不敢置信地看著肖天燁，突然趴在地上大哭。

「王爺說的什麼話？昨天你喝多了，不記得並不奇怪！可我妹妹不是什麼亂七八糟的人，她會隨便冤枉你嗎？你明明欺負了她卻不肯承認，讓她怎麼做人，是要我父親親自來向你問罪嗎？」沈夢青一雙柳眉倒豎，一副追究到底的模樣。

「王爺，你是喝醉了酒，不記得了。那元帕可不是假的，我也做不出用假元帕冤枉你的事情！若是還不信，大可以請人……請人……」沈夢虹說不下去了。

尤正南淡淡地看了她一眼，「請人驗身。」

這話說出來，在場眾人的心中都是一跳，尤其是尤正諾，竟然奇異地低下頭去，恨不得自己從未站在這裡的模樣。

這時候，沈夢青揮了揮手，捧著元帕的嬤嬤將元帕送到肖天燁跟前，好讓他看清楚。

一眼瞧見那東西，肖天燁更來氣，抬起一腳將那嬤嬤踢翻在地，「滾！」

沈夢虹見肖天燁不打算承認，再也顧不得了，嚷道：「你若是再不承認，我便吊死在你王府門前，我父親也定然不會善罷甘休！」

話音一落，眾人齊刷刷看向肖天燁，表情各異。

尤正南冷笑，嘿嘿，左丞相可不是省油的燈，最是會掰扯的人，肖天燁縱然再不願意，也沒辦法賴了這件事！

沈夢青臉色變得冷漠，以退為進道：「算了，人家都不肯要妳，妹妹，咱們回去吧！」

「不！」沈夢虹後退了兩步，提高聲音叫道，語氣中夾雜了哭音，「我只知道，我已經是他的人了，沒有再出去的理！好女不嫁二夫，我生是他的人，死是他的鬼！我只知道他，只認準了他，若要我再嫁他人，我寧願一死！」

她說完，猛地回頭，向旁邊的柱子撞去。

肖天燁厭惡這個女人，恨不得她撞死才好。肖凌風卻就站在旁邊，怎麼會讓她撞了柱子？趕緊幾步趕上前，攔腰抱住了她。沈夢虹沒能撞成柱子，一張梨花帶雨的粉面，雙目盈盈地看著肖天燁，那眼中似乎有千言萬語。

歐陽暖看到這一幕，啼笑皆非地笑道：「沈三小姐，撞柱子最好是在沒人的時候，女子失貞可是大事，妳若有心，昨天夜裡便可以死了，投井喝藥撞柱子誰也不會知道，偏偏在這時候做這種事，分明有故意鬧事和脅迫王爺的嫌疑了！」

沈夢虹的臉色一下子變得煞白，再也裝不下去梨花帶雨的模樣。

這時候，肖天燁輕笑道：「沈三小姐，妳說是我欺負了妳，是也不是？」

沈夢虹一愣，隨後似乎看到了一絲希望，斬釘截鐵道：「是！」

「這樣啊？」肖天燁點頭，盯著沈夢虹看了半天，隨後冷冷一笑，既然妳打定主意賴在我身上，就不要怪我在大庭廣眾讓妳丟人現眼了！他淡淡地道：「暖兒，妳怎麼說？」

歐陽暖微微一笑，「既然各執一詞，沈三小姐又言之鑿鑿，不妨問問別人吧！」

眾人聽到歐陽暖說話不慌不忙，不由得都有點摸不清她的底細。

歐陽暖拍了拍手掌，隨後就看見有兩名護衛帶著一個瑟瑟發抖的丫鬟進來，丫鬟剛一進來，就撲通一聲跪倒在地。

「王爺！王妃！各位大人！」丫鬟生的粗笨，明顯就是在園子裡做粗活的。

歐陽暖微微一笑，道：「妳不必緊張，昨天夜裡看見了什麼，直接說吧！」

丫鬟抬起頭，怯生生地看了歐陽暖一眼，隨後道：「回稟王妃，昨天夜裡是奴婢巡夜，到了花園的時候，看到一個年輕的姑娘身上白花花的，就從王妃的院子裡跑出來！」

沈夢青面色一喜，道：「看，這可不就是我妹妹，被人欺負了！」說著，得意地看著歐陽暖。

丫鬟嚥了嚥唾沫，又接著往下說：「然後，一個男人突然從假山後面撲了出來，將那姑娘壓倒在地上……」

「妳胡說八道！」沈夢青突然變色。

一旁的尤正南和尤正諾的臉色也都全變了，尤其是尤正諾，臉上的肌肉都開始痙攣。

「奴婢不敢胡說，你們若是不信，奴婢可以對天發誓！」丫鬟不服氣地辯解道。

「我們自然是相信的，接著說。」肖天燁面上露出一絲冷笑，「那男人，妳可見過？」

「那男人——」丫鬟偷偷看了一眼沈夢虹煞白的臉色，接著說下去：「那男人就在這裡，就是……」她顫抖著手，突然將手指向尤正諾。

尤正諾勃然變色，幾步上前，想要將這丫鬟重重踢上一腳，誰知旁邊的護衛早有防備，將這丫鬟一下子拉開，尤正諾踢了個空，肖天燁冷喝一聲：「你幹什麼？殺人滅口嗎？」

「這丫鬟……這丫鬟血口噴人！」尤正諾的臉色變得鐵青，可他心底畏懼肖天燁，卻不敢再動手了。

「是不是血口噴人，到時候自然會有定論！」肖天燁冷冷地望著尤正諾，「若是有人敢在這裡動手，休怪我不客氣！」

「我真的沒有對她怎樣！我只是……我只是看見一個只穿著肚兜的女人出來，忍不住抓住看看她究竟是誰！」尤正諾見眾人目光灼灼，顯然是相信了那丫鬟的話，連忙辯解道。

三句話一說，沈夢虹一下子軟倒在地上，痛哭失聲。誰讓肖天燁不要她的，誰讓他不要她的！都怪肖天燁！

這個蠢貨，壞了全盤計劃，好好的一顆棋子就這麼毀了！尤正南猛地給了他一耳光，尤正諾被打得暈頭轉向，立刻大聲道：「後來我也沒做到底，她狠狠踢了我一腳，傷了我，所以我把她丟在那兒就走了，後來也不知道誰把她辦了！」

這話一出口，沈夢虹幾乎昏死過去。原本她若是一口咬定了是尤正諾，沒想著冤枉肖天燁，那麼她還能嫁到三皇子府，可現在被尤正諾說出昨天半夜她被丟在花園的事情，那就一切都完了！

不行，不能讓尤正諾再說下去！

沈夢青頓時幾步搶上前，喝斥道：「三殿下，你敢做不敢當，怎麼能翻臉不認人？」

尤正諾一雙眼睛氣急了，變得通紅，指天發誓道：「我沒有，真的沒有！昨兒夜裡她踢的那一腳，正好是要害，我到今天都還……要是不信，你們可以請大夫來驗傷！我最少有三個月不能碰女人了，怎麼可能把她怎麼樣？」

這時候，那丫鬟才慢吞吞地道：「他說的是真的，奴婢也看到他後來不知道為什麼跳了起來，然後褲子都來不及穿就跑了。三小姐大概是急得昏了過去，奴婢剛想要去攙扶她，結果不多會兒又跑來一個男人……那人……那人看著三小姐就撲了上去，奴婢想要叫人，卻不敢，生怕被那人發現了也要遭殃……嗚嗚嗚嗚，是奴婢不好，奴婢要是膽子大一點，也就不會讓三小姐被那人給……」丫鬟一邊說，一邊偷眼瞧著在場眾人的神色。

「哦？妳認得那人是誰嗎？」歐陽暖臉上的神情很平靜。

沈夢青猛地看向她，像是要在她的臉上挖出一個洞來，她突然意識到，歐陽暖這是早已知道了一切，故意要看她們的笑話。

肖凌風搖了搖頭，肖天燁本來就惡劣，以前遇上這種事直接打發了就好，現在娶了個可怕的老婆，不把人整到死是不會甘休的。

說起來，也是沈夢虹自己倒楣，若是肖天燁直接要了她，也不會發生後來那些事。昨天晚上她自己光著身子跑出來，原本是想要陷害肖天燁碰了她，誰知道，後頭的丫鬟居然沒跟上來，她就想要在花園裡等一等，卻有個男人突然跑出來抱住她，她用力掙扎，踢了那男人一腳，現在看來那男人定然是尤正諾，後來她用力過猛，又受了很大驚嚇，一下子昏了過去，不料醒過來，清白已經沒了……昨天晚上宴會上還有其他客人，莫非是……她的心一下子沉了下去。

這時候，就聽見那丫鬟吞吞吐吐地道：「是花園裡施肥的小廝銅三。」

一說出這句話，屋子裡變得一片死寂。

沈夢虹尖叫一聲，撲過去抓住丫鬟的頭髮，「妳胡說！不可能！不可能！」

歐陽暖和肖天燁對視一眼，不約而同地搖了搖頭。

歐陽暖道：「來人，拉開她們。」

有護衛立刻上去，一邊一個拉開了人，沈夢青的臉色已經變得不忍目睹了，她上去抓住沈夢虹的手臂，道：「閉嘴！妳要把沈家的臉全丟盡嗎？」

按照歐陽暖的想法，事情就到此為止便好，誰知道沈夢青回頭對著歐陽暖恨恨地道：「王妃，妳找人誣陷我妹妹的清白，這個罪名妳擔當得起嗎？」

到了這個地步還不死心？歐陽暖嘆了口氣，若是她們就此收手，她還不會趕盡殺絕，既然對方上趕著丟人，她就不攔著了，想到這裡，她道：「既然二位說是誣陷，那就讓人進來吧。」

護衛應聲：「是！」隨後就出門，很快拎著一個獐頭鼠目，形容猥瑣的男人進來。他一進來就撲倒在地，顫著聲音道：「王妃饒命啊！是沈三小姐當時躺在地下，衣裳半褪，奴才以為是個小丫鬟在這裡賣風騷，實在忍不住才——」

「住口！」尤正南猛地拍了一下桌子，「胡亂誣陷丞相千金，你想死嗎？」

銅三嚇了一跳，訥訥地說不出話來。

肖天燁冷笑道：「若是真話，我便饒了你，若是假話，便五馬分屍，你自己選吧。」

銅三心頭一跳，立刻道：「奴才說的句句是真話！當時有月亮，奴才看得真真的，沈三小姐的屁股上還有一顆黑痣！」

沈夢虹已經癱倒在地上，再也爬不起來了。

沈三小姐屁股上有黑痣，這等私密的事情，若非有了親密關係，是絕不會從一個小廝嘴巴裡說出來的。沈夢虹今日不但丟人，更是把一生都毀了。縱然沈家巧言如簧，這件事情也不可能瞞得住。原本不想做到這地步，是她們逼得自己下了狠手。

歐陽暖嘆了口氣：「事已至此，城南王妃，妳還有什麼話要說嗎？」

沈夢青臉色已經完全變成了豬肝色，一句話都說不出來了，頹唐地拉著妹妹就往外走。

「站住！」肖天燁突然冷聲道：「將這盆髒水潑在我身上的事情怎麼說？」

肖天燁冷冷地道：「妳們先是隨便冤枉我，又出言羞辱了我的妻子，就能這樣離去，那我的鎮北王府變成了城隍廟了，想來就來想走就走！來人，把這沈三小姐拖出去，先掌嘴四十！」

四個嬤嬤應聲出現，沈夢青沒想到對方如此強硬，想上去撥開那些人的手，卻被甩在一邊，沈夢虹掙扎著被拖了出去。歐陽暖只聽見她叫了兩聲，接下來就是劈劈啪啪的板子響，蓋住了她斷斷續續的驚叫聲。

王府的下人們掌嘴有專門的板子，都是紫檀木製成，又厚又重，如果掌嘴十下，就能打得人口角流血，牙斷舌破。掌嘴四十，是極重的刑罰。誰都知道這位沈三小姐得罪了鎮北王，半點都不敢手下留情，沈夢虹被打得嘴上血肉模糊的。

尤正南正要衝出去阻攔，肖天燁突然重重咳嗽了一聲，尤正南眼珠子一轉，頓時站住了腳。

沈夢青面色一變，道：「王爺，我妹妹畢竟是女兒家，你不要欺人太甚了！」

肖天燁冷笑一聲，「女兒家便可以隨便冤枉男人了嗎？她自己都不要臉，我何必為她留顏面？怎樣，要不要我將銅三送去沈府，也好做個乘龍快婿！」

沈夢青氣得臉色都發白了，肖天燁這話實在是太毒辣，她猛地一跺腳，對一旁的肖凌風喝斥道：「夫君，你就這樣縱容你的兄弟欺負我們嗎？」

沈夢青再不對，她都是肖凌風的正妻，肖天燁這樣說話，擺明了要給她難堪，等於是給肖凌風難堪，肖凌風不得不道：「天燁，看在我的面子上……」

肖天燁冷冷地道：「誰的面子都不管用！來人，去西苑收拾城南王妃的東西，讓她馬上帶著她的好妹妹一起滾！」

這話一說出口，肖凌風的面色倏地變了，「你這是什麼意思？」

肖天燁的面色寒冷如霜，一副為了女人跟兄弟翻臉的模樣，「我這是為你好，娶了這種陰險狡詐的女人，趁早休了好，若非不然……」

肖凌風面色開始變得冷凝，「你要怎樣？」

肖天燁慢慢地，一個字一個字地從嘴巴裡無情地說出來：「那就請你們離開鎮北王府！」

肖凌風愣住了，良久，一個字都沒有說。

歐陽暖觀察著這一幕，突然勾起了唇畔，這對兄弟還真是會抓住一切機會啊！

看來無須她擔心了！她低下頭，靜靜喝著自己的茶，一言不發。

這時候，被打完了四十個嘴巴的沈夢虹氣息奄奄地被拖進來，一張臉已經腫得如同豬頭，半口牙幾乎都被打斷了，嘴角不停有血沫子流出來。可見肖天燁哪怕對女人，也是半點憐香惜玉之心都沒有的。

沈夢青來不及心痛妹妹，她看了尤正南一眼，突然意識到這是一個大好的時機，連忙掩著面，淚水盈盈投入到肖凌風的懷裡，「夫君，哪怕我真的做錯了什麼，也是因為憐惜自己的妹妹受了別人欺負，你都沒有開口，怎麼能讓一個外人來指手畫腳的呢？」

這是說肖天燁太過霸道了，連人家的家務事都插手。

懷中的美人淚水漣漣，肖凌風面上再無一絲笑容，彷彿是受到了極大震動的模樣。只是歐陽暖卻敏銳地注意到，肖天燁這個傢伙的唇畔卻出現了一絲不易察覺的狡黠笑容。

尤正南一看這情形，立刻笑道：「這是怎麼了？鎮北王，你也管得太多了！常言道，清官難斷家務事，在軍中的事情你說了算就罷了，怎麼連人家休妻也要管呢？那可是你的堂嫂啊，如何輪得到你說話呢？」

三言兩語之間，說肖天燁在軍務中一手遮天，絲毫不管肖凌風的想法，現在居然連城南王的內務都要管了，實在是管得太多太出格了，這分明是挑撥離間。

歐陽暖垂下眼睛，掩住了眼底的一絲笑意。

肖凌風的臉色果真更難看了，堂上的局面幾乎是一觸即發。

肖天燁卻還是咄咄逼人，「這是鎮北王府，這裡發生的一切我都會做主，不勞煩大殿下費心了！既然城南王捨不得這位嬌妻，就請你們一同離開吧！」

這話一說，就是在逼迫肖凌風，要不休妻，要不就離開鎮北王府。這對於一向寄人籬下的城南王來說，簡直是當面打他的臉了，果然就看見肖凌風的臉色變得異常難看，「好，這話是你說的，可別後悔！」

隨後，他拉住沈夢青，咬牙道：「咱們走！」

沈夢青一愣，隨後道：「真的走嗎？王爺，咱們可是無處可去啊！」

南詔皇帝根本沒有賜他們府邸，無處可去是正常的，肖凌風有片刻的猶豫，尤正南滿面笑容地走上來，「城南王，原本父皇看你們兄弟情深，才特意將你們兩人安排住在一起，他這次來還特地叮囑我，為你準備的府邸已經完成了，就在日曜城內，環境比這裡還要清幽三分，就請你搬過去吧，也免得你們兄弟之間為了小事起爭執，傷了和氣。」

別人兄弟吵架，鬧著要分家，有時候不過是說說而已，然而偏偏有那些居心叵測的人特地跑過來，告訴其中一個人早已連後路都幫他準備好了，這不是勸架，是在火上澆油。歐陽暖冷笑，這南詔的皇族，還真是一個一個都壞得掉渣了。

沈夢青大喜過望，道：「那我就回去收拾東西！」

肖凌風卻露出猶豫的神情，回頭看了肖天燁一眼。

肖天燁挑眉看著他，半點也沒有挽留的意思，肖凌風作出壯士斷腕的神情，「罷了，兄弟一場，居然為了內閣婦人鬧成這個樣子！我也該走了，你好自為之吧！」

這話分明是說肖天燁為了歐陽暖不顧兄弟情義，要趕他們離開，畢竟歐陽暖才進門沒多久，城南王夫婦在王府裡就住不下去了，別人才不會知道內幕，只會以為鎮北王妃不肯容人，還不知道要說得多難聽呢！

歐陽暖微微一笑，合上茶杯，「城南王爺，這是我們自己的事，就不勞駕您費心了。有這麼一位王妃，以後您要勞神的事情恐怕不少，該自求多福才是。」

肖凌風盯著歐陽暖，顯然很不忿，可終究沒說什麼，長嘆一聲走了。

沈夢青連忙揮手，讓人把已經完全癱軟的沈夢虹攙扶出去，一同離開。

尤正南沒想到今天這件事雖然沒能促成沈夢虹成為鎮北王側妃，可卻成功挑撥了肖天燁和肖凌風的關係，不由得又高興起來，笑道：「我也該告辭了！老三，咱們走！」

肖天燁微微一笑，「來人，送客。」

所有人都走了，歐陽暖看著肖天燁亮閃閃的眼睛，笑道：「你們兄弟玩什麼把戲？」

肖天燁看大廳裡沒有外人了，神祕地眨了眨眼睛，笑道：「這叫……將計就計。」

歐陽暖提醒他：「什麼將計就計，也就只能騙騙尤正南和尤正諾這兩個蠢蛋，若是尤正君在這裡，未必會相信的。」

紅玉聽得十分莫名其妙，不知道自家王爺王妃在說什麼。

明明是自家王爺為了沈家姊妹的事情和城南王起了衝突，結果對方帶著妻子離開了鎮北王府而已，怎麼還有其他名堂嗎？看看一旁的菖蒲，也是十分納悶的模樣。

肖天燁眨了眨眼睛，笑道：「本來就沒想過能騙過他，任何矛盾都是從小爭執開始的，到時候由不得他不信了！」

這個笑容落在歐陽暖眼中，更加認定肖天燁是陰險狡詐的。

她微微笑道：「就算是一場戲好了，可憐沈三小姐，做了你們的馬前卒，當真是忍心呀！」

肖天燁冷笑一聲，「她若是安安分分，我們也不會順藤下了。這個機會可是她們姊妹謀劃得來的，怎麼能不讓她鬧騰個夠本？」看歐陽暖神色不愉，他討好地趴過去，「暖兒，妳想想看，我也是為了妳出口氣，這種事絕不能姑息。不僅要罰她，另外叫了這南詔所有的人都好好看著，也讓他們知道，什麼事能做，什麼事不能做，尤其是我心尖上的人，碰都不准碰！」

歐陽暖失笑，「你還是想想下一步該怎麼辦吧！我瞧著，這回南詔的皇族可是打定主意想要你這五十萬兵權了！」

肖天燁眨了眨眼睛，閃亮得像是天邊的星辰，「那就好好鬥一鬥吧，看看究竟鹿死誰手！」

南詔都城皇宮，皇帝懷裡擁著兩名美女，正在欣賞面前的載歌載舞，尤正南、尤正君、尤正諾和朝中最受信任的幾位大臣均在座。

酒一杯一杯地喝下去，尤正南故意道：「父皇，這次去日曜城，我問您賜給肖天燁的府邸他是否滿意，結果他卻說比當初在大歷的秦王府小了一半！」

「他也太貪心了！」皇帝的眉頭緊緊皺起，看了正在歌舞的美人一眼，突然揮了揮手，讓他們全都退了下去。

當初容忍肖天燁，是要藉機給大歷添堵，可是現在看來，這樣一頭猛虎留在自己身邊，也是危險得很啊！南詔皇帝心裡這樣想著，不由在面上微微表露出來。

尤正南再接再厲道：「父皇，只怕他不是貪心，而是野心過大。他原本就是大歷人，大歷又一直與我南詔為敵，他若非叛出大歷，也不會投奔我們，留著他，總歸是個隱患啊……」

皇帝怒道：「真是豈有此理，他也不過是個叛臣而已，若非我當初收留他，他早就被大歷一鍋端了，現在哪裡容得他在這裡耀武揚威！」

朝臣見狀，自然知道皇帝父子是早已商量好了，要在這裡演這樣一齣戲，立刻紛紛進言。

「陛下，收留大歷的叛臣，只恐招人笑話。更何況，他會反叛大歷，怎麼不會反叛南詔呢？野狗是養不熟的！」

「是啊，陛下，還不如早點斬草除根的好！」

「也對，可是，已經封了他做鎮北王了，還能如何？」皇帝故作第一次思考這個問題。

「這不過是個空頭的封爵而已，陛下想要收回，也就收回了！」

「近日，左丞相和驃騎將軍都說這位鎮北王野心很大，皇上不得不早做提防啊！」

尤正南立刻道：「父皇，肖天燁狼子野心，手握兵權又遲遲不肯將兵權交給咱們，不如趕緊除掉他……」

皇帝故意露出為難的神情，「話是這麼說，可我已經答應給他容身之所，並許以富貴，怎麼能出爾反爾，別人會怎麼想呢？」

「肖天燁畢竟是異族人，憑什麼做到我們鎮北王？他遲早會對皇上不利的……」

「據說他新娶的王妃就是大歷公主的義女，還對她千依百順，萬般寵愛，反對我們送過去的美人不屑一顧，不臣之心已經很明顯了……」

「上次我去看望他，他竟然將左丞相府的千金打傷了，還壞了人家名節，這都是為了給他的那位新王妃出氣啊……」尤正諾見縫插針。

這番煽風點火，聽得幾位朝臣群情激奮，立刻進言，要求皇帝斬除這個潛在的威脅。

尤正南看皇帝的面色，道：「父皇，還有一件事，城南王搬出了鎮北王府，而且這半月來，他們兩個人在處理軍中事務的時候幾乎是爭吵不斷，手下的親信將領也互別苗頭，肖凌風最後更是帶著屬於他的近兩萬人離開了營地，另找地方駐紮。」

尤正君一直靜默不語，他總覺得這件事情沒有他的父親和兄弟們想像的那麼簡單，這時候，他不得不開口道：「父皇，肖天燁狡猾，肖凌風陰險，這兩個人一路從大歷叛逃出來，既是親堂兄弟，又是互相扶持，患難與共，這麼容易就會翻臉嗎？我倒是覺得其中另有蹊蹺，是不是請父皇斟酌一下，看看他們究竟有何圖謀再說。」

皇帝皺起眉頭，尤正南立刻冷冷地道：「二弟，你有所不知，男人之間，為了錢、權、美人鬧翻的事情比比皆是，更何況這位新的鎮北王妃生得十分美貌，便是咱們的皇妹也多有不及，若為了旁人鬧翻，我還會懷疑，可是為了她，自古英雄難過美人關，這並沒什麼不可能的！再加上這件事情的起因事發突然，我和三弟都在場，我們都是親眼所見，難道你懷疑我們對父皇的忠心？還是覺得我們都不如你聰明，連這點事情都辨不好嗎？」

尤正南咄咄逼人，尤正君冷笑一聲，不開口了。肖天燁和歐陽暖都不是省油的燈，他並不覺得肖天燁會當面和肖凌風翻臉，更何況是將他趕出鎮北王府，這並不是明智的行為，除非肖天燁失去理智了。

只是，他心底也並不確定，畢竟，若是為了那個女人，倒不是沒有可能。

皇帝不再猶豫，剷除肖天燁，最重要的是奪走那五十萬的兵權，是他最看重的事情，他立刻道：「即刻傳令肖凌風進宮……」

「父皇，那肖天燁呢？」

皇帝冷笑，「不惜手段，格殺勿論！」

幾人對視一眼，無不大喜過望。

尤正南雖然興奮，卻還是道：「肖天燁此人狡詐多端，不可打草驚蛇。」

「好，這事交給你祕密進行，是成是敗就看你了！若是成了，肖天燁的一切都是你的了！」

尤正南想到那五十萬大軍和傳說中秦王留下來的財富，不由大喜，「多謝陛下！」

尤正南一走出宮門，實在難以壓抑心中的狂喜，對尤正諾吩咐道：「肖天燁並非等閒之輩，我們一定要小心謹慎，一定不能走漏了風聲。」

「是，這次行事一定要極為謹慎。」

「他的軍隊都集中在日曜城外五十里處，我們不如不動聲色，先拉攏肖凌風將他剪除才是關鍵。只要他一死，我們再將所有罪名推在肖凌風身上，說他們兄弟內訌，再挑動肖天燁的舊部反叛，到時候殺了肖凌風，那些軍隊將領也會感激我們為他們的舊主子報了仇，還怕得不到這些人的忠心嗎？」

「好，肖凌風是肖天燁的左右臂膀之一，這可是他自己把這種好機會送到我們跟前來的！」

「立刻行動！」

召肖凌風進宮的消息，卻在第一時刻送到了肖天燁的案頭。

肖天燁看了看這道祕信，倒是平淡無奇，沒有什麼古怪，他很清楚，這是南詔皇帝挑撥離間的大好時機，想也知道，他必定會大肆封賞肖凌風，藉此機會拉攏他。

歐陽暖的手指輕輕劃過密信，幾縷散髮落在額前，劃下淡色陰影，更襯得容顏淡然，如冰雪一般，面上笑容卻十分促狹，「看看，這皇帝在教唆你的兄弟殺你呢！我猜測他一定會告訴城南王，等殺了你，就奪走你的兵權交給他，然後給他加官進爵，可我猜測，他一定會在事成之後將你的死歸咎於肖凌風的身上，用他的血來祭你，到時候你的軍隊歸南詔所有，便是名正言順的事情了！」

肖天燁的面上閃過一絲微笑，道：「我和那些人雖然表面上和睦，他們心裡可早已對我戒備已深，這一回，恐怕是下定了決心要殺我。」

歐陽暖只是望著他笑，突然道：「如果你在他們動手之前死了，他們豈不是要高興壞了？」

肖天燁一怔，隨即撫掌大笑，一把將歐陽暖攬在懷裡，她身上穿著最上等的鶩雲紗，在日光下散發出淡藍色的淺暈，彷若水色月華。肖天燁被迷惑一般，指尖觸上她的臉龐，恍如絲絹潤膩冰涼。遠在南詔，長日漫漫裡無數次想過她，清麗冷淡，極美的模樣，卻從未想過，終有一天，會有如此親近的時候。他輕輕將唇畔貼上她的，柔聲道：「別的我都不怕，只怕妳有一點傷害。」

歐陽暖無聲輕笑，神色極為歡欣，她聲音越低，眸光越亮：「你若是死了，我第一個就會被他們瓜分。我相信，憑藉我的容貌和手段，再加上一個鎮北王遺孀的身分，任何一個人都會爭著搶著奪我。」

肖天燁一愣，如石化般的姿態。

片刻，他突然暴怒，猛地抓住歐陽暖的手，像是兇神惡煞的模樣，眼底有一片因為極怒湧起的鮮紅，那樣猩豔的紅色，彷佛一團血脈脈而動，不知何時轟然撲出。

紅玉矗立一旁，不由嚇了一跳，肖天燁突然惡狠狠地咬了歐陽暖的脖頸一口，道：「不許！

任何人都別想得到妳，妳是屬於我一個人的！」

看似凶巴巴的，落下來，不過淡淡的一道淺淺的印子，像是生氣到了極點，卻終究還是捨不得，一旁的紅玉鬆了一口氣。

歐陽暖只是笑，緩緩抓住他的手，儀態安恬如水，唯字裡語氣堅決如鐵：「所以，你不要死。不論處境何等艱難，不論前方有什麼在等著你我，我都不會離開你，所以，你也得陪著我，哪怕刀山火海。」

肖天燁望著她，無言以對，眼裡有著奇異的火焰。

歐陽暖知道，這條路十分艱難，甚至九死一生。便是成功，也必要受人唾罵。可那又如何，總有些事情是你不得不做，不能不做的。就算他們肯放手，那些人還是會步步緊逼，既然如此，不如狠下心腸，將他們的血肉鋪作一條通天的梯子。她這一生，早已註定要在權爭惡鬥的道路上走下去，就算可以離開，她也不能丟下他一人，所以，哪怕前方有再多的危險，一起闖吧！

肖天燁嘴角忍不住上揚起來，展開了溫暖的笑，緊緊抱她坐在腿上，手一遍遍撫過她的髮。

歐陽暖頓了良久，才輕輕將他的手握住，兩個人悄然無聲中十指交纏，「答應我。」

肖天燁含笑點頭，俊美的臉龐在陽光中模糊刻出一個輪廓來，顯得他神情柔軟，好似不知世事的孩子，然而眼底的堅定和強大卻是看得見的。

十日後，城南王邀請肖天燁一同狩獵，外人看來，幾乎都以為肖凌風是在向這位日漸生疏的好兄弟示好，肖天燁果真赴會。

狩獵之日，肖天燁穿了一身騎裝，卸去冠戴，前後長裾亦挽結於右腰側，在行列中尤為醒目，風帽掩去了他的眉目，皮裘下襬裡只露出精工黑色馬鐙。他快步走到馬車邊，竟然一閃身就進入了馬車裡，旁邊的侍衛驚訝，「王爺？」

「閉上你的嘴巴！」

大家咋舌，王爺這是怎麼了，平日裡最喜歡策馬狂奔的人，為什麼突然拋棄了馬上馬車？所有人都十分好奇，但見到車簾一掀，露出一張清麗的面龐，如同一朵雪中寒梅般，引人注目。

隨後，那張面孔在車簾一閃而過中消失了，眾人面面相覷，鎮北王寵愛王妃的事情看來是真的了，居然連狩獵都帶著王妃。

「你怎麼跑到馬車裡來了？」歐陽暖奇怪道。

肖天燁脫了狐裘，笑道：「與其陪著一群人在外面吹冷風，我情願陪著妳。」

歐陽暖失笑，「你這樣，越發讓人覺得我是個紅顏禍水了！」

肖天燁笑，語氣很囂張：「那又怎樣，讓他們嫉妒得眼睛發綠才好！」

歐陽暖嗤笑，伸出手指戳了戳他的腦袋，突然壓低了聲音：「都準備好了嗎？」

肖天燁拉住她的手指，輕輕放在心口，「當然，我怎麼捨得把命丟掉，一切都準備好了。」

歐陽暖鬆了一口氣，「既然已經準備好了，那我陪你一起。」

肖天燁一震，隨後促狹地笑道：「好，這可是暖兒妳說的，不要後悔喔！」

眾人正在驚訝，突然看見馬車停了下來，肖天燁率先跳下了馬，然後扶著一個女子下了馬車。眾人望過去，只看見一件白狐大氅完全裹住她的身軀，下襬垂落在雪地上，寬大的帽兜在微微一晃後，掉落在背後，露出一張清麗的面孔。

肖天燁將自己的坐騎牽了過來，這匹馬渾身雪白，在長豎的兩耳間有一撮白色的鬃毛迎風飛揚，神態雄健無比。馬首、腰臀兩處，披著黑皮綴釘亮銀椎頭的甲衣，襯著白色的牛皮軟鞍，看起來英挺威猛極了。

「這是我的坐騎雪雲，很溫順且忠誠，妳今天就騎著牠吧。」肖天燁把歐陽暖舉上馬鞍，自己再跳上去坐在她的背後，牢牢地把她鎖在懷抱裡，這才展開笑顏。

「啟程！」他大喝一聲，輕扯鞍繩策馬離去。

歐陽暖看了他一眼，也不阻止他那點小心思，只舒服地窩在他懷裡，欣賞周圍的景色。

肖凌風一直策馬落後兩步的距離，一色的紫貂外袍，風帽遮著眼，眉頭輕輕皺起，彷彿有些心事重重的模樣，旁邊的副將在他耳邊低語了幾句，他點了點頭。

隅中時分，他們抵達圍場。圍場在日曜城一百五十里開外，三面為山，是南詔最近的一處獵苑，圍場中多有各種動物，狐、狼、虎、豹也並不難見到，所以這些彪悍的南詔人很喜歡在這裡圍獵。

前面人群中起了騷動，惡狼被圍住了。

圍場中深沉的靜寂，彷彿有一種一樣的氣息，蠢蠢欲動，卻被暫時壓制著，勉強凝凍在空氣之中，卻依舊壓迫得人難以呼吸。

歐陽暖已經下了馬，跟隨著少數女眷一起上了看臺，她的目光牢牢盯著看臺下的情形。肖天燁隨手撥響弓弦，高亢的聲響刺穿了沉默的帷幕，隨著驟然響起的無數紛亂之聲，三匹惡狼突然衝出，肖天燁眼疾手快，剎那間長弓錚然鳴弦，箭似流星，直直穿透了一隻狼的頭顱，接著是頸項，最後一支箭射中了狼的腹部，三匹狼嚎叫一聲，歪斜著滾了出去，立刻被士兵抬走。

越來越多的猛禽被放出來，肖凌風等人紛紛隨之張弓搭箭。

像是突然感應到歐陽暖的視線，肖天燁突然轉回頭來，匆促地向高臺上的她投去一瞥。

她望著他俊美的臉容，稍稍安定了心神。如今，她已認定這熙熙攘攘世間，唯有他對她最重要，不論在何種情況下，她都不能失去他。

他的視線在她臉上流連片刻，突然笑了起來。

手掌緩緩收緊，歐陽暖只覺得憂慮，彷彿自己的心臟在虛空中被一隻冰涼的手絞緊，攥成模糊的血肉。她深刻清晰地望進了他的眼底，濃烈沉潛的情感在那雙秀長的眼裡沸騰翻攪著，卻被死死按捺住。就在今天，他們的部署，只能成功，不能失敗！

不知何時，她突然向前邁開一步，原本鬆鬆挽起的長髮上，簪子陡然掉落，她的滿頭烏髮竟然在空中高高飛揚起來，長髮突然流散開來，如同一面漆黑的絲緞，華美得令旁人呼吸凝窒。從披散紛飛的烏髮中，她明眸朱唇，容光懾人，只覺得難以逼視，眩人眼目，然而她彷彿沒有看見旁人投過來的驚豔目光，只是靜靜望著他。

她那總是顯得過分平靜的臉容，此時卻帶有某種奇異的表情。那表情，肖天燁已經讀懂了，她是要告訴他，不論發生什麼事，她都要與他——生死與共。也好，他若這樣死去，或是被奪走了權力，都沒辦法保護她，這是他絕對不能忍受的！

唇角含著的一絲笑容，一點一點擴大，勾起。

暖兒，妳看著，我要打下一個天下給妳！

突然，他揚起鞭子，衝出了圍場。後面眾人連聲驚呼，便有無數侍衛策馬跟了上去。

圍場中的看臺上，歐陽暖垂下了眼睛。

樹林似乎繁茂如昔，樹葉卻已片片落下，密林深處卻不時有呼喝聲傳來。

「又獵到了一隻！咱們王爺的箭法真是空前絕後，百步穿楊！」

「那是，誰能和咱們王爺相比！」

「城南王，您說是不是？」

「是，天燁的箭法的確是非同凡響！」

「那邊怎麼回事？是馬蹄聲，有人來了！」

「什麼人沒事跑到郊外來？我去把他們轟走，免得破壞了王爺的興致！」

說話的人是肖天燁身邊親近的副將，口音中偶爾流露出些許大歷口音，正是肖天燁從大歷帶來的舊部。

就在這時候，一隻渾身雪白的銀狐突然從草叢中竄出，肖天燁目中一閃，大笑道：「正好給暖兒做個圍脖！」他策馬追上去，一箭射中了那銀狐的前肢，隨後跳下馬，俯身去撿。

「當心！」

耳聽到有人焦急大喝，他猛地回過身去，一道白光夾著勁風直劈而來，霎那間晃花了眼……耳畔邊一聲悶哼之後，是一聲淒厲的慘叫，身旁的副將已經應聲倒地，頸項間正是一支利箭。

大批的刺客從密林中蜂擁而出，肖天燁忽然後退一步，看也不看，拔出長劍反手揮出，正中一名刺客的手腕。那人驚叫一聲，單刀脫手。肖天燁手臂一沉，劍刃向外，迅速揮出一圈，逼得眾刺客退後一步。這幾下乾淨俐落，一氣呵成，宛如行雲流水一般。

肖天燁把食指放在唇間，吹了一聲口哨，他那坐騎聽到主人的召喚，長嘶一聲，直衝過來。慌亂之間，迎面的數名刺客不及應變，向旁躲閃。

然而此番刺殺像是早有預謀，黑衣人數之不盡，很快肖天燁身邊就只剩下了肖凌風，肖凌風策馬飛快到了他身旁，幫著他刺穿了一名黑衣人的心臟，於是兩人並肩作戰，肖天燁突然放了一枚響箭，召喚圍場內的護衛。

就在這時候，一名黑衣人突然從斜刺穿出來，長劍幾乎刺穿肖天燁的心臟，被肖凌風眼明手快地一擋，肖天燁整個人被肖凌風推著落下了馬，他剛剛要向對方道謝，誰知卻覺得腰側一涼，隨後猛地抬起頭看著肖凌風，「你——」

肖凌風抽出手中的匕首，目光似乎有不忍，更多的卻是無奈：「這是你逼我的，別怪我。」

肖天燁動了動嘴唇，似乎想要說什麼，卻突然口吐黑血，倒在了地上。不遠處的草叢中，早已埋伏好的尤正南等人走出來，他走到肖天燁的身旁，在他的鼻息上停留片刻，有點驚訝道：「死了？」

肖凌風慢慢地道：「在他的酒水中，我下了毒藥，這是為了確保萬無一失。」

尤正南大笑道：「多謝城南王為我南詔除了此害，我回去後回稟父皇，他日必有重賞。」

肖凌風面上似乎有一絲急切：「那麼答應給我的，屬於他的兵權呢？」

尤正南笑容不變，「著什麼急呢？肖天燁可不是傻瓜，他的忠心部屬太多，咱們不能操之過急！先公布他的死訊，就說他在圍獵途中被刺客所殺，然後發喪，接著才能將他的兵權給你，若是你立刻接手，只會讓人懷疑！」

其實南詔人真正的打算是，等肖天燁發喪後，皇帝便做出徹查的姿態給肖天燁那些舊部看，隨後推出肖凌風做替死鬼，再名正言順派人接手肖天燁的兵權。

肖凌風故意裝作不懂尤正南的心思，點點頭，道：「你們能信守諾言，那就最好了。」

肖天燁是被肖凌風親自送回的，歐陽暖看見屍體的那一剎那，瞬間暈倒過去。旁邊的紅玉和菖蒲連忙扶住，將她攙扶進了馬車，隨後一同回到鎮北王府。外人都說，鎮北王妃傷心過度，哭得幾度昏厥。

歐陽暖清醒後，倒是恢復了往常的鎮定，紅著眼睛布置靈堂，處理喪事。南詔皇帝得知這件事後，大感意外，派了幾位皇子來慰問。

外面司儀喊道：「大殿下、二殿下、三殿下到！」，隨著這一聲喊，原本王府內亂哄哄的哭聲戛然而止，靜得好像一根針掉到地上都聽得出來。

歐陽暖髮間簪著一朵白緞花，綴著的同色流蘇自她左鬢上垂了下來，顫顫拂在耳畔，看起來反而比往日更清麗十分，她看著那三個人被人簇擁著走進來，輕輕行禮，面色蒼白地說：「謝過各位前來祭奠。」

尤正南去上了一炷香，看著那鎮北王的靈位，道：「王妃，妳剛剛嫁過來兩個月就守了寡，將來可有什麼打算？可準備回到大歷去嗎？」

歐陽暖慢慢地道：「大殿下，我既然嫁給了鎮北王，就是他的王妃，不管他是生是死，這點都不會改變，嫁出去的女兒潑出去的水，我不會回大歷去的。」

尤正南盯著歐陽暖清麗的臉，乾咳了兩聲道：「王妃，妳還這麼年輕，獨立支撐這個王府不易，鎮北王生前與我親如兄弟，我會幫助鎮北王照顧妳的。只是這日曜城不夠熱鬧繁華，畢竟配不上王妃妳的身分，妳又是一個柔弱女子，無法獨撐大局，這樣，明天妳就將一切交給城南王打理，隨我回國都吧。」

菖蒲目瞪口呆，王爺剛死，這尤正南真是不要臉，居然立刻就上門邀請人家遺孀去他家住了，也未免太急不可耐了！

歐陽暖心裡很明白，尤正南並非是覬覦自己本人，而是想要將自己作為人質押入國都。不過，他暫時還不會撕破臉就是，她淡淡地道：「大殿下一番好意，歐陽暖心領了，只是我也知道為人妻子為人守業的道理。現在王府雖只餘我一人，將王爺留下的東西交托他人，不妥當吧？」

她一番話柔中有剛，既點了他不要以為自己一個人撐不下去會回大歷去，又暗指他別有用心，這是上門準備搶奪人家的兵權。

尤正南臉一紅，頓時有些掛不住了，他本以為歐陽暖是女流之輩，不用三言兩語就會跟他離開這裡，想不到這她看似柔弱，倒是極有主意，竟然一口回絕了。

尤正諾一聽她這話竟將尤正南噎了回去，無賴脾氣頓時發作，忍不住跳出來道：「歐陽暖，妳年紀輕輕，靠什麼維持王府？我大哥這也是一番好意，妳可要想想拒絕的後果！」

歐陽暖唇邊含了一絲冷笑，道：「王爺剛死，三殿下這是做什麼？王爺的舊部可都在外面，你想讓人家聽一聽，南詔皇族是如何欺凌我一個弱女子的嗎？」

尤正諾不禁惱羞怒，脫口大罵道：「鎮北王是了不起的英雄，身體又還算不錯，從未曾出事，要不是妳八字硬剋死了他，他怎麼會說死就死了？」

歐陽暖失笑，道：「真是天大的笑話，當初要娶我，肖天燁可是合過八字的，證明我倆是天作之合，他才千里迢迢娶我過門。他好端端的出去圍獵，回來卻是屍體一具，我不向你們要人已經是客氣了，你真當我是軟柿子，隨便捏嗎？」

尤正南嚇了一跳，外面人都是肖天燁的忠心部屬，這兩天更是群情激憤，若是自己等人此刻在這裡逼得歐陽暖過分了，外頭那些人又豈肯甘休？

他慌忙道：「王妃不要生氣！我也只是提議，王妃不願意，絕不勉強！」

他暗自氣惱，原本想要扣住歐陽暖，藉機會找出虎符在哪裡，偏偏對方不給他這個機會。若是歐陽暖軟弱一點，這事兒就成了一半了，現在只能徐徐圖之。

最後，所有人都離開，只有尤正君留了下來。

歐陽暖奇怪地看著他，尤正君慢慢地道：「我陪妳守夜。」

歐陽暖挑眉，看來這位二皇子尤正君的戒心最大，仍舊不相信肖天燁已經死了。

歐陽暖冷笑，竟沒有出聲拒絕，也沒有說一句刻薄冷酷的話。

但不論尤正君說什麼，歐陽暖總顯得有點心不在焉的樣子，好像根本沒有聽見，尤正君瞧了她很久，才嘆了口氣，道：「妳在想什麼？」

歐陽暖頓了頓，慢慢搖了搖頭。

尤正君笑了，他道：「不論妳想什麼，他都已經死了。」

他一邊說，一邊仔細觀察歐陽暖的神情，見她眼角的確有點傷心的淚痕，這才相信肖天燁是真的死了。

歐陽暖沒有回答，兩人沉默地留在大廳裡，廊下點了一排貼著奠字的燈籠，昏黃的燭光照著白晃晃的庭院。

尤正君見沒有達到目的，便看著歐陽暖苦笑道：「我原先沒想到鎮北王竟然這樣命短，若我知道，也許該在山上就將妳搶過來。」

歐陽暖低著頭，將一疊紙錢放進火盆裡，看著它被火舌貪婪地吞沒，始終一言不發。

尤正君道：「妳還是不願意跟我說話嗎？」

歐陽暖道：「你不是希望天燁早點死嗎？我為什麼要和一個盼著我夫君早死的人多說？」

尤正君怔住了，喃喃地道：「他的死並非是我造成的，妳何必怪我，又待我如此冷淡？旁人都能瞧出我的心意，難道妳還視若無睹嗎？」

歐陽暖道：「二殿下言重了，你我萍水相逢，說不上什麼心意不心意的，不如說正經事吧。」

菖蒲在一旁聽見，悄悄和紅玉咬耳朵：「這人是要霸占我們小姐嗎？」

紅玉悄悄地踩了她一腳。

尤正君瞧了外面陰沉的天色一眼，面上終於微笑了起來，道：「歐陽暖，我很高興，因為妳是個聰明人，不會隨隨便便被人糊弄。妳說的不錯，我的確是有重要的事情要跟妳談。」

歐陽暖冷冷地道：「所以，二殿下還是實話實說的好。」

尤正君笑道：「歐陽暖，我相信，虎符一定在妳的手上。若是妳肯交給我，我會迎娶妳為正妃，將來妳還會是南詔皇后。」

歐陽暖道：「交給你？」

尤正君道：「是，交給我，我相信妳能分辨出其中的意味。」

交給尤正君，而不是交給尤正南，更不是交給南詔，這就是說，在尤正君的身上押下籌碼，賭一場了。若是他贏了，就許給她皇后的位置。歐陽暖輕輕嘆了一口氣，淡淡地道：「你以為，我會相信你的許諾？」

尤正君微微皺眉道：「妳會的，因為妳不會眼睜睜看著肖天燁慘死，難道妳不想知道他是怎麼死的嗎？」

歐陽暖看著火盆裡漸漸微弱的火光，道：「願聞其詳。」

尤正君道：「是我大哥和父皇暗中策劃，藉由城南王的手暗殺的，我可從未參與其中。相反，我還可以為妳報仇。」

歐陽暖的手微微一顫，尤正君瞧著她的神情，面上的微笑卻更自然，語氣更溫和地道：「妳覺得如何？」

歐陽暖目光中有某種明亮的光微微閃動，彷彿是冷笑，道：「原來你是在這裡等著。」

等著他們殺了肖天燁，再來她這裡賣好。

尤正君彎起唇角，眼神在燭光下異常溫存，他廢掉的右手始終垂著，左手搭在椅背上，慢慢地道：「我相信，若是妳落在大哥手中，他只會逼妳交出虎符，然後殺妳滅口。可是我卻不同了，歐陽暖，雖然妳心狠手辣，教唆著肖天燁廢了我右手，可是，很奇怪，我竟然對妳有幾分真情，這一點，絕無半句虛言。」

歐陽暖皺眉道：「是嗎？」

尤正君神色不變，微微笑道：「當然，所以妳該做個抉擇。」他的態度之溫柔，風度之瀟灑，無不令人如沐春風，只是此刻這種迷惑女人的手段施展開來，只會獲得歐陽暖滿心的厭惡。

歐陽暖抬起頭注視著他，忽然道：「我需要時間考慮，你先走吧。」

尤正君看著歐陽暖，淡淡的燭光在她的臉上像是蒙了一層珠輝，原本蒼白的肌膚望去更似美玉，襯著如星清澈的雙眸，說不出的淡定自若，不由看得一呆，心中不禁起了幾分異樣，輕聲嘆道：「好……我給妳三天的時間，三天過後……」他面上似笑非笑，眼睛卻深不見底。隨後，他的笑聲慢慢沉了下去，緩緩道：「但願妳能給出一個讓我們彼此都滿意的答案。」說完，再次看了棺材一眼，他已經確信那裡面冰冷的屍體正是肖天燁的，現在才肯真正相信，這位叱詫風雲不可一世的鎮北王的確是死了。

尤正君離去後，歐陽暖便望著那燒紙錢的火盆，眼睛裡似乎跳動著火焰。

所有人都離去後，菖蒲和紅玉命守衛下去，說王妃要單獨和王爺待一會兒，隨後兩人守在門外，不知何時，院子裡已經被肖天燁最信任的部屬保衛起來了。

棺材裡發出扣扣的聲音，歐陽暖看了一眼，那棺蓋竟然向旁邊移動了一下，然後兩根蒼白的手指伸出來搭住了棺材板，隨後……

肖天燁氣急敗壞地從裡面爬了出來。

歐陽暖仍舊噙著那抹笑意，望住他半晌，「藥效過了？」

她這一笑，肖天燁邁步而出，沉聲說道：「那些人，一個一個都打妳的主意！」

室內的幾盞燭火明晃晃地燃著，歐陽暖衣袖與腰間的純白絲帶輕輕飄拂。肖天燁勾起一個燦爛的笑，沒有半點猶疑，伸手緊緊抓住了她的手。

歐陽暖一愣，驀然就覺出什麼，一片溫軟貼了過來，觸在唇間。她輕輕一震，他已經撤回，那觸感還在，她望定了他，笑道：「你就這點出息？讓你裝死，差點露出破綻！他們打我的主意，還不是衝著虎符來的，有什麼好著急的？」

肖天燁卻不依不饒，他的手臂包裹住她的腰，他的胸依偎著她的脊背，他的臉頰貼著她的鬢角，他的心跳響徹她的耳朵。他咬牙切齒道：「尤正君可不只為了兵符，他也想要得到妳！」

歐陽暖失笑，反手勾住他的脖頸，「是嗎？」

「他癡心妄想！妳是我的！」肖天燁牙齒格格作響，明顯是憤怒到了極點，可是又像是受不了誘惑，一把抱起歐陽暖，快步走到一旁的軟榻上。

歐陽暖蹙眉，「外面定然有人監視，你真是胡來，當真不顧大局？」

軟玉溫香抱滿懷，肖天燁委屈地眨眼睛，耐下性子解釋：「我早有安排，不必擔心。暖兒，我都躺著裝死兩天了，也沒機會親親妳，妳還不讓我說話。」

歐陽暖還要說什麼，腰間用雙挽扣子結成的純白長帶已自他的手中落下，飄落在了地上……

尤正君果真等了三天，一直留在日曜城沒有走。這一日，他剛進別院大門，管家就急忙迎出來，低聲道：「殿下，鎮北王妃的丫鬟等候多時了。」

「哦？」

他趕緊進去，菖蒲正緊張不安地四處張望，一見他，立刻跪下去，「二殿下，我家王妃有重要東西交給你。」

尤正君接過封好的蠟丸啟開，取出密信一看，頓時露出大喜的神色，立刻吩咐管家取出一只上等玉鐲賞賜給菖蒲，送她出去，並立刻召集謀士商量事宜。

尤正君很明白，大哥虎視眈眈，從前還顧慮肖天燁的態度，現在肖天燁死了，大哥若是得到兵權，第一件事就是殺掉自己然後登基，他必須先下手為強了！

若是往常，尤正君定然不是這樣囂張得意的人，只可惜，得到歐陽暖和那虎符的錯覺，讓他一下子膨脹起來，往日裡的冷靜和睿智，被唾手可得的金光閃閃的皇位一下子衝到九霄雲外去了。

此時，南詔皇帝派二十萬南詔軍隊和尤正南一起，赴日曜城駐紮。

尤正南剛和二十萬人會合，探子加急回報：「大殿下，前方寧走坡發現一支不明的軍隊……」

「不明軍隊？應當是城南王派人來迎接的隊伍。不礙事，傳令下去，隊伍照常前進。」尤正南思考片刻，這樣道。

「遵命。」

那支隊伍為首的卻不是肖凌風，而是尤正君，他手上還有一只聖旨，要尤正南將這二十萬人交給他統領。尤正南哪裡肯相信，斷然拒絕，可是沒等他將這位野心勃勃的尤正君斥責一番，四周的樹林突然搖動起來，四周箭簇如雨般射來。他暗叫不好，勒馬大喝道：「尤正君，你幹什麼？」

尤正君冷笑一聲，不慌不忙親自指揮，抽刀砍殺了自己的親兄弟。尤正南沒有防備，被他一劍砍殺下來，掉下了馬。尤正南勉強翻身又要衝上馬，卻被身後的尤正諾追上來一刀砍在背心，嘴裡吐出一口鮮血就死了過去……副將們手中持著利刃，卻不知道該怎樣面對這種突然的情況。

尤正君冷笑一聲，揚起手中聖旨，昭告二十萬軍隊：「大殿下早有謀逆之心，陛下命我接管軍隊，汝等聽我號令行事！」

從始至終，他手裡的聖旨也沒打開過，可憑藉著他的身分地位，再加上尤正南已經暴斃，無人膽敢質疑，他堂而皇之接管了這二十萬人。

南詔皇帝處理了一天的事務，端了一杯熱茶喝了幾口，左丞相匆匆趕來，低聲道：「陛下，大事不好了……」

「怎麼了？」

「大殿下在半路遇到伏擊，已經遭遇不測……」

皇帝手裡的茶杯「哐」的一聲，掉在地上摔得粉碎。

他臉色慘白，好一會兒才顫聲道：「是誰幹的？」

「是遭到二殿下的伏擊……」

「這個逆子！」皇帝勃然大怒，隨後跌坐在椅子裡，喃喃道：「他怎麼可以這麼做……」

他也是踩著鮮血上皇位的，但在他的認知中，幾個兒子斷然不敢突然動用軍隊，怎麼會這樣？

「陛下？陛下保重……」

了！」

左丞相扶他一把，他勉強坐穩了身子。

左丞相一貫是支持尤正南的，此刻惶然道：「陛下，二殿下暗中拉攏了肖凌風，現在不知怎的又弄到了虎符，控制了那五十萬人，現在他手中掌握了七十萬軍隊，一路浩浩蕩蕩向國都來了！」

皇帝有些清醒過來，轉向左丞相，「你說他想要造反？」

「再無第二個可能了……」

皇帝站了起來，「即刻召集禁衛軍！」

「是。」

各地都有分散的兵力，倉促之間，南詔皇帝只召集了十萬人護衛在國都，可是尤正君行軍奇快，不過三日功夫，便到了國都。

南詔皇帝料不到這個一向低眉順眼的兒子竟然這樣狠毒，妄想將自己取而代之，索性收拾了東西，預備先退到順城去，召集了軍隊再來奪回國都，並處置這個逆子，只是還未走到宮門口，一柄大刀已經橫在了他的脖子上，左丞相大聲道：「陛下，對不起了！」

皇帝怒氣沖天，大聲喝斥道：「你也想造反不成？」

「你這種暴君，人人得而誅之……」

左丞相話音一落，幾名士兵一擁而上，將他縛了。皇帝被俘，宮中守衛軍等立刻投降，而外面的十萬禁軍，此刻還一無所知。

皇帝被關押在大殿裡，一會兒，左丞相親自端了酒杯進來。皇帝死死盯著他，「你一直是支持老大的，現在這麼做，是想要向老二賣好？沒用的，他不會放過你！」

左丞相笑道：「我只要借陛下一樣東西，只要有了這樣東西，二殿下一定會對我重新重用！」然後，端起酒杯就往他口裡灌。

皇帝被緊緊綁住，動彈不得，滿滿一杯酒很快灌了下去，不一會兒，他就口吐鮮血，頭一歪，斷氣了。

左丞相伸手摸了摸他的鼻子，確定沒氣息，才大叫起來：「不好啊，來人啊，皇上駕崩啦！」

很快，禁衛軍接到皇帝遺旨，放尤正君軍隊進國都。左丞相親自帶著人在皇宮迎接，恭迎尤正君登基。

尤正君一步步走入皇宮，走入大殿，領頭的太監跪著送上龍袍、冠冕。他的目光在一片金燦燦的龍椅上流連片刻，隨後大步走了上去。

肖凌風慢慢走入，笑道：「恭喜二殿下得償心願，不過，您既然已經殺了大殿下，又為何要殺幫您奪位的三殿下？」

尤正君望著肖凌風，面上露出一絲笑容，「大哥是被想要奪位的三弟所殺，然後三弟竟然挾持了父皇想要逼宮，我不得已率兵勤王，這才是真相。」

肖凌風臉上的笑容變得高深莫測，「哦，二殿下當初可是答應三殿下，只要他幫您殺了大殿下，就封他一個王爺的。」

「兄友弟恭我何嘗不想？奈何生在帝王家。你熟讀史書，可曾見過講信用的帝王嗎？」尤正君淡淡一笑，雙眸如漆，殊為深沉，無形中已帶了幾分肅殺寒意。

肖凌風冷然一笑，道：「看來，你也不會留下我的性命。」

尤正君微笑，「這是自然的。」隨後，聲音重又和緩下來：「看在你幫過我的分上，我會留你一個全屍。」

「我知道二殿下早晚有一天必會過河拆橋。」肖凌風面色恬淡，卻突然道：「所以，我現在殺了你，也就不會有絲毫內疚可言了。」

尤正君猛然蹙眉，「你這話是什麼意思？」

「先挑撥兩虎相爭，等塵埃落定有了勝負後，再把贏的那隻重傷老虎殺了，這種事，可不是只有二殿下才能做的。」肖凌風大笑。

「你是殺了鎮北王的逆臣，你以為外面的五十萬大軍能聽你的嗎？」尤正君冷笑。

「他不能，我呢？」低低一聲笑，有如清風吹拂，正在說話的尤正君吃了一驚，循聲注目。

一個人從大殿外走來，穿著半遮著臉的披風，尤正君腦中一邊急速轉念，一邊冷冷問道：「你是誰？我的護衛呢？」

「二殿下太健忘了，我可是軍師，幫著你們出謀劃策的人。若非是我，你哪有這麼容易進入國都。」男子微微一笑，突然揚手脫去了灰衣披風，頓時露出裡面的真容，錦袍華貴玉帶生輝，只那春水般的眼睛此刻看來卻冷冽譏誚。

「怎麼，我剛在二殿下的策劃下死了一回，今日就不能死而復生嗎？」

尤正君臉色一沉，猛地站起來，「你們聯手騙我！」

彈指一揮的時間，卻幾乎令人窒息，但見尤正君面色蒼涼近乎透明，像是一下子衰老了十歲。他的袍袖一揮動，一道暗號就要飛出殿外，肖天燁笑道：「二殿下不必費力，宮外駐紮的那二十萬人我已經接手了，便是看見你的信號，也無一人敢來救你。」

尤正君冷冷地望著他，「王爺果然深謀遠慮，裝作與城南王失和，詐死來騙我們兄弟，再用五十萬兵權作為誘餌，引我們同室操戈，先幫助我誅殺大哥、三弟，再進入皇宮，最後再反將一軍，將所有利益收於囊中，佩服！佩服！」

肖天燁一雙春水般的眼睛帶了一絲冷然，「你若非覬覦我妻，我會選擇先讓你死。」

如尤正南一般死去，自己還能得個好名聲，可是現在，自己已經代替肖天燁，成為想要逼宮奪位的叛逆，如今皇宮之中的成年皇子都已經被誅殺，南詔皇室再無一人可以抗衡，剩下的不過是些烏合之眾，尤正君不得不佩服肖天燁，他藉著自己的手殺掉了所有的敵人……

他冷冷地道：「那麼，左丞相呢？」

屏風後，一個人慢慢走出來，正是左丞相，他笑道：「二殿下，鎮北王許我異姓王之位，這……你可怪不得我了。」

尤正君了悟一笑，慘澹道：「原來如此。」

只怕在沈三小姐的計策失敗後，肖天燁就暗中聯絡了左丞相，令他暗中投靠。原來自己兄弟三人都被這個老傢伙欺騙。一個女兒算得了什麼，有了異姓王的位置，一百個女兒他也能夠犧牲。表面看左丞相是投靠尤正南的，實際上他真正的主子是肖天燁。當然，整個南詔皇室的覆滅不過是他們同室操戈，最終撿了便宜的是肖天燁。只是……一個殺了皇帝的人，肖天燁最終是不會留下的。

左丞相跟他一樣，不過是為他人作嫁衣裳，為他人作嫁衣裳啊！尤正君哈哈大笑起來，越笑越是瘋狂，最後幾乎不可遏制。

肖天燁擺了擺手，立刻有護衛上前，將尤正君拖了下去。

忽聞皇宮驚變，南詔的高官顯貴無不震駭。但是，肖天燁已經完全控制了宮中的情況，他們也無力回天了。

肖天燁命人將所有王宮大臣集合起來，左丞相撲通跪了下去，「先皇被二殿下所殺，國不可一日無君，鎮北王臨危受命，勤王保駕，理應馬上繼位……」

肖天燁道：「可是我畢竟不是南詔皇族，登基之事容後再議……」

左丞相又道：「王爺此言差矣，皇位乃是有能者居之，王爺有經天緯地之才，若是您不繼承皇位，在這裡的誰有敢說自己有能耐繼位呢？請您不要再推辭！」說到這裡，他猛地磕頭，大喊道：「陛下萬歲萬歲萬萬歲……」

肖凌風和原本追隨肖天燁的人立刻跪了下去，山呼萬歲。

眾臣原本面面相覷，但是見了身後全副武裝殺氣騰騰的士兵，也紛紛跪了下去。

「既然如此，我便不再推辭了。」肖天燁看情形，知道時辰差不多了，便大聲道：「今日所有諸位，每人加封一級，賞金千兩，不日舉行登基大典。」

「多謝陛下！」

「陛下，原本聽聞二殿下大軍壓境，不少南詔皇族外逃，其中也包括公主……他們大多是皇室舊部，野心勃勃，隨時會捲土重來……」

肖天燁面上彷彿很為難，肖凌風卻立刻道：「請陛下下令，即日誅殺南詔皇室嫡系子孫，一個也不許放過！」

朝中眾臣紛紛低下頭去，脊背都在瑟瑟發抖，這對兄弟早就謀算好了南詔皇位，心腸又十分狠毒，還是不要與他們做對為好。

很快，大軍開始在皇城大肆抓捕皇室嫡系，除了公主和幾名年幼的皇子早已紛紛率兵奔逃他處外，其餘奔逃不及的南詔皇室，五十幾人被抓，當即全部被殺。

臘月十三，大吉，諸事皆宜，鎮北王奇蹟生還，登基為帝。數日內，南詔兩易其主，舉國上下無不驚詫，人人皆議此事，不過改朝換代對於平常百姓來說，並沒有什麼特別的，反正南詔皇帝誰來做都無所謂，只要不加賦稅就好。可是出乎意料的，肖天燁登基後，不但沒有加稅，反倒將賦稅連減三年。同時，肖天燁還下令大開糧倉，將國庫三分之一的糧食分發給京城附近貧苦的百姓。皇宮開倉賑糧的消息一傳開，京城內外的窮人立刻如炸開了鍋一般，紛紛湧進來投奔。

普通百姓說：這個皇帝很仁慈，是個好皇帝！

世家顯貴說：肖天燁就是個狡猾的壞胚子，竟然這麼會討好百姓！

第二道聖旨下來，將兵變後掌權，如今卻變成階下囚的二皇子尤正君殺了，以告慰南詔先帝在天之靈。

普通百姓說：看，兒子殺老子，最後皇位不還一樣被人奪走了，所以不孝順，屁都得不到！

世家顯貴說：肖天燁心腸太黑了，不但奪走人家皇位，還要來一個通殺！

第三道聖旨下來，封千里迢迢來和親的永安郡主，原先的鎮北王妃為南詔新后，不僅如此，肖天也還將預備把女兒們塞入他後宮的朝臣們全部謝絕。隨後，他下令打開皇宮，放出原本在宮中的兩萬名女子。這些女子都是南詔皇帝在位時從民間搜刮來的，肖天燁下令，有家的女子可以即刻回家，每人發給五十兩銀子的遣散費。但是，有幾千名女子已經無家可歸。肖天燁又下令，將這些不願離去的女子全部由她們自行婚配軍中將士，自己一個不留。

普通百姓說：這回好了，再也不用擔心閨女被強搶入宮了！

世家顯貴說：瞧，娶了個厲害的老婆就是沒面子，連美女都不敢收！

當然，也有自詡對前皇室效忠的人，他們對肖天燁恨之入骨，紛紛往外遷徙，各地有勢力的豪強讓肖天燁搶得先機，登基大位，無不蠢蠢欲動，各地烽煙四起，暴風雨將至。然而肖天燁處理完國都的一眾事宜後，立刻召集軍隊一一鎮壓，不過三個月，便平定了國內所有的叛亂，將已經逃跑並策動叛亂的前朝公主等人全部抓回殺了。

至此，肖天燁已經登上南詔皇位，再無迴轉餘地了。

就在這時候，本該志得意滿的肖天燁卻是沒有半點喜悅，面色十分難看。

大殿裡，燈火通明，所有人的臉上都是焦慮不安的。

肖天燁眼睛一眨不眨地盯著靜靜地躺在床上的歐陽暖，她的臉上一片慘白。他緊緊抓住她的手，心跳得幾乎要跑出來，「太醫，她怎麼會突然暈倒了……」

太醫細細地摸了摸她的脈，退後一步，「恭喜皇上，皇后娘娘有孕在身，已經一個多月了！」

肖天燁猛地抬起頭來，眼睛裡的驚喜幾乎比滿屋子的燭火還要亮，開心得幾乎不知道該說什麼，半天才道：「真的？你說的是真的嗎？」

太醫心道：我又不是吃飽了撐著，幹麼沒事騙你？臉上卻喜氣洋洋道：「陛下，微臣敢用性命擔保！」想了想，又有點猶豫，「不過，娘娘原本身子虛弱，一定要多加小心，才能保住孩子……」

肖天燁一怔，良久才道：「母子都能保住自然最好，可是，要是沒有辦法，暖兒一定不能有事，其他的都沒關係……」

太醫一愣，「臣一定盡力，確保娘娘母子平安！」

夜，已經很深了。

所有人都退了下去，大殿內一下子沉寂下來。

肖天燁看著床上依舊緊緊閉著眼睛的人兒，不由自主伸出手去，隔著厚厚的錦被，怯怯地摸了摸她的腹部，心裡悲喜交集，「暖兒，咱們有孩子，妳聽見了沒有……」

不知過了多久，他悄悄爬上床，將歐陽暖抱進了懷裡，摟著她睡著了。

半夜裡，歐陽暖動了動，肖天燁一下子清醒過來，他驚喜地道：「暖兒，妳醒啦？」

歐陽暖望著他，皺了皺眉，「我怎麼了？」

他輕柔地撫摸她的臉頰，然後，又輕輕摸摸她的肚子，在她耳邊低聲而喜悅地道：「暖兒，我們有孩子了！」

我們有孩子了！

他的語氣輕柔，一雙眸子晶亮，燭火下十分柔暖。

歐陽暖很吃驚，看他這樣子，不由問道：「真的嗎？」

臉上的笑容彷如冰雪開融，肖天燁用力點頭，「真的！」

燭火浸過五色琉璃燈罩，歐陽暖的眼中有一瞬間的模糊，她竟然有孩子了……

肖天燁興奮了大半夜，突然想起歐陽暖晚上什麼都沒吃，便立刻起身，從桌上拿起一個蘋果，親自削了皮，遞給歐陽暖。

歐陽暖含在口中，一股甜意在唇齒之間直漾開來，不禁笑了起來，道：「你如今是皇帝，再這樣會讓人笑話！」

肖天燁癡癡望著她，春水般的眼睛可以映見世上的萬化千端，如今卻只能照見她的影子。

他湊上去，親吻她微微翹起的嘴唇，聲音裡滿是笑意，「暖兒，我根本不在乎什麼皇帝的位置！我有了妳，又有了我們的孩子，老天已經對我太好太好了！」

她看著他開心得幾乎跟孩子一樣，不由摸了摸他的臉，聲音很輕很輕地道：「是。」

十年後。

一個滿身塵土的年輕男子一路踏入宮門，因為身上帶著南詔皇后特許的密令，所以一路暢通無阻。周圍的宮女太監對他投來好奇的目光，他卻視若無睹，筆直向前。

歐陽爵走到一座氣勢恢宏的宮殿門口才停下了腳步，因為他看見一個穿著黃色袍子的十歲左右的小少年，正在那邊樹下和一個被乳母抱著的嬰兒說話。

歐陽爵走過去，便立刻有護衛圍了上來，他將密令在那些人面前晃了晃，那些人悄無聲息地又退了下去。

少年抬起頭，黑葡萄一樣的大眼睛好奇地看著歐陽爵，「你是誰？」

歐陽爵並不回答，只是走到乳娘的面前，看著襁褓裡嬰兒花瓣般嬌嫩的臉孔，微笑起來，伸出手輕輕摸了摸她毛茸茸的腦門，小女孩「哇」的一聲又大哭起來。

少年很生氣，上去攔在他面前，「你幹什麼？不許靠近我的妹妹！」

歐陽爵一愣，少年揮了揮手，旁邊的護衛立刻趕過來，他很有氣勢地道：「把他捉起來！」

護衛為難地看著歐陽爵，人家手上可是有皇后密令的，便低聲提醒道：「太子殿下，他手上有皇后娘娘的密令，屬下不敢阻攔。」

「母后？」小孩子白玉似的臉皺起來，如同包子一樣，看得歐陽爵忍俊不禁，「你是博兒，你還兩個弟弟，一個叫肖雅，一個叫肖箏，這個小女孩是你唯一的妹妹，叫心兒，是不是？」

這時候，肖雅和肖箏手裡拿了採集的花兒跑來，肖雅已經七歲了，跑得穩穩的，肖箏才四歲，跑得有點急，小短腿踉踉蹌蹌的。肖箏將手裡滿滿的花束丟到心兒頭上，奶聲奶氣地道：「給妹妹，妹妹……」

肖雅雖然是個男孩子，可他的樣子十分清秀，與歐陽暖像了個十足，「我要抱妹妹！」

「你會把妹妹掉在地上的，父皇一定會罵你！」肖博忘記和歐陽爵較勁，立刻提醒道。

「才不會！」肖雅氣紅了臉，他的性格和霸道神氣的肖博不一樣，動不動就紅臉。

隨後，歐陽爵看到一旁小臉紅撲撲的肖箏好奇地摸了摸心兒的小臉，他年紀小，力氣雖然不大，可是心兒的小臉還是被捏得紅彤彤的，嘴巴一扁，就放聲大哭起來了。

歐陽爵一愣，後面卻傳來一個熟悉的聲音：「你們三個又鬧妹妹！」

歐陽爵看著陽光下，向這裡徐徐走來的盛裝女子，莫名的，眼圈紅了。

十年的時間在歐陽暖的身上並沒有留下多大的變化，唯一變化的，不過是她的神情變得更溫和，眼睛裡時常跳動的冷漠的神氣已經一絲半點都看不見了。僅僅是這樣，歐陽爵已經知道，自己的姊姊被照顧得很好。

雖然這些年來他從無數人口中得知，肖天燁對他的姊姊是多麼的寵愛，多麼的愛護，多麼的千依百順，身邊從始至終只有她一個女人，可是沒有親眼看到，他就是無法相信。

紅玉和菖蒲都站在歐陽暖的身後，如今的她們，已經是宮中最高階的女官，歐陽暖親自為她們挑選了文武雙全的夫君，但不管過了多久，她們還是不肯離開歐陽暖，照舊在宮中服侍。此刻她們見到歐陽爵，紅玉驚訝得眼眶裡一下子蓄滿了眼淚，菖蒲雖然已經是兩個孩子的母親，卻還是跳了起來，「大少爺！」

歐陽暖見到了歐陽爵，美麗的眼睛裡似乎有淚光閃動。她向歐陽爵伸出手，歐陽爵立刻快步走過去，緊緊地拉住，「姊姊。」

十年之中，姊弟見面的機會並不多，可是書信卻是每月一封，從未中斷過。

「肖衍沉迷女色，三個月前駕崩了，如今是表姊垂簾聽政。明郡王已經是攝政王了，老太君去世的時候，拉著我的手說，知道姊姊過得很幸福，她就很開心，可以放心地閉上眼睛了……」歐陽爵絮絮地說著：「這十年來，兩國和平相處，關係也和緩了許多，姊姊不是來信說為大公主修建了溫泉山莊嗎？大公主說是一個月後就來南詔，到時候我的妻子和兒子也跟過來，一起來看望姊姊。」

歐陽暖微笑地聽著，不時點點頭。

「還有，林氏死了以後，父親娶了新婦，只是他後來過分寵愛李姨娘，弄得寵妾滅妻，很是鬧騰了一陣子，把祖母活活氣死了。他自己也很後悔，如今總是跟我說，想要來南詔看看，他說他也是南詔的國丈，何必在那邊做什麼官呢！表姊怕他給妳惹麻煩，扣著他不讓他告老還鄉，他就天天在宮門口哭天抹淚的，後來被攝政王嚴詞嚇了嚇，立刻不鬧了，最近閉門反省著呢！」

歐陽爵說到這裡，看了姊姊平靜的表情，繼續道：「蘇家本來皇商做得好好的，偏偏參與了與高昌的鐵器倒賣的生意，結果被人揭發出來，一家的男人都被砍了頭。歐陽可倒是逃過一劫，可是她與歐陽家早已斷絕了來往，父親也不肯收留她，甚至都不承認她，我只知道，她不得已，又回了江南，後來就沒了消息。這兩年，我到處遊歷，才在江南得到了她的消息。說是她之後又嫁過兩個男人，偏偏還是不知道收斂，鬧得雞犬不寧的，後來兩度被休棄，不得已……淪落了風塵。」

歐陽爵堅毅的眉頭皺起，隨後停了停，看著自己姊姊的眼睛說道：「我看到她的時候，簡直不敢相信自己的眼睛，她消瘦得不成人形，這麼年輕卻已經半頭白髮，又瘸著一條腿，根本活得不像個人。我看著她，原先那些恨意也就淡了，我給了老鴇一些銀子，讓她離開了風塵之地，給她安排了一戶人家，暫且幫工度日。姊姊，我知道妳恨她們母女……」

「不，你做得對。」歐陽暖抬起頭，看著遠處的花草，神情已經沒有絲毫的怨恨，「爵兒，這些年來，我想了很多，若非是她們，我也不會走到今天，現在，我已經沒有恨了。」

歐陽爵一愣，看著歐陽暖溫柔的眉眼，終於笑了，「看來，他對姊姊的確是很好，很好。」提到肖天燁，歐陽暖的面上不自覺地泛起一絲笑容，剛要說什麼，卻聽到紅玉道：「娘娘，陛下來了。」

歐陽爵抬起頭，一身龍袍，面色紅潤，英氣勃勃的肖天燁已經一陣風似的到了跟前，他還來不及反應過來，肖天燁已經沉下臉色，一把將歐陽暖拉到身後，警戒地看著歐陽爵，「你休想帶走暖兒！」

都已經是四個孩子的母親了，他還是不放心！歐陽暖笑著搖了搖頭，輕輕晃了晃肖天燁的手，「爵兒是路過此地，特地來看看我們。」

肖天燁挑眉，歐陽爵不屑地哼了一聲。

這兩個人，不管過多少年，都是不對盤！歐陽暖看著他們，不知為何，突然想起了第一次見面的時候，那時，肖天燁正對著他們，她護在歐陽爵的面前，不知何時，竟然變成了肖天燁護在了自己面前。

這一切，是老天爺的玩笑嗎？

歐陽暖笑了笑，不，眼前的兩個男人，都是老天爺送給她最好的禮物。

「你們幾個，過來叫舅舅。」她笑著向不遠處好奇地看著他們的三個孩子招手。

三個男孩子跑過來，挨個抱住歐陽爵的小腿，晃來晃去，「舅舅！舅舅！」

歐陽爵看著這三個粉雕玉琢的小男孩，又看看那個襁褓裡正在咬手指的軟女娃，突然的，心就變得柔軟了。

只要姊姊過得很幸福，嫁給什麼樣的人，又有什麼關係呢？

他抬起頭，鄭重地看著肖天燁，「這些年，謝謝你照顧我姊姊！」

肖天燁春水般的眸子這兩年已經越發修煉得爐火純青，他深情地望向歐陽暖，隨後彆扭地看了歐陽爵一眼，道：「他們是我的妻兒，何須你道謝？」

歐陽暖咳嗽了一聲。

肖天燁立刻改口：「你要在這裡留多久？讓朕一盡地主之誼吧！」

剛才說的是我，現在是朕，這個男人還真是小心眼，一輩子都不變！

歐陽暖忍不住，笑意湧上了眉梢眼角……

（全文完）

後記

截稿的時候，編輯對我說，要寫作品後記，我想了很久，後記寫什麼呢，就隨便寫吧，想到哪裡寫到哪裡。

曾經有讀者問我說，你的文裡，為什麼男主並不是最重要的，從頭到尾最耀眼的只有女主呢？我覺得，這本書與其是寫一個愛情故事，不如說從頭到尾是在寫一個受到傷害的女孩子的復仇史和成長史。看故事情節的時候，與其說看的是情節，不如說看的是思想，我不是單純講述怎樣怎樣的情節，而是通過情節講述人生的一些想法，以及面對壞人欺凌的時候如何反抗（笑）。

讀者問我，你是個什麼樣的人呢？是不是像歐陽暖一樣個性激烈有仇必報？其實吧，我是個性溫吞的普通人，生性有些懶散，隨便找個地方就可以坐很久。有電腦可以碼字的話，便可以眼不花手不抖熬通宵。遇到別人欺負往往也會慢半拍，等事情都過去了，才反應過來呀，原來對方是別有用心的。這種溫吞的性格，會讓身邊人覺得愚鈍吧。可是，我這樣的人竟然是天蠍座的啊，所以說不準我是大智若愚型的呢？

正是因為我的本性極其善良（咳咳），對文中的每個主角都視如己出，反對暴力，反對虐待，所以寫的都是皆大歡喜的喜劇。偶爾會小小欺負一下男主們，並且總是理直氣壯地說無虐不成書，其實是因為手癢了的緣故吧（笑）。

這本書我寫得很認真，整個故事寫下來一百多萬字，寫了足足有大半年，平均下來若是六個月寫完，那我一個月有寫二十萬字以上，幾乎可以說傾注了很多的心血。編輯和我說出版的時候，我很高興，但是也有點擔心，因為出版的話會縮短篇幅，減少情節，這樣有很多我想要表達給讀者看的東西可能就沒有了，但是編輯對我說，字數不重要，重要的是情節的完整。這句話讓我感動了很久，也下定決心把文重新梳理了一遍。

在整個寫作過程中，我認認真真寫每一個情節，但大家卻未必會都喜歡。在網上連載的時候，讀者的每條意見我都會仔細去看，看完了或是高興或是難過，心情總是起伏不定。有時候我會覺得讀者說的對，男主被虐得的確是慘了點，於是乖乖點頭受教，給男主一點糖吃，讓他感覺溫馨點，但有時候卻很任性，哪怕被一萬顆番茄砸破腦袋也堅持不肯改劇情。

曾經有讀者鈴鐺特意打電話到我家來，告訴我說：我不喜歡妳設定的這個男主肖天燁，他殺人如麻，殘酷任性，太過分了。女主應該嫁給一個大度寬容、正義勇敢的男人。我告訴她說，其實肖天燁不過是個任性的孩子，只有女主能夠降服他、照顧他、給他幸福，這樣的男人，雖然懷著的愛情是偉大的，卻也是卑微的，他幾乎是用全部的愛情在等待著女主，女主嫁給他，是有一種被需要的感覺。可是如果把女主嫁給肖重華，那麼歐陽暖只會變成對方生活中可有可無的一個點綴。

鈴鐺激烈反駁，並且說這是我在強詞奪理。好吧，其實故事一開始，作者就失去立場，請容許我對男主小小的偏愛。一千個讀者的眼中就有一千個自己理想中的男主，鈴鐺喜歡正直善良的，我偏愛陰暗腹黑的。這樣，也許是女性的同情心作祟。

我總是覺得，肖重華是個很了不起的男人，非常隱忍，非常厲害，在他的心中，國家大義永遠是重要過兒女私情的。他明明愛慕女主，卻遲遲不肯表白，其實他是在等待，等待災難平息，等待國泰民安，到時候堂堂正正迎娶女主，給她一個光明燦爛的人生。相比起來，肖天燁的性格，感覺有點像是如果你不愛我，我就不能忍受，情願拉著整個世界和我的愛情一起陪葬的性格（可能是他太任性，也可能是他太孤獨）。簡而言之，肖重華離開歐陽暖，還能繼續活下去。可是肖天燁呢，只能走向毀滅一途，既然這樣，為什麼不仁慈點，把女主賜給他呢？

文中的肖重華一直沒有表白的原因，還有一點，那就是他見過無數人為歐陽暖著迷，可是卻從來沒見歐陽暖對誰動過心，他以為歐陽暖是很有自制力，對感情沒有過度期許的人；他以為她一定能理解他，等到他找到最好的時機來娶她。所以，他們是同一種理智的人，理智到活得太清醒，太冰冷。都是戴著面具生活在這個世界上，只不過歐陽暖的面具是冷淡，他是國家大義。國家大義是他一直維護的，哪怕別人都卸下了這個重擔，他也無法放下自己的包袱，是深深牢記在心裡的東西。

肖重華自己戴著面具去看同樣戴著面具的歐陽暖，他覺得那麼完美的，只會是假面，所以他遲遲沒有表白，因為他看不透她，只是默默愛著她，覺得她有一天會主動卸下面具，走到他面前。最後當歐陽暖不肯跟他離開的時候，他終於還是明白了，生活並不是什麼都可以掌控，原來的人生道路錯了。

原來最後，他沒有等到。

肖天燁是個土匪，是個流氓，是個任性到可以不顧一切的人，所以他什麼都沒有想，直接衝上去，劈手搶過了歐陽暖的面具，扛起人就走。正是因為這樣，他能夠贏得女主，縱然他跟肖重華比起來，是個徹徹底底的壞人。

可是他贏了，打了很漂亮的翻身仗。

原本我心目中的男主是肖重華，可是寫到最後，不受控制的，歐陽暖被肖天燁搶走了。動手寫小說很隨意，持續下去卻變成一件我自己也沒辦法控制的事情，我努力過了，後來還是拜倒在肖天燁的腳底下。

不論如何，任性也是一種幸福。

寫文雖然辛苦，卻也是在實現夢想，這實在是件幸福的事，希望有權利一直寫下去，也希望，有機會與讀者們在下篇文裡再次重逢。

漾小說 73

高門嫡女 伍 完

國家圖書館出版品預行編目資料

高門嫡女 / 秦簡著. -- 初版. -- 臺北市 :
麥田, 城邦文化出版 : 家庭傳媒城邦分公司發行,
2013.06
冊 ;　公分. -- (漾小說 ; 72)
ISBN 978-986-173-914-4（第5冊：平裝）

857.7　　102006263

作　　者　秦簡
封面繪圖　若若秋
責任編輯　施雅棠
副總編輯　林秀梅
編輯總監　劉麗真
總 經 理　陳逸瑛
發 行 人　涂玉雲
出　　版　麥田出版
　　　　　城邦文化事業股份有限公司
　　　　　104台北市中山區民生東路二段141號5樓
　　　　　電話：（886）2-25007696　傳真：（886）2-25001966
發　　行　英屬蓋曼群島商家庭傳媒股份有限公司城邦分公司
　　　　　104台北市中山區民生東路二段141號2樓
　　　　　客服服務專線：（886）2-25007718；25007719
　　　　　24小時傳真專線：（886）2-25001990；25001991
　　　　　服務時間：週一至週五上午09:00~12:00；下午13:00~17:00
　　　　　劃撥帳號：19863813；戶名：書虫股份有限公司
　　　　　讀者服務信箱：service@readingclub.com.tw
麥田部落格　http://blog.pixnet.net/ryefield
香港發行所　城邦（香港）出版集團有限公司
　　　　　香港灣仔駱克道193號東超商業中心1樓
　　　　　電話：852-25086231　傳真：852-25789337
　　　　　E-mail：hkcite@biznetvigator.com
馬新發行所　城邦（馬新）出版集團【Cite (M) Sdn Bhd】
　　　　　41, Jalan Radin Anum, Bandar Baru Sri Petaling,
　　　　　57000 Kuala Lumpur, Malaysia.
　　　　　電話：(603) 90578822　傳真：(603) 90576622
　　　　　Email：cite@cite.com.my
美術設計　洸譜創意設計股份有限公司
印　　刷　鴻霖印刷傳媒股份有限公司
初版一刷　2013年6月6日
定　　價　250元
I S B N　978-986-173-914-4